W9-COI-945

心腹

肖仁福 著

新华出版社

图书在版编目（CIP）数据

心腹/肖仁福著.—北京：新华出版社，2006．7
ISBN 7-5011-7577-2
Ⅰ．心… Ⅱ．肖… Ⅲ．长篇小说—中国—当代
Ⅳ.I247.5

中国版本图书馆 CIP 数据核字（2006）第 074477 号

心　腹

责任编辑：许　新

特约编辑：张　奇

装帧设计：大象工作室

出版发行：新华出版社

地　　址：北京石景山区京原路 8 号

网　　址：http://www.xinhuapub.com

邮　　编：100043

经　　销：新华书店

印　　刷：北京市天竺颖华印刷厂

开　　本：787mm × 1092mm　　1/16

印　　张：24

字　　数：350 千字

版　　次：2006 年 7 月第一版

印　　次：2006 年 7 月第一次印刷

书　　号：ISBN 7-5011-7577-2

定　　价：26.80 元

本社购书热线：(010)63077122　　　　中国新闻书店电话：(010)63072012

图书如有印装问题，请与印刷厂联系调换　电话：(0316)3531388

领导肚子里的一根虫（自序）

道家说，人是无毛的倮虫。

民间有些话语也是很地道。比如说一个人是另一个人的亲信和知己，一个人对另一个人知之颇深，遇事不用明言，一个眼神一个小手势，甚至不用眼神和手势，也能心知肚明，心领神会，民间常说这个人是另一个人肚子里的一根虫。

这些说法实在是太值得玩味了。

我在这本小说里所叙述的局长的心腹，其实就是领导肚子里的一根虫。

这根虫当然不是天生就藏在领导肚子里的，而是通过不懈的努力，好不容易才钻进去的。那么怎样才能如愿钻到领导的肚子里去呢？说穿了就是要有钻劲，要能铆足劲儿死命往里钻。当然仅仅有钻劲是不够的，还要掌握钻的要领。钻的要领一般有三：一是要尖，二是要硬，三是要善于寻找下钻的地方，一钻一个准。尖要尖如麦芒，尖如蜂刺，再细的孔一钻就入，没有孔也要钻出孔来。不过光尖还不行，硬度不够，一钻就断，那也是钻不出什么名堂的。人身上最硬的地方大概就是脑袋了，人们所谓的花岗岩脑袋，就是这个意思。因此只要削尖脑袋，必然钻有成效。如果削尖硬如花岗岩的脑袋还钻不进去，那就要考虑钻的方法是否得当，得另外寻找恰当的时机和新的突破点。有些领导也许确是用铜铁特制的，也大可不必气馁，铜身铁体也会留有软肋等着你下钻的。锲而不舍，金石可镂，钻而不舍，铜铁可入。

钻进领导肚子后，还不能算是大功告成，还得经过一番历练，使出浑身解数往深里钻。说白了，要能思领导之所思，急领导之所急，忧领导之所忧，乐领导之所乐。领导想不到的，你先想到；领导想到了的，你已给领导做到；领导的爱好就是自己的爱好，领导的工作就是自己的工作，领导的前程就是自己的前程。还要善于把领导的上级当成自己的上级，把领导的朋友当成自己的朋友，把领导的敌人当成自己的敌人，把领导的仇恨当成自己的仇恨，把领导的爹妈当成自己的爹妈，把领导的儿女当成自己的儿女。唯独不能把领导的老婆和情人当成自己的老婆和情人。

大凡领导肚子里的虫，并非仅仅是为了做虫，因为再伟大的虫还是一根虫。做虫只不过是一种手段，成龙才是其真正的目的。龙都是虫蜕变而来的，没做过虫就想成龙，那是痴人说梦，天方夜谭。龙有大有小，小龙在大龙前面其实还是虫，虫变成小龙之后，只有继续做大龙肚子里的虫，才有可能变成大龙。机关里的人说谁提拔了晋升了，叫做进步。进步就是自进到步，先钻进去做虫，然后步步高升，由虫而为龙，由小龙而为大龙。这就是唯物论，也是辩证法，任何人都不可能超越这个铁律。

我在《心腹》里叙述了虫怎样钻进局长肚子，终于成龙的过程。当然只是成了一条小龙，本来是有成大龙的可能的，但最后还是成不了。成小龙在人，成大龙在天，那是没办法的。就是由虫变小龙的过程，这根虫也不知蜕了几层皮，也是异乎寻常地艰难。

这根虫叫做杨登科。这个名字是杨登科的爷爷给他取的，其殷切期望毕现于"登科"两个字里。算来杨登科在机关里是根最小最小的虫了，这根虫要想钻进领导肚子里去，便显得更加不易。好在杨登科脑袋削得尖，硬度也够，而且找准了领导的软肋，终于历经磨难,钻入领导的肚子,成了一条小龙,尽管这条小龙到了最后还是一条小虫。

生逢当世,做虫难,做了虫不甘心,还想成为龙更难。成了龙就出人头地,就活得人模人样了,可这世上毕竟能成龙的永远只是少数,我等芸芸众生恐怕一辈子只可能做一条虫。有些读过我2003年出版的长篇小说《位置》的读者朋友问我,里面的主人公预算处长沈天涯是不是我本人,我说既是又不是,想那沈天涯虽然算不得一条大龙,至少可算是一条小龙,我是自愧弗如。可如果谁说《心腹》里的杨登科是我肖仁福,我是只点头,而不会摇头的。我自己就是一条虫,差点还钻进了领导肚子里,几乎要成龙了。这倒不是说杨登科的故事我都经历过,可是他灵魂深处的那种做虫的滋味和感受的确是发自我的内心的。

《心腹》是我的第三部长篇小说。前面的《官运》和《位置》涉及的生活层面比较宽泛,在这部小说里我调整了叙述的角度,企图开掘得更深些。这也许有些残酷,我把人性深处的伤痛给割开了,还剜了一块肉下来,作为标本进行透视和剖析。我自以为我第一部长篇小说《官运》更像是正剧,里面的故事会让你讶然一惊;第二部长篇小说《位置》更像是喜剧,其中的人物和事件会使你粲然一笑。而这本《心腹》,我在里面抹上了更多的悲剧色彩,主人公杨登科那虫类的挣扎和屈辱会使你喟然一叹。

谁叫你是一根虫呢? 古往今来,是虫就是难逃悲剧的劫数的,这应该不是宿命吧?

前面说过,世间能成龙特别是能成大龙、巨龙的永远只是极少数,绝大部分都是杨登科和我这样想成龙却怎么也成不了的虫类。其实值得庆幸的倒是我没成龙,才会给虫类或是曾经的虫类写这本书。若成了龙,说不定我早忘了做虫时的切骨之痛,丧失了虫类的立场,不会关注虫类的命运,为虫类而作了。

目 录

劲,一个说:"杨主任你真会读书,好多世界名著不读,专门读这样的书。

心腹

第一章

从头再来

从系主任老师手上接过那本红壳毕业证书后,杨登科离开了待了两年之久的教室。外面阳光灿烂,草木青青。杨登科不免有几分得意,恍惚觉得自己再也不是那受人鄙视的小工人了,而成了一名堂而皇之的国家干部。

这么得意着,杨登科回宿舍拿了早已整理好的几件生活用品,绕过宽阔的操场,沿着绿荫如盖的校园小道,向校门口从容走去。

这是贵都市电大。瞧瞧杨登科脸上的沧桑,就知道他是一名成人大学生,而不是满脸稚气的普通大学生。杨登科是两年前迈进这所电大的大门的,通过虔心苦读,克服种种成年人必须面临的困难,终于学有所成,文凭在手了。

不过杨登科也知道现在得意还早了点儿。自己尽管拿到了大学文凭,实际上还是一名普通工人。不过有了这张文凭,就有了改变工人身份,成为国家干部的最大可能。这是杨登科在心里头珍藏了大半辈子的夙愿,他离职跑到电大来泡了两年,主要目的就在这里。

杨登科是贵都市农业局的一名司机,一直给领导开小车。他有一手过硬的驾驶技术,服务态度也挺不错,局里干部职工有口皆碑。这是他在部队那几年训练出来的,他在部队就是首长的司机。首长肩负着保家卫国的大任,视醉卧沙场马革裹尸为天职,却不愿在小车上有个什么三长两短,所以对自己的司机要求都非常严格。在部队里能干上首长司机的差事,自然不是一般角色。更何况部队是革命大熔炉,战士们来自五湖四海,真可谓藏龙卧虎,能人多的是,不是谁想做首长司机就做得上的。

只是杨登科的理想却不是一辈子做一名司机。倒不是司机这个职业低人一等,相反杨登科觉得做一名司机,尤其是单位的司机,实惠不说,也还算是有面子的,尽管面子不是很大。而且杨登科从小就受过这样的教育,革命只有分工不同,没有高低贵贱之分,都是为人民服务。一个出身低微的农村人,能有机会在堂堂市农业局为人民服务,这本身就是天大的福分了。要知道中国十三亿人口,起码有十一亿人想为人民服务还为不上呢。

杨登科不想一辈子做一名司机,这还得从他的"芳名"说起。

杨登科这个名字是他爷爷取的。杨家过去是很有些家学底子的,祖上就出过好几位秀才。到了爷爷辈,虽然家道中落,但爷爷自小还是饱读诗书,精通文史,在那偏远的乡下也算是经纶满腹了。爷爷因此深受儒家思想濡染,认为人生在世,重要的是经天纬地,是立德立言立功和修身齐家治国平天下。他一心想考取功名,无奈生不逢时,科举废除,断了登科取仕之前途,便把理想寄托在了后代身上。开始是杨登科的父亲,只因世事纷纭,公学送不了,私塾请不起先生,终未如愿。到了杨登科生下地,又正值三年困难时期,民不聊生,饿殍遍地,家里人一个个得了水肿病,生存都得不到保障,哪里还顾得上经世治国?但爷爷还是不肯死心,给杨登科取了这个名字,希望他早日登科,成为国家栋梁,以遂夙愿。

大概因为有这么一段渊源,杨登科大半辈子了,总是位卑不敢忘登科。好在他也还算争气,高中毕业参了军,在部队给首长开了几年车,复员没有回农村,而是幸运地进机关吃上商品粮,成了正式的公家人。公家人就是国家的人,生老病死国家全包了的人,或者说吃的是米箩里的人。在那些面朝黄土背朝天的父老乡亲们眼里,杨登科从糠箩里跳到了米箩里,算是很有出息了,同时也给家乡人争下了面子。

杨登科却觉得自己面子还不够。想想也是的,自己一名普通工人,连国家干部都不是,无论如何是算不得真正意义上的登科的。那么怎么才算登科呢? 在杨登科心目中,至少要做上干部,弄个官做做才算登科。也不要大官,自己这么个起点,这一辈子做大官是没什么指望了。就一个科级干部就够了。登科登科,登上科级足矣。

人生难得的是树立一个明确的奋斗目标。这就好比出门远行,总得先有目的地才有行动,尔后一步步向目的地靠近。如果没有任何目的,那无异于行尸走肉,最终什么目标都没法达到。杨登科正是因为有了这么一个明确的目标,行动起来才那么有计划有步骤,才不至于盲人瞎马地乱闯一气。

杨登科的第一步是要把头上工人的帽子给摘了,做上干部,然后再想办法登科进步。

机关里是个等级分明的地方。局长就是局长,科长就是科长,干部就是干部,工人就是工人。谁掌什么权,谁签什么字,谁阅什么文,谁开什么会,谁说什么话,谁坐什么车,尽管没有明文规定,但大家心知肚明,操作起来是一点也不会含糊的。就是一些有关系的部门或是下属单位和下面县里偷偷到局里来送钱送物,谁有谁无,谁多谁少,谁轻谁重,也从没有人搞错过。有道是人往高处走,水往低处流,既然职别跟实惠挂钩,身份跟身价等同,还会有谁不喜攀高枝,乐于进步的? 正因为如此,机关里也就没有工人不想做干部的,没有干部不想做科长的,没有科长不想做领导的。只是大家都竞相往高处走,路上自然拥挤,并非任何人都能心想事成,如愿走到高处。

杨登科在机关里待了近二十年,深谙这层道理,知道头上工人的帽子不是说摘就能摘得掉的。他知道这是个重视文凭的时代,没有文凭做个工人没问题,要想做干部,先得把文凭拿到手才有可能。杨登科也曾尝试过去弄个自考文凭什么的,可他天天出车,根本没时间静心翻书本。就是休息日待在家里，想坐下来看两页书，却因过了读书的年纪，没看上两行就哈欠连天，书页里模糊一片，像是蒙了一层雾水一样。

这样下去，肯定一辈子也别想把文凭考到手。看来只有想办法脱产读两年书。只是这样的机会并不是容易争取得到的，好多科长副科长想脱产进修，领导都没点头。不过杨登科又想，自己虽然是一名工人，却有一般科长副科长没有的优势，那就是天天跟领导在一起，只要将领导服务得舒服了，读两年书还不是领导一句话的事？

当时杨登科服务的领导是一位姓陈的局长。陈局长刚到农业局来时，是另一位姓郭的老司机给他开的车。后来郭司机父亲病故，他回家奔丧去了，临时让杨登科代他给陈局长开车。郭司机是局里人人称道的车技过硬的好司机，还得过"省劳模"称号。不想杨登科开得并不比他差，而且服务态度更加周到，深得陈局长欢心。所以郭司机奔丧回来，陈局长就将他提为车队队长，让他协助办公室主任在家里管理车队，而让杨登科做了自己的司机。郭司机已开了三十年车，早有些厌倦了，很乐意地接受了陈局长的安排。杨登科更是正中下怀，铁了心紧跟陈局长，渐渐成了陈局长的心腹。

当领导的人不一定才高八斗，学富五车，但至少要深谙世情，懂得如何利用手中的权力调动手下人的积极性，为我所用。陈局长在位几年，就提拔重用了一批干部，深得全局上下干部职工的拥戴，大家工作起来有奔头，积极性空前高涨。杨登科就是看到了陈局长这个特点，才死心踏地为他服务的，巴望他也给自己一次什么机会。

陈局长果然没有亏待天天鞍前马后替自己服务的杨登科，主动问杨登科有什么想法和要求没有。杨登科心中暗喜，却不愿把话说白，而是转了个小弯子，对陈局长道："陈局长，不瞒您说，过去我确实有进修拿张文凭，再回来提干的想法，可自从给您开车后，我却打消了这个念头。"陈局长说："此话怎讲？"杨登科说："您是我最敬重的领导，您的品德和才能是我遇到过的领导中最好的，这辈子能给您开车真是我的福分，只要能跟您在一起，我就非常满足了，至于拿不拿文凭,转不转干都无所谓了。"

陈局长尽管身为领导,天天听的都是奉承话,但耳根还没麻木到真伪不分的程度,知道杨登科说的并不全是真心话,而是拍他马屁的。但不知怎么的,这话听着就是舒服。"拍马屁"这个词有些难听,可世上却鲜有不喜欢被拍马屁的主。至少人家拍你马屁比骂你娘受用。何况不是谁的马屁都会有人来拍的,杨登科就从没见过谁拍过工人、农民的马屁。

也许是杨登科这马屁拍得有水平,陈局长开心地笑笑,不再说什么。不说什么并不等于杨登科的事他没往心里去,不久他就真弄了个市电大脱产学习的指标,将一介司机杨登科变成了大学生,还鼓励道:"登科,你就好好学习吧,学习期间一切待遇不变。有了真本事,有了专科文凭,以后转干进步就容易些了。"

原来陈局长什么都给杨登科考虑到了,杨登科还有不感恩戴德的? 他只差没跪到陈局长前面,喊他亲爹了。

杨登科没辜负陈局长的厚望,进了电大后一心扑在学习上,发誓要学有所成,往肚子里装点真货进去。他不仅仅为了一纸文凭,如今仅仅一纸文凭并不怎么管事了。不用到组织部和人事局去查档案,随便到哪个单位的厕所里转一圈,碰到的不是本科生就是专科生,说不定斜眼一瞧,那位不中用尿湿了裤子的还是研究生呢。至于这些专科生、本科生甚至研究生的来历,当然最好不要深究,反正如今好多事情都是深究不得的。

杨登科却是憋足劲儿到电大来充电的,而且要充得足足的,真正让自己的素质上一个档次,好为今后的进步打下坚实的基础。因此两年的时间里,杨登科心无旁骛,天天家里电大,电大家里,两点成一线,连局里都舍不得花时间回去一趟,工资都由老婆聂小菊到单位去领取。特别是临近毕业的这三四个月里,杨登科将被褥都搬进了电大,吃住一律在学校。说头悬梁锥刺股,没那么夸张,说夜以继日,废寝忘食,则完全是事实。就这样经过苦读,克服年纪大、记性差的不足,他终于把没有掺假的货真价实的电大文凭拿到了手里,算是有了一块掷地有声的转干进步的敲门砖。

想到此处,杨登科脸上不由得浮起一丝浅浅的自豪。这是通过自己的努力获得成功的自豪,真切实在,显得有底气,脚下的步子也迈得高了。还忍不住将兜里的文凭拿到手上仔细瞧了瞧,然后放嘴边吻吻,吻得很抒情,像第一次吻自己心仪的女人一样。

不觉得就出了学校大门。阳光很亮,亮得让杨登科似乎有些伤感。杨登科早过了迎风垂泪,对月伤怀的年纪,一时不知这份伤感因何而起。回头望了望身后那块粗大的贵都市电大的招牌,这才意识到了自己伤感的原因,原来是要和这个待了整整两年的母校分手了。不过杨登科觉得这份伤感是如此美丽,他已经好久不懂得伤感了。

忽瞥见大门一侧有一个地摊,摆着各种各样的红绿本子。一旁支着小木牌,上面写着出售各类文凭和证件的字样。杨登科觉得如今的事就是这么有意思,卖假文凭的专挑大学门前的黄金地段,搞打砸抢的则瞄准了官车或警车才下手。

也是怪,这个地摊在电大门口摆了也不只一日两日了,平时杨登科进进出出的,一门心思只想着学习,对此总是视而不见,今天却不知怎么竟引起了注意。大概是自己袋子里就揣着一个文凭,想看看地摊上的文凭究竟有何不同,杨登科不由得向地摊走了过去,弯腰拿了一个红本子翻了翻。原来是赫赫有名的某重点大学的文凭,大红公章,校长签名,一应俱全。摆摊的老头立即向杨登科靠过来,问他需要哪所大学的文凭,价格可以商量。杨登科拍拍手中的文凭,说就要这种,老头立即报了两百元的价格。

杨登科没有吱声,心想一所名牌大学才值两百元钱,如果是自己身后这所电大,岂不只值三五十元? 杨登科心生感慨,却没有生气,也没有为自己怀里那个毫不起眼的电大专科文凭自卑。因为自己是扎扎实实脱产学习了两年才拿到这个文凭的,这样的文凭没有什么水分,含金量高,跟地摊上这些假文凭自然不可同日而语。

杨登科撇下老头,提着手上的生活用品,大踏步朝前走去。

还没走上一百米，一辆三菱吉普从身后开过来，绕到前边拦住了杨登科。杨登科一瞧原来是同班同学钟鼎文，他跟杨登科一样拿了文凭刚出电大校门。别听钟鼎文名字斯文，人却长得五大三粗，而且是城西派出所所长，往地上一站，确有几分威风。他有单位的警车供自己专用，读电大这两年几乎天天开着警车到学校来上课，杨登科经常搭他的车。钟鼎文生性豪爽，跟大家都合得来，同学们请他帮个什么忙，他总是有求必应。

杨登科二话不说上了钟鼎文的车。钟鼎文说："到哪里去？"杨登科说："我提着这些东西，还能到哪里去？"钟鼎文笑笑，方向盘一打，将杨登科送到贵都市九中。他知道杨登科的老婆聂小菊是九中的教师，他们结婚十多年了，一直住在学校里。

警车进了九中大门，来到宿舍楼下，杨登科请钟鼎文到楼上坐坐，钟鼎文一脸邪笑，说："你三四个月没跟嫂子在一起了，我在场岂不影响你们的工作？"杨登科在钟鼎文胸前一擂，说："老夫老妻，哪有你说的那么浪漫？"提着东西下了车。

望着钟鼎文将警车掉了头，正要开走，杨登科又喊道："鼎文你等等。"一边开了一楼自家的煤屋门，将东西往里一扔，转身重新上了车。钟鼎文笑嘻嘻道："你真狠心，不怕嫂子在家里难熬？"杨登科说："去你的！好久没去单位了，送我去农业局吧。"

大概二十分钟的样子，警车进了市农业局。

农业局的人见院子里来了一部警车，以为发生了什么案子，都纷纷跑到走廊上来看热闹。杨登科心里直乐呵，他要的就是这种效果。杨登科想让局里的人都知道他大学毕业回来了，而且还是城西派出所所长开着警车送回来的。有车送比没车送当然要有面子得多，做官的也好，做老百姓的也好，谁图的还不就是一个面子？

警车停稳后，杨登科邀钟鼎文下去看看，钟鼎文说："所里还有些烂事等着我回去处理呢，这次就免了吧。"杨登科也不力劝，抬脚准备下车，忽想起一事，说："你身上有烟吗？"钟鼎文说："你平时也没怎么吸烟，要烟干什么？"杨登科在腮上挠挠，说："好久没跟同事们在一起了，见面递根烟显得不生分。"

钟鼎文就从身上拿出一包芙蓉王，扔到杨登科身上，说："坐车没买票，还要敲我的竹杠，我还是第一次碰到你这样的乘客。"杨登科将芙蓉王抛到空中，然后接住，瞄瞄，说："芙蓉王可是响当当的名牌，这不是假烟吧？"钟鼎文闻言，伸手要把芙蓉王收回去，杨登科手一缩，塞进了兜里，说："堂堂派出所所长，估计也没谁吃了豹子胆，敢送你假烟。"

下车后，站在车旁跟钟鼎文招招手，看着他将车开出大门，杨登科这才慢悠悠转过身，收腹挺胸往办公楼走去。

也是旧习难改，杨登科不自觉地就走到了一楼司机班的门外。但他很快煞住了步子，心想自己已是堂堂大学毕业生，怎么还视自己为普通的司机呢？这岂不是太没觉悟了？不过杨登科马上原谅了自己，人说培养一个贵族至少得三代以上，自己才在电大混了两年，哪里觉悟得这么快？看来以后还得多加历练才是。

杨登科觉得有三个地方非去走走不可。

一是局长室。是陈局长促成自己读的电大，现在终于学成归来，陈局长一定会非常高兴的。主要还是杨登科意识到自己虽然已是大学毕业生，但转干和提拔还得有一个不大不小的过程，这个过程只有在领导的正确领导和亲切关怀下才可能顺利完成。杨登科还知道自己走后，陈局长对别的司机都不满意，又让过去给他开过车的老郭替代了自己。陈局长当初还留了话，杨登科读完电大，老郭也快到退休年龄了，杨登科还得继续给他开车。为自己的出路着想，杨登科也得先到陈局长那里跑一趟。

二是政工科。脱产去读电大时，是在政工科办的手续。政工科蔡科长对杨登科也很关心，曾嘱咐他一定要珍惜这么好的学习机会，学好本领，回来为全市的农业工作和经济建设贡献力量。还主动签字证明杨登科的学习，让他全额报销了学费，而以往碰上这种情况，最多也就报销一半，当事人还得求爷爷拜奶奶说尽好话。杨登科心里清楚，蔡科长这么待你，并不是你长得漂亮可爱，或是留了多么大的人情在他那里，而是他看在你杨登科是陈局长的人的份儿上。不过不管怎么样，也要人家蔡科长有这份美意。所以现在回来了，再怎么也得到蔡科长那里去露露面，向他报告一声自己的归来。顺便也把文凭给他们瞧瞧，以后有什么转干的指标，可不要忘了自己这个货真价实的大学毕业生。

三是办公室。司机们虽然跟领导跑得多，但司机班归口办公室管理，平时报张油票，领份劳保什么的，都得进办公室。办公室主任吴卫东是陈局长主政农业局后提拔的，被局里人视为陈局长的心腹，吴卫东自己也觉得他和杨登科一样，是同一条船上的人。几年前杨登科刚给陈局长开小车，在综合科干了好多年连副科长都提不上的吴卫东，有事没事就在杨登科面前晃，逢年过节还提着烟酒往他家里跑。杨登科自然知道世上没有无缘无故的爱，也没有无缘无故的恨，对吴卫东讨好自己的意图心中有数。不过杨登科还是能理解吴卫东的苦心，人在机关，谁都是有追求的。于是趁天天和陈局长在一起的便利，有意无意说几句吴卫东的好话，陈局长也就对吴卫东的印象慢慢深起来，不久就给他解决了副科长。后来又在杨登科的暗助下，将吴卫东调进局办公室做了主任，吴卫东就这么成了陈局长的近臣和红人。有这么一层关系摆在那里，杨登科也觉得应该到办公室去走一走，跟吴卫东见个面，交个差，说明自己已经归队，以后还得他多加关照。

打定了主意，杨登科就毅然决然转身，大踏步上了楼。

然而来到三楼，局长室的门却是关着的，也不知陈局长在不在里面。过去杨登科因为给领导开车，到省农业厅去得多，那里的厅长处长都喜欢关起门来办公，彼此之间老死不相往来，显得十分神秘。要递个话传阅个文件什么的，分明只隔着一道墙壁，在墙上敲敲，那一边都听得见，就是走路也只需几秒钟，却硬要拿起话筒给对方打电话，像是隔着千山万水似的。市农业局没有关起门来办公的习惯，平时都敞开门洞，要传话找人，只要破开嗓门朝门外一喊，整栋楼都听得到。局里的人说这就叫做政务公开，透明度高。只有局长们的办公室偶尔会关上一阵,那通常是找人谈心通气的时候,而且要谈的心、要通的气都与人事有关,与一般的业务工作有关的事情犯不着这么遮遮掩掩的。也有半开半闭的时候,那通常是男局长找女科长女干部谈心通气,或是女局长找男科长男干部谈心通气。这样的时候如果搞全封闭,那是容易引起误会的,弄不好羊肉没吃着,还要惹一身骚。

今天局长室关得这么紧紧的,陈局长如果在里面的话,不可能是跟哪位女科长女干部谈心通气,而是哪位男科长或男干部,那是无骚可惹的。杨登科就扬起手准备敲门。可指关节要触着门板了,又犹豫起来,心想领导找人谈话通气,那话肯定是非谈不可的,那气也肯定是非通不可的,这么懵懵懂懂敲门,岂不要惊了人家的好事?杨登科的手就知趣地缩了回去。想走开等会儿再回来,又有些不太甘心,于是将耳朵贴到门板上,想听听里面有什么动静,那样子好像小偷下手前探听虚实一样。

听了好一阵,也没听出里面有什么响动,杨登科这才意识到陈局长其实并不在里面。是呀,领导那么忙,有开不完的会,做不完的报告,发不完的指示,赴不完的宴请,你杨登科又不是什么凯旋的大英雄,他有专门坐在办公室里迎候你的义务么?杨登科有些泄气,责怪自己来得不是时候,只好转身走开。还没走上两步,又回头朝局长室瞧一眼,那样子仿佛十八相送的情人,有些依依不舍的味道。杨登科是企望那道门陡然间开启,他好立即缩身回去,奔到心向往之的陈局长的身旁。

可那道门一直冷冷地关着。

现在杨登科到了政工科门外。好在这道门是敞着的,还有不高的听不真切的说话声自里面传出来。杨登科身上一阵温暖,心想今天如果政工科的门也是关着的,自己恐怕就要得心脏病,受不了了。杨登科发现自己读了两年电大后,不知怎么的,神经似乎变得有些脆弱了。

杨登科一脚迈进政工科。蔡科长几个都坐在桌前喝茶说话,脸上泛光,兴致勃勃。见有人进了门,大家停了说话,掉头来望杨登科。杨登科嬉着脸皮,说:"我胡汉三又回来了。"这是《闪闪的红星》里面的一句台词,杨登科这代人是看着这个电影长大的,都熟悉这句台词,平时喜欢用它来开开玩笑。

可没人回应杨登科,大家似笑非笑地望着他,仿佛没听懂那句台词似的。

杨登科来到蔡科长面前,抬了手朝他伸过去。蔡科长的手就扬了起来,却没来握杨登科的手,而是往旁边一划,抓住了桌上的杯子。杨登科有些尴尬,也不怎么在乎,心想蔡科长这是把自己当做同道中人,才不拘泥于这样普通的礼节,忙从身上拿出钟鼎文给的芙蓉王,抽出一支递给蔡科长。不想蔡科长烟也不肯接,摆摆手,说道:"免了免了。"

杨登科背上凉了一下。他知道蔡科长嗜烟如命,过去如果是芙蓉王这样的好烟,你发他一根,他恨不得连整包都要拿走。杨登科不好把递出去的烟收回自己的口袋,只得搁到蔡科长桌上,又转身给其他人敬烟。那几个也像是约好了似的,跟蔡科长的态度一个样。杨登科感到不自在,却还是硬着头皮在每人桌上都留了一支烟。

发完烟,还是没人对杨登科表示出应有的热情,甚至没人喊他坐一坐。他就站在屋子中间,一副手足无措的样子,像是刚进城的乡下人。杨登科以为是冲撞了他们的兴致,竟有些难为情了。又想起兜里的红壳烫金文凭,本来有一种拿出来给大家瞧瞧的冲动,见他们这么不咸不淡的,也没了这份雅兴。也是话不投机半句多,跟他们几位有一声没一声地搭讪了两句,杨登科意识到自己不受人家欢迎,只好知趣地出了政工科。

杨登科后来去了办公室。办公室是农业局里的综合部门,文秘后勤财务都绑在一起,地盘宽,人员多。这天好像在发什么补助,好多人都围住会计和出纳,签名的签名,数票子的数票子,人气正旺。另一边的办公桌上则堆满刚打印好还散发着油墨香味的材料,分管文秘的办公室副主任曾德平和秘书正低着头搞装订。办公室主任吴卫东更是没闲着,对着话筒大声嚷嚷着,仿佛家里起了火似的。没人理睬杨登科,或者说没人发现杨登科,他在门口站了好一阵,才迟疑着向吴卫东慢慢走过去。

好不容易等到吴卫东把电话打完,杨登科躬着身上前一步,一边给吴卫东发烟,一边讨好道:"吴主任您好!"吴卫东没接杨登科的烟,只瞟了他一眼,那目光没有杨登科期待中的久违之后的热切,却有些恍惚,好像杨登科是外来办事的人似的。杨登科心里头不免失望,却仍像在政工科一样,小心地将烟放在了吴卫东桌前。这时吴卫东才开了口,说:"我还以为是谁呢,原来是杨司机。"口气显得那么漫不经心。

"杨司机"三个字让杨登科听着有些不太舒服,仿佛身上爬了好几个蚂蚁似的。毕竟现在的杨登科已经不是从前的那个杨司机了。其实过去吴卫东也是这么称呼他的。杨登科想想,也许是自己在电大待了两年,这个称呼已经变得陌生了。

杨登科心里正在嘀咕,吴卫东又开了口:"杨司机毕业了吧?"杨司机不杨司机的,杨登科计较不了那么多了,也淡淡地说:"是呀,毕业了,特意来向你当主任的报个到。"吴卫东笑笑,说:"你到办公室来报什么到呢?你现在是堂堂的大学毕业生了,难得的栋梁之才,办公室这口小塘哪里还装得下你?"

这当然不是幽默,吴卫东从没跟杨登科这么幽默过。吴卫东一向视自己和杨登科同是陈局长的人,要幽默也不会这么幽默。杨登科再没悟性,也听得出吴卫东话里的嘲讽。

只听吴卫东又说道:"当然你要回来我最乐意了,我这个办公室主任当得不怎么称职也不怎么称心,正愁找不到合适人选,你来把班接过去,我给你作揖,给你下跪,或者请你下馆子。"说着,还挪过自己坐着的椅子,要往杨登科屁股下面塞。

这无异于拿着鞭子往杨登科头上猛抽了。杨登科尽管电大毕了业,却还是工人,连干部都不是的,想做主任也不是这个时候就敢想的。杨登科心里骂道：这个狗日的吴卫东，真是小人一个！他恐怕是将当初提着礼品到九中去巴结我杨登科的事忘到了脑后。何况我杨登科又没日你家老娘，你为什么要这么咒我？杨登科心头腾起一股火气，差点就要捏紧拳头，当胸给吴卫东一下了。当然杨登科还是强忍住了，愤然出了办公室。

来到楼前的坪地里，杨登科脸上还紫着，怒气难消。只是他百思不得其解，搞不清楚今天到底出了什么偏差，自己刚回局里，并没招谁惹谁，却走到哪里都遭人冷眼。想想现在不高不低已是名正言顺的电大毕业生，好歹也算是科班出身了，在农业局里虽然比上不足，比下却有余，不像过去只是普普通通的工人，难道他们还有什么瞧不起自己的？再往深里想又并不是这么回事。要知道自己以前是普通工人时，他们可不是这么个态度，无论在哪里碰着了，都会主动跟你打招呼，那热乎劲儿跟见了陈局长是没有太大区别的。

好不容易拿到自己梦寐以求的文凭，迫不及待回到局里来，却弄了个灰头土脸，杨登科一下了泄了气，感到很是沮丧。

在坪里站了好一阵，杨登科心生茫然，竟然不知到哪里去才好。一眼瞥见司机班的门还敞着，脚下不由自主地往那边移了过去。那是自己的老根据地了，靠窗还有一张属于自己的办公桌，不存在受不受欢迎的事。杨登科的底气慢慢就足起来，脚下的步子也坚定了些，不像刚才那么飘飘忽忽的了。

除开杨登科，司机班还有四位司机，刁大义，胡国干，小钱以及前面已经提到过的老郭。这天小钱和老郭不在，只有胡国干和刁大义在下象棋。杨登科知道这两个人的棋都很臭，劲头却不小。这好像是规律了，棋臭的人偏偏都乐此不疲，没事就要摆开棋盘噼噼啪啪敲上一阵，有时为一步棋还要争得鼻涕泡一鼓一鼓的，甚而至于不惜大打出手。

杨登科走进司机班时，刁大义和胡国干正在为一步棋争执不下，对杨登科的到来好像毫无察觉。杨登科站在一旁观看了一会儿，原来是胡国干的马踩得不是地方，被刁大义逮住破绽吃掉了个炮。

胡国干想悔棋，刁大义摸摸唇上的小胡子，阴笑着生死不干。

看着刁大义那阴笑的样子，杨登科就想起他那个"刁德一"的别号来。刁大义的身材瘦瘦的，唇上还有两撇小胡子，跟沙家浜里的刁德一有些相似，加上刁大义和刁德一谐音，农业局的人都这么喊他。刁大义也无所谓，刁德一就刁德一，有时在包厢里唱卡拉OK，他还有意点了《斗智》，学刁德一的样子，一手叉着腰，一手夹了烟，阴阳怪气地唱上几句"这个女人不寻常"，还真像那么回事。

胡国干见刁大义不肯悔棋，感到很恼火，就说："你刚才已经悔了三步棋了，我悔一步棋你都不同意，那这棋是没法下了。"刁大义说："我本来就不想跟你下，跟你这种低水平的人下多了，只会降低我的水平。"胡国干听不得这话，有些来气，眼睛一瞪，桌子一拍，吼道："你有什么了不起的？你了不起还不是跟我一样，只是个小小的司机？"

刁大义还是不温不火，说："我当然是个小小司机，不像你是国家干部，现在又给康局长开上了车，那更不是一般的国家干部了。"

原来胡国干这个名字也是有些来历的。胡国干过去也在部队干过两年，还是一个技术兵，复员进了农业局后，他逢人就说他那技术兵种到了地方上相当于国家干部。局里的局长科长们对他的话不太在意，他说相当于国家干部就国家干部，没谁跟他较过真，反正也不用单位给他拿国家干部津贴。司机班里的同行都是工人，听了这话，感觉他是抬高干部，贬低工人，有些不是滋味，就把"国家干部"四个字压缩成国干，讥讽地叫他胡国干。不想这个名字一下子就在局里传开了，人人见了他都胡国干胡国干地喊，以至弄假成真，再没人记得他原来的名字，仿佛他本来就叫胡国干似的。胡国干自己开始听人这么叫他，还有些脸红，久而久之也就习惯了，觉得这个名字既响亮又风光，人前人后得意时，也拍着胸脯我胡国干怎么怎么地自称起来，好像自己真的成了国家干部一样。

不过今天刁大义拿"国家干部"四个字来说他，他还是听得出其中的讥讽意味的,紫着脸半天说不出话来。这棋也就下不下去了,两个人都撇开棋盘站了起来。

这个时候,他们才发现了杨登科的到来。

下棋时生的闲气也消了,两个一前一后夹住杨登科,问长问短起来。胡国干说:"你还活着? 我以为你早死得没尸身了。"杨登科说:"我死了你有什么好处?"刁大义说:"你死了他好打聂老师的主意嘛。"聂老师就是杨登科的老婆聂小菊。胡国干说:"我怎么敢? 聂老师人家是知识分子,我一个大老粗怕是边儿都沾不上的。"

杨登科感到一阵温暖,刚才在政工科和办公室惹的不快似乎也消了许多,赶忙拿出芙蓉王,朝他们两位手上递。胡国干接了烟就往嘴上戳,又打火点着,猛吸一口,说:"好烟好烟! 登科当了大学生,连烟的档次也上去了,以后我们的白沙,你恐怕是抽不习惯了。"杨登科说:"是一位同学送的,我自己哪里买得起。"

正闹着,老郭和小钱回来了,又是几句对骂。骂过,杨登科给他俩也发了烟。整个屋子于是云遮雾罩,乌烟瘴气,像是起了火灾。小钱瞄瞄杨登科,说:"杨哥你现在是正儿八经的大学毕业生了,怎么看上去跟从前还是一个卵样子?"

这话让杨登科心生感激,终于有人想起他是大学毕业生了。杨登科很想就大学生的话题发几句高论,却又觉得这样浅薄,谦虚地说:"别挖苦我了,我这算不得什么正规大学生,不过电大专科生而已。"小钱说:"你都是专科生了,我们连本科生都还不是呢。"

胡国干逮住了破绽,大骂小钱:"你什么文化? 难道本科生比专科生还低一档?"小钱斜胡国干一眼,说:"没有一点儿幽默感。"回头又对杨登科说:"把你的文凭拿出来给我们见识见识吧? 看是不是街边文凭贩子摆的那种。"杨登科想起在电大门口见过的假文凭,忍不住笑笑,说:"比那种文凭当然还是要正规一些。"小钱说:"那你快拿出来呀。"

杨登科还真想给他们看看文凭。他将文凭带到局里来就有这个想法,手都伸到口袋里了,还是放弃了,说:"专科文凭有什么看的？如果是本科生或研究生什么的，给你们看看我脸上还光彩。"小钱就过去要搜杨登科口袋，老郭止住他，说："你想非礼不成？"

杨登科瞧一眼老郭，这才想起自己上电大后，是老郭代他给陈局长开的车，现在他进了司机班，那陈局长也应该回了局里，就问他："陈局长呢？去了局长室？"杨登科的意思是陈局长如果去了局长室，他立即去见见他。

"陈局长？"老郭却像不知陈局长是谁似的，这么问了杨登科一句，旋即反应过来，说："你说陈局长，他嘛，今天没在我的车上。"

一把手可是单位里最忙的人，上有领导找，下有群众求，一下这里要开会，一下那里要检查，这屁股下的小车就跟蜜月中的美女一样，是时刻离不得的。现在听老郭说陈局长没在他车上，杨登科就有些诧异，说："那陈局长没到局里来？"

老郭避开杨登科的目光，顾左右而言他："今天天气真不错，塘里的鱼肯定吃钩，有空到郊外鱼塘边坐一个下午，那才开心呢。"

杨登科这才发现，一提到陈局长，在场几个人的嘴巴就跟刚屙完屎的鸡屁眼一个德性，全都闭得紧紧的了。

后来胡国干说政府办公会也该结束了，他要去接康局长，跟杨登科扬扬手，出了司机班。接着刁大义和小钱也找借口走掉了。屋里一下子静下来。杨登科又问老郭："陈局长怎么啦？"老郭沉默片刻，说："陈老板已经退下去做了调研员。"

陈老板就是陈局长，如今机关里的人喜欢把领导叫做老板，这样显得亲热。听老郭说陈老板做了调研员，杨登科心头沉了沉，似乎明白局里的人为什么对他那么冷淡了。

杨登科从老郭那里知道了陈局长下去的前后经过。

贵都市是个农业大市。这个"大"字，不仅仅体现在农村幅员广阔，农业人口众多，农业生产总值占全市国民生产总值的比例大，还体现在带农字的部门和行当多。比如兴建于上个世纪五十年代一直归口农业部门管理的各类农场，便遍布全市各县区，据不完全统计，至今还有上百家。最初这些农场主要是开荒垦地，种植粮食茶叶水果烟草等农经作物。几十年的风雨历程，到了上世纪九十年代，已经不是原来意义上的农场了，生产方式发生了很大变化，有些农场甚至集农工商为一体，成了独特的小政府和小社会。

这年春夏之际，也就是杨登科躲在电大宿舍里全力打拼，迎接毕业考试的时候，农业局下面的一所农场就出了一件不大不小的事。

如今从上到下，一向强调得最厉害的工作就是安全生产，安全方面出了事故，当事人和管理部门是要一票否决的。按照惯例，每年春天一来，农业局的领导都要带着干部，亲自下去检查生产设施情况，以便及时发现隐患，进行有效排除。这年春节过后上班没几天，陈局长就按部就班做了安排，和康副局长及另外两名副局长各带一组人马分赴各县区，对各地的农场的生产生活设施逐处进行了检查，然后回到局里综合情况，分析问题，根据轻重缓急，列出需要排查的生产隐患，以对症下药。

其中有一处名叫龙开口的农场，是贵都市资历最深的农场，经过创业者的苦心经营，如今早就不是传统意义上的农场了，围绕农产品的生产和加工，创办了不少颇具规模的附属企业，甚至利用地理资源搞起了开采和冶炼，农场已经成了一个大型产业集团，从业人员达三千多人。要生产和生活，第一要务就是解决水的问题。农场产业规模扩大后，自己投资并通过农业部门到上面争取资金，在场部后山建了一个六十米高的大坝，截断山溪，蓄水为池，名曰龙开口水库。水库既解决了农场生产生活用水，还为山下十里八乡的农田灌溉解除了后顾之忧。凡事有利就有弊，水库为农场和当地农民提供了极大方便的同时，也留下了非常大的隐患，那就是万一决堤，后果不堪设想。不怕一万就怕万一，为此市农业局每年都要把龙开口农场和水库当做重点，派专人下去检查，不敢有丝毫疏忽。

今年龙开口农场分在康副局长那一组，康副局长回来参加汇报分析会时，说龙开口水库刚刚搞了防护，农场领导认为没有什么隐患。陈局长没仔细琢磨康副局长这句农场领导认为没有什么隐患的话，只记得去年自己亲自视察过龙开口水库，那里的防护工程还是他亲自提出来，又拨了专门款子，催促农场如期完成的，一年时间不到，估计也不会有问题，因此没有将龙开口水库列入重点排查范围。

谁知康副局长汇报时留了一手，没有跟陈局长说出实情。康副局长在龙开口水库视察时已经发现去年的防护工程其实是豆腐渣工程，但他却在陈局长前面说农场领导认为没有什么隐患，而隐去了自己的观点，是故意迷惑陈局长的。

汇报分析会后不久，贵都市区域内接连下了半个月大雨。康副局长悄悄跑到市委，向张书记汇报了龙开口水库的问题，说那是陈局长去年亲自拨款和督促搞的防护工程，因此他自以为是，听不进别人的建议，不肯将龙开口水库列入隐患排查对象，没有采取过任何防护救急措施，万一出了问题那就麻烦了。

前面说了，龙开口水库下面不仅有龙开口农场的职工，还有龙开口乡六七千老百姓，如果出事那肯定不是什么小事。张书记对此非常清楚，所以一听康副局长的话，又见这雨越下越大，急得不得了，带着几大家领导还有数千名武警和公安干警，直奔龙开口水库，跟接到电话后已经赶赴现场的农场干部职工以及库下干部群众合在一起，冒雨组织抢险。连续奋战了两天两夜，才把大坝上好几处正往外冒水的管涌堵住，总算排除了险情。

龙开口水库事件过去之后，惊魂甫定的张书记亲自批示有关部门，对龙开口水库防护工程负责人和承包人进行了严肃查处，还抓了两个直接责任人。同时派出由市纪委牵头的工作组进驻市农业局，对这起事件进行全面调查。市农业局一时谣言四起，说什么龙开口水库防护工程的承包人是陈局长的亲戚，他签字拨款时拿了巨额回扣，才导致工程资金不足，成了豆腐渣工程。说什么陈局长一贯生活作风败坏，每次到下面去视察，吃了山珍海味，喝了五粮茅台，还嫌不够，还要农场送上没开过苞的黄花闺女，真是处处都有岳母娘,夜夜都要入洞房。也是墙倒众人推,连一些在陈局长手上提拔上来被视为他的亲信的科长主任,也站出来说陈局长的长短,或者悄悄跑到工作组那里去递他的小报告。

工作组做了全面调查了解后,一时并没找出什么陈局长违法乱纪的真凭实据。但动作那么大,不给陈局长一个处理,那是讲不过去的,工作组于是把注意力集中到了那次陈局长主持召开的安全生产情况汇报分析会的记录上。他们发现,记录本上明明白白记着康副局长那句农场领导认为没有什么隐患的原话,这就说明康副局长并没有说过龙开口水库没有什么隐患,责任当然不在他身上。而陈局长却说过不必将龙开口水库列为隐患排查对象,这话在记录本上记得清清楚楚,陈局长自然就难辞其咎了。

事情的结局是陈局长被免了职,但组织上还是手下留情,给了他一个调研员的虚职。康副局长也受到了记过处分,却被市委指定为市农业局工作主持人,并在接下来的人代会上正式成为局长,算是如愿以偿了。

陈局长下去后,自然就没了享受专车的待遇,现在只有康局长才有这个资格。他也曾动过坐老郭开的奥迪的念头,可想起陈局长就是坐着这部奥迪车下的台,生怕沾了霉气,加上康局长认为老郭是陈局长的人,还是改变主意,坐了胡国干开的红旗牌轿车。红旗红旗,名字就带彩,吉利。而且红旗是国产车,坐红旗既显得爱国,又显得革命。

听完老郭的叙述,杨登科唏嘘不已。又想起在蔡科长和吴卫东那里受的冷遇,背上不觉一阵发凉。陈局长下去了,陈局长的对手康局长上来了,而杨登科是陈局长的人,蔡吴一伙是怕跟杨登科热乎了,被康局长看成是陈局长的人,才要跟杨登科划清界线的。

不过话又说回来,蔡科长也好,吴卫东也好,他们能混到今天这个样子也挺不容易的。全局上下都知道他们是陈局长提拔上来的人,如果不多加小心,因为杨登科的缘故,被康局长当成另类,那以后的日子就不是那么好过的了。

杨登科把这个想法跟老郭说了说,老郭直笑他幼稚,说:"你就别替姓吴的和姓蔡的操心了,你也不想想,如果姓康的把他们当成是陈老板的人,他们还不早就被挪开了,至今还待在原来的位置上?"杨登科有些奇怪,说:"难道他们那么快就成了姓康的人不成?"老郭说:"你不在局里,对情况不了解,局里人都说蔡吴二人是智多星呢。"

杨登科不明白智多星的含义,两眼迷糊望着老郭,说:"我只听说宋江身边的军师吴用是个智多星,蔡吴两个几时也成智多星了?"老郭说:"时势造英雄嘛,梁山泊能出智多星,农业局照样能出,而且一出就是两个。"杨登科说:"老郭你就别绕圈子了,到底是怎么回事?"老郭说:"由市纪委牵头的工作组不是就陈老板的问题在局里调查了好几天么?吴卫东和姓蔡的见陈老板快没戏了,便主动到工作组那里去揭陈老板的老底。其实揭也没揭出什么东西,他们只不过用这种方式表明一种态度或立场。果然康局长上台后,虽然还没完全把他们看做自己的人,却念他们反戈一击的表现,才让他们继续留在了原来的位置上。"

杨登科更惊异了,半天说不出话来。他想起了一个词:落井下石。这个世上,为了自己的利益,有些人什么都做得出来。

陈局长倒了霉,他的对手姓康的上了台,杨登科想在农业局混出点名堂,看来这种可能性已经不太大了。至少转干进步的希望一时变得十分渺茫。杨登科不觉悲从中来,感到无助无奈无所适从,不知今后该怎么办。

杨登科当然心有不甘,在电大苦读了两年,到头来竟落到这个地步。可现状如此,杨登科也只得认命。命中有时终须有,命中无时莫强求,杨登科只好这么安慰自己。权当在电大玩了两年。两年其实也就一眨眼的工夫,损失再大也大不到哪里去,无非是少领了几个出差补助,少跟领导出去接了几回红包和土特产。杨登科甚至起了烧掉那个烫金红壳毕业证的念头,因为不读电大,也许就没有现在这么多的奢望,以及由此带来的种种烦恼。可取出毕业证一瞧,又有几分不舍,复又锁进了柜子。

不转干就不转干,不进步就不进步,去他妈的!杨登科暗想,自己在农业局当了十多年的司机,即使不转干不进步,车子总有一部给你开,总还不至于下岗失业吧。杨登科也就释然了,一心等着办公室给他安排部什么车子。他知道车库里还锁着一部没人开的面包车,另外老郭明年就要到退休年龄了,他开着的奥迪也会腾出来。

可杨登科等了两个星期,并没人理会他。办公室主任吴卫东好像忙得很,天天上蹿下跳的,连归口办公室管理的司机班也没进来过。为开台破面包车去向吴卫东说好话,杨登科觉得没有这个必要,所以除到办公室财务人员那里领了一次工资,再没进过办公室的门。

好在机关里不比企业,没事做也不会停你的工资,因为工资是财政安排的,不是农业局自己掏的钱,杨登科不领,别人还领不走。杨登科就乐得自在,不要做事也有工资可领,世上到哪里去找这样的美事?不过他每天还是背着双手,悠哉悠哉地到司机班转上一圈,以表示自己还是在职职工。老郭他们有空,跟他们下下棋,打打牌,他们出车去了,就看看报纸,喝喝茶。有时同行们汗流浃背从外面出车回来,见杨登科一双脚搁在桌上,悠闲自在地捧着报纸细瞧丰乳和护舒宝广告,不免羡慕,说大学生还是不同,享受的是干部待遇。

在司机班里待久了,待烦了,就往老干部活动中心跑。那里台球乒乓球跑步机举重仪什么玩意儿都有,杨登科正好搞点免费健身运动,松松僵硬的筋骨。这是局党组怕老干部们闲得无聊,老想着上访闹事,特意花了十多万置办的,想以此转移老干部们的注意力。这叫做花钱买稳定,因为老干部们都被视为不稳定因素。如今稳定是压倒一切的工作,哪个单位稳定方面出了事,做领导的那是要吃不了兜着走的。可老干部们没有锻炼的习惯,都窝在隔壁的阅览室里寻开心。阅览室订了上百种的书报,还有不少保密级不高的文件。只是老干部们对书报和文件也没兴趣,把读书看文件的桌子挪开,四个一伙打起麻将或扑克来。

　　杨登科劈腿吊臂或原地跑步时,目光常常会落在对面的白粉墙上。那里有两行特别醒目的红字:搞好爱国健身运动,增强国民身体素质。杨登科脸上浮起一丝浅笑。他觉得中国人唯一擅长的就是喊口号,而且每一个口号都大得吓死人,动不动就上升到国家民族那样的高度,叫谁都不敢有半句异议。比如这"爱国"两个字,随便哪个都可以当做大旗拿来挥舞一气。比如搞卫生这样的平常事,我们起了个很好听的名字,叫做爱国卫生,政府都设置了爱卫办,属于财政全额拨款单位。比如到商店里去买瓶酱油是爱国,那叫做消费爱国。上山是爱国,下水是爱国,读书是爱国,干活是爱国。少生或不生孩子是爱国,一胎生上三个五个也是爱国。如果出了国门,不想爱国则更加困难,有时连睡觉都是爱国。在国外赢了人家的棋,在球场上打得洋鬼子落花流水,抱回了闪闪发光的金牌银牌什么的,那当然是无可置疑的爱国了,全国人民都会欢庆。一支曲子在莫斯科街头换了几个卢布,一幅字画在华盛顿墙边卖了几美元,那也是给中国艺术争够了面子。就是用国语骂了一句娘,骂得洋鬼子一愣一愣的,也完全算得上是爱国,因为这是大长了中国人的志气,大灭了外国人的威风。甚至日了外国人的娘们也是爱国。想当初,在那万恶的旧社会,只有我们眼睁睁看着自己的姐妹遭人蹂躏的份,我们对人家洋婆子却鞭长莫及。如今咱国力强大了,有十三亿人民做坚强后盾,我们也可以扬眉吐气地日人家洋婆子了。故民谚有云:国内嫖娼,工作有方;国外嫖娼,为国争光。如果硬要找出跟爱国挂不上钩的事,大概也就剩下帮着日本鬼子屠杀中国人了,那叫做汉奸,好像还没有人说是爱国。

　　杨登科这么胡思乱想着,开始还觉得有些开心,慢慢就感到无趣起来。墙上两行红字越发显得滑稽了。杨登科一时没了健身爱国的兴致,扔下跑步机,转身去了阅览室。那边老干部们鏖战正酣,叫的叫,闹的闹,笑的笑,像一群孩子。凑不满一桌的则在旁边观战,见杨登科进来了,就约他上阵。杨登科反正没事做,就坐下来跟他们干上了。老干部们很高兴,说杨登科没架子,不像其他人,离退休之前是不会进老干活动中心的。

　　杨登科从没见陈局长去过老干活动中心,问老干部们,都说陈局长还是调研员呢,又不属于老干,怎么会降格以求,将自己混同于普通的老百姓?杨登科觉得老干部们的话有些尖酸,却也不无道理。只是不知陈局长在家里干些什么。这才想起电大毕业后,几次动了念头要到陈局长家里去,却因有所顾虑,只给他打过两三次电话,一直下不了决心上门。现在又不可能转干进步了,也就无所谓起来,该去看看他了。

　　那天跑到陈局长家里,他已是大不如前,脸上有些浮肿,眼皮也泡着,两个又大又松的眼袋往下直垂,不知是发了胖,还是哪里有毛病。也许是下了台,大权旁落引起的后遗症吧?杨登科见过不少权倾一时的领导,下台之后,脸色也是这样,有些不太动人。

　　陈局长见杨登科还肯上他家去,当然很高兴。问了问杨登科的一些情况,他也是爱莫能助,只有慨叹的份儿。还告诫杨登科以后少到他家里去,这对他没有什么好处。杨登科说他死猪不怕开水烫,量他们也不可能把他怎么样。陈局长就批评杨登科没出息,碰到一点儿挫折就泄了气,又苦口婆心劝杨登科要振作起来,机会是属于那些有准备的人的。杨登科知道陈局长这是恨铁不成钢,表示要谨记老领导的教导。

　　要告辞了,陈局长又重复了以后不要老往他家跑的话,想跑就多往新领导那里跑。杨登科说:"我可不是那种势利小人。"陈局长就生了气,说:"你这是哪里来的逻辑?往领导家里跑就是势利小人,那天天骂领导的娘,动不动便横眉竖眼跟领导对着干就是英雄好汉了?为了工作和事业,多跟领导接触,多争取领导的支持和爱护,这有什么不对的?"

　　杨登科不好还嘴,只得赶忙点头,做洗耳恭听状。陈局长又因势利导道:"你举个例子给我看看?谁的进步,谁的出息,离开过领导的关照和栽培?你不是叫杨登科么?你这么消沉下去,破船当做破船划，我看你怎么登科？"

回到家里，杨登科将陈局长的话细细琢磨了几遍，觉得还是挺有道理的。又反复反省自己，老这么下去也确实不是个办法，至少也得弄台车开开，那才像话吧？

正反省着，妻子聂小菊下课回来了。

聂小菊师专毕业后，一直在九中当老师。为了方便妻子，他们结婚后便住在学校职工宿舍楼里没挪过窝。聂小菊长得小巧玲珑，颇有几分姿色，刚参加工作那阵，后面的追求者足有一个加强排。追的人一多，聂小菊也就变得飘飘然起来，今天这个明天那个的，眼睛都花了，几年下来竟没一个满意的。时光如流水，不觉到了二十七八岁，身价跟着下跌，过去的追求者都纷纷掉头离去，一个个成了家有了孩子，只有聂小菊还孑然一身。

后来认识了杨登科。农业局的人喜欢省去杨登科名字中间那个字，喊他杨科。中国人喜欢双音节，碰到张厅长喊张厅，碰到李局长喊李局，碰到赵秘书长喊赵秘，虽然不带长，却显得亲切。杨登科因为农业局的人喊他杨科，谁听了都不会以为他是司机。聂小菊就是听人杨科杨科地喊杨登科，以为他真是科长，才有心要跟他好的。两人约会了几次，发现杨登科人挺不错的，就喜欢上了他。等了解到他并不是科长，而仅仅是一名普通司机时，虽然多少有些遗憾，却考虑到自己是老姑娘了，过了这个村就没了那个店，也就残货半价，死心踏地嫁给了他。农业局的人就说杨登科艳福不浅，娶了个如花似玉的大学毕业生。这话只说了半句，另外没说的半句是聂小菊鲜花插在了牛粪上，下嫁给了一个没什么文化的粗人。

聂小菊本人却还算是知足，结婚成家后，一门心思相夫教子，小日子过得非常甜美温馨。唯一不满足的是杨登科是个工人，学历也低，似有门不当户不对之憾。就极力怂恿他想法进修什么的，先弄个文凭，以后把干给转了，好有出头之日。杨登科早有此念，也知道自己如果不长进，跟聂小菊的档次会越拉越远。于是虔心服务陈局长，终于获得了去电大进修的机会，为实现自己的既定目标，迈出了坚实的第一步。

通过苦读，杨登科文凭是到了手，谁知却是空忙乎了一场，转干的事成了泡影。聂小菊生怕杨登科挺不住，只字不提他的前程什么的，而是好言好语相劝，说在机关里做工人虽然不那么好听，待遇却并不比一般干部差，而且每个月要多几十上百的差旅费，年终还比干部多几百元劳保福利。

这虽然是酸葡萄哲学，但道理还讲得过去。可现在倒好，连司机也当不成了，天天闲着，弄不好是会憋出毛病来的，聂小菊也不知道如何安慰杨登科才是了。

进屋后，聂小菊见杨登科坐在沙发上发痴，也没说什么，到厨房里做晚饭去了。饭快做好的时候，儿子杨聂也回来了，一家人开始吃饭。一碗饭几下进了肚子，聂小菊过来给杨登科添饭。杨登科望着风韵犹存的妻子，心里充满感激，觉得自己这么没出息，别的不说，至少对不起她的一片苦心，这才说了下午陈局长批评他的那些话。

杨登科说出陈局长对自己的批评，这已表明了他的想法。聂小菊笑而不语，只顾低头吃饭。饭后杨聂到自己的房里写作业去了，聂小菊这才偎到手拿遥控器频频调换电视频道的杨登科怀里，陪他说了会儿话。她不想逼迫杨登科，而是说："陈局长说的自然有道理，但有些事强求不得，还是顺其自然的好。"杨登科说："再这么自然下去，我只好回家抱孙子了。"说得聂小菊笑起来，说："你儿子才读初中，就想抱孙子。"

聂小菊越是这个态度，杨登科想改变自己的愿望就越强烈。他也知道这事急不得，必须一步步来。他开始厚着脸皮向吴卫东靠近，想通过他把车库里的破面包车弄出来开开。说马达一响，黄金万两，有些夸张，但手中有了方向盘，才好给人办事，才有可能多跟掌权的人接触，从而改变现状，这却是明摆着的现实。

只是吴卫东老躲着杨登科，只要他一进办公室，吴卫东就拿起话筒打电话，一打就是老半天。打完电话，杨登科正要开口说些什

从头再来

么，他不是说农村部等着会审文件，就是说政府有个办公室主任会议要参加，拍拍屁股走开了。杨登科当然不好强行拦他，或是像热恋中的情人一样追着他屁股跑，只得改在下班后提着高档烟酒上他家里去。现在机关里的习惯都变了，好多要紧的话都不会放在单位里说，好多要紧的事都不会放在单位里办，非得去敲人家的家门，或是瞅准时机，另找妙处烧香磕头不可。

想不到轮到杨登科头上，去敲人家的门这一招也不灵了。他连续到吴卫东家里去了几回，可每次听到门铃响，吴卫东都要悄悄躲在猫眼背后往外瞧上一阵，一见是杨登科，便赶紧退下，要老婆死死把住家门，不让杨登科进屋，谎称他不在家里。

司机班几位同行见杨登科近不了吴卫东的身，很替他抱不平，说杨登科虽然已是大学毕业生，但现在还是工人阶级，工人阶级就有劳动的权利，吴卫东不让你劳动，他那是违法行为。还说如今的人怕硬不怕软，极力怂恿杨登科不要胆小怕事，跑到办公室去骂几天娘，捶几天桌子，闹得吴卫东不得安宁，看他敢不给个说法。

杨登科当然不会这么做，他毕竟已在电大学了两年文化，也算是个知识分子了。从前也许他还真做得出来。从前跟人打架骂娘的事他也不是没干过。杨登科觉得这事还是不能操之过急，得另外想想办法，他不相信找不到任何突破口，天无绝人之路嘛。

后来机会终于来了，吴卫东父亲重病住进了医院。杨登科知道这个消息后，心想吴父病得真是时候，就像在街上捡了包美元，高兴得就要弹起来了。回到家见了聂小菊，就抑制不住地说："小菊，告诉你一个特好消息。"聂小菊正在择菜，抬头见杨登科脸色红润，阴云尽扫，以为局里给了他车开，说："这有什么好激动的，你又不是没开过车。"

杨登科顿了顿，意识到聂小菊想到前面去了，说："这跟有车开也差不远了。"聂小菊说："我还以为局里已给了你车子。"杨登科说："吴卫东父亲病重住院了。"

聂小菊放下手中的菜，迷惑的目光在杨登科脸上停留了好一阵,说:"吴卫东父亲住院了？这有什么可高兴的?"杨登科说:"能不高兴吗?"聂小菊说:"你不是因为吴卫东对你那么个态度,幸灾乐祸吧?"杨登科说:"看你想到哪儿去了,我的心肠还不至于这么歹毒吧？我是说吴卫东父亲在医院里,我就有借口接近吴卫东了。"

聂小菊终于明白了杨登科的真实意图。她又低下头继续择起菜来,一边问杨登科:"你打算送多少?"杨登科说:"你看呢？没有个三千五千的,大概出不了手吧?"聂小菊叹口气,说:"你也不是不知道,去年又购房又搞装修,把家里多年的积蓄都掏光了,还借了三万元的债。吃了一年的萝卜白菜,才还了一万三。现在存折上刚存进两千元,也不知要到什么时候才凑得足另外一万七,好把债给还清。"

家里的底子,杨登科当然是心中有数的。他以为聂小菊不同意出钱,有些着急,说:"难道我就老这么闲下去？你也不是不清楚,只有巴结上吴卫东,弄台车开开,才可能找到为领导服务的机会,取得领导信任,成为领导的人。只要成了领导的人,转个干,当个科长副科长什么的,自然就不在话下了。一旦手中有了权力,也就不会老这么受穷了。"聂小菊说:"别给我上课了,这道理我懂,没有投入就没有产出。我是说这两千元也不顶事呀。"

杨登科听出聂小菊同意了自己的意见,说:"你开了金口,我就可以去借了嘛。"聂小菊说:"借借借,你真是虱多不痒,债多不愁。"说得杨登科乐了,低身捧住聂小菊的头,在她额上狠狠咬了一口。聂小菊没有防备,身子一歪,一条腿踢着了一旁的塑料盆,里面择好的菜全被抖了出来,撒满一地。

最后两人商量好再借三千元,加上存折上的两千元,五千元应该出得了手了。只是这借钱的事说说无妨,真找人伸手,还确实不易。用流行的话说,如今是抢钱容易借钱难。抢了钱不用还不说,只要不是巨额款项,人家公安既管不了那么多,按比例拿提成又拿不了多少,也懒得管。抢钱的安全系数如此之大,抢起来既省事又来得块,谁还求爷爷拜奶奶去找人借呢？去年购房和搞装修时,杨登科夫妇俩就找过不少亲友，没说到钱，他们比爹娘还亲热，一谈到钱的事，一个个脸色骤变，如遇大敌似的。最后还是聂小菊回了一趟娘家，才解决了问题。现在旧债还未还清，聂小菊再也不好意思回去找父母张口了。

杨登科只得自己出马。先找了一位做房产生意的朋友。给陈局长开车的那会儿，杨登科曾转弯抹角帮过他一些忙，心想找他借几千元钱，应该不在话下。那朋友开始挺热情，指着桌上那个镂了"世纪英才"字样的铜牌，跟杨登科吹嘘他去北京领这个铜牌时的盛况，说是某某高官亲自颁给他的，还一起照过相，共进过晚餐。可当杨登科刚说明来意，朋友脸色便一下子由红转灰，说是税务局刚来查过账，户头上仅有的几万元流动资金都被划走了。并故意大声喊应里间的女秘书，问楼下讨要征地补偿费的拆迁户走了没有。杨登科是个还有些自尊心的角色，拍拍屁股，知趣地走了。

接着找了一位在法院做庭长的老乡。都说一等公民大盖帽，吃了原告吃被告，当法官的不想致富，至少在原告和被告那里就通不过。杨登科走进老乡办公室时，他正在打电话。真是美不美家乡水，亲不亲家乡人，一见杨登科，老乡就电话也不打了，放下话筒，过来一边拉住杨登科的手，一边用家乡话问长问短起来。杨登科好不容易有了开口的机会，可那个"钱"字还只念到金字旁，老乡又撤下了电话的重拨键，直到杨登科离去，他的电话还没打完。

就这么跑了两天，最后一分钱也没借到手。杨登科也想到找找过去的战友，可那些战友几乎都是农村兵，复员后回了老家，买农药化肥的钱都没着落，哪有钱借给你杨登科？城里也有几个战友，可他们在厂里干了几年，也已下岗回家，有的穷得连老婆都跟人家跑了。找单位相好的同事比如老郭他们借钱，数字不大，估计不是什么难事，可这钱要送给吴卫东，找单位人借钱给单位里的人送，总不是那么回事，万一事情漏出去，岂不尴尬？

无计可施的时候，杨登科忽然想起一个人来，那就是毕业那天用警车送他回局里的电大同学钟鼎文。如今流行这样的说法：要发财,去打牌;要想富,快脱裤。钟鼎文在城西派出所做所长,天天抓不完的赌,捉不尽的嫖,抓赌捉嫖得来的钱除了部分上缴国库外,顺手牵羊的事也不是不可能,找他借几千元钱应该没事。

果然跑到城西派出所,杨登科刚一张嘴,钟鼎文就不折不扣,当即从包里掏出三千元,说:"够不够?不够我口袋里还有一个存折。"杨登科心里感激得不得了,说:"够了够了。"伸手去接钱。不想钟鼎文手一缩,说:"先说清楚,拿这钱干什么去?现在单位向政府要钱都得说明用途,专款专用,朋友要钱也含糊不得的。"

杨登科知道钟鼎文下面的话是什么,故意说:"你做所长的见得多了,还看不出来?"钟鼎文说:"别绕圈子,我看不出来。"杨登科故作神秘道:"包了个二奶,这样的事你总不好让我向老婆开口讨钱吧?"钟鼎文说:"还算坦白。一等男人家外有家嘛,登科能赶上潮流,我是支持的,以后这方面的开支,老钟可提供部分援助。"将钱给了杨登科。

出了城西派出所,杨登科没有去局里,打的直接回了九中。刚好聂小菊上完课回到家里,见杨登科终于借到了钱,也替他高兴。如今借几个钱太不容易了,有时能借到钱,甚至比赚了钱更能给人带来成就感。

将钱收好,正和聂小菊商量第二天到医院去看吴卫东父亲的事情,忽听外面有人咚咚咚敲门。杨登科走到门后,对着猫眼往外一瞧,原来是战友猴子。

猴子不但姓侯,长得也跟猴子一样精瘦精瘦的,所以在部队里,战友们都叫他猴子。猴子只在部队里待了不到三年,就先杨登科复员回到郊区老家侯家村做了农民。去年侯家村农民购买市农业局下属种子公司的稻种,秧苗育出来插到田里后,高的高矮的矮,秋后颗粒无收。村民没法活命,只得集体上法院告了种子公司,后来官司是赢了,钱却没拿到手。为此猴子还找过杨登科,想请他帮忙到种子公司去讨要法院判给他们的赔款。当时杨登科没在单位里,两人没见上面,回家听聂小菊说起猴子,本来想过问一下,过后又把此事忘了个一干二净。杨登科估计今天猴子又是为这事来找他的。

　　将猴子迎进屋,杨登科问是不是要去找种子公司,猴子摇了摇脑袋,说:"现在哪还顾得上那事?"杨登科说:"那你还有别的什么事?"猴子张张嘴,却没出声,欲言又止的样子。杨登科说:"我们老战友了,你有什么需要我帮忙的,说句话嘛,何必这么婆婆妈妈的?在部队时,你好像不是这个鸟性格。"

　　再三犹豫,猴子才吱吱唔唔告诉杨登科,他老婆住院了,医院诊断是什么肠癌。

　　杨登科就明白了猴子的来意。这是巧合,还是猴子会掐手指?要不自己刚借了钟鼎文的钱前脚迈进屋,猴子后脚便跟进屋借钱来了?只是杨登科有些无奈,自己又不是为你猴子借的钱,怎么能将急着要用的钱转借给你?

　　聂小菊生怕杨登科抹不开战友的情份,把刚借来的钱给了猴子,忙过来满脸热情地对猴子说道:"嫂子住在哪个医院?我和登科一定抽空去看看。"猴子说:"看就不需要了……"话只说了半句,聂小菊又赶紧接住道:"猴子你客气什么呢?你和登科是多年的老战友了嘛,我们去看看嫂子也是应该的嘛。"

　　猴子还想把后面的话说完,聂小菊又掉头对杨登科说:"快跟我去厨房做饭,留猴子吃顿便饭,一起看嫂子去。"抓了杨登科的衣角就要往厨房里拉。

　　杨登科终是不忍,站着不动,正想说句什么,猴子已经看出女主人的意思,也就没将要说的话说出口,默默转过身,出了门。杨登科满心惭愧,拿开还紧紧抓着他衣角的聂小菊的手,追到门边,说:"猴子你别走,家里烧的是管道煤气,饭一下子就做好了。"

　　猴子已经到了二楼,说:"饭就免了。"那声音明显带有哭腔。

　　杨登科怔怔地站在门口,半天回不过神来。他真想拿出刚收好的三千元钱,追上猴子,递到他手上。可他的脚心却像是铆在地板上一样,怎么也拔不起来。

第二天上午聂小菊没课，夫妇俩拿上从钟鼎文那里借的三千元现钞，又上储蓄所取了刚存进去不久的两千元，打的往医院方向而去。下了车，见水果摊上的水果新鲜，顺便买了一袋水果，然后走进医院，直奔住院部五楼。

吴父的病房在五楼，这是杨登科两天前就打听清楚了的。

上到五楼，杨登科先让聂小菊在楼道口站住，自己到吴父病房外晃了晃，见吴卫东不在里面，才招呼聂小菊过去，一起溜进病房。病房里很安静，吴父正昏昏沉沉地躺在床上打点滴，只有吴母无声地坐在一旁守护着。听杨登科和聂小菊说是吴卫东的朋友，是专程来看望吴父的，吴母忙起身表示感谢。问候过病人，又陪吴母说了一会儿话，杨登科这才拿出装在信封里的五千元钱，从容地塞到病人枕下。

吴父对此浑然不知，吴母见了，哪里肯干？说水果就留下了，钱是万万不能收的。聂小菊捉住吴母那只伸向枕边钱的枯手，说："平时工作忙，也没时间来陪吴伯，一点小意思，伯母你就别介意了。"拉扯了一阵，吴母自然敌不过两位年轻人，只好作罢。

杨登科和聂小菊要走时，吴母千恩万谢，说："两位提了水果，还留下那么多钱，我们哪里受用得起。"又问他们两位高姓大名，在哪个单位工作，说也好告诉儿子吴卫东。杨登科正要开口，聂小菊将他扒开，抢先说道："是吴主任最好最好的朋友，不用说名字他也是知道的。"吴母信以为真，点头道："那倒也是的，像你们这么好的朋友，不容易结交得到，卫东也不可能有好多。"说着送他们出了病房。两人走远了，吴母还站在门口，缓缓挥动着手臂，直至两人消失在楼道口。

下楼的时候，杨登科还没想清楚聂小菊不让他说出姓名的意图，说："送钱送物的目的还不就是要让人家领情，为你以后的事铺路？今天留了钱，却不留名也不留姓，你是想学雷锋做好事吧？"聂小菊点点杨登科的鼻子，说："亏你还在机关待了十多年。"杨登科说："我在机关里待了十多年，走关系送钱物的事也没少做，可做无

从头再来

名英雄这可还是第一次。"

聂小菊得意地笑笑，说出了自己的高见："五千元不算多，也不算少吧？吴卫东见了钱，不可能不往心里去吧？一往心里去，不可能不去了解是谁送给他的吧？他现在只是办公室主任，不是局领导或实权科室科长主任，送钱的人估计也不会太多，他费不了多大劲儿就会了解到是你杨登科所为。你送了钱，只说是他最好的朋友，连名字也不肯留下，吴卫东自然会对你另眼相看，这比留名留姓，效果是不是要好得多？"

杨登科佩服聂小菊的见识，心想如果她在机关里工作，肯定比自己混得好多了，便开玩笑道："你看问题还挺有眼光的，只可惜在学校里当老师，埋没了一个人才。"聂小菊踢杨登科一脚，说："我不是为你着想吗？你倒好，挖苦起我来了。"

很快到了二楼，杨登科忽见猴子正手提水壶，低了头朝这边走过来，便拉住聂小菊，往后一缩，退到楼道旁的杂屋房里。聂小菊还沉浸在刚才的得意里，不知何故，说："你要干什么？"杨登科嘘一声，小声道："我看见猴子了。"

聂小菊就噤声不语了。猴子那沉重的脚步声响了过来，然后橐橐橐一下一下敲往楼下。杨登科这才问聂小菊："你说要不要去看看他老婆？"聂小菊想想说："今天也没有什么准备，就免了吧，下次再来，总得带点儿水果什么的。"杨登科说："他最缺的是钱。"聂小菊说："我还不知道他最缺的是钱？可你帮得了吗？"

杨登科无话可说了，和聂小菊一起出了杂屋房。为了避免碰上猴子，两人不敢走猴子刚才下去的楼道，从另一头的楼道下了楼，出了住院部。杨登科心里很不是滋味，心想这个世界也真是无奈，急需钱用的人求告无门，不需要钱的人，别人挖空心思送钱上门，送钱的人如果送不出去，还算不上好汉。

接下来的日子里，杨登科几次想去看看猴子的老婆，不知怎么的，却一直没去成。他的心思全在自己送出去的那五千元上面了，天天坐在司机班里，专心等候着好消息。

一个星期过去了，没见吴卫东有什么动静，他还是一如既往，跟在康局长屁股后面跑进跑出，几乎没到司机班来，要派胡国干刁大义他们的车，也是电话联系。杨登科估计吴卫东还蒙在鼓里，没将那五千元跟他杨登科联系上来，否则他不可能这么沉得住气的。

又过了一个星期，吴卫东那里仍然没有音讯。杨登科有些稳不住了，心里犯了嘀咕。吴卫东不可能这么久还没弄清楚五千元的来历吧？这又不是什么难解的悬案。要么就是吴妈私吞了，没告诉吴卫东，可想想这种可能性不大，世上哪有母亲骗儿子的？何况那天跟吴妈的接触也看得出来，那绝对是一个诚实的老人，别说对儿子，就是对别人也是说不来谎的。

要么就是吴卫东收了钱，也知道是他杨登科送的，但他就是量大，没怎么把五千元放在眼里，早忘了这回事。杨登科旋即否定了这种猜测。吴卫东不是那种大大咧咧的人，不会对五千元无动于衷的。杨登科给陈局长开过车，吴卫东便时刻注意跟他保持距离，以免影响自己的前程，凭这一点，就足以说明他精细过人。事实上不是精细人也做不了办公室主任，那可是个要处处琢磨领导心思，领导想不到要替领导想到，领导做不到要替领导做到的特殊角色。这样的角色，收了人家五千元钱却不当回事，不给人家一个交代，那好像不太可能。拿了人家的手软，吃了人家的嘴软，杨登科不相信吴卫东那么容易硬得起来。

道理虽是这么个道理，但杨登科心里还是有些不踏实。五千元钱扔到水里大小还起个泡泡呢，扔到吴卫东那里什么动静都没有，谁甘心？何况五千元里还有三千元是借来的，真的这么白扔了谁不痛心？杨登科就有意无意到吴卫东面前去晃一晃。有时是在办公大楼前的坪里，见吴卫东出了电梯，正要下台阶，杨登科忙出了司机班，做出个要进办公大楼的样子，往台阶上迈。吴卫东好像满脑子装着的都是国计民生，身边的人事无法引起他的注意，杨登科跟他擦身而过，好像也感觉不出来似的，只顾低头走自己的路，连望一眼杨登科的兴趣都提不起来。就是无意间抬起了头，那目光也是混沌茫然空荡荡的,毫无内容。

杨登科以为这是在大庭广众之下,吴卫东不好对他有所表示,便到办公室去跑了两趟。吴卫东不是在看材料,就是在打电话,显得十分忙碌,杨登科走到了跟前,他也视而不见,似乎他不是市农业局的办公室主任,而是情系黎民日理万机的市长一样。倒是办公室副主任曾德平见了杨登科,会打声招呼,说:"杨科亲自到办公室指导工作来啦?"杨登科脸上一红,说:"曾主任你笑话我老实人干什么?我现在是失业工人,你当主任的总不能置之不管吧?"曾德平朝吴卫东那边呶呶嘴,意思是要杨登科找吴卫东,就笑着走开了。

吴卫东还在那里忙着,拒人于千里之外的德性。杨登科心里恨恨地想,姓吴的,你难道要我本人开口说出那五千元来么?

下班回到家里,杨登科依然心不平,气不顺,忍不住跟聂小菊说起吴卫东的作派。聂小菊却依然信心不减,说:"好事不在忙中取嘛,你也太性急了点。"杨登科说:"我还性急?已经两个多星期了。"聂小菊说:"就是要让吴卫东悬一阵子,悬得他不得安宁了,他才体会得出五千元的分量。"杨登科说:"五千元有什么分量?你怕是小瞧吴卫东了。"聂小菊说:"再没分量,五千元也是五千元,我们结婚那阵,你交到我手上的还没到五千元呢。"说得杨登科忍不住笑了,说:"你是说五千元相当于给吴卫东送去个老婆?"聂小菊也笑道:"你净往歪处联想。"杨登科说:"这可是你说的嘛。"

笑过,杨登科叹口气,酸溜溜地对聂小菊道:"是你不让把我们的名字告诉吴母的,如果这五千元真的什么效果也没有,看你想不想得通。"聂小菊说:"怎么想不通?权当捐了灾区。"杨登科说:"你还有几分大气。"聂小菊说:"结婚那么多年了,今天才了解你的夫人?"

正说着话,外面忽有人敲门。聂小菊起身要去开门,杨登科把她扒开,小声说:"我去开,也许是吴卫东上门答谢来了。"聂小菊说:"你想得美。"杨登科说:"说不定他手上还拿着那部面包车的钥匙呢。"聂小菊说:"如果是他,就是来退钱的。"杨登科说:"不给车钥匙,退了钱也好,免得我天天牵肠挂肚,吃不香睡不稳。"

可趴到猫眼上一瞧,杨登科就泄了气,两手向聂小菊一摊,说:"该来的没来,不该来的来了。"聂小菊说:"哪个不该来的来了?"杨登科开门的兴致都提不起来,回身一屁股坐到沙发上,朝聂小菊挥挥手,说:"你去开门吧。"

聂小菊打开门,一个腰圆膀阔的年轻人走了进来,肩上还扛着一个脏兮兮的大麻袋。

茅塞顿开

　　年轻人名叫杨前进,是杨登科老家相邻村上的,因为也姓杨,便与杨登科叔侄相称。其实彼此并无血缘关系,只能说五百年前是一家。没有血缘关系,却还有其他的关系,所以前后不出两个月,杨前进已是第三次进杨登科家了。

　　杨前进是来求杨登科给他找事做的。第一次杨登科帮他找了一家超市,是杨登科电大一位同学的朋友开的,让杨前进搞搬运。杨前进牛高马大的,力气有的是,这活对路。可工资太低,一月三百元,还不够他抽烟喝酒的,第二个月他就不干了。第二次找了一份扫街道的差事,也是杨登科一位当司机的同行介绍的,四百五一月,比在超市要强些,可扫了不到一个星期,杨前进就跟街上一位混混打了一架,那混混事后喊了一帮兄弟要做了他,他没法干下去了,只得回了乡下。想不到他现在又来了,肯定又是要找工作。杨登科电大同学求过了,司机的同行也求过了,还去求谁给他找工作?

　　又高又大的杨前进扛着麻袋站在客厅中央,像一堵墙。嘴还甜,先喊了聂小菊一声婶婶,又喊了杨登科一声叔叔,然后嘿嘿一笑,四下张望起来。聂小菊知道他是找搁麻袋的地方,因为地板太干净了,不好意思将脏兮兮的麻袋往地板上扔。聂小菊问是什么,杨前进说是西瓜,自家地里刚出产的头批西瓜,味道挺不错的。聂小菊就让杨前进扛着西瓜去了阳台上。杨聂听见"西瓜"二字,作业也不做了，嚷着要吃西瓜，跟进了阳台。

那么一大袋西瓜，估计不下一百五。杨登科知道杨前进老家还有好几里山路没通车，他尽管一身力气，扛出山也不容易。

不一会儿杨聂捧着一个大西瓜从阳台上出来了。杨前进怕西瓜摔了，在一旁躬身护着。聂小菊拿来水果刀，动手破了西瓜，大家围在桌旁猛吃起来。杨前进见这一家人狼吞虎咽的样子，忘了吃西瓜，在一旁只顾乐呵。

为了这一袋西瓜，更为了那份在心头珍藏了二十多年的未了情，第二天杨登科又带着杨前进出了门。杨登科准备带杨前进到农校去碰碰运气。农校是农业局的下属单位，杨登科跟农校的马校长打过多次交道，给陈局长开小车那阵还给他办过事，也许他会买自己的账的。

九中跟农校的直线距离并不远，坐公共汽车要绕道转车，得花上半个多小时，杨登科就带着杨前进踏上了九中后面的一条小道。一路上两人并不怎么说话。杨前进想些什么，杨登科不得而知，他只知道自己脑袋里满是杨前进妈妈年轻时的影子。他们之间有一层特殊的关系，要不那个女人也不好意思让杨前进一而再再而三来找杨登科了。

杨前进的妈妈名叫邓桂花，是杨登科小学到高中的同班同学。跟当年乡下千千万万的姑娘一样，邓桂花这个名字也有些土气。人却长得出色，无论是脸蛋还是身子骨，十里八乡再也找不出第二个。杨登科是进入初中后春心初萌，悄悄喜欢上邓桂花的。到了高中，学校离村里七八里远，两人上学放学常常走在一起。也是日久生情，邓桂花也暗中恋上了杨登科，虽然彼此之间谁也没敢捅破那层纸。

让杨登科一辈子也没法忘记的，是村子和学校之间的那个山坳。因为坳上长着不少杨梅树，当地人名之曰杨梅坳。进入农历五月，杨梅坳上的杨梅开始成熟，两人从坳上经过，经常会忍不住爬到树上摘杨梅吃。有一天老师们要开会，学校少上了一节课，提前放了学。来到坳上,时间还早,两人便乐滋滋上了一棵满是熟果的杨梅树,狼吞虎咽起来。

这是他们吃到的最好吃的杨梅了,肚皮填饱后,邓桂花就攀到杨登科上面的高枝,说是要摘些回去给家里人吃。到了树尖,摘了几颗杨梅,邓桂花才想起没东西好装,吩咐杨登科把她书包里的书腾到他的书包里,好用自己的书包装杨梅。

杨登科听话地照办了,然后爬到树上去给邓桂花递书包。

就在杨登科站在邓桂花下面,抬头上望的时候,杨登科双眼花了,全身一软,差点儿要从树下掉下去。原来邓桂花伸着双手攀摘枝头的杨梅时,她那件碎花短衫也跟着提了上去,不仅露出了半截嫩腰,连那两只雪白的乳房也大胆地露了出来。原来那个年代的女孩是不兴戴乳罩什么的,容易漏兜。邓桂花比杨登科小一岁,也有十六岁了,刚刚发育成熟,两只乳房鼓鼓的,胀胀的,仿佛两只白色的雪球,一弹一弹,似要砸向杨登科。

杨登科好不容易才稳住了阵脚,真想伸出两只手,捧住那两只雪球,紧紧搂进自己的怀抱。可惜自己一手攀着树枝,一手提了邓桂花的书包,也是心有余而力不足,只有干着急的份儿。开始邓桂花对此毫无察觉,催促道:"你怎么啦? 还没上来?"杨登科根本就没听见上面的声音,还仰着头,双眼死死盯住那对迷人的乳房。

邓桂花没听到动静,往下一瞧,见杨登科的眼珠浑圆,目光怪异,这才意识到了什么,忙用手去抚了抚掀得老高的衬衫,罩住了春光乍泄的双乳。同时折了根枝条,一边咒着杨登科,一边在他头上猛抽了几下。

究竟是青春年少,双方都有些难为情,此后上下学途中,两人虽然仍然走在一起,却再没以前那么坦然了,彼此之间总隔着一段不远不近的距离。不过人有了距离,心却贴得更近了,毕业前夕杨登科大着胆子给邓桂花写了封求爱信,发誓这辈子非她不娶。邓桂花很快回了信,还送了杨登科一双纳得细细密密的鞋垫。那时乡下姑娘是不轻易送人鞋垫的,送了鞋垫就等于以心相许,一辈子不会有二心了。

　　一年后，杨登科准备按乡下习俗，到邓家去送定亲礼时，忽然得知邓父知道了两个年轻人的关系，搜出杨登科写给邓桂花的信，一把火给烧了，并将邓桂花锁在屋子里，她一天不答应跟杨登科断绝往来，一天不放她出来。还给杨登科父母传了话，说杨登科那是老鼠想吃天鹅肉，他的女儿花容月貌，金枝玉叶，要嫁也得嫁给公社和县里的国家干部，怎么会嫁给杨登科一个当农民的？杨登科要跑到邓家去，跟邓父据理力争，杨父怕他做出傻事来，死死把他摁在家里，一步不离地守了他十天十夜。

　　十天后杨登科就听说邓父已将邓桂花嫁给公社一位国家干部，也就彻底死了这条心。刚好碰上部队征兵，就去报了名。那时当兵也不像现在得花大钱请客送礼，体检一合格，杨登科就换上军装去了部队。杨登科当兵的目的很明确，就是要在外面打拼几年，混出个人模人样来，给邓父瞧瞧，同时也不辱没了爷爷给自己取的这个名字。最理想的当然是能穿上四个口袋的军装，那转业回到地方就是一名堂堂正正的国家干部了。到了部队才知道，那里并不是捡乌纱帽的地方，想做干部其实是痴人说梦，要不了三年五载就得乖乖回农村继续修地球。农村出来的知道修地球是怎么回事，杨登科不免心灰意冷了。这时机遇来了，他被选去当了汽车兵，不久又因技术过硬做上了首长的司机，成了志愿兵，转业时才得以进了机关。

　　杨登科是做上首长司机后才知道邓桂花嫁的那个丈夫也姓杨，是隔壁村上人，其实并非什么国家干部，而是公社食品站杀猪的。不过那时物资短缺，猪肉按票供应，杀猪的牛气得很，比国家干部还国家干部。邓父就是认为跟杀猪的在一起一辈子都有肉吃，才逼着邓桂花嫁给了那个屠户。只是风水轮流转，几年下来，杀猪的不吃香了，食品站解散，邓桂花男人也回家当了农民，邓父让邓桂花做国家干部老婆的愿望成为泡影。

　　邓桂花男人做了农民后，还放不下当干部的架子，不愿踏踏实实地修地球。在农村不修地球，只能受穷，家境每况愈下，杨前进初中毕业后,连高中都读不起。看着儿子一天天长大,快到了娶老婆的年龄,家里还穷得丁当响,邓桂花只得要他儿子到城里来找杨登科,希望他看在她的面子上,给他找份事做,赚点钱以后好讨老婆。杨登科觉得自己暂时虽然还不是干部,但比邓桂花的男人要有出息得多,能给杨前进找个工作,自己也有面子,便动用了能够动用的关系给杨前进找工作。不想前面两次工作杨前进都丢掉了,杨登科想不再管他的事,又念着过去与邓桂花那份旧情,只得又带着杨前进出了门。

杨登科沉默着只顾想自己的心事,后面的杨前进也不敢吱声,只管亦步亦趋跟着。也不知怎么的,这么多年过去了,杨登科只要一想起邓桂花,还隐隐地觉得有些心疼。这毕竟是他的初恋,杨登科才那么刻骨铭心。按说人到中年了,经历过见识过的人和事已经不少,可再要让自己这么耿耿于怀,却根本不可能了。原来人这一辈子,不管活多久,不管多风光,初恋却永远只有一次。杨登科也就越发觉得那份感情的弥足珍贵,忍不住向杨前进问起他母亲的情况来,其实几个月前杨前进第一次来找他时,他就已经问过。

杨前进嘴讷,又吞吞吐吐将原来说过的话给杨登科说了一遍。

不过这一回,杨前进一边说着自己的母亲,一边从怀里掏出一样东西,说:"杨叔叔,这是我母亲特意让我带给你的。"

杨登科掉头一瞧,竟然是一双鞋垫,一双城里人早已不怎么用的鞋垫。

杨登科将鞋垫捧在手心,低头瞧了好一阵。他第一眼就看了出来,这双鞋垫跟当年邓桂花送给他作为定情物的那双鞋垫,简直是一个模子里倒出来的,式样还是那样大方好看,针脚还是那样细密精致。杨登科顿时就百感交集了。

不觉得就到了农校。

农校可是正儿八经的事业单位,经费来源充足,不会太抠门,杨前进若能到里面去做份工,四五百一月估计问题不大。而且学校管理比较规范,在里面不会出什么乱子。农校摊子也大,塞个烧锅炉跑勤杂的实在不是什么难事。主要还是陈局长在位时,杨登科为农校马校长帮过不止一次两次的忙,如果马校长记忆力不是太差,还能记得一些。比如当年他要找陈局长申请经费或要个职称指标什么的,都是先跟杨登科联系,等杨登科跟陈局长说好,告诉他陈局长的具体位置后,他才采取行动,所以每次都没有扑空过。为此马校长很是感激杨登科,曾拍着胸脯对杨登科表态说,有什么事尽管找他就是。以前杨登科也没什么事,从没找过他,现在要他在学校给杨前进安排个临时工做做,想必他会讲旧情帮这个忙的。

走进农校行政大楼,正好马校长在校长室上班,见了杨登科,便很客气地过来跟他握手,将他们让到沙发上坐了。杨登科将杨前进当做自己的侄儿介绍给马校长后,也不绕弯,直接说明了来意。马校长说:"杨科你是我们的顶头上司,也清楚学校情况,今年生源下降得厉害,经费特别困难,正在清理临时工,这事确实有些难度。"

杨登科心中有些不快,觉得马校长是编了理由搪塞自己。正想提醒他不要把过去陈局长在位时的事忘得太干净了,马校长又开了口,说:"不过话又说回来,杨科可是我的老朋友了,过去为我们学校办过不少事情,这个忙能帮不能帮我都是要帮的,何况是杨科你亲自跑了来,那我更是要尽力而为的。"

听马校长说得这么恳切,杨登科觉得这事有些戏了,把到了嘴边的话咽了回去。只听马校长又说道:"是这样的,我一向反对一把手一人说了算的家长作风,一贯坚持民主集中制原则,重要点儿的事情都要征求分管领导和部门意见。恰好这几天分管后勤的副校长出差去了,这事还得跟他通通气,他回来后我跟他打声招呼,再报告给你,怎么样?"

杨登科心里就踏实了,想不到今天这么顺利,看来杨前进有些运气,便连连称谢,拿了纸笔要给马校长留电话号码。马校长说:"杨科你的电话还要留?我早就烂熟于心了。"杨登科想想也是,过去他往自己手机和家里打的电话还少么?

吃了定心丸,两人高高兴兴出了农校,只等马校长打来电话,叫杨前进去做事就是了。

回到九中，要进屋了，杨登科忽然想起身上还揣着杨前进妈妈送的鞋垫，又下了楼。他进了自家煤屋，打开墙边的旧柜，然后掏出鞋垫，在上面吻吻，夹到电大时学过的课本里。以后想起邓桂花了，杨登科就跑到煤屋来，拿出鞋垫瞧上两眼。这是后话，在此不表。

一个星期眼睛一眨就过去了，杨登科一直没接到马校长的电话，心想马校长怕是把号码弄丢了，那天说是烂熟于心，八成是吹牛的，毕竟这么久没联系过了。就给马校长打了一个电话过去，问要不要把电话号码告诉他。马校长懂得杨登科的意思，说后勤副校长还没回来呢，要杨登科别急。杨登科只得盼望那个后勤副校长早点回来。

又过了一个多星期，还没有马校长的回音。杨登科不指望马校长主动打电话了，毕竟是你求人家，不是人家求你，他有什么义务给你打电话，把工作送到你手上来？杨登科又试探着打电话找到了马校长。马校长说副校长回是回来了，不过这事看来有些为难，好几个家属包括几位校领导的老婆孩子都想在学校里做事，一时不好开这个口子。

杨登科心里来了气，你这不是要我杨登科么？正要摔电话，马校长在那头给杨登科出点子道："农校归口农业局政工科直管，你能不能让蔡科长给我写个条子什么的，我有了尚方宝剑，也好堵学校其他人的嘴巴，这事恐怕就好办些了。"

杨登科的气就消了不少。

如今找个工作哪怕是好点的临时工作，也比找个老婆还难，不是打几个电话说几句好话就能解决的。家家都有一本难念的经，马校长也是有自己的难处，才给你出的这个主意。

杨登科只好硬着头皮，回头去找蔡科长。想起陈局长下台后，自己成了大麻风，谁都躲着，蔡科长跟吴卫东一样，更是不想接近自己，还不知道他会不会买账呢。

走进政工科,蔡科长正在兴致勃勃地上网聊天。杨登科不好打扰他,坐在一旁干等。人不求人,一般高大,人一求人,卵短三寸。这是俚语,粗是粗俗了点,却是人之常情,谁都有过这样的感触。杨登科深谙其理,所以还耐得住性子。

好不容易挨到蔡科长过足瘾,打着哈欠下了网,又关掉了电脑,杨登科这才涎着脸说明了来意。蔡科长先没吱声,只管笑,也不知他笑什么。没法子,现在你要求人家,所以杨登科也只好跟着蔡科长笑,笑得尴尬而难受。杨登科心下暗忖,身边没有镜子,若对着镜子瞧瞧,自己这副卵样,肯定面目可憎,惨不忍睹。

笑过,蔡科长才说道:"这个姓马的,就知道来这一手。"杨登科没听明白蔡科长的话,傻瓜一样盯着他。蔡科长又说道:"我已经给姓马的写过好几回条子了。"

望着蔡科长脸上得意的笑,杨登科心想,这个姓蔡的还挺有权威的,有那么多人来找他写条子。要知道在机关里,有时权威人士的条子甚至电话,往往比正式的红头文件还要管用得多。据说河北第一秘李真,有人想做处长只需他一个电话,想做厅长只需他一个条子。由此可见电话和条子的威力有多么大。

蔡科长当然不可能有李真的能耐,但杨登科很清楚,在他的势力范围之内,他打个电话,写个条子,也是吓得倒人的。杨登科于是挤出一脸的笑,讨好蔡科长道:"麻烦蔡大科长给我也写一个吧,以后您老人家有什么用得着我杨登科的地方,我给你当牛做马都行。"蔡科长说:"好吧,就给你写一个,至于管不管用,我可不能打保票哟。"

手中有点权力的人,人家求他办事时,都是这么个口气。杨登科乐滋滋道:"我知道蔡科长一字千金,肯定管用。"

蔡科长于是问清了杨前进的名字,拿笔几下写了一个条子。杨登科拿过去一瞧,只见上面龙飞凤舞写着:请马校长解决我局杨登科同志侄儿杨前进临时工为荷。后面还郑重其事地落了蔡科长自己的大名和年月日。

口袋里装了条子，心里自然对蔡科长又是一番感激。还骂自己过去错怪蔡科长对自己不冷不热，其实他还是愿意帮忙的。一个人究竟过不过得硬，平时是无法衡量的，看来只有到了关键时刻才看得出来。

旋即杨登科心里又犯了嘀咕，蔡科长这条子是不是也太容易到手了？想必那李真的电话和条子，大概不是随便哪个要他打，他就给你打的吧？否则河北还不成了处长大省和厅长大省，往河北地界上一走，那些处长和厅长如过江之鲫般满世界都是，那就蔚为大观了。

杨登科当然不敢钻牛角尖，大骂自己这是贱，简直不是个东西。可不是么？人家蔡科长好心好意给你写了条子，你却疑神疑鬼的，要是蔡科长不给条子呢？你又做何感想？杨登科这么骂着自己，一刻不敢耽误，赶到农校，双手把条子捧给了马校长。马校长装模作样看了看条子，说："有了蔡科长的条子，也许事情好办些。"

可最后，杨前进还是没能到农校去做事。几天后马校长打电话到司机班，说原想有了蔡科长的条子，这事应该没问题了，谁知那些也想要学校安排亲属做事的老师天天找校领导纠缠，说姓蔡的算个什么鸟？农校还是个团级单位呢，他一个小小科长，有什么资格对学校发号施令？校务会迫于压力，一直定不下杨前进做临时工的事。连蔡科长的条子都不起作用，他也没办法了。杨登科哭笑不得，也不好强逼马校长，就是逼也逼不出结果，却还得口口声声感谢他为此事费了大劲。马校长连说这是他应该做的，以后有什么事，尽管找他就是。

听这口气，好像他已经为杨登科解决了什么重大问题似的。

挂了电话，杨登科才觉得有些不对劲。他如果给你办了事，有恩于你，感谢他属于情理之中。现在他什么都没给你办，你感谢他干什么？是不是感谢得有些冤枉？杨登科一脸自嘲和无奈，觉得这确实太滑稽了点。

老郭这时出车回来了，见杨登科脸色有些灰暗，而司机班这会儿又没有其他人，就问他："你在生墙壁的气还是生窗户的气？"杨登科就把到农校去给杨前进找临时工，又根据马校长的主意到蔡科长那里拿了条子，可最后还是没解决问题的过程说了说。老郭就笑起来，说："你被姓马的当猴子耍了。"

杨登科怔怔地望着老郭，一时也没明白过来。

老郭就告诉杨登科，马校长纯粹是拿蔡科长的条子来搪塞他的。这已是姓马的惯用手段了，每次有人找他办什么事，关系不一般的，他做主就给办了。关系不怎么样的，他嘴上都答应着，拖一段时间才说办不了，要人找蔡科长写条子。找蔡科长的人还没赶到农业局，他已先给蔡科长打了电话，要他帮忙应付应付。当事人拿了蔡科长的条子送到他手上后，他先拖上一段，拖得当事人没了脾气，才打电话，说蔡科长的条子都不起作用，这事他再没法子了。老郭还说，蔡科长起码帮姓马的写了不下十张条子了。这样显得姓马的费了心尽了力，当事人虽然达不到目的，却还得感激他。

杨登科这才恍然大悟，蔡科长的条子和李真的条子并不是一回事。怪不得弄了大半天，事没办成，你却还要莫名其妙地感谢人家。又想起当时找蔡科长写条子时，他脸上的笑就有些异样，原来事出有因。杨登科也是百般无奈，怪只怪自己没有了后台，谁也不再把你放在眼里。如果陈局长还在台上，你杨登科还给他开着小车，姓马的还会这么对待你吗？恐怕你还没开金口，他就主动找了来，把事给你办得妥妥帖帖了。

老郭见杨登科半晌没放个屁，说："登科，凭你现在这个样子，想给你侄儿找个好点的事做，恐怕不那么轻松，你得先把自己的事情解决好了再说。"杨登科苦笑笑，说："我也懂得这个道理，可现状如此，我有什么办法呢？"老郭说："办法是人想出来的，一个大活人，总不能被自己的尿憋死吧？"杨登科嘘口气，吱声不得。

杨登科也没了信心再给杨前进找工作，劝他说回去算了，叔叔没这个能耐。杨前进眼里就红红的了，说只怪自己没争气，前面找的两次工作都弄丢了，如果就这样回去，他妈恐怕是不会让他进屋

门了,这是他出门时他妈当他面说过的话。杨登科也是没法,只得让杨前进再待几天,他再想想路子看。

杨登科又带着杨前进跑了几个地方,有硬关系的地方不需要临时工,需要临时工的地方关系不硬。杨登科无计可施,垂头丧气去了农业局。

这段时间局里工作多,老郭他们都在外面出车,司机班里空荡荡的,杨登科连说话的对象都找不到一个,心里更加不是滋味,只有独自坐在椅子上生闷气。当然是生自己的气,只恨自己没有卵用,连杨前进的临时工作这么一点小事都办不来。又想起让杨前进这么一个又高又大的年轻人闲在家里,也不是个办法,看来只有做通他的思想工作,打发他回家了。

正在沮丧,吴卫东从门外进来了。杨登科眼前一亮,心想是不是那五千元生效了? 要不他在司机班里,吴卫东是决不会进来的。

果然跟那五千元有关。吴卫东终于弄清楚那是杨登科所为了。杨登科悄悄佩服起聂小菊来,她分析得太准了。五千元不是个大数,可也不是个小数,搁到谁手里都会掂量掂量的。何况是吴卫东这种谨小慎微的人,不往心里去,还不是那么容易。

看来吴卫东的确是往心里去了,所以才找到杨登科这里来了。

进屋后,吴卫东先将身后的门关上,然后过来坐到杨登科前面,将腋下的包夹紧点,轻声说道:“杨科,感谢你对我父亲的关心!”

好不容易才用五千元换来吴卫东一句感谢,看来这世上还是钱管事呀。杨登科暗想吴卫东既然还知道感谢,那么总得给我安排点事情做做了吧? 这几个月杨登科算是受够了无所事事的罪了,那跟行尸走肉可没什么区别。杨登科说:“吴主任你说哪里去了,你是我的领导,你的父亲还不是我的父亲一样?”

这话说得有些肉麻,杨登科自己也感觉出来了。可再肉麻,也要人家吴主任同意你肉麻呀,这比连肉麻的机会也没有要强些吧?

杨登科还没来得及去肉麻,吴卫东又开了口,他说:“你的心意我领了,可你的做法有些不妥。都是一个单位的同事,在一个战壕里战斗了那么多年,完全用不着来这一套嘛。你这可是要我犯错误了。"

吴卫东能把你当成是一个战壕里的,也是对你的抬举了。杨登科还以为吴卫东这是说的客气话,究竟是五千元钱,他总不好客气话都不说一句就笑纳了吧?杨登科说:"吴主任真喜欢说笑话,这点小意思也会让你犯错误,那机关里还到哪里去找没犯过错误的人?"

这么说着,杨登科脸上又堆满了谄笑,好像不是他送了人家钱,而是人家送了他钱一样。这也是没法子的事,杨登科见的不少了,如今的世道就是这样,赔了钱的人还得赔笑脸。恐怕要到你不必赔人钱时,才可能不要赔笑脸了。

只是这天杨登科的笑脸没赔出理想中的效果,只听吴卫东说:"不犯错误我也不能要你的钱,我吴卫东可不是那种爱财的人。"

杨登科想,吴卫东这就有点标榜自己了。不是说人为财死,鸟为食亡么?滚滚红尘,茫茫人世,谁找得到不爱财的?要说不爱财,除非你不是凡人,不食人间烟火。其实不食人间烟火也做不到,人死后做了鬼,不是还等着活人给他烧冥钱么?

谁知吴卫东这回并不仅仅标榜自己,他还拿出了行动。他从包里取出那个杨登科十分熟悉的大信封,往桌上一放,说:"还是你自己留着用吧。"起身出了司机班。

杨登科脑袋里一片空白,一时不知眼前到底发生了什么。他原想钱多了又不要喂饭,吴卫东犯不着跟钱过不去,顶多也就道貌岸然地批评你两句,然后给你安排部旧车开,这事也就两抵,谁也不欠谁了。想不到吴卫东竟会来这么一手,倒是杨登科始料未及的。

杨登科连瞧一眼信封里面的钱的欲望都提不起来,将信封往身上一塞,一脸茫然地回了家。聂小菊正在忙晚饭,见杨登科神色不对,问他出了什么事。杨登科没力气说话,把信封往她手上一扔,仰躺在沙发上,望着天花板,发起傻来。给杨前进找工作,落得个处处碰壁,杨登科还能忍受,可连拿着亮花花的钞票去送人都送不出去,这打击也太大了点。

在这个世界上，杨登科不知道自己还能否做成一件像样点的事来。一种男人最害怕也最不愿意面对的失败感笼罩着杨登科。

聂小菊打开信封，拿出钞票瞧了瞧，也感到有些困惑。她弄不懂吴卫东是哪根神经出了毛病，连这样熏人眼睛的钞票也打动不了他。都说有钱能使鬼推磨，怎么鬼也有不肯推磨的时候了？不过聂小菊并不傻，很快就明白过来，吴卫东是不愿为了这区区五千元，冒与杨登科接近而遭康局长猜忌的风险。

五千元送不出去，就意味着杨登科的处境一时还无从改变。聂小菊很替杨登科感到着急。可惜自己只是学校一名普通教师，也爱莫能助啊。作为一个女人，聂小菊能做的也就是多关心体贴丈夫，减轻一点他心头的失败感。晚饭过后，杨聂和杨前进都睡下了，两人进了大卧室。聂小菊偎进杨登科怀里，风情万种地去撩拨他。

聂小菊长相身材都不俗，别看孩子都十多岁了，却风韵犹在。杨登科因为心里喜欢聂小菊，尽管是老夫老妻了，平时行使夫妻之道时还是挺有激情的。特别是碰上聂小菊主动的时候，杨登科的情绪来得更快。

今晚却有些例外，聂小菊费了好大的劲，杨登科好像课堂上那些心不在焉的差等生，老是跟不上趟。不过聂小菊确实有一套的，经过不懈努力，终于还是将杨登科调动起来了。谁知到了紧要处，杨登科又缩头乌龟一样变得不中用了。男人最尴尬的就是这样的时候，杨登科无地自容，恨不得甩自己两个耳光。

聂小菊本来是想消解杨登科心头的郁积的，不想这一招也失了灵，只得退而求其次，好言相慰，要杨登科不必过于在乎吴卫东。杨登科没吱声也没动弹，躺在聂小菊身边，像一只失去了知觉的冬眠的癞蛤蟆。聂小菊劝慰了一阵，见杨登科没有什么反应，搬过他的脑袋一瞧，他已是一脸的泪水。

聂小菊心里一酸，将杨登科往怀里搂紧了点。

第二天早上一家人围桌吃早餐时，杨登科对杨前进说："前进，叔叔没用，没能给你找到工作。再这么东一下西一下地瞎忙下去，难得有个结果，还不如你先回老家待一阵子，我在城里再慢慢给你找，找好了通知你。"杨前进这段时间跟杨登科跑了不少地方，知道找工作的难处，只得听杨登科的，准备回家去等消息。

早餐后杨前进要到车站去坐车，跟杨登科一同出了九中的大门。因农业局和车站是一个大方向，两人一起走了一段。杨登科有些内疚，又反复给杨前进做了解释。

正说着话，有一部三菱警车从身边开了过去，杨登科一看是钟鼎文的车号，心想车站和城西派出所相挨，何不让他顺便将杨前进捎过去，便立即掏出手机，调出早就输在卡里的钟鼎文的名字，连忙揿了绿键。那边很快就通了，钟鼎文见是杨登科的号子，说："你在哪里？"杨登科说："还能在哪里？就在你车子后面。"

钟鼎文刹住车子，瞥瞥后视镜，见杨登科果然就在后面不远，便将车靠了边。

两人上了车，钟鼎文说："原来你是想坐我这不要打票的方便车。"杨登科说："纳税人的车，你天天方便，我也方便一回嘛。"钟鼎文说："心里不平衡了吧？那你并不是纳税人，而是吃税人，你给我下去，找一个纳税人上来。"杨登科说："要么就不让我上来，既然上来了，想要我下去，那就由不得你了。"

警车很快上了主路。钟鼎文说："真拿你没法。快说，到哪里去？"杨登科说："跟你一个方向，车站。"钟鼎文说："出差去？"杨登科说："送侄儿坐车回乡下。"

杨登科忽然想起在钟鼎文那里借的三千元钱，说："鼎文，今天也没想到会碰上你老人家，没带钱在身上，不然那三千元也该还你了。"钟鼎文说："等会儿下车，你别忘了数今天的车费就行了，至于那三千元，小菜一碟，以后再不要说这个还字，听着不舒服。"

杨登科知道区区三千元，对于钟鼎文来说不算什么，他晚上带着兄弟们多到花街柳巷跑两趟就出来了，可再怎么也是人家的钱，借是借，还是还的，便说："亲兄弟明算账嘛，你要让我以后在你面前抬不起头来?"钟鼎文说:"你也说得太难听了。"便转换了话题,说:"最近在忙些什么?"杨登科说:"也没忙什么,天天给侄儿找临时工作,找了半个多月了,也找不着,所以今天让他先回去,以后找着了,再通知他也不迟。"

听杨登科这么说,钟鼎文回头瞥了瞥杨前进,说:"你这侄儿又年轻又高大,还找不到事情做?"杨登科说:"你是吃了灯草,说得轻巧,你给他找份工作试试看?"钟鼎文鼻子一哼,说:"登科你也太小瞧你这位老同学了。"又问杨前进道:"你有什么特长没有?"

还没等杨前进张嘴,杨登科先苦笑笑,说:"他要有特长,不早有着落了,还用得着你大所长来操心?"钟鼎文说:"我又不是问你。"杨前进这才嗫嚅道:"没什么特长。"钟鼎文说:"那你有什么想法没有?"杨前进说:"也没什么想法,只要给开工钱就行。"

杨登科也是跟钟鼎文随便说说这事而已,并不真的巴望他给杨前进找什么工作,不想钟鼎文还真当回事,胸脯一拍,说:"这事就包在我身上了。"

见钟鼎文也不像是开玩笑,杨登科心想,都说现在当警察的手眼通天,也许找份临时工作在杨登科这里千难万难,到了钟鼎文那里还真算不上什么大不了的事。杨登科说:"钟大所长你不是马三立,逗你玩吧?"

钟鼎文不理杨登科,问杨前进:"你要一个月多少工资的?"

城里的警察,杨前进今天是第一回见识,但乡里的警察他是早见识过的,知道在他们的势力范围之内,还没有做不到的事。而眼前这个派出所所长,杨前进第一眼就看出来了,凭他那不凡的派头和口气,绝不是杨登科那样的草包。杨前进心里升起一线希望,说:"我一个农村人,没什么高要求,有四百五百一月,也就心满意足了。"

钟鼎文头一点,说:"那我给你找个六百元一月的工作。"

前面说过,贵都市是个农业大市,经济落后,就业形势差,下岗工人和进城的农民比空中的蚊子还多,什么岗位都有人占着,还到哪里去找六百元一月的临时工作？这个钟鼎文看来八成是信口开河的。杨登科心里正在嘀咕，不想钟鼎文偏偏还要问他："六百元一月，登科你有意见没有？"杨登科还能有什么意见，说："哪里有这样的临时工作？"钟鼎文说："这就用不着你操心了。十天之内给你搞定，行不？"

钟鼎文许下宏愿后，又建议杨登科别让杨前进回去了，有了消息好随时叫杨前进去跟用人单位见面。杨登科想，钟鼎文若能在十天之内把问题解决，杨前进自然也就没有必要来回奔波，给交通事业做贡献了，便让钟鼎文将车调了头，送杨登科回了九中。

聂小菊下班回到家里，见杨前进还没走，一问是杨登科的同学城西派出所所长钟鼎文答应给他找工作，也很高兴，对杨登科说："做派出所所长的都很有能耐，这事绝对没有半点问题了，也算是去了你一块心病。"

杨登科的情绪也随之好起来，心头那沉沉的阴霾慢慢稀释了。

人就是这样，压抑久了，一旦心情好转，体内有些东西就蠢蠢欲动，让你想有所作为。晚上杨登科变得很昂扬，跟聂小菊狠狠地疯狂了一回。事后还激情不退，又紧拥着温存了一阵。人就是这样，失而复得的东西总是显得格外珍贵，聂小菊兴奋得脸上的红潮久久未退。

温存够了，还没有睡意，两人有一句没一句地聊起来。他们好久没这么开心地聊过了。

聊着聊着，又聊到了给吴卫东送钱的事。聂小菊说："吴卫东不就是一个小小的办公室主任么？没有他，你杨登科难道不在农业局待了？"

杨登科觉得聂小菊的话不无道理，在她那亮丽的春光荡漾的额上吻吻，轻声叹道："话虽如此，可现在司机班归吴卫东直管，他要将你捂着，你能蹿得多高？"聂小菊说："司机班归他直管，那他又归谁直管？再大的官都有人管着，何况吴卫东一个科级干部。"

杨登科知道聂小菊的意思，却无奈道："一级管一级，他这一关你都过不了，你连车子都没有开，天天在司机班里闲着，哪还有机会接触直管吴卫东的人？"聂小菊说："那也不见得。吴卫东不敢接近你，是因为他还身处人下，有所顾忌，农业局里总还有无所顾忌的吧？"杨登科说："谁无所顾忌？"聂小菊说："康局长呀。"杨登科直摇头，说："康局长跟陈局长是对头，我就是给陈局长开过车，他才把我当成另类的。"

聂小菊从杨登科怀里滑出来，将身子放平，望着黑暗中的屋顶，说："你曾给陈局长开过车，康局长把你看成是他的人，也是情理之中的事。可陈局长已经下去半年多了，你一个司机，又不可能对他当局长的构成什么威胁，他犯得着天天把你当成敌人来提防吗？你别把自己当成康局长的假想敌了，你也没想过，你有这个资格么？"

这话让杨登科陡然一震。

聂小菊说得不错呀，你这是高估自己了。在康局长那里，你除了曾是陈局长的司机或者说曾是所谓的陈局长的人外，也许其他什么都不是呢。

杨登科觉得再不能这么高估自己了。他心里不免活络起来，寻思着要不要把目标放高一点，把胆子放大一点，直接盯住康局长本人。世上的事情那是没个准的，说不定在小领导那里办不到的，到了大领导那里相反容易办成。关键当然是要加大工作力度，争取主动，用时髦话说叫密切联系领导，总不能让领导主动向你投怀送抱吧。

两人开始策划起如何向康局长靠拢的事宜来。可策划来策划去，觉得送烟送酒招人耳目，送金银首饰或古董珍玩，又怕假冒伪劣，弄巧成拙，看来还是拿钱开路为最上。想那吴卫东对钱有想法，那是因为他还处在不得不有想法的位置，并不见得其他人也要跟着他有想法。古今中外，好像还没有谁发明出比钱更能打动人的东西。

达成给康局长送钱的共识后，接下来是送多少和怎么送的问题了。杨登科想起在钟鼎文车上自己说过的话，说："吴卫东不肯收那五千元,原打算干脆将钟鼎文的三千元钱还掉算了,现在看来已成了一句空话。"聂小菊说:"钟鼎文又不缺那三千元,缓一缓再还没事。"杨登科说:"那给康局长送多少? 像吴卫东一样五千?"

聂小菊沉吟半响,才略有所思道:"康局长比吴卫东地位高,五千元肯定是少了点,至少得加到八千元,八发八发,吉利。不然那是小瞧了康局长。做部下的最重要的是不能小瞧领导,无论领导是孔明还是阿斗。如果让领导觉得你小瞧了他,那就什么都免谈了。"

杨登科对聂小菊刮目相看了,想不到这么有见地的话会出自她那张性感的嘴巴。只是八千元还差了三千元,又到哪里去弄呢? 聂小菊似乎看出了杨登科的顾虑,又说:"九中老校长上个月正式退位,一位姓向的副校长接了班。为了响应政府建设小康社会的号召,他上任后立即做了两件大事,一是办了三个贵族班,二是把临街的教室办公室和电教室都改成门面,全部租了出去,学校立即快步进入小康。学校小康当然还不够,老师们也得小康小康,于是给每位老师发了两千元的小康费。加上咱俩这个月的工资,除去正常开支还有千把块的余额,跟小康费合在一起,正好能凑足三千元。"

原来聂小菊早就计划好了的,看来她已预谋已久了。杨登科也不知怎么感谢聂小菊才好,为了男人的事业,她真是用心良苦啊。怪不得俗话说,每一个成功男人的后面都站着一个女人。有聂小菊这样的女人站在后面,你杨登科若不成功,老是这么碌碌无为,也只有在衣架上挂根带子,将自己解决掉算了。

现在的关键是怎样才能把这八千元送到康局长那里去,并且要送得他舒舒服服,乐于接受。当然不能直接往康局长手上送,那不仅钱送不出去,还要自讨没趣。杨登科于是对聂小菊说道:"送钱其实是门不小的学问,要掌握好要领,并不容易。我们得好好琢磨琢磨,找一个契机接近康局长,不能把好事给做毛了。"聂小菊说:"当然不能做毛了,这回只能成功,不能失败,再失败下去,你这辈子就没有多少出头之日了。"

杨登科知道聂小菊说的不无道理,却还死要面子道:"你说得也太严重了点,扯到一辈子上去了,我四十不到,不才半辈子吗?"聂小菊说:"电大老师没教过你人到中年万事休这句话吧? 你也不掐着指头算算,看还有多少机会等着你。"杨登科说:"别打击我嘛,刘欢还唱只不过从头再来呢。"聂小菊说:"那就看你一辈子可以从头再来几次。"

然而将给康局长送钱的事琢磨了两天,夫妇俩也没琢磨出个上佳方案。康局长既没死爹死妈,也没嫁女儿娶媳妇,往往这种时候才是做部下的最激动的时候,也是最能接受考验和发挥聪明才智的时候。可气的是康局长本人也天天如旧,没出什么事。当然不能出大事,比如大面积心肌梗塞,或出车祸严重脑震荡之类,那就没什么戏了。最好是喝酒喝得胃穿孔得打吊针,玩小姐玩出花柳病得住院消炎,这时候去看望领导名正言顺,容易跟领导拉近距离。距离一近,再趁机塞上一把票子,那完全是顺理成章的事。

也是功夫不负有心人,杨登科终于发现了一个接近康局长的好借口。

这天司机班里就杨登科一个人,连个说话的对象都没有,杨登科只得像往常一样,翻起桌上的报纸来。翻着翻着,忽然发现了康局长的大名。那是一张有些发黄的省报,报上的日期还是半年前的。上面有一篇关于康局长光辉业迹的长篇通讯,占了大半个版面。署了两位作者的名字,前面那位有些眼熟,好像是省报记者,后面那位是吴卫东。文章里面都是一些肉麻的吹捧文字,把康局长当做汽球吹到天上去了。杨登科知道肯定是农业局出了大价钱买的版面,不然人家省报哪有义务吹捧你一个市农业局的局长? 如今是一个金钱社会,钱可以买乌纱帽,可以买山买水,甚至可以买爹妈买爱情,自然也可以买表扬买荣誉。

杨登科还在文中看到一行字,介绍康局长"生在旧社会,长在红旗下"。这句话下面不知谁用圆珠笔画了杠,说明有人在意过这句话。文章末尾还附了康局长的简历,明明白白写着他的出生日期:1949年12月22日。杨登科知道贵都市是1949年12月最后一天才解放的，比起毛泽东站在天安门城楼上宣布中国人民从此站起来了的日子迟了近三个月，所以说康局长"生在旧社会"也是说得过去的。

放下报纸，杨登科就待在了桌前。当然不是那马屁文章如何感人，杨登科活到了四十岁，又在电大扎扎实实读了两年书，还从没听说过哪一篇马屁文章或哪一部马屁著作能感动得了读者，因为碰到马屁文章马屁著作，读者要费大劲才捂得严鼻子，还哪有工夫去感动？

杨登科是隐约觉得这篇马屁文章里似乎有些可用价值，虽然马屁文章臭气熏天。

可待了好一阵，杨登科却想不透马屁文章的可用价值到底在哪里。其时墙上的钟已走到五点半，杨登科脑子还未开窍。他有些气馁，就站了起来，准备下班。到了门口，脑袋里忽然闪了闪，像有灵光显现似的。杨登科便刹住了，复又转身回去，拿起报纸，眼睛在"生在旧社会"那句话上面稍稍停顿一下，接着瞟向末尾康局长的出生日期上。

杨登科脸上露出一丝笑意，计上心来。

杨登科还望了望墙上的挂历，这天是 12 月 18 日。也就是说，过不了几天，康局长的生日就要到了。杨登科为自己的悟性得意起来。当然也要你有运气，如果不是偶翻旧报纸，也不可能看到这句"生在旧社会"的话，没看到这句话，康局长的出生日期更不可能引起杨登科的高度注意。真是世上无难事，只怕有心人啊。

幸运的还是 12 月 18 日这天看到这张报纸，如果四天后再来翻这张报纸，就是知道了康局长的生日，也失去了其应有的意义。

回家把这个重大发现告诉聂小菊，她也觉得这是一个特好的机会。两人于是着手谋划康局长生日时给他送钱的事。钱的数量是早就商量好了的，需要推敲的是如何出手的问题。聂小菊说："领导的生日含金量向来很高，康局长大概不会白白放弃这么好的机会，摆上几十桌吧？"杨登科说："你是说趁康局长办酒的时候将红包递到他手上?"聂小菊说:"是呀,领导办酒本来就是为了办票子的嘛。"
杨登科说:"要是他不办酒呢?"

聂小菊忍不住笑起来,说:"这还值得怀疑吗? 亏你还在机关里
待了那么久。我跟你说件事吧。去年才下去的市教育局局长是个
比较干净的领导,在位时因怕人说闲话,而且工作也忙腾不出时间,
没给自己办过生日酒。下去后才觉得有些亏,心里极不平衡,想补
补礼。生日很快就要到了,他亲自动手写了六百张请帖,分发给教
育局全体干部职工和各学校校长、副校长、教导主任及部分教师,并
在市里最高级的酒店预订了三十桌,准备生日那天好好庆贺一番。
这位局长是进行过形势分析和多方考虑的,觉得自己在教育局苦心
经营了二十余年,局里的干部职工自不必说,不是他点头调进来的,
就是他首肯起用的,不是他蓄意配备的,就是他看中提拔上去的;各
校的领导也毫不例外是他的亲信,连不少普通教师的高级甚至初级
职称,他也打过招呼写过条子。想想也是的,现在退下来半年不到,
他们还不至于这么快就把老领导的旧情忘得干干净净吧? 不过老
局长还有些自知之明,知道在位与不在位究竟不是一码事,所以发
了六百张请帖,只对折准备了三十桌酒席。谁知生日那天仅仅来了
两桌,还是他儿子单位的,气得老局长口吐恶血,当天就住进了
医院。"

杨登科耐着性子听完聂小菊的唠叨,说:"这种现象见得多了,
这跟康局长的生日有什么关系呢?"聂小菊说:"怎么没关系? 正是
因为这种现象太多了,康局长才会吸取人家的惨痛教训,趁自己在
位时抓住机遇,好好捞他一把。"

杨登科脑袋直摇,说:"照我的估计,康局长是不会办生日酒
的。"聂小菊说:"这我就不懂了。"杨登科说:"你不懂的事多着呢,你
以为你是张天师? 你知道么? 贵都市是个农业大市,农业局又是市
里的大局,在市里举足轻重,因此除了上届的陈局长,历届局长干上
几年都进了市委或政府班子。康局长就是考虑自己年龄不太轻了,
才这么急着要把陈局长弄下去,自己来做局长,他的最终目的就是

进市里班子。这就是官位激励机制。因此一个有点政治抱负的领导在财色前面，都是挺谨慎挺节制的，只有那些前途渺茫进步无望或船到码头车到站的角色，摄财掠色时才无所顾忌，大出其手。这可是不争的事实，因为早已被无数纷纷落马的贪官色狼做过反复实践和印证。"

见杨登科说得这么头头是道，聂小菊的目光在他脸上停了许久，才哼了哼，笑道："看不出来嘛，杨科你进步真大，这两年电大你算是没有白上。"杨登科说："去你的吧，我一本正经，你却冷嘲热讽，打击我的积极性。"聂小菊说："好好好，不打击你的积极性，那你说吧，应该怎么办。"杨登科说："我已经想好了，21日晚上，我俩一起到康局长家里去，提前祝贺他生日快乐。至于他办不办生日酒，用不着管他。"

聂小菊觉得也行，说："你这个主意倒不错，我听说现在有些事情，走直路办不了，走弯路办得了；男人办不了，女人办得了；领导那里办不了，夫人那里办得了；平时办不了，领导生日时办得了；白天办不了，晚上办得了。"

杨登科认真地望望聂小菊，说："看你一套一套的，好像是官场上的老手了。别的不说，单说这白天和晚上，对于普通老百姓来说，仅仅是时序的不同，到了官场上，其内涵却丰富深刻得多了。想想如今机关里的好事乐事，哪一件不是在晚上发生的？至于白天基本上是一些让人头疼的乱事烂事，什么工人下岗，农民上访，煤矿爆炸震天响。只要摊到了政府有关职能部门头上，想用手揩是揩不掉的。晚上则完全不同了，工人睡觉了，农民回家了，煤矿爆炸声停息了，白天没空处理的事情可从容处理了。比如常委会只能放晚上召开，谁进步谁挪好位置，这个时候才定得下。比如有工程发包权的主儿只有晚上才找得着，那些可大赚一把的工程鹿死谁手，这个时候容易见出分晓。比如欠债不还却香车宝马的杨白劳，也只有晚上才露面，黄世仁要想讨回欠款，非得这个时候才有可能。再比如工作餐、工作球、工作麻将、工作扑克、工作桑拿，或者工作碰头、工作汇报、工作协调、工作决策,大都也在晚上进行,如果放在白天,恐怕就不太调动得起当事人的情绪了。就连小姐白天都在睡大觉,手机呼机通通关机,可到了晚上却召之即来,来之能战,战之能胜。"

杨登科说到此处,不觉眉飞色舞起来。聂小菊看不得他那鸟样子,说:"这些事好像你都做过似的。"杨登科这才煞住,自嘲道:"我又不是书记市长,操这个闲心干啥?"聂小菊说:"你早拿出操闲心的激情,你的事怕是早办好了。"

21日眨眼就到了。

杨登科让聂小菊另拿出三千元,跟上次吴卫东退回来的五千元合在一起,用一个大信封装了,再在上面贴了大红纸,恭恭敬敬写上祝康局长生日快乐杨登科敬贺的字样,准备晚上送到康局长家里去。速速吃了晚饭,嘱咐杨前进监督好正在做作业的杨聂,杨登科就怀揣大信封和聂小菊情绪饱满地下了楼。

出了九中,见天还没全黑,去早了碰上康局长他们还在吃饭,有些不礼貌,夫妻俩也不坐车,步行往康局长家方向走去。到了大街上,见街旁有好几家花店,聂小菊灵机一动,附在杨登科耳边,说:"买一篮花吧。"杨登科说:"康局长又不是什么少男少女,未必喜欢这些花呀草呀的?"聂小菊说:"你管他喜不喜花草?我的意思,将红包搁到花篮里一起出手,既大方雅致,富有人情味,又不显得生硬粗俗,领导更容易接受。"

杨登科觉得聂小菊这个主意不赖,说:"女人还是女人,凡事心眼多。好吧,听老婆的话,跟领导走,这两条坚持得好,不会犯错误。"跟聂小菊进了近处的花店,捧走一篮夹着生日快乐红卡的奔放艳丽馨香四溢的鲜花。

到了康局长家门外,杨登科才从身上掏出那个八千元的红包,小心夹到红卡后面。准备就绪,才按了门铃。门很快开了,门里是康夫人。康局长在农业局工作时间长,所以康夫人认识杨登科夫妻俩,说:"小杨,你们这是干什么?"杨登科说:"没什么,来看看咱们的康局长。"康夫人说:"他没在家,说是今晚局里开党组会。"

杨登科知道年底到了，局里工作和应酬多，党组会经常放在晚上召开，估计康夫人没说假话。康局长不在，可康夫人在，也是一样，杨登科便笑嘻嘻道："明天是康局长的生日，提前来给领导献花，祝他生日快乐！"顺便将花篮塞到了康夫人手上。

　　康夫人手捧花篮，说："谁说康局长明天生日？我怎么不知道呢？"杨登科一脸的媚笑，说："您真幽默，您不知道康局长明天生日，那还有谁知道？"

　　说完，扯着聂小菊的手掉头下了楼。康夫人要出门追赶，早没了两个人的影子。

　　来到街上，杨登科像完成了一项重大使命，长长地嘘了一口气。聂小菊说："这下可好了，你不必老做下岗工人了。"杨登科说："这还要感谢聂老师的大力支持！"聂小菊打杨登科一拳，说："你少聂老师聂老师的，谁是你的聂老师了？"杨登科捉住聂小菊的拳头，见四周没人，将她往身前一拉，搂紧了，在她腮上深深一吻。

　　接下来的日子，杨登科一门心思等着康局长做出反馈。他初步设想了一下，局里也就车库里那台面包车闲着，康局长可能会跟吴卫东打声招呼，先安排你开开面包车。过几个月老郭退下去后，如果康局长记性不是太差，还记得那八千元的话，也许会再把奥迪车交给你。

　　或者康局长一时高兴，把胡国干挪开，让你专门给他开红旗车，也不是没有这种可能。若是这样，那你杨登科想登科便不是自作多情，痴心妄想了。

　　就在杨登科满怀希望等着那八千元见出成效的时候，钟鼎文打来电话，说他已经给杨前进物色到了一个工作。杨登科屈指一算，离钟鼎文前次许的期限还差三天，心想这个钟所长说话还算话。问是什么工作，钟鼎文说："急什么嘛，到时你会知道的。"杨登科说："这么神秘兮兮的，不是走私贩毒的勾当吧？"钟鼎文说："你侄儿愿意走私还是贩毒？这样的活又好找又赚钱，要知道我是专门跟这方面的老板打交道的。"

开了两句玩笑，钟鼎文说："不过你侄儿上岗前，你还得配合我做一件事。"杨登科说："什么事？是送钱还是送礼？"钟鼎文说："我们是礼仪之邦嘛，送钱送礼也属正常，只是我给你侄儿找的工作还要来这一套，那我这个派出所所长不是当得太窝囊，太掉价了？"杨登科说："你不要绕弯子了，说怎么配合吧。"钟鼎文说："明天晚上你哪儿也不要去，待在家里老老实实等我的电话，到时我会有安排的。"

　　杨登科也不知钟鼎文要搞什么鬼，说："行行行，听你大所长的指挥就是，谁叫我要求你呢？"钟鼎文笑道："这还差不多。"然后说声拜拜，啪一声挂了电话。

　　杨登科望望手中的话筒，里面响着刚切断通话时的嘟嘟嘟的短音。怔了一阵，才把话筒扣到了叉簧上。脸上慢慢浮现出一丝淡淡的笑意。真是好事成双啊，刚顺利地给康局长送去那八千元，杨前进的工作也有了着落。

　　离开电大半年多来，杨登科的心情第一次这么舒畅。

再次碰壁

这天晚上吃了饭,杨登科什么事也不做,哪里也不去,一边坐在客厅里看电视,一边等着钟鼎文的电话。新闻联播和天气预报已经播过,焦点访谈也快到了尾声,却仍然没有钟鼎文的音讯。杨登科有些坐不住了,心想这家伙不是把昨天的话扔到爪哇国里去了吧?正要拨钟鼎文的号子,电话机突然响了,正是钟鼎文,要杨登科到红杏山庄去。

红杏山庄是一所宾馆。

当过领导小车司机的人都有这样的深切体会,他们可以忘记自己父母家里的门是朝东还是朝西,是面南还是面北,但市里的主要豪华宾馆位于哪个具体位置,路上怎么走最为通畅快捷,那是一定要心中有数,丝毫含糊不得的。因为那是领导们活动的主要场所,他们要经常坐着小车去那里接见各路客人,研究部署工作,同时进行其他消费。

杨登科对红杏山庄自然也是非常熟悉的。红杏山庄原是市政府第二招待所,前几年因经营管理不善,慢慢萧条下去,鬼都不肯上门,以致连年亏损,无以为继。后被一位姓舒的个体老板收买过去,花大钱重新搞了装修,实行吃喝玩乐一条龙服务,很快红火起来,所以一到夜晚,那个地方就变得人气鼎盛,热闹非凡。

说好给杨前进找工作,却往那样的地方跑,杨登科不知道钟鼎文要搞什么名堂，只得打的往红杏山庄直奔而去。进了山庄大门，钻出的士，钟鼎文的三菱也正好赶到。两人刚走到一处，一个穿警察制服的就跑出山庄，奔了过来。后面还跟着一个西装革履的中年人，杨登科认识，是红杏山庄舒老板。看他们的神色，好像出了什么事。

果然不出所料，那警察和舒老板告诉钟鼎文，十分钟前，三个喝得醉醺醺的流氓冲进山庄里面的保龄球馆，打伤了两名正在消费的客人，然后扬长而去。好在客人伤势不重，只出了一点血，肿了两块，已被送到附近医院检查去了。不过受伤的客人强烈要求山庄尽快找到凶手，给予严惩，否则他们要将山庄告上法庭。

几个人赶到保龄球馆，里面的客人已经疏散，只有几位山庄员工和一位风都吹得倒的保安人员守护着现场。说是现场，其实就是球道旁的两滩血迹，在灯光下泛着青辉。只见一位年轻警察正单腿跪在地上，举了相机咔咔咔咔对着血迹一个劲儿拍照。钟鼎文拉长了脸，背着手，绕着血迹转了半圈，然后喊过舒老板，说："拍了照，现场就可以清理了。"又对身后的警察说："就近找间屋子，喊几个现场目击者，问问情况，做些笔录。"

钟鼎文处理现场的时候，杨登科无事可做，只好站在一旁干瞪眼。心里却直犯迷糊，这个钟鼎文倒有意思，说好是给杨前进找工作的，工作没影子，他却跑到这里处理起公务来了，还要我跟着作陪。但杨登科还不好吱声，就是吱声，这一下钟鼎文也没工夫听他的。

前后弄了个把小时，该钟鼎文他们处理的都已处理完毕，几个人出了保龄球馆。忽见舒老板从后面追了过来，手上还提了几个塑料袋，好像是些香烟。先给已上了摩托车的两位警察塞了两袋，又过来把另外两袋塞进三菱车。钟鼎文说："舒老板你客气什么？"舒老板说："这么晚了，让你们连觉都睡不成，真不好意思。"钟鼎文说："这是我们的分内工作嘛。"舒老板说："话虽如此，我这里不出事，也不会让你们这么辛苦了。"

钟鼎文拉开了车门，一边准备上车，一边说："这事有了结果，我会通知你们的。"舒老板说："抓凶手是你们的事，我只担心那两位客人，他们想起诉我们，恐怕还得钟所长给做些工作。"钟鼎文说："这事恐怕不太好办，人家要起诉是人家的权力嘛。不过舒老板的事，我们是会尽力而为的。"舒老板抱了拳，说："那就谢钟所长了，事后定当重谢。"

　　钟鼎文脸色一跌，义正辞严道："谢什么谢？把我们搞公安的看成是什么货色了？你们管好自己的摊子，少出事，少添乱，就是对我市安定团结的大好局面和治安工作的最大支持了，否则下次恐怕不给你们出示黄牌，就再也说不过去了。"舒老板忙点头，说："是是是，我们坚决按钟所长的要求，进一步加强治安管理。"

　　钟鼎文又用鼻子哼了两声，说："就你们请的那站都站不稳的保安，你说你们怎么加强治安管理？"舒老板说："那个保安是老关系户说尽了好话才说进来的，我早就想把他给辞掉，却碍着关系户的面子，一直没辞成，这次正好有借口打发他走了。"钟鼎文说："这是你们的事，与我无关。"舒老板讨好道："那钟所长能不能推荐个得力的保安给我们？"

　　杨登科这才听出了点名堂，意识到了今晚钟鼎文此举的真正目的。

　　钟鼎文这时已经上了车，又回头对下面的舒老板说："我给你找找吧，但还说不定。"舒老板说："说得定说不定我不管，我只管找你要保安就是。"钟鼎文说："你这不是强人所难么？我是城西派出所所长，党和人民把几乎半个城市的社会治安交给我，我是如履薄冰，如临深渊啊，屙屎放屁都没时间，又有多少空闲给你找保安？"

　　舒老板扑哧笑了。他不愧是做老板的，还有些幽默感，接住钟鼎文的话说："钟所长既然工作这么忙碌，那我给你安排我们山庄员工替你屙屎放屁，你就不要亲自屙屎放屁了。"说得一旁的杨登科都忍不住笑出了声。钟鼎文也笑道："好好好，你别把屎呀屁呀的放在嘴里了，我给你想办法就是。不过要想请得力点儿的保安，工资可不能太低哟。"舒老板说:"我这里的保安都是五百多一月,如果是钟所长亲自推荐来的,我开七百一月,怎么样?"钟鼎文说:"你又不是给我开工资,问我干什么?"

杨前进的工作问题有了着落,而且每月有七百元,比钟鼎文原来许诺的还多了一百元,杨登科就觉得没白跟钟鼎文出来跑这一趟了。让他惊讶的是,贵都市这么个穷得丁当响的地方还有这么好的临时工作,说出去恐怕都没人肯相信。

杨登科还有些不懂,钟鼎文又不是神仙,怎么料得到今晚红杏山庄一定会出事,一天前就通知你等他的电话呢?车子出了红杏山庄后,杨登科忍不住说出了自己的疑惑。钟鼎文朗声笑起来,说:"这可是咱公安部门的内部机密,不可与外人道也。"杨登科说:"别这么神神秘秘的了,我看那几个喝醉酒的流氓和挨打的顾客,肯定是有什么来头的。"钟鼎文这才兜了底,说:"登科你也不是别人,说出来,你可不要外传。实话告诉你,那几个家伙正是我老钟托了关系刚从里面保释出来的烂崽,我咳嗽声,他们也会奉若圣旨的。"

杨登科虽然已意识到是这么回事,可被钟鼎文说白后,他还是眼睛瞪得牛卵大,说:"原来是你们事先导演好的。"钟鼎文说:"好啦好啦,你又不是太平洋的警察,管这么宽做什么?你只管明天让你侄儿到派出所来,我叫舒老板本人接他到红杏山庄去上班。"

杨登科心生感激,这个钟鼎文也真是煞费苦心啊。

不觉得三菱车就到了九中门口。杨登科下车后,钟鼎文扔出一个塑料袋来,打在他的怀里。原来是刚才舒老板塞进车里的烟。杨登科说:"我怎么好意思享受你们警察的待遇呢?何况我又不抽烟。"钟鼎文一边倒车,一边说:"不要辜负舒老板一片美意嘛。"

钟鼎文的车开走后,杨登科才转身进了九中。到家里打开袋子一看,是两条白沙烟。白沙烟自然不怎么的,但袋子里面还有一个红包,拆开一看,竟是一千元现金。杨登科心里想,这钟鼎文真有意思,在舒老板那里给杨前进找了个七百元一月的工作,还要人家大放血。这样的乐事,这世上恐怕也只当警察的才碰得到。

第二天杨登科陪杨前进去了城西派出所,钟鼎文立即给舒老板打了电话,要他过来看保安。没几分钟舒老板就过来了,见了杨前进,很是满意,对钟鼎文千恩万谢,说给他找了个这么高大英俊的年轻人,以后红杏山庄绝对不会出昨晚那样的事了。

从城西派出所出来后,杨登科准备回单位去看看。杨前进的工作有了着落,杨登科感觉一身轻松,像是完成了一件多么了不起的大事。总算对得起邓桂花了,这也是对二十年前那段珍贵的恋情的一个交代。而且可以一心一意考虑自己的事情了。已经过去了这么多天,估计出手的那八千元也该有点反馈了。也不知康局长在忙些什么,他总不可能对八千元无动于衷,或者像上次吴卫东一样,将钱给退回来吧?

刚进农业局大门,迎面碰上蔡科长。杨登科主动打招呼道:"蔡科长上哪儿去? 你真是贵人多忙啊。"蔡科长躲不开,只好应付道:"没忙没忙。你呢,忙些什么?"杨登科正是等他这话,说:"没忙什么,还是侄儿工作的事。"

为这事,蔡科长曾装模作样给杨登科写过条子,跟农校马校长将双簧唱得有声有色,现在杨登科旧事重提,他当然不好不关心一下,问道:"有着落没有?"杨登科说:"着落是有了,但哪找得到农校那样的好地方?"蔡科长说:"那又是什么地方?"杨登科说:"红杏山庄。"蔡科长说:"红杏山庄? 工资还算高吧?"杨登科说:"不高,才七百元一月。"蔡科长说:"七百元一月? 不低嘛,相当于我们这些国家干部了。"

杨登科嘿嘿笑了两声,望着蔡科长,不再说什么。蔡科长这才意识到杨登科是有意要把这事说给他听的,意思是没马校长和你蔡科长,他杨登科也能把事办成,而且办得还要漂亮一些。蔡科长脸上红了红,讪然走开了。

望着蔡科长的背影消失在门外,杨登科扬手打了一个响指,朝司机班走去。

司机班这时就老郭一人,胡国干和刁大义他们都不在。老郭说:"杨科你去哪里了,刚才康局长还打电话来找你。"杨登科眼前一阵晕眩,有一种大脑供血不足的感觉。半天才缓过劲来,望定老郭,说:"你说什么? 康局长打电话找我?"

老郭见不得杨登科这个熊样,说:"康局长打电话找你有什么了不起的? 又不是市长省长打电话找你。"杨登科这才意识到刚才有些失态,不好意思地笑笑,说:"老郭你是饱汉不知饿汉饥啊,我从电大出来后半年多了,天天无所事事,不难受?"

老郭不愧为老郭,毕竟在局里待了三十多年了,立即在杨登科话里听出了一点意思,说:"你给领导下了药啦?"杨登科说:"说得这么难听干什么? 这可是对领导的大不敬,传到领导耳朵里,多不好?"老郭说:"哟,还教育起老前辈来了。老实交代,下了什么药?"杨登科求饶道:"老郭,你就别逼我了,好不好?"

老郭指着杨登科的鼻子,笑道:"这就叫做做贼心虚。好好好,不逼你,你也不容易。"

杨登科双手作揖,感谢老郭放他一马,说:"知我者,老郭也。"老郭说:"你现在行动正是时候,过几个月,我就办手续了,你先把车库里的面包车弄来开一阵,我退休后你就来开奥迪。这车是当年陈老板买回来的,最先就是你在开,你去了电大,又一直归我管着,交给其他人,我还有些不太舍得呢。"

这话旁人听去平淡,杨登科就懂得老郭是给他掏心窝子。他们都曾是陈老板的人,陈老板下去后,杨登科自不必说,老郭的处境也大不如从前了,连那个名义上的车队队长的头衔都给抹掉了。所以听出杨登科正在康局长那里活动,老郭也是非常理解他的。人在单位,出人头地不容易,但至少也要做得起人,连人都做不起了,卵都要短三寸啊。

杨登科当然没心思跟老郭抒情,他心里系着康局长的电话,迫不及待地问老郭道:"康局长没说什么吧?"老郭说:"没说什么。"杨登科说:"那他在哪里打的电话?"老郭说:"领导打个电话来,我怎么好问人家在哪里打的电话? 你不记得机关里有一句这样口头禅:可问天可问地，不可问领导在哪里。"

杨登科知道自己这是太过心切，说："那也是。"心想既然康局长打电话找自己，何不给他回个电话？拿起话筒，才意识到并不记得康局长的号码。也是一心不能二用，过去全心全意绕着陈局长转，跟别的领导的交道自然就不多。拿出电话本，找到康局长的名字，突然又没了打电话的劲头。这样的事，领导可以给你电话，可你给领导打电话，总觉得有些欠妥。

也许康局长还在办公楼里，杨登科干脆出门，进了电梯。

局长室的门却是关着的。杨登科在门边站了一会儿，也听不出里面有什么动静。这才恍然想起刚才在司机班里时，就没见到给康局长开车的胡国干，那么康局长肯定不会还在局里了。杨登科敲敲自己的脑袋，自骂道，人弱智的时候，连常识性的错误也敢犯。

这个没有接到的康局长的电话仿佛一只无形的钓饵，在杨登科眼前晃来晃去的，使得他口干舌燥，焦渴难忍，却怎么也够不着。

回到司机班，老郭已经走了，杨登科屁股往椅子里一搁，哪里也不去，支棱起耳朵，专心听着外面的动静，巴望康局长的车快点回来。单位的车进出时，别人要看到车子才知道哪台车是哪台车，当司机的只要听听声音就分辨得一清二楚。

一直等到下班，康局长还是没回来。杨登科只好出了司机班，一打听，才知道康局长出差去了。也不知去哪里出差，什么时候能回来。机关里有些规矩，不一定要成文，但大家都能自觉遵守，默契得很。比如这出差的事就是如此，一般干部职工出差得科长主任同意，科长主任出差得分管副局长同意，副局长出差得局长亲自同意，局长是一把手，在单位里是至高无上的，他要出差，自然用不着任何人来同意，出门之前能跟局里人说声他要出差，已经算是非常民主了，至于要到哪里去，去多久，做部下的谁都不会放半个屁。

杨登科后悔得要死，早知如此，从城西派出所出来时就该打个的或坐个出租摩托，能早点回到局里，康局长也许还没走。

杨登科的心就悬在了那里。几天来食不甘睡不稳，心里像是猫抓着一样。白天在司机班里，注意力全在窗边的电话机上。只要电话铃一响，他就以为是康局长打来的，比任何人都反应快，一个鲤鱼打挺，最先把话筒抢到手上。手机平时是挂在腰上的，现在一刻不停地抓在手里，并且把铃声调到最高音量，怕响铃时听不见。有时老郭跟他说话，他有一句没一句地应和着，也是牛头不对马嘴。刁大义把他拖到牌桌上，老出错，该出红桃出了黑桃，该出大鬼出了二王，谁跟他是对家，谁的钞票就要倒霉。

回到家里也死死守在电话机旁，仿佛电话机会忽然长了翅膀飞走似的。聂小菊和杨聂说话大声了点，他就发脾气，生怕来了电话听不到。电视也没心思看了，周末杨聂要看体育节目，声音稍稍高了点，他就黑着一张脸，过去把音量调小，吓得杨聂再不敢看电视，跑到自己房里看卡通书去了。夜里睡下了，手机也是开着的，就放在枕边。半夜突然惊醒，像电影里的地下工作者那样，第一个动作就是猛地将手伸到枕边，像抓手枪一样猛地把手机捞到手上，调读起来，看是否耽误了康局长的电话。

然而自始至终，杨登科也没接到过康局长的电话。有时杨登科实在是熬不住了，就大着胆子去拨康局长的手机。号子拨完后，他又犹豫起来，既希望拨通，好听到康局长那动听的声音，又非常害怕拨通，担心康局长一不高兴，坏了大事。幸好打了两次都没通，这样杨登科没什么想法了，一门心思等待康局长打电话给自己。

好不容易捱到周末，康局长终于出差回来了。那一阵杨登科正坐在司机班里盯着电话机出神，忽听有小车进了农业局，他耳朵一支，就听出是那部红旗牌小车了。杨登科真是喜出望外，腾地一立身子，提腿就往外跑，竟将屁股下的椅子带翻在地。

杨登科没听错，正是那部红旗车。

却没看见康局长。杨登科大失所望。走近刚下车的胡国干，问康局长在哪里，胡国干斜他一眼，揶揄道："你是市长还是书记？康局长在哪你也要关心？你搞清楚自己在哪里就行了。"杨登科也不生气，低声下气道："你小气什么喽？康局长是你的局长，同时也是我们全局干部职工的局长，他天天由你关心着，我们关心一下也是应该的嘛。"

胡国干斜杨登科一眼，然后摇着手上的红旗车的钥匙，神气活现道："想关心康局长还不容易得很？你把这车的钥匙拿去就行了？"杨登科说："国干老弟，你这不是挖苦我么？现在我想开开破面包都开不着，哪敢有这等奢望？"

杨登科的话大概让胡国干起了同情心，他这才缓下语气，说："告诉你吧，康局长今天不回局里了，有事明天再找他，估计明天他会到局里上班的。"

杨登科没法，只好走开了。

胡国干没有估计错，第二天康局长坐着他的红旗进了农业局后，还真没离开过局里。而且让胡国干到司机班里把杨登科叫到了局长室。杨登科又惊又喜，生怕胡国干是跟自己开的玩笑，说："国干你没谎报军情吧？"胡国干不耐烦了，说："你这人也真是的，我什么不可以谎报，偏偏谎报领导找你？"

杨登科琢磨着也是的，谁吃了豹子胆，敢拿领导来开心？于是脸上堆了笑，连声谢过胡国干，出了司机班，脚底生风，往楼上直蹿。

这天康局长看来还清闲，杨登科走进局长室时，他正手握毛笔，在旧报纸上笔走龙蛇。那字确实不好恭维，但杨登科为了开上单位的车子，还是小声赞扬了两句。康局长无意杨登科廉价的吹捧，放下笔，然后将写了字的报纸一团，扔进纸篓，手一抬，说："把门关上吧。"

杨登科听话地过去关了门，他心里暗自高兴，这事看来成了。

可转过身时，却见康局长的脸拉长了，无头无尾冒出一句："杨登科你要干什么？"杨登科望着康局长，一时没能弄明白这话的确切含义。康局长不再多说别的什么，从抽屉里拿出一样东西，往桌上一放，说："你拿走吧。"

正是那个大信封。

杨登科像从没见过那个大信封似的，顿时就傻了，半天才觉得脑袋里嗡嗡乱叫,像是屋里飞着无数饥饿得四处乱扑的蚊子似的,人立在地上动弹不得,跟一具僵尸没有太大区别。

见杨登科没有反应,康局长又提高了声音道:"快给我拿走。"

杨登科这才一个激灵,猛地回过神来。他走近康局长,低声嗫嚅道:"康局长,我这不是祝贺您生日的吗?这么多年了,我可从来就没给您老人家祝贺过生日。"康局长说:"谁生日了?你说谁生日了?你少来这一套好不好?"

杨登科还不甘心,以为康局长这是要当廉政建设的楷模,故意做秀给杨登科瞧的。如今有些手中掌点权力的人最擅长的就是做秀,他们总是正话反说,或者言在此而意在彼。如果仅仅从字面去理解他们做出来的秀,往往不得要领,甚至适得其反。好在常在权力跟前晃动的人悟性也变得越来越高,领导做秀时还能心领神会,得其精髓。杨登科不想让康局长将自己看做是大木瓜,这才壮着胆子说道:"12月22日不是您的生日吗?"

不想杨登科这句话一出口,康局长脸都紫了,一副怒气冲冲的样子,脖子上的青筋鼓得像是缠在老树上的枯藤。只见他在桌上重重地连拍数下,咬着牙根吼道:"这简直就是放屁嘛!是谁放的屁?你说说,是谁放屁说我是12月22日的生日!"

杨登科吓得往后直退,又结结巴巴分辩道:"我可是在报上看到的。"康局长说:"报上也是放屁!报上放的屁更臭,臭不可闻!"

杨登科再也不敢吱声了,一把抓过桌上那个大信封,往怀里一塞,落荒而逃。康局长不收你的钱也就罢了,他随便找个什么理由都说得过去,可他为什么要发那么大的火呢?是疾恶如仇?是痛心疾首?是怕手中钞票多了咬手?好像都不是。现在是金钱社会,不可能有太多的人会对钞票怀有那么大的敌意。何况康局长也不是没收过局里人的钱。比如办公室主任吴卫东和政工科蔡科长,杨登科就听人私下说过,陈局长下去后,他们除了市工作组进驻农业时对陈局长落井下石外,同时还给康局长送过大钱,康局长并没将钱退给他们,而是让他们保住了原来的位置。杨登科不知道自己犯了康局长什么大忌，百思不得其解。

来到楼下，杨登科不敢回司机班，直接出了农业局。他知道此时自己这个狼狈不堪灰头土脸的样子，一定不怎么中看。

一时不知往何处去才好。回家吧，还没到下班时间，家里空空荡荡的，一个人待着很是无趣；找个人一吐心中块垒，好像偌大一个城市并没有两个真正能说得上话的朋友；跟钟鼎文倒是还投机，只是他忙忙碌碌的，哪有空陪你说话？杨登科只得漫无目的地游荡着。想起几个月来的遭遇，想起自己一个大男人，不读电大前天天给领导开车，也算是领导身边的红人，读了两年电大后，竟上不着天下不着地的，想重操旧业找部车开开都不可能了，心里沮丧得不行，恨不得一头撞到墙上，将自己了结了算了。

想你一个小人物，别的大事难事做不来还情有可原，可拿着现成的钱都送不出去，世界上还有比这更不中用的东西么？

这么自责着，杨登科不觉上了一座天桥。越过川流不息的车辆和行人，望向远处空旷的街口，天边彩云如锦。杨登科抚栏而立，仰天长叹了一声。良久低首，发觉自己已是泪眼婆娑。想起那句男儿流血不流泪的豪言壮语，杨登科又是一阵内疚。可男儿要是找不到流血的机会，只有独自流泪的份儿，也是无可奈何啊。

最后杨登科还是悄悄抹去脸上泪水，离开了天桥。他还下不了从天桥上栽下去的决心。

杨登科荡了一圈，又回到了市中心，这才发现到了医院门口。猛然想起猴子来，也不知他老婆的病怎么样了。杨登科觉得自己太对不起猴子了，他老婆住在医院，上门借钱，连个借字都没让人家说出口，就把他打发走了。杨登科下意识摸了摸身上那个八千元的大信封，心下暗忖，这钱反正送不出手，何不借给最需要钱的人？

狠了狠心，杨登科真抬腿进了医院。

然而猴子老婆已经不在医院。医生说已出院好久了，是钱不够无奈出院的，其实肠癌只要手术动得及时，病人是完全可以康复的，耽误了就会坏事。

杨登科默默离开了医院。如果猴子老婆确是因为借不到钱误了性命，那你杨登科岂不是罪人一个？杨登科已经打定主意，第二天就到侯家村去走一趟，把这八千元钱送到猴子手上，叫他老婆把手术给做了。

第二天杨登科跑到侯家村，猴子家竟然空无一人。向邻居一问，才知猴子老婆一个星期前已经病故。猴子把老婆尸体一埋，就跟村里人进了城，向种子公司讨要法院判给村里的赔款去了，如果种子公司不给，他们就到人大和政府去上访。

中年丧妻，这是人生之大不幸。杨登科总觉得猴子老婆的死自己责任重大。他后悔莫及，那天晚上家里除了一张两千元的存折，还有三千元现金，如果给猴子施以援手，他老婆的命肯定是保得住的。杨登科想，这一辈子是没法原谅自己这个过错了。

离开侯家村时，杨登科曾动过把那八千元留下，托邻居转交给猴子的念头，可想想又有些不妥，还是放弃了。他怕猴子无法接受。猴子老婆活着时，你不借钱给他，他老婆死了，你送钱来了，你这是安的什么心？是不是幸灾乐祸？杨登科无奈，怪只怪自己当初一念之差，酿成这个后果。看来只得以后再找机会修复这份战友情了。

从侯家村回来后，杨登科觉得将八千元留在手头已经意义不大，立即找到钟鼎文，还那三千元给他。开始钟鼎文怎么也不肯接收，杨登科竟然怒不可遏了，鼓着一双彤红的眼睛，像是要和钟鼎文干架似的。钟鼎文不知杨登科在哪里吃了火药，只好接了那钱。

另外五千元，杨登科晚上给了聂小菊。其实聂小菊昨晚就意识到了事情的结局，因为一个晚上杨登科都没说一句话，脸色阴沉得像一块久未搓洗的抹布。这一刻望着手上的大信封，聂小菊怎么也想不明白，这个世界上还有拿了钱送不出去的，说出来恐怕谁都会当做现代童话。但她不好说杨登科什么，她知道他已经受了太大的委屈，不愿再点他的痛处。

杨登科大病了一场。

夜里聂小菊并没察觉杨登科有什么异常,第二天早上她安排杨聂吃过早餐,打发他背着书包出了门,自己也准备动身了,才发现并没有睡懒觉习惯的杨登科还一动不动地躺在床上。聂小菊以为他还在生气,不去惊动他,可要出门了,又觉得有些不大对劲,便走到床前,伸手在杨登科额上一摸,竟然像烧红的烫斗一样。聂小菊急了,要送杨登科上医院,他却坚决不肯。聂小菊没法,只得匆匆下楼,跑到学校医务室,喊了校医来给杨登科吊水。吊了两天,也没见好转,体温一直没降下来。可杨登科还是倔着不肯上医院,说死在家里总比在外面做野鬼强。聂小菊无可奈何,只有背过脸去悄悄流泪。

　　杨登科卧床不起,好几天没去上班,农业局竟然没人发觉,好像局里从来就没有过杨登科这么一个人似的。如果不是杨登科,而是换了一位重要领导龙体欠安,一两天没露面,局里那就热闹了,那些要求进步的主任科长们还不吃了老鼠药一样,早就六神无主,无所适从,仿佛天都要塌下来了,那是打了地洞也非得把领导给翻出来不可的。人与人之间的区别就在这里,谁叫你杨登科蚂蚁一样那么不起眼呢?

　　后来还是老郭几天没见杨登科的影子,觉得有些不对头,打电话到九中,才在聂小菊的哭诉里知道杨登科病得不轻。

　　老郭特意跑到九中来看望杨登科一回。老郭不愧是老郭,不用把脉,不用问病情,只在杨登科的脸上瞥了一眼,便知道了他的病因何在。

　　老郭还特意把聂小菊和旁边的校医支开,和杨登科单独待了一会儿。他望望面黄肌瘦的杨登科,说:"你给康局长送钱的事,我早就看出来了。你说实话,是不是被他退了回来?"杨登科那半开半合的眼睛就张大了,说:"你是怎么知道的?"老郭说:"我掐指头掐的。"

　　杨登科当然不相信老郭这么能掐,他又没学过阴阳五行。就是学过,也不可能掐得这么准确。杨登科说:"是姓康的透露给了胡国干,胡国干说出来的吧?"老郭摇摇头,说:"姓康的堂堂一局之长,不可能这么没水平，人家给他送钱的事也拿出来说。就是他说了，胡国干也不会乱说的，嘴巴不紧点儿，能给领导开几天车？"

杨登科觉得老郭说的有道理，说："以前怎么从没见你掐过指头？"老郭笑道："说掐指头当然是假，但说推测却是真的。想想看，如果康局长没把钱退给你，你会一病不起吗？"杨登科说："你错了。我没给康局长送过钱，他又怎么退钱给我？"

话都说得这么露了，杨登科还这么藏着掖着的，老郭不免有些生气，说："到了这个地步，你还不相信我，那我没法了。"站起身，做出要走的样子。杨登科急了，从被子里伸出手来，拉住老郭，央求道："老郭你别生气，只要你给我做主，我什么都说。"然后把给康局长送钱的前后经过，一古脑儿都倒了出来。

听完杨登科的交代，老郭忍不住笑起来。杨登科说："我知道你觉得好笑，只有我杨登科才这么蠢到了家，拿着现成的钞票都送不出去。"老郭止住笑，说："蠢倒说得重了点，如今谁办点事不都是拿钱开道？"接着又故作高深地说："问你一个常识性的问题，你一定见过过去的钱币吧？你知道为什么要在中间打一个眼么？"

杨登科哪有心思跟老郭闲扯这无聊的话题？也不愿深想，极不耐烦地摇了摇头。老郭也不在意，说："那是让人往里钻的。"杨登科不觉得老郭这个见解有多高明，说："要是有人不肯往里钻呢，你又拿他怎么办？"老郭说："那你就得反省一下，看是哪个环节搞错了。"杨登科甚觉不解，说："送钱不简单得很么？错得到哪里去？"

老郭停顿片刻，悠悠说道："你还没开悟，我干脆跟你直说了吧，康局长根本就不承认他是1949年12月22日的生日。你这马屁拍的不是地方，拍到了人家大腿上。"

这让杨登科吃惊不小，瞪大眼睛道："那不是报纸上说的么？白纸黑字，我可是看得清清楚楚的，不然我也不知道他是那天的生日。"老郭说："报纸上的东西你也相信？如今的报纸除了日期有可能是真的，其余都是假的。"

杨登科还是不明白这是怎么回事，说："吴卫东不是那篇文章的撰稿人之一么？他是办公室主任，他宁肯把自己爹妈的生日弄错，也不可能把康局长的生日弄错呀。我很清楚地记得文章里还有一句这样的话，说康局长是生在旧社会，长在红旗下。懂点地方史料的人都知道，1949 年 12 月 22 日对于我们贵都市来说，的的确确还是旧社会。"老郭说："我知道文章里有这句话，那篇文章司机班的人都拜读过，刁大义和小钱他们都差点儿能背下来了。那还是你电大毕业前三个月发生的事，为此吴卫东差点儿就要做不成那个办公室主任了。"

接着老郭给杨登科说了说事情的来龙去脉。

前面说过，市里工作组进驻农业局后，吴卫东见陈局长大势已去，就主动跑到工作组那里去举报陈局长。康局长上台后，本来视吴卫东为陈局长的人，曾动过挪开他的念头，后来考虑他举报陈局长有功，就将他留下来试一阵再说。吴卫东为了讨好康局长，坐稳那个办公室主任的位置，特意写了那篇马屁文章，和记者联名发表在报纸上。文章确实写得不错，吴卫东将他的才华发挥到了极致。但康局长看了文章，却把吴卫东喊去大骂了一顿，还说要撤了他办公室主任的职，吓得吴卫东尿都出来了，托了不少关系到康局长那里去讲好话，还跑到邮局，给康局长在外地读大学的儿子汇了八千元钱，康局长这才收回了成命。

原来问题就出在康局长的出生年月日上。据说省委组织部从去年下半年起，就着手考察各地市下届班子，贵都市下面各县区领导和市直各单位的头头早就开始活动了。与以往有所不同的是，这次据说省委组织部为使干部队伍年轻化，做了一个没成文的内部规定，就是全省各地市下届班子一般不再考虑五十年代以前出生的干部。

康局长是通过内线了解到这个不成文的规定的。他知道现在的事情，不成文的规定往往比成了文的规定还要管用，而他最近三年的档案年龄是 1949 年 12 月 22 日，恰好在省委组织部内部规定的年龄界限之外。这个档案年龄还是康局长三年前托关系找公安部门改过来的,他原来的生日是 1949 年 11 月 22 日。这样改的理由是过去干部的年龄往往填的旧历生日,现在兴算阳历,当然应该往后推延一个月。

康局长难免有些泄气,恨自己早生了一个月,不然那次阴历改阳历时也就改到 1950 年了。有人就怂恿康局长,不妨将生日再往后推一个月,这样就到了 1950 年。康局长也不是没这么想过,可这样的事一次可以,再来一次就说不过去了,因为档案里已经有了两个出生日,总不可能搞成三个出生日吧? 给康局长出主意的人笑他太诚实了,如今谁还这么诚实,诚实已经不是美德,而是一种虚伪了。还说两个三个档案年龄算什么? 有些人的档案年龄五个六个都有呢? 康局长就壮了胆,通过硬关系终于把档案里的出生日改到了 1950 年 1 月 22 日。这一来终于符合省委组织部不成文的内部规定了,康局长这才松了一口气。

岂料就在这个节骨眼上,吴卫东和记者在报纸上联名发了一篇文章,说什么康局长生在旧社会,长在红旗下。还附了康局长的简介,里面的出生日是吴卫东从局里上年的干部年报表上抄下来的。康局长只差点没心肌梗塞了,找来吴卫东,破着嗓子臭骂了他一顿,扬言要撤了他的职。只是考虑吴卫东是好心人做了错事,当初举报陈局长功不可没,不久前又给他儿子汇去了八千元,最后还是放了他一马。

这件事闹得农业局无人不晓,唯独杨登科一无所知。当时他正躲在电大宿舍里,为毕业考试进行紧张复习,与外界是绝缘的。所以才导致他 12 月 21 日晚懵懵懂懂跑到康局长家里去贺生,竟然触到了康局长的敏感处。想想也是的,康局长已经生到了新社会,你还要让他生回到旧社会,你是什么居心? 是有意要他进入不了此次省委组织部的视线范围?

听老郭说出此中原委,杨登科不觉出了一身猛汗。他本以为拿钱可买一切,才把东拼西挪聚拢来的八千元送到了康局长家里,不想背后还有这么一段公案。却也觉得康局长退钱回来,并大发雷霆,实在是情理之中的事。怪只怪自己在一个错误的时候,以一个错误的借口,错误地把八千元送到了康局长家里。

杨登科后悔不已,望着天花板,说:"惹恼了康局长,看来我在农业局再也没有立身之地了。"老郭说:"这事要说也怪不得你,不知者无罪嘛。"杨登科说:"康局长不是你老郭,恐怕不会这么想。"老郭说:"你别管他怎么想,也犯不着这样消沉。"杨登科说:"有什么办法呢,命该如此啊。"老郭说:"你也相信起命来了?命这个东西可是说不清的。"

感叹了一阵,老郭准备走了,说:"还是我陪你到康局长家里去一趟吧?"杨登科说:"还去给他送钱?"老郭说:"我可没说要陪你去送钱。给领导送钱的事,天知地知,你知我知,让人在旁边陪着,还不吓着领导?谁这么去送过钱?"杨登科说:"那不去送钱,又跑到康局长家里去做些什么呢?"

老郭摇摇头,说:"登科我看你满脑子只有一个钱字。你是不是除了这个钱字,别的字都不认得?就为了认这么一个简简单单的钱字,你也用不着到电大去脱产学习两年哪。"

说得杨登科不好意思地讪笑起来,说:"钱字虽然简单,要真正把它学通学透,我看也不是一件十分容易的事。"老郭苦口婆心道:"但光学钱字,别的都不学点儿,这辈子我看你也不可能有多大出息。跟你说吧,有时候钱办不到的事情,偏偏别的东西还能办到。你就不可以打开思路,想点儿别的窍门?要知道,领导除了需要钱之外,也许还需要些别的什么。"

杨登科在老郭的话里听出了些意思,说:"那领导还需要别的什么?"

老郭已经起身,说:"你安心养病吧,病好了再给我打电话。"杨登科的胃口被吊了起来,说:"你还没回答我呢。"老郭说:"这是天机,不可泄露。"掉头出了门。

也许是出了一身猛汗,也许是老郭留下了一线希望,杨登科的病顿时好了一大半,晚上还下床喝了一碗聂小菊专门给他熬的白米粥。聂小菊又高兴，又不可思议，这几天她忙进忙出的，水也给他吊了，药也给他吃了，那病没一点起色，老郭来转一圈，跟他叽里咕噜说了一阵话，他就能下地了，便说："老郭给你施了什么魔法吧？他有这样的本事，还在农业局里天天辛辛苦苦给领导开什么车？还不如开个门面，救死扶伤得了。"杨登科乐道："你跟我想到一块儿去了。他愿意的话，我去入他的伙。"

第二天上午，杨登科便熬不住打了老郭的手机，说自己的病已经全好了。老郭说："好得这么快？吃了谁的灵丹妙药？"杨登科说："吃了你的灵丹妙药呀。"老郭笑道："原来是心病终需心药医啊。"又说："那好吧，下午我开车去接你。"杨登科说："下午康局长不上班，在家等着我俩？"老郭说："今天是星期天，你不是生病生糊涂了吧？"杨登科才想起这天确是星期天，生病把时间观念也生没了。

老郭没有食言，下午果然开着那辆奥迪进了九中。

上车后，杨登科还是有些不放心，说："领导不是这里视察，就是那里检查，今天尽管是星期天，康局长就一定待在家里？"老郭说："他不在家里，我约你出来谈情说爱？"杨登科估计老郭肯定在胡国干那里打听好了康局长在家，才采取这次行动的，也就不再多问。

快出九中时，老郭问杨登科想不想摸摸方向盘。杨登科当然有这个愿望。他是这台车的第一任驾驶员，又朝夕相处了好几年，能没有感情么？可杨登科坐在副驾驶位置上不动，说："以后总会有机会的吧？"老郭自然听得出杨登科话里的含义，说："原来你是盯着这台奥迪，那我要是退了休还赖着不走呢？"

小车融入车流后，老郭却没往康局长家方向开，奔市中心而去。杨登科问："这是上哪儿？"老郭说："给康局长买礼物呀。"杨登科说："买烟酒还是金银首饰？"老郭说："你说呢？"杨登科没说买什么，却说："你也没交代清楚，我身上的钱恐怕不够。"老郭说："今天是替你办事，莫非还要我出血？你的如意算盘打得也太精了点儿吧？"

说着话，老郭把车停在了街旁。下了车，杨登科抬头四顾，也没见周围有卖烟酒和首饰的店子，只旁边一家文具店，便生了疑惑，说:"到这个地方来干什么？没走错地方吧？"老郭说:"还早得很,先看看再说。"便进了文具店。

杨登科只好跟进去。他百思不得其解,康局长又不是小孩子,总不可能给他送个笔记本文具盒什么的吧？何况康局长的儿子也已上了大学,不可能要你的文具。

杨登科正嘟囔着,老郭在柜台前站住了,把服务员叫过来,指着货柜说:"那是不是徽纸？拿过来看看。"服务员立即小跑过来,从货架上端出一刀徽纸,搁到了柜台上。杨登科附在老郭耳边说:"要给康局长送徽纸？这值几个钱？"

老郭没理杨登科,用手指在徽纸上抚抚,然后捏了一张,眯了眼,对着亮处瞧瞧,点头道:"不错不错,这刀徽纸我要了。"又问服务员:"还有徽砚徽笔和徽墨么？"服务员连说几声有字,又拿出笔墨和砚台来。这样跟徽纸加在一起,文房四宝就齐了。一问价钱,并不贵,杨登科忙掏了钱,递给服务员。然后提了笔墨砚台,紧走几步,追上已抱着徽纸出了店门的老郭,不满道:"给领导送礼,送得这么便宜,出得了手么？"老郭说:"我们这不是送礼,是去给领导送文化。"杨登科说:"领导还缺这点儿文化？"

将文房四宝放进小车尾厢里,两人重新上了车,向康局长家方向进发。杨登科还在一旁啰唆:"如今物资这么丰富,万千的好东西你不买,偏偏拿这并不值两个钱的所谓文房四宝去送康局长,他不把我俩轰出门,我不姓杨,跟你姓郭得了。"老郭说:"谁要你姓郭了？你以为你是谁？你姓了郭,郭家人就跟着你沾光了？"

杨登科一时无语了。老郭眼望前方,一边把着方向盘,一边说:"这送钱送物嘛,说得好听点,叫做联络感情,说得难听点,叫做贿赂下药,最终目的无非是讨好巴结对方,好为我所用。要达到这个目的,重要的是让对方舒服受用。比如你前次给康局长送了大钱,送得他满心不快,这就与你的初衷完全相违,这钱送了还不如不送。那么怎样才能达到目的,使对方舒服受用呢？一句话,就是要选准时机,独辟蹊径,投其所好。"

杨登科似乎明白了老郭的意思，说："你是说文房四宝正是康局长所好？"老郭说："你并不傻嘛。你想想，康局长待在那样的位置上，集单位财权事权人事权于一身，送钱的人还少得了吗？你送钱的时候就是没触到他的敏感处，你也是送钱队伍里并不显眼的一个，难得给他留下太深印象。还不如避实就虚，在人家都只知道送钱的时候，你偏偏不送钱，却送上人家没送过而康局长又正需要的东西，这效果岂不是更显著么？"

老郭的话也不无道理，杨登科说："那你怎么就知道康局长不需要别的，单单需要这纸砚笔墨呢？你不是把四样东西当文物去哄领导吧？"老郭笑道："领导是那么好哄的么？你把领导也想象得太弱智了点。你到局长室去得少，这一段时间，康局长一有空就摊开旧报纸练毛笔字，办公室准备拿到废品店去换茶叶钱的旧报纸都被他要去练字了，害得大家天天喝白开水，没几分钟就要往厕所里来一次百米冲刺。"

说得杨登科咧开了嘴巴，说："你说得也太夸张了点儿。"忽然记起那次被康局长叫去局长室时，也见康局长正在写字，只是当时杨登科并没往心上去，更不会想起要去给康局长送纸砚笔墨。杨登科觉得老郭真是有心人，比自己开窍，只是还有些担心，说："他大概是无聊了，借此打发时光吧，并不是有意要练字。我看他那字实在不怎么样。"老郭说："要是他的字已经怎么样了，那他还练它干什么？"杨登科说："其实当领导的只要有领导才能，字写得不怎么样是无伤大雅的，孔子不嫌字丑嘛。"

车前有人横街，老郭揿揿喇叭，减速缓行，嘴上依然没停："差矣，如今的领导，尤其是到了一定级别的领导，所谓的领导才能低点儿，什么关系也没有。"杨登科说："何以见得？"老郭说："你在局里待了十多年了，知道领导要做的也就三件事：坐车，喝酒，做报告。车子有司机开，领导只要屁股功夫好，又不晕车就行了。能当领导的一般能喝酒，喝得胃出血，赶快去补缺；喝得趴地下，安排当老大；喝得打点滴，下届提书记。就是喝不得，酒店小姐都是暗中准备了两把酒壶的，领导喝白开水就得了。报告是秘书写的，群众要求又不高，领导到了台上只要少念错别字，群众就觉得这领导已经非常了不起了，况且如今的领导不管上没上过大学，至少是本科文凭，袋子里揣着硕士和博士文凭的也不在少数，这就足以说明他们的能力非同寻常。倒是字写得丑了，上不了桌，有时难免尴尬。"

说到这里，只见前面亮了红灯，老郭赶紧踩住刹车，继续道："当领导的经常要出去视察检查，要题的字题的词太多。就是不出去，这大厦落成，那门店开业，要你赐个墨宝什么的，也在所难免。所以说领导的字写得好与坏，与一个地方经济文化大业的关系太大了。你想领导若写不出一手好字，促进不了当地经济文化事业，又怎么说得过去呢？"

老郭大发宏论时，杨登科一直不大吱声，只谦虚地竖了耳朵听着。这阵老郭可能是说得嗓子发痒了，不得不停下来，用力咽了一口唾沫，杨登科才逮住机会，插话道："我看康局长平时也没题什么字，练字的用处并不大嘛。"

趁前方的红灯换成绿灯，老郭松了刹车，车子往前飙去，一边反驳杨登科道："你这是妇人之见。人无近虑，必有远忧啊。省委组织部正在考察各地市下届班子，贵都是个农业大市，作为农业局长，只要不像陈局长一样出现什么意外，康局长进班子还是有可能性的。他这个时候不加紧把字练好，以后当了市领导，岂不要让全市人民失望？"

老郭说得头头是道，杨登科却还是有些不踏实，说："康局长要练字，难道就你老郭才会去给他送纸笔送砚墨，其他人却没想到这一点？"老郭说："其他人都跟你一样，都只想着给领导送大钱大礼，哪个会想到去送这些东西？就是想到了，也觉得这些东西不值几个钱，不好意思出手。"杨登科说："要是这些东西康局长自己已经买了呢？"

老郭一脸的不屑，说："登科啊，不是我说得直，你是在机关里白待了。你还不知道这人就是怪，到了一定的位置，有些事情常人能做,当领导的就是做不来。当了领导,吃喝拉撒睡,没一样用得着自己操心,除了用来发号司令的嘴巴的功能得到进一步加强外,其他功能早已退化,一定要到不当领导的时候才慢慢恢复得过来。比如天天出车入辇,久而久之便连走路都变得不太会了。你见过哪些大领导或实权在握的小领导在街上走过路? 要走也是在车间地头,身边围着小领导和记者。严格来说,那不叫走路,那叫检查视察。"

杨登科终于似有所悟,说:"我知道了,领导坐车并不仅仅是以车当步,而是一种身份的象征,一旦不坐在车上,而是走在街上,他就有些不自在,觉得自己竟混同于普通老百姓,有辱斯文,不成体统。所以那些天天坐在小车里的领导,有一天忽然恢复了走路的功能,自己亲自在街上走来走去了,不用问,他肯定已经从台上下来了。"

老郭将小车开进一条岔道,说:"登科算来还是个明白人。还有领导当大了当久了,无论干什么都有人买单,不需要自己亲自花钱,慢慢就连钱也不会用了。机关里不是流行三闲的说法么?"杨登科说:"我倒没听过,哪三闲?"老郭说:"阳萎的鸡巴,领导的钱,领导的老婆助理调研员。"杨登科说:"鸡巴阳萎了,自然是闲着的。领导的袋子里的钱没地方花,也是闲的。只是这领导老婆助理调研员,不知何意。"老郭说:"助理调研员就是退位的没事干的副处级干部,不是说当领导的烟酒基本靠送,工资基本不动,三陪基本不空,老婆基本不用么? 领导天天基本去了,老婆基本不用,还不成了助理调研员?"

说得杨登科忍俊不禁,说:"老郭看你兴奋的,今天你一定吃了春药。"老郭说:"这把年纪了,春药也没用了。还是说领导的钱吧,你知道为什么当了领导便不会用钱了?"杨登科知道老郭还有高见,说:"我要有这样的学问,也不至于下岗失业了。"老郭说:"刚才说了,当领导的没有亲自用钱的必要,达尔文说用进废退,久不用钱,用钱的功能便退化掉了。此其一。其二,中国人推崇的是君子喻于义,小人喻于利,领导都是君子,耻用钱,实属常理。其三,领导的才能主要体现在用人上，中国自古以来就有用人不疑，疑人不用和知人善用一类的说法。用对了人，那是很值得自豪的。用错了人，则是没有眼光，那是有损脸面的。却从来没听说某某领导善于用钱，善于用钱，好像并不能给领导带来光彩。"

老郭不愧是农业局的老司机，跟领导打的交道最长，见识不浅，杨登科不得不心悦诚服。他顺着老郭的思路说道："你的意思是康局长当领导当到这个份儿上，连钱也不会用了，所以才不会亲自上街去买纸砚笔墨，非得等着我俩给他送去不可？"老郭说："这样说也不是完全没有道理。买纸砚笔墨纯属小菜一碟，不是什么大事要事，康局长本人不会亲自上街去购买，又不好张嘴让手下人代劳，偏偏还没人想到用这么个简单的办法去巴结他，所以他只好拿些废报纸旧墨汁和老掉毛的毛笔将就将就。现在你买了这几样东西送上门去，不恰是他想睡觉，你递上枕头，正中他下怀么？"

倘若真如老郭所言，那此行一定会马到成功了。杨登科也就充满了信心，恨不得捧过老郭那张满是皱纹的脸，亲切地啃上一口。

不觉得就到了康局长家楼下。下了车，打开小车尾箱，杨登科抱了那刀徽纸，老郭将笔墨砚台提到手上，两人一齐进了楼道。瞧瞧怀里的徽纸，不知怎么的，杨登科猛然间想起贵都乡下一样旧俗，忍不住窃笑起来。老郭不知何故，掉头道："你笑什么？"杨登科说："我们不是到这里来吊丧的吧？"

原来贵都乡下死了人，要烧不少的纸钱，免得死者在那边受穷，因此前往吊丧的人都会按规矩送上一两刀纸。老郭自然也是知道乡下的风俗的，说："你总往歪处想。这是上好的写字画画用的徽纸，又不是凿纸钱用的土纸。"顺便把杨登科手上的徽纸要过来，夹到腋下，说："你心不诚，会坏事的，还是我来替你递东西给康局长吧。"

在康局长门上敲了几下，康夫人过来给两位开了门。他们换上拖鞋，迈进屋子，果然康局长正在书房里用功，沙发和地板上到处是写过毛笔字的报纸，满书房弥漫着墨香。见了杨登科和老郭，康局长放下手中毛笔,扒开沙发上的报纸给他们让坐。老郭把手中的纸砚笔墨一样样放在矮几上,说:"登科听说老板近来爱上了书法,特意叫上一位书法家朋友,走了好几家文化用品商场,才终于找齐这徽产的文房四宝。"

杨登科掉头看了看老郭,觉得他真有意思,什么话到了他嘴里就加了砝码,变得好听三分。老郭的用意也是很明显的,他是要在康局长面前抬高杨登科。杨登科对老郭又是感激又是佩服,暗想一个人能做到老郭这个份上,也算是颇有功夫了,今后得多向他学着点。

康局长瞧了瞧几上的纸砚笔墨,转身拍拍杨登科的肩膀,说:"登科,难得你这份好意。现在大会小会反复强调要加强廉政建设,特别是领导干部要做廉政的表率,今天你如果送金送银,我还不敢要呢,这文房四宝显得有文化有品味,我就笑纳了。"

杨登科心里明白,康局长这话听去平常,却暗中点到了那次退钱的事,同时也显得他不收金钱,只收纸砚笔墨的高雅。杨登科当然不好说什么,只说:"我也不懂书法,只觉得徽产的纸砚笔墨应该比废报纸旧笔墨好用些。"

康局长拿过几上的徽笔,放手上把玩着,说:"这是肯定的。"接着又拿笔管在徽纸上轻敲了两下,说:"有了这些宝贝,用不着拿那老掉毛的旧笔在又粗又硬的旧报纸上乱涂乱画,写的字也不至于总是毫无长进了。"杨登科低低身子,抚平一张写过字的报纸,瞄了瞄上面那写得很一般的字,讨好道:"我看这字就已非同凡响了。"康局长还有些自知之明,说:"别给我戴高帽了,这字有几斤几两,我心中有数。"

老郭也看了一会儿康局长写在报纸上的字,然后给杨登科使了个眼色。杨登科于是拿了砚台,跑到厨房里盛了水,开始拿了徽墨在上面磨起来。老郭那边已在桌上摊开徽纸,对康局长说道:"登科这徽纸到底好不好,不能光凭他嘴上说了算,老板还是请您当场检验检验吧。"康局长说:"行啊,实践是检验真理的唯一标准,我这就试试看。"

　　说着，康局长便来到桌旁，拿起徽笔，沾了杨登科刚磨好的徽墨，在老郭摊开的徽纸上运作起来。杨登科和老郭不敢分心，瞪大眼睛望着康局长手下的笔尖。康局长在徽纸上落下"宠辱不惊"四个字之后，便停顿下来，望着自己的作品，先是摇摇头，然后又点点头，仿佛对自己的字还有几分满意，说："看来徽产的纸砚笔墨就是不同一般啊。"

　　老郭不失时机地鼓起掌来，还说康老板真是神来之笔。老郭大概是觉得拍马屁不要纳税，想拍就拍了，杨登科却怎么也没看出康局长的字神在哪里，尽管康局长今天用了徽产之物。想起如今有不少当领导的，写的字跟蜘蛛差不多，要多难看就有多难看，也敢以书法家自居，好像只要拿得动笔就可以做书法家似的。偏偏有人鼻子特长，只要领导有这样的爱好，他就找得出堂而皇之的理由向领导求字，然后拿去挂于高堂，或载于报刊，甚至送到展览馆去参加展出，还人前人后地夸奖那字如何举世无双，如何惊天地泣鬼神，逗得领导沾沾自喜，以为自己便是王羲之转生，欧阳洵再世。写字也是有瘾的，以后更是一发不可收拾，走到哪，字写到哪，到处都是他的所谓大手笔。就像那孙悟空，撒泡尿也要写几个"孙大圣到此一游"之类的字，将一泡难闻的骚臭留给人家瞻仰。殊不知，等领导退下去后，故地重游，再兴致勃勃去找自己的墨宝时，早被人家铲得一干二净，什么痕迹都不复存在了。

　　见杨登科走了神，老郭忙用膝盖在他的屁股上顶了一下。杨登科一个激灵，这才回过神来。他懂得老郭的意思，忙不迭地夸奖了几句康局长的字。康局长信心陡增，继续运笔，一口气在徽纸上写下了这么两行字：

宠辱不惊闲看庭前花开花落
去留无意漫随天外云卷云舒

好个宠辱不惊,好个去留无意! 不知怎么的,当了官掌了权的人都喜欢这么标榜自己。如果真的只辱而不宠,只去而不留,看他是惊还是不惊,是有意还是无意。其实宠辱也好,去留也好,嘴上说说自然轻松,做起来并非易事。那是需要一点定力的,能淡然处之者恐怕向来不多。古代连杜甫那样的天才大诗人,也不甘寂寞,跑到长安"朝扣富儿门,暮随肥马尘",献赋求荣,终得"麻鞋见天子"。今人像以《丑陋的中国人》为大陆读者所知的台湾作家柏杨,娘也骂了,牢也坐了,可蒋氏橄榄枝一伸,他马上捞到手里,屁颠屁颠地直奔蒋府而去。只有陶潜算是有些骨气,不肯为五斗米折腰,实属难能可贵。鲁迅先生跑到厦门大学去讲学,校长事先请他进包厢,想借他金口说几句自己的好话,鲁迅嘴巴一抹,回到讲台上便申明自己吃了人家的也不嘴软,不给那校长脸上贴金,硬骨头确实无人可比。

这些今人旧事,杨登科是在电大图书馆里翻闲书时无意翻到的,此时见康局长写下那两句话,不免生了联想,竟然又走了神。老郭却比他老成多了,注意力一直集中在康局长的字上面,瞅准时机就要夸耀两句。康局长却总是故作谦虚地摇头道:"真是辱没了登科带来的纸砚笔墨,孤芳自赏尚可,拿去示人就是出丑了。"

杨登科害怕老郭再用膝盖顶屁股,主动奉承康局长道:"老板的字虽然不好跟柳公权颜真卿打比,但放在当今这个斯文扫地文风式微的年代,却是相当出类拔萃的。如果我杨某人有这么一手好字,也就不用摸方向盘,跑到街上卖字谋生去了。"说得康局长嘴角直挑,说:"登科你不是怂恿我放着这个局长不当,上街卖字糊口吧?你这不是要害我吗?"

说笑着,老郭又摊开一张徽纸,请康局长再来一幅。康局长说:"你们别想着看我的笑话了。"再不肯拿笔。老郭又劝了一阵,康局长还是不从。

杨登科这时也变得聪明起来,灵机一动,忽想起当领导的写得最多的四个字,说:"老板,我说四个字,你肯定会写得非常到位、非常出众的。"

康局长也不知杨登科要说的是哪四个字,心下却生了好奇,说:"什么字? 你那么敢肯定?"杨登科说:"你先答应我,我说出来,你得写给我和老郭见识见识。"老郭也说:"老板你就答应登科好了,不就是四个字吗? 写起来还不容易?"

康局长经不住两人你一句我一句地劝说,只好先答应下来。老郭就催杨登科:"老板都同意了,是四个什么字,你还不张开你的金口玉牙?"

杨登科不慌不忙道:"同意。"

两个人一时没反应过来,并没听明白杨登科的意思,四只眼睛愣愣地望着杨登科,好像是说你杨登科算老几,你要同意什么? 你能同意什么? 你不就一个小小司机么,也有资格将同意这么神圣的字眼挂在你那张臭嘴上?

杨登科意识到他们误会了这两个字,心想再聪明的人也有糊涂的时候,只好补充道:"同意! 同意提拔、同意拨款、同意研究、同意上报、同意发文的同意。"

康局长这才会心一笑,指指杨登科,说:"就你出得了这样的鬼点子。"老郭也明白过来,觉得杨登科这个建议简直是绝了。说:"那另外两个字呢?"

杨登科朗声道:"已阅。"

老郭说声"妙",右手握拳,击在左手掌心,又低了头,反复将"同意已阅"四个字念叨了好几遍,心想当领导的,别的字也许难得写上几回,这四个字哪天不要写上三遍五遍的? 有道是熟能生巧,写得多了,再不会写字的人恐怕也能写得像模像样。不免暗暗佩服起杨登科的机智来,看来这个家伙不可小瞧了,以后也许还是会有出息的。

这么想着,老郭回头对康局长说:"老板你可不能反悔哟,刚才你是亲口答应了的。"

康局长也将这四个字默念了数遍,念得他额角放光,双眼发绿,手心也痒痒了，恨不得立即拿笔在手，像平时在文件或报告上签字一样，几下把这四个字挥洒出来。他早已心中有数，这四个字就是写得再差也有几分架式，几许骨力，却还要客气："还真写这四个字？"老郭说："当然是真写，我俩等着一饱眼福呢。"

康局长又假意推却了一阵。这时老郭已将桌上的徽纸铺得平平整整，杨登科则把刚才康局长用过的徽笔重新塞回到他手里，单等他大笔一挥了。康局长相反不急不躁了，定定神，往肺腑里深深吸进一口清气，这才从容落笔于徽纸上。

这次康局长果然有如神助，将这四个字写得形神备至，妙不可言，比他先前写的宠辱不惊去留无意要强多少就有多少。如果不是亲眼所见，谁也不会相信这两幅字那是出自同一个人之手。杨登科和老郭都有些不可思议，康局长写别的字，间架松散，笔力轻飘，见不出什么风范，这"同意"和"已阅"四个字却写得非常有功底，结构严谨，错落有致，骨骼清奇，入木三分，说颇得书法真味，兼具颜筋柳骨，也毫不为过。

康局长看来对这四个字也很满意，写完之后，意犹未尽，又微笑着反复端详了半晌，脸上不由得泛出兴奋的红晕，像是刚下完蛋的红脸母鸡。直到老郭和杨登科情不自禁地鼓起掌来，康局长才晃晃脑袋，自谦道："写得太差劲，让你们笑话了。"

这回杨登科和老郭鼓掌时，可是发自内心的，没有丝毫拍马逢迎的意思。

领导舒服了，杨登科和老郭的目的就达到了，起身准备离去。康局长满面春风地送他们到门口。两人低了头正在换鞋，康局长像是忽然想起了什么似的，说："吴卫东那个办公室主任也不知怎么当的，昨天才告诉我，局里的面包车还锁在车库里，我还以为早处理掉了呢。登科你先开开这部面包车吧，回头我给吴卫东打声招呼。"

杨登科那只正在系鞋带的手就僵住了，用劲嗯了一声。

出门后，杨登科的步子就高远起来，一脚踩住那根没系好的鞋带，人往前一栽，脑袋咚一声撞在墙上。老郭乐道："登科你真是不撞南墙不回头啊!"

　　杨登科伸手在头上摸摸,也不感到疼痛,只望着老郭嘿嘿直笑。他觉得老郭真是神啊,自己绞尽脑汁办不到的事,他一个小花招就利利索索给你办到了。看来机关确实是个锻炼人的地方,老郭比自己在机关里多待了十多年,便已百炼成精。

　　这时老郭已转身往楼下矮下去。而杨登科那似笑非笑的目光还盯在他那微秃的脑袋上,仿佛绿头苍蝇似的。走在前头的老郭也许感觉得出背后的目光,下完楼后,回头瞥了杨登科一眼,说:"你不认识我了怎的?"

　　杨登科也不作答,又嘿嘿一笑,目光依然不肯放过老郭。老郭就站住不动了,伸手在杨登科眼前晃晃,说:"你到底犯什么傻?"杨登科眼皮都不眨一下,目光还是直直的。老郭暗吃一惊,后退一步,说:"登科今天你不是起得太早,碰着什么鬼了吧?"

　　半天,杨登科的眼珠子才动了动,无头无尾冒出一句:"我得把你的面目看清楚了,好找人铸一个铜像,放家里好好供着,每天给你上香磕头。"说着还做了个合掌作揖的动作。

　　老郭也是气不过,骂道:"去你妈的!"

第四章

峰回路转

　　星期一上午,吴卫东根据康局长的指示,给了杨登科几枚钥匙。

　　杨登科伸手接钥匙时,吴卫东望着他,不阴不阳道:"杨科真有两下子,康局长都关心起你来了。"杨登科当然听得出吴卫东话里的酸味,说:"县官不如现管,康局长关心没用,还要靠你这个直接领导关心。"拿过钥匙,去了车库。

　　打开车库卷闸门,迎面一股难闻的霉味。杨登科找来一瓶清洁剂,将车库的角角落落都喷到了,霉味才慢慢散去,然后掏出钥匙,插到车门上。那是一部白色丰田面包车,因车身满是灰尘,已成黑黄色了。杨登科开了门,却不敢立即上车,又找来一个鸡毛掸子,掸去座位和车窗上的灰尘,才钻进车里。正准备启动马达时,杨登科不知怎么的,鼻子一酸,只觉得前面刚扫去灰尘的挡风玻璃上已是模糊一片。

　　为了这一天,杨登科等待得也太久了点。

　　真是城门失火,殃及池鱼啊,陈局长下了台,杨登科这个给他开了几年车的小司机也跟着倒了大霉。机关里的人事就是这样微妙,一旦被看成是张的人,到了李在台上的时候,你就必然要被晾在一边。而在机关里待着,想不成为哪个的人,又是那样不容易,因为你不可能任何人任何事也不沾边。事实是如果你不成为哪个的人,到头来哪个都不会理你,你就更做不起人,更没出息。

好在一个司机是哪个的人，领导可以在意，也可以不在意。这不，康局长一高兴，尽管杨登科过去不是自己的人，还是让他开上了面包车。杨登科就觉得自己也应该知足了，虽然是一部破面包，有车开总比没车开要好。劳动的机会对任何人来说都是非常重要的。这么一想，杨登科心里也就好受了些，打响马达，兴高采烈地将面包车开出了车库，然后拖过长长的水管，接上水龙头，清洗起面包车来，一副咱们工人有力量的样子。

　　刚好这天老郭和胡国干他们几个没出车，就过来看杨登科洗车。老郭说："这车再不洗洗，就分不出青红皂白了。"上前要帮杨登科的忙。杨登科感激他的大恩大德还来不及，哪里敢要他帮着洗车？忙将他推开了，说："我好不容易有车洗了，哪里还肯让你来插手？"

　　胡国干两手一叉，阴阳怪气道："杨科你这是给谁洗车呀？是不是这几个月的干部当腻了，想重操旧业了？"小钱说："当干部太无聊了，还是当司机好，手里有方向盘握着，实实在在。"刁大义说："可不是吗？你看人家堂堂国家干部，不也还在亲自开车吗？杨科你是哪根葱？可得多向人家学着点。"

　　胡国干听出刁大义是在说自己，朝他鼓鼓眼睛，吼道："我国家干部不国家干部，关你姓刁的卵事？"刁大义却不急不躁，说："别以为你就是国家干部，所以迫不及待要跳出来。"胡国干心里来火，嘴巴张了张，却不知说什么才好。小钱便在一旁大声起哄："大家快来瞧哟，国家干部和工人阶级要摆擂台了啰！"

　　杨登科没跟他们搭腔，一心洗自己的车。他知道胡国干给康局长开上小车后，刁大义一直耿耿于怀，一有机会就要拿胡国干开涮几句。胡国干往往占不到上风，只得走人。刁大义没了对手，看杨登科洗车没有新鲜感，回了司机班。

　　两个小时下来，满是灰尘的面包车就被杨登科冲洗一新，像一个刚刮去胡须的男人一样，显得精神多了。杨登科收好水管、抹布和刷子之类的洗车用具，想将车子开进车库，看看手表，离下班还有四五十分钟，又改变了主意。此时此刻，杨登科最为热切的，恐怕就是盼着有人来叫他出车了。这份劳动的机会得来太不容易。

然而在车旁站了一阵，却并没人来要车。杨登科有些悻悻然，朝司机班走去。

司机班离车库没几步，杨登科推门进去，胡国干和老郭、刁大义他们正在打字牌，每人前面都堆着一把皱皱巴巴的票子。杨登科没有打牌爱好，牌技也差，很少跟他们上桌，不过平时没事时，他还是会在旁边观观战。今天杨登科却没心思凑热闹，在桌边坐一会儿，又起身到门外瞧一瞧，生怕有人要车，自己动作慢了。

几个人手上忙着抓牌出牌，嘴巴却一刻也没停过。只听刁大义说道："老郭你怎么还不出牌？是不是儿媳妇在家里等不及了，老想着回去做扒灰佬？"老郭没出声，半天才摸出一张牌，扔到桌上。胡国干帮老郭的腔："姓刁的我看你的水平也高不到哪里去，大概是在发廊里摸了小姐。"刁大义反唇相讥道："跟你国家干部相比，我一个小工人当然差远了。"恰好胡国干手上抓了一张好牌，眼睛放出光来，也顾不得反驳刁大义，叫道："我落听啦！"

直到下班，最终还是没人来要车。

杨登科莫名地感到有几分失望，却有些不甘，把车子开出了农业局，将喇叭揿得嘟嘟乱叫。来到街上，本想回九中的，却方向盘一打，拐向了市中心。杨登科意识到自己是想过一过开车瘾，才有些身不由己的味道。

虽然已经两年多没摸方向盘，但杨登科一下子就找到了那份独特的感觉，觉得做个司机还是挺爽挺有意思的。至少比整天无所事事实在多了。

也许是时值中午的缘故，街上车来人往，熙熙攘攘的，一派繁忙景象。杨登科竟在如织的人群中发现了一个熟悉的身影，好像是电大教过自己班中文的姚老师。姚老师的书教得不怎么的，却写得一手好字，上课时随意留在黑板上的板书，看去就像字帖一样，赏心悦目。据说他还是市书法家协会主席，每年都要牵头举办一两次全市书法展览什么的。

杨登科慢慢将车靠过去,细瞧果然正是姚老师。于是把头伸出窗外,姚老师姚老师地叫起来。姚老师开始没听到身后的叫声,不理不睬的,只顾走自己的路。杨登科就超到姚老师前面,打开车门,回头大声喊道:"姚老师,不认识我了?"

这回姚老师终于看见了杨登科,将腋下的一捆纸轴夹紧点,说:"哦,原来是小杨。"杨登科说:"姚老师您要到哪里去?上车吧,学生送送您。"姚老师道声谢,说:"你走吧,我到前面的图书馆去,不远了。"

就像开出租车的司机,整天没碰上客人,好不容易逮住一个,怎肯轻易放过?邀了几句,见姚老师还是不上车,杨登科干脆从车上跳下来,强拉硬拽将姚老师弄进了车门。

姚老师很是高兴。他只知道学生对自己这么客气,却不知道杨登科是在付出了那么大的努力之后,今天才终于开上了这部破面包车的,说:"小杨你也太热情了。"杨登科说:"这是应该的嘛,好难得在街上碰上老师一回。"

寒暄过后,杨登科瞥一眼姚老师仍然夹在腋下的纸轴,说:"姚老师您那是什么?"姚老师说:"市书法家协会准备在图书馆办一个书法作品展,我去瞧瞧,顺便把自己写的字带过去。"杨登科说:"姚老师的字可是咱们贵都市的骄傲,只可惜学生愚笨,不然也跟姚老师学上几招。"姚老师说:"惭愧惭愧,雕虫小技,自娱自乐而已。"

到了图书馆,杨登科要跟姚老师下车去看展览,姚老师说:"还在布置场地呢,乱糟糟的,怕是插脚的地方都没有,还是开张后你再来光临吧。"杨登科也就没再下车,问了开展时间,道了再见,掉转车头,出了图书馆。

终于有人坐了自己的车,杨登科心里说不出的舒展,回九中的路上,不禁哼起今人配曲且流行一时的李清照的《一剪梅》来:

红藕香残玉簟秋

轻解罗裳,独上兰舟

云中谁寄锦书来

雁字回时,月满西楼

花自飘零水自流

一种相思,两处闲愁

此情无计可消除

才下眉头,却上心头

　　哼上两遍,就到了九中。下车后正要上楼,忽瞥见窗玻璃上有一个污渍,又转身开了车门,拿出抹布,小心将污渍擦去。

　　迈进家门,聂小菊已做好中饭,正在桌上摆碗筷。桌旁还坐着一个人,竟是猴子,见杨登科进了屋,忙起身打招呼。杨登科想起猴子老婆住院借钱的事,至今还深感内疚,以为猴子再也不会理睬自己了,今天他上了门,心里也好受了一些。

　　两人说话的当儿,聂小菊已端上好几个热气腾腾的碟子。她大概也为那次没借钱给猴子问心有愧,今天特意做几个好菜弥补弥补。杨登科对聂小菊的表现还算满意,拿出两瓶好酒,跟猴子对饮上了,一边注意了一下猴子脸上的气色,他比老婆住院那阵瘦了些,但却少了憔悴和忧郁,看来他已从中年丧妻的阴影中走了出来。

　　几杯下肚,两人都有些面红耳热了,猴子说:"登科你那次到侯家村去看我,我刚好没在家,回到村里才听邻居说起。真对不起了。后来我一直想来感谢你的,却总是闲不下来。"

　　杨登科想说自己是专门去给他送钱的,可这已是废话,提它何用? 也就不多说什么,力劝猴子喝酒。猴子刹不住话头,说:"我掰了一下指头,贵都市几个战友里面,还是登科你混得好啊,堂堂国家机关公务员,我们都羡慕死你了。"

　　猴子此话倒不假,在他们几位复员回了农村的战友面前,杨登科的确算是风光的了。想起自己在单位虽然只是一个小小的司机,不像那些局长科长们可以人前人后地耍派头，却同样端着铁饭碗，旱涝无忧，衣食不愁，比起还在农村苦煎苦熬的战友要强多少有多少。

人也是怪，比上不足时，气不顺心难平，比下有余时，优越感就无缘无故地冒了出来。优越感其实跟壮阳药差不多，于身体无补，却能提神。不过杨登科不想在猴子前面显示自己的优越感，说："一个小小司机，无职无权，跟过去的轿夫有什么差别？"

猴子有些微醺了，望着杯中之物，摇了摇头，叹道："这样的轿夫，也不是谁想做就做得上的。在我们这些土农民眼里，你这是大贵人了。登科你也是从农村出来的，如今做个农民不易啊，农副产品不起价不说，推车瓜挑担菜进城，脚跟还没立稳，什么工商、税务、城管、环卫、街道办事处一哄而上，连带着红袖套的老婆婆老爷爷也来凑热闹，不是这税就是那费，说是执法，其实跟拦路抢劫又有什么区别？"

一旁吃完饭，放下碗准备离桌的聂小菊听猴子这么一说，也插话道："可不是？前几天有一对夫妇推着一车西瓜刚进城，一个瓜都还没卖掉，几个穿着制服的工商人员就咋咋呼呼围了过去，伸手要他们出什么管理费，夫妇俩央求他们缓两个小时，等卖了钱再出，那几个工商人员二话不说，上前将板车掀翻在地，西瓜破的破，烂的烂，滚了半条街，夫妇俩又急又痛心，号啕大哭起来，工商人员这才甩甩手，扬长而去。"

猴子和聂小菊说的这些，杨登科也常常碰到，不免叹道："是呀，现在的人就是欺善怕恶，要不怎么流行语说，八个大盖帽管一个破草帽？"猴子一脸的无奈，说："谁怪我们是破草帽呢？破草帽就是受人欺的命。"又说："我就是因为考虑到种瓜菜既费时费力又不起价，进城出售还要饱受欺凌，去年才改种水稻，只求自给，好腾出时间外出做工赚点儿小钱，不想又被种子公司的假种害惨了，连自家吃粮也没法保障，还要另外掏钱购粮。"

杨登科这才想起猴子跑到他这里来，决不仅仅是来向他诉苦说冤的,于是说:"猴子你还有什么事吧?"猴子这才把来意说给杨登科。原来为向种子公司索要法院宣判的赔款,猴子他们多次到政府和人大上访,领导们每次都答应跟种子公司交涉,以后只管找种子公司就是,没必要老是跑政府和人大。可他们回头去找种子公司,种子公司说他们手头确实没钱,有了钱肯定会兑现的。这么来来回回跑了不下十回了,路上车费花了不少,却还是外甥打灯笼,照旧没拿到一分钱。却听说有些农户通过关系,暗地里从种子公司要到了部分赔款,所以猴子想请杨登科出一马,农业局究竟是种子公司的直管部门,好说话些。

杨登科知道现在时兴公事私办,好多通过正当渠道解决不了的事情,只有搞曲线救国才办得到。他不好推卸,毫不犹豫答应道:"这事猴子算你运气不错。农业局是种子公司直管部门,平时跟公司的经理们经常见面,彼此熟悉。记得过去陪局里领导到公司去搞现场办公,经理们不论对领导还是对我们司机总是客客气气,临走给领导红包和礼品什么的,也少不了要给我们一份。就凭了这份旧情,经理们也会买账的。何况魏经理是陈局长主政农业局时提拔的,当时他跟陈局长并没多少瓜葛,还是我在他们之间牵的线呢。"

想不到杨登科跟种子公司魏经理有这层关系,猴子不禁满心欢喜,说:"今天我算是找对你这个老战友了。登科啊,刚才我还有话没跟你说,你的大侄女今年初中毕业考上省里医专,尽管毕业后国家不负责分配,但我看这专业找个工作或自谋职业容易,我是铁了心要让她把这书读下去。我已经东挪西借弄了一万多元,还差几千元,只能指望这笔赔款了。"杨登科点头道:"好,下午我就陪你去找魏经理。"

因为要出门办事,也就没放开喝,很快撤了杯。看看上班时间快到了,两人就出了门,上了面包车。杨登科打响马达,说:"猴子,平时我是很少开车回家的,今天好像是预知你要来找我,我竟开了车回来,现在这车派上了用场。"猴子玩笑道:"今天我也可以享受一下你们局领导的待遇了。"杨登科说:"这车只在人多的时候才用一用,局领导有高级小车,是不会像普通科室干部一样坐这样的大车的。"

这时车子已经出了九中大门,杨登科继续说道:"猴子你不知道机关的事情,机关里的领导就喜欢一个小字,什么小金库、小车子、小洋楼、小手机、小老婆,只要带小字的就是好的。"猴子说:"登科你有几小了?"杨登科说:"我就一个小,小司机。"

来到种子公司,走进经理室,不想魏经理却对杨登科爱理不理的,连坐都不让,只应付式地点了一下脑壳,就低了头忙自己的事去了。杨登科就愣在那里。莫非你姓魏的记忆力这么差,把过去的事都忘到了脑后?心想以往姓魏的对自己可从没这么冷淡过,今天好像他杨登科不再是原来的杨登科,而成了乡下的农民似的。

不过杨登科立即就明白过来了,现在的杨登科的确已经不是过去的杨登科,过去的杨登科是领导的司机,跟姓魏的打交道时,自己跟在领导身边,他对你客气其实是看重领导的面子,现在你开着一辆破面包车,既不是领导司机,领导也没有到场,姓魏的凭什么要对你客气?能跟你点点头算是看得起你了。

杨登科想清楚了,也就释然了。只是面子上还有些过不去,因为猴子就站在一旁,刚才还在他前面说过,跟姓魏的交情如何如何,这不是吹牛是什么?如果是平时,姓魏的这个鸟样,他杨登科早甩头走人了,现在是为猴子来办事,哪能就这么一走了之?杨登科于是趋前一步,涎着脸皮对魏经理说道:"魏经理,有一事还得请您给通融一下。"魏经理的头仍然埋着,只顾忙自己的,仅用鼻子嗯了一声,说:"什么事,直说吧。"

杨登科就把猴子往前面推了推,说:"这是侯家村来的,你们公司不是还欠着人家的赔款么?"魏经理这才抬了抬头,瞥了一眼猴子,没好气道:"赔款,什么赔款?简直是胡搅蛮缠!你们不是喜欢打官司么?你们找法院要钱去,我这里没钱。"

真想不到姓魏的是这么个态度,杨登科心里就起了毛毛火。正要说姓魏的几句,猴子开了腔:"魏经理这话可不能这么说,你们理

亏,法院又做了判决,来找你们要钱,还说我们胡搅蛮缠?这天底下到底还有王法和公理没有?"魏经理恨恨地哼了一声,强辞夺理道:"谁没有王法和公理了?种子又不是我们给你们送上门去的,是你们跑到公司来自己买走的,一个愿买一个愿卖,属于公平交易。"

魏经理的话简直不是人说的,猴子一旁气得差点缩了气,嘴巴张了张,再也说不出半句话来。杨登科也愤怒得眼冒金星,捏着拳头吼叫着姓魏的名字,要动他的手了。还是隔壁财务室的人听这边起了高腔,忙跑过来劝解,说这两天公司出了情况,魏经理情绪不太好,请杨登科和猴子原谅,两人这才退出了经理室。

赔款没拿到,还怄了一肚子气,杨登科仿佛喉咙里进了苍蝇,浑身都不自在。怪只怪自己只是一个小小司机,说句话等于放个屁,如果有个一官半职,这个姓魏的家伙还敢这么小瞧自己么?受气还是小事,猴子没拿到钱,他女儿怎么去读医专?杨登科只得歉疚地对猴子道:"猴子啊,只恨你这个战友没卵用,没能给你帮上这个忙。"猴子说:"怎么能怪你呢?你也是尽力了。看来靠赔款是靠不住的,只能另外想办法了。反正砸锅卖铁,也要把你侄女送出去,待在农村,真的要造一辈子的孽啊!"

开面包车虽然不像开小车,可以和领导打成一片,但跟科长主任们外出的机会还是挺多的,比天天窝在局里无事可做坐吃山空要强一些。中国人向来就有见者有份的传统,科长主任们坐着你的车出去办事,顺便吃点喝点要点拿点,或开会视察逢年过节接人家几个误餐费和小红包,你杨登科鞍前马后的,自然少不了你一份。别看司机在单位里无职无权,当干部的还没有愿意得罪他们的。道理明摆在那里,与司机谈得来,公事私事用个车方便。跟司机联络感情最简单也最有效的手段,就是不失时机给些小恩小惠,以后你需要他时,只一个电话,他颠得比驴子还快。这可不是假话,谁见驴子跑过车子的?不过话又说回来,司机不是干部,也很少是党员,提拔重用的事与他们不太沾边,没法跟当科长主任的争权夺位,图点小利便是最高的人生追求了。机关干部都是明白人，懂得这个浅显的道理，跟司机出去，能够满足他们的时候自然尽量给予满足，下次又好合作。

有此等好处，杨登科的日子慢慢又滋润起来。他认定了，这辈子既然没有转干登科的命，就干脆别再上蹿下跳，老老实实开好自己的车得了。杨登科心中有数，只要铁了心开好车，他绝对是一个服务态度好技术过得硬的优秀司机。

老郭似乎也看出了杨登科的心思，提醒他道："你就打算这么开一辈子的面包车？"杨登科苦笑笑，说："有什么法子呢？是什么虫就蛀什么木吧？你老郭不也是开了一辈子的车么？"老郭骂道："真没出息，跟谁不好比，偏偏跟我老郭比。我老郭年轻时根本就没有司机转干提拔这一说，后来可以转干了，我年纪已大，转了也没卵用，也就不再去操这份闲心，要不然我早是干部了，别说局长副局长，小小科长是不在话下的。"

杨登科知道老郭说的一点不假，他的能力也好，素质也好，确实比局里那些科长主任们丝毫不差。杨登科说："我要比得上你老郭，还是这个卵样子？"老郭笑了，说："我这也是老鼠爬秤钩，自称自，你其实哪方面都比我强。"杨登科笑道："今天我们真是表扬与自我表扬相结合了。"老郭说："笑话是笑话，登科你可不能松懈哟。告诉你吧，我已经打好退休报告，我希望我退休后，你来开奥迪，这样你也好跟领导多接触，早日把干给转了。"

老郭的话又让杨登科浮想联翩起来。

只是杨登科挖空心思也想不出一个怎样才能弄到奥迪开的办法。回家跟聂小菊商量，她出了几个点子，无非又是送钱送礼那一套，可行性不大。再向老郭讨教，他脑袋直摇，说："这回我可也没辙了。不过有一点必须坚定不移，那就是你还得继续找机会接近康局长，只要他高兴了，发一句话，一切就好办了。"

老郭的话自然有道理，杨登科又开始在康局长身上动起脑筋来。可琢磨来琢磨去，琢磨得脑袋发胀，也没琢磨出个上佳方案。

杨登科就泄了气,差点又要放弃了。

　　这天杨登科和两位科长下乡回来,经过市图书馆,见门口贴着一张海报,杨登科瞥了一眼,是关于书法展开展的。当时也没怎么在意,回家后,那张海报却仍在眼前一闪一闪的。闪上几回,杨登科突然想起康局长的书法来,心里头不觉得就动了动。吃了晚饭,杨登科就拿了出差时下面农场送的两瓶酒,就要出门。聂小菊问他上哪儿去,杨登科也来不及多解释,只说有事,咚咚咚,脚打莲花落,飞快地下了楼。

　　先开着面包车赶到图书馆,只见门口的海报还在。凑上去一瞧,离展览时间还有一个多星期,杨登科心中就有了数,掉转车头去了电大。敲开姚家房门,姚老师见是杨登科,手上还提了东西,有些莫名其妙,说:"登科你没走错门吧?"

　　进屋后,杨登科将酒放到桌上,说:"特意来看老师的。"姚老师对杨登科的话将信将疑,因为他还从来没见过毕业出去的学生带着礼物回来看望他。如今这个社会,投桃是等着报李,下钩要钓得上鱼,人人都直奔主题而去,无事烧香的已经不多。不过杨登科说了特意来看自己的,姚老师也就不好多问,只陪着他说些闲话。

　　果然杨登科慢慢透露出了来意。不过杨登科转了个弯子,明知故问道:"姚老师,你们的书法展什么时候才开展?"姚老师说:"下周就开展,有空你来捧捧场吧。"杨登科说:"可惜我的字臭,不然也拿些字来展展,扩大点儿知名度。"姚老师知道杨登科的话不完全是谦虚,开玩笑道:"那你拿两幅字来吧,给你展到最显眼的位置。"杨登科说:"行啊,不过署名时得写上姚老师弟子杨登科所书的字样,让人家看了,都说真是师高弟子强哟。"

　　说笑了两句,杨登科才像是突然想起什么似的,说:"我的字上不得墙壁,但我们老板的字却是挺不错的,不知老师感不感兴趣。"姚老师一时也没明白杨登科所说的老板是谁,说:"你的什么老板?"杨登科说:"就是我们局里的局长。"姚老师说:"局长就局长,怎么成了老板啦?"杨登科说:"喊老板贴切嘛。现在地方上也好,机关里也好,跟私有企业差不到哪里去,都是实行一把手负责制,什么都一把手说了算,喊一把手为老板,名正言顺,所以喊的乐得这么喊,应的也乐得这么应。"

姚老师摇摇头,说:"我这个教中文的看来没资格了,好多词语都不太听得懂了。"心里清楚得很,拿着烟酒找上门来的,那字绝对好不到哪里去,但碍着杨登科的面子,还是问道:"你们老板也懂书法?"杨登科说:"我们老板当然懂,他写的字没法跟你们这些大书法家媲美,但在机关干部中,却是数一数二的。"姚老师说:"那行啊,我们正想扩大书法家队伍呢,有你们老板那样的领导加入进来,正可壮我声威。"

见姚老师答应得如此痛快,杨登科心中窃喜,说:"那我这两天就让老板写几幅,再拿来让你过目,你觉得行就展出去,不行也不要勉强,扔到纸篓里便完了。"姚老师说:"登科推荐来的人能有不行的吗?"

第二天正好是星期天,杨登科得了姚老师的话,便屁颠屁颠跑到康局长家里,要他写两幅字,拿去参加展览。康局长以为杨登科开玩笑,说:"你不是寻我开心的吧?"杨登科说:"老板这可是冤枉我了,我是真的觉得你的字好,才动了此念,跑来找你的。"康局长还是下不了决心,说:"人家都是正儿八经的书法大家,道行深得很,我一个业余爱好者的字,跟他们往一处挂,不是叫我丢人现眼么?"

杨登科只好兜了底,说:"书法家协会主席姚老师是我电大里的中文老师,跟我关系特别铁,是他听我说起你的字写得好,主动提出来要看看你的字的,如果他满意了,不仅可以给你展览,说不定还能评一个不大不小的奖呢。"

康局长经不起杨登科的一再鼓动,答应写两幅字试试。杨登科也是性急,要康局长当场就写,康局长摇摇头说:"现在就出手,没把握。近段工作有些忙,我已经好几天没动过笔了。"杨登科说:"老板也不是一天两天的功夫了,几天没练有啥关系?"康局长说:"登科你不练字不清楚,书法是一门艺术,凡艺术的东西,一天不练自己知道，两天不练师傅知道，三天不练大家知道。"杨登科说："老板还挺有理论修养的嘛。"康局长说："这是什么理论修养？"又说："你还是给我两天时间吧，我再练习练习。"

杨登科想反正要一个多星期后才开展，练习两天康局长再写也不为迟，于是说好到时再来取字，出了门。

两天后杨登科又去了康局长家，只见康局长书房里已写了好几十幅字，什么鸣凤在竹，白驹食场，分金鲍叔，奉璧相如，什么生子当如孙仲谋，八千里路云和月，什么遥望洞庭山水色，草树知春不久归，都是旧文古诗上寻觅得来的句子，意思自然好得不得了，只是那字有些不太匹配。杨登科不免深感失望，如果拿着这样的字跑到电大去，就是姚老师不说什么，他杨登科也汗颜。却还不好在康局长前面实话实说，只得假意道："我看了姚老师家里那些所谓的书法家送的字，比老板这些字也强不到哪里去。"

康局长并不为杨登科的奉承话所动，说："登科，我看还是算了，这样的字我可不好意思让你带走，你在姚老师那里也出不了手的。"杨登科心有不甘，说："老板太谦虚了。我看这样吧，你如果对这些字不太满意，不妨再写几幅试试，总有你最拿手的。"

康局长其实还是特别想去参展的，杨登科这么一怂恿，他又来了劲，摊开徽纸，连续写了好几幅。写着写着，康局长又没了信心，自知比原来写的并无太大长进。这书法不像坐在台上做报告，先是基本情况，再是目标任务，然后是一二三四几点所谓的措施，中间再塞些数据和事例，几十年翻来覆去就这么几招，再弱智的人重复个几回也能烂熟于心。书法却还是有些不同，表面看上去是写字，实则奥妙无穷，所以搞书法的人过去叫做书法工作者，如今都成了书法家。既然是家，自然不是想当就当得了的。

杨登科万般无奈，看来用这个办法是没法巴结上康局长了。但要出门时，杨登科还是怀着一种侥幸心理，带走了两幅，看能否说服姚老师，勉强拿去展览一下。跑到电大，伸手要敲姚老师家门了，杨登科又心生胆怯，实在没有勇气拿这样的东西去面对姚老师。犹豫了一阵，杨登科终于还是下了楼，开车出了电大。

在街上转悠了半天，杨登科还是无计可施。他甚至想出点钱，随便找一个人写两幅，署上康局长的大名，拿去让姚老师展览一番算了。又生怕弄巧成拙，被书法家们和机关里的人知道了底细，反使康局长难堪。

白忙乎了半天，毫无结果，杨登科不免气馁。机关里现在流行这样一句话，叫做没有做不到的，只有想不到的，难道再想不出别的补救措施了？

就在杨登科别无他计，快要放弃努力时，他脑袋里突然冒出那次康局长写的"同意已阅"四个字来。杨登科怦然心动了。是呀，何不就让康局长来写这四个字呢？这四个字是杨登科见过的康局长写得最好也最为得意的字，尽管那还不是严格意义上的书法。

只是杨登科还有些犹豫，自己尽管不是书法家，但凭直感，也觉得并不是什么字都是可以入书法的，毕竟"同意已阅"四个字也太实用太世俗了点。转而又想，字又不像机关里的人可分三六九等，有什么干部工人之异，局长科长科员之别，汉字与汉字应该是生而平等的。何况什么字入书法，也没谁做过批示，打过招呼，下过红头文件，或做过什么硬性规定，只要写得好，哪个字不是现成的书法？据说当年的王羲之，并没自诩为大书法家或书法家协会主席副主席之类，更无为艺术而艺术的雅兴，他的字都是为了实用信手写成的，比如递个信，记个事，题个序，写个碑之类，什么字都写，什么字都是书法作品。

杨登科豁然开朗，马上又去了康局长家。

果然，当杨登科说出"同意已阅"四个字时，康局长眼睛便放电一样闪了一下。说实话，康局长也是不折不扣的大学毕业生，算是正儿八经的知识分子。有道是革命不是请客吃饭，就是做文章，参加革命工作特别是做上领导之后，难免天天跟汉字打交道，文字水平更是日见长进。可最能让康局长心动和念念难忘的，恐怕还是"同意已阅"这四个平平常常的汉字，说他对这四个字心向往之，情

峰回路转

有独钟,也是一点不带夸张的。事实是当领导的可以什么字都不会写,只要能写这四个字,同时也善用这四个字,便基本具备了当领导的能力。

不过尽管如此,康局长还是不敢相信这四个字也可当做书法来写,担心道:"书法作品跟批报告签文件大概不是一回事吧?"杨登科知道康局长已经动了这个念头,说:"同意已阅是批报告签文件的常用字,这确实不假,可这四个字也是汉字,是汉字便都是我们的老祖宗仓颉同志亲手所造,为什么不可以写成书法作品呢?"

康局长将杨登科的高见认真一琢磨,还不无道理。陡然间便茅塞顿开,心明眼亮了,更加坚定了写好这四个字的坚定信心和旺盛斗志。

杨登科见康局长有了这个姿态,甚喜,不待康局长发话,就摊开徽纸,磨好徽墨,并捧过桌上的徽笔往他手上递去。康局长没再推辞,接笔于手,先是静思片刻,将大脑里的异念点点滤去,然后想象着桌上的徽纸就是科长主任们双手呈送上来的文件和报告,正等着他签字画押,行文生效。待到气定神凝,渐入佳境,康局长才将徽笔伸到砚台上,轻轻探了探墨,再悬笔于纸上。仿佛是眨眼之间,康局长就刷刷刷刷,笔走龙蛇,左右相衔,上下贯通,只几下,"同意已阅"四字便跃然于纸上。

杨登科顿时就呆了,他怎么也没想到,别的字写出来与所谓书法艺术相去十万八千里的康局长,写这四个字时竟是这般得心应手,如鱼在水。而且比上次写得更加娴熟,看来这段时间康局长没少练这四个字。杨登科脑海里猛然跳出"出神入化"这个词汇来,心想这四个字,恐怕就是让真正的书法家来写,也不见得比康局长写得这么惊心动魄。想想也是的,一般书法家手上的功夫再深,但于这四个看去很平常的字眼,绝不可能像康局长这样有如此深切的心得和觉悟,而书法的最高境界不就是一种心境悟境甚至化境么?既然要上升到化境的层面,那纯粹的形而下的技术也就无济于事,必须心到意到,才可能功到,尔后功到自然成,这里的功可是超乎普通意义上的书法的。

康局长对这四个字非常满意。想不到费了九牛二虎之力写出来的字并不怎么样,这么随意写出来的"同意已阅"四个字却风骨凛然,不同凡响。只是写这四个字时,康局长因心力过于集中,压根就没想起自己是在写书法,没有自右至左竖写,而是习惯成自然,像平时签文件和批报告一样,自左至右横写,信手而成,这似乎有违书法作品的惯例。好在没有写成一行,而是"同意"在上,"已阅"在下,看上去还不至于过分呆板。

感到为难的是落款了。写到右下角,不像书法作品的署名,得写在左下角,可那"同意已阅"四个字却是横着的。

此时杨登科已在分成两行写成的"同意已阅"上面看出了一点名堂,说:"老板你还是将署名写在左下角吧。"康局长一脸茫然,说:"这不跟同意已阅四个字的写法不相一致了么?"杨登科说:"这么署名没错,到时您就知道了。"康局长依然不知何故,但还是依杨登科所说,将自己的大名竖着写在了左下角。

事不宜迟,等纸上的字墨迹一干,杨登科就小心将这幅所谓的书法作品卷好,外面用报纸裹了,如获至宝似的,捧着出了康府,然后爬上面包车,朝电大飞驰而去。

敲开姚老师家门,杨登科打开手上的字幅,姚老师的眼睛便鼓大了,觉得纸上的四个大字不是写上去的,而是双手把紧了大红印章,砰砰砰一下一下戳上去的,每个字仿佛都蕴含了权力的威严和肃穆,可谓入木三分。姚老师感叹道:"仅从书法角度来说,这几个字显得确实粗糙了些,却粗糙得毫无匠气和斧斫之痕,完全是胸有真意,再发乎其外,倒也天然浑成,绝非一般闭门造车的书法家想写就写得出来的。"

得到姚老师的首肯,康局长的字参展便不在话下。杨登科说:"这可是康局长写得最好的一幅字,是他特意为老师的书法展写的。"姚老师手拈唇下短须,智慧的目光在"同意已阅"四个字上停留了许久,然后沉吟道:"意阅,同已。只觉得这四个字似曾相似,却一时忘了出自哪里了？登科，康局长可否跟你说过？"

杨登科好不容易才强忍住没笑出来。他知道姚老师看多了书法作品，习惯于先右后左竖读，才把"同意""已阅"拆成了"意阅""同已"的。这两个莫名其妙的句不成句，词不是词的东西，恐怕是谁也找不到出处的。这正是杨登科需要的效果。他于是顺着杆子往上爬，说："康局长没说什么，我也不好多问，怕他笑话我书读到牛屁眼里去了。不过姚老师您放心，康局长是正牌大学毕业生，学的虽然是经济方面的专业，但古文根底高深，读大学时还动过转中文系的念头。估计他是从哪部旧典籍上摘下来的，我总觉得颇有《论语》和《道德经》的味道，说不定就是这些老古董上的大言。管他呢，中华文明渊远流长，各类典章旧籍简直是浩如烟海，任何人皓首穷经，也不可能遍览累积了数千年的皇皇卷帙。而康局长拿这两句话作字，不更显得有书卷气和文化味么？"

姚老师收回落在徽纸上的目光，望望窗外灰蒙蒙的天空，说："我也有这种感觉。你回去告诉康局长，下周开展时，我将这幅作品挂在最当眼的地方，说不定还能评个奖呢？"

姚老师这句话让杨登科心里有了底。回去跟康局长一说，康局长也很高兴，表示开展那天，他一定到图书馆去瞧瞧。也是一时兴起，康局长还要杨登科转告姚老师，有什么困难尽管提出来，他可以出一臂之力。

杨登科明白康局长是想一鸣惊人，拿个奖过过瘾，心想这是两头讨好的事，又何乐而不为呢？当晚打电话把康局长的话递给了姚老师。姚老师在电话那头沉吟片刻，说："也没什么困难，我们已经找了两家赞助单位，场租和奖金都有了着落，略显不足的是奖金稍稍低了点儿。"杨登科说："那我跟康局长说说，局里出点钱，把奖金标准提高一点吧。"

第二天找到康局长，把姚老师的意思一提，康局长二话不说，立即将财务科长叫到局长室，要他给姚老师书法家协会的户头上汇两万元过去。杨登科又将此事转告给姚老师，下午姚老师就回了信，说两万元已到了协会的户头上。

姚老师还告诉杨登科,他已给杨登科和康局长准备了两张特邀嘉宾的请帖,要送到农业局来。杨登科不好劳驾老师,开车到电大拿了请帖。那是姚老师亲自填写的,杨登科将康局长那本送到他本人手上时,康局长一见姚老师那功底深厚的笔迹,很是激动,小心地收进了抽屉,表示要当珍品收藏起来。

开展那天,康局长推掉一切应酬,早早就与杨登科坐上胡国干的红旗小轿车,出了农业局,往图书馆方向奔去。

进了图书馆,下车来到展厅门口,姚老师已经先到了,正在准备开展仪式,见了杨登科和康局长几位,就忙不迭走过来打招呼,并把康局长请到临时搭成的主席台位置上,和市里有关领导并排坐了。很快到了预定时刻,姚老师便站到话筒前,大声宣布仪式开始。接着市里领导讲话,赞助单位表示祝贺,康局长也以赞助单位领导和书法参展作品作者双重身份做了简短发言。然后乐队奏乐,工作人员将来宾请入展厅,展览正式开始。

杨登科是紧随在康局长身后步入展厅的。他早就望见康局长的大作装裱得非常精致,挂在最当眼的前厅墙壁中央。康局长自然也看到了"意阅同已"四个大字,却不露声色,由外至里,且行且止,一路缓缓欣赏下去。

市领导尤其是市委主要领导工作都非常忙,这样的场合一般只出席开展仪式,没闲工夫留下来细细欣赏作品,仪式一结束就要走人。姚老师只得先去送市领导,尔后再来陪康局长,给他介绍展览基本情况,共同鉴赏墙上的书法作品。康局长做着认真听讲状,偶尔插上一句两句,显得挺内行挺有学养的样子。

离康局长那幅字越来越近了。吴卫东、蔡科长、刁大义和老郭几个也是鼻子长,不知怎么就嗅到了康局长有字参展的消息,匆匆赶到图书馆,奔进展厅,众星捧月般簇拥于康局长周围,装模作样欣赏起书法作品来。康局长没工夫理睬自己的部下,对他们视而不见，眼睛一直盯着墙上的书法作品，嘴里继续跟姚老师讨论着美妙的书法艺术。

吴卫东第一个弹到康局长那幅字下面，像是哥伦布发现了新大陆似的，由低及高略带夸张地"呀"了一声，说："这不是老板的大作吗？"蔡科长后悔自己动作慢了半拍，被人占了先机，吴卫东话音没落，他就接腔道："刚才进门时我就被这幅独具风格的作品吸引住了，觉得这是展厅里最大的亮点，原来咱们老板是位大书法家啊！"胡国干一时找不到合适的表扬领导的词汇，只得批评吴卫东和蔡科长两个道："还说你们是老板的左右手，今天才知道老板是大书法家，老板在书法界早就享有盛誉了。"

其他几个人这时也停下步子，对其作其人一番品评。

康局长当然不好说什么，只竖了耳朵听着。刁大义刚才没能及时插上话，觉得没尽到一个做部下的职责，很对不起康局长。又对书法不甚了了，想了半天才想起随处可见的郑板桥的字，忙说："老板的字超凡脱俗，我看跟郑板桥的难得糊涂好有一比。"蔡科长坚决不同意，说："差矣，郑板桥算什么？我觉得老板的字更接近毛体，颇具政治家的风范。"

胡国干不懂毛体为何物，说："蔡科长你说什么？毛体？有毛的体？"说得大家笑起来，嘲讽胡国干道："还说你是国家干部，毛体是什么也不知道。"

胡国干搞不清他们笑什么，正要追问，一伙参观者从另一个方向转了过来，原来是刚才和康局长一同位列主席台的几位领导。走在最前面的是市委宣传部赵部长，身后是文化局钱局长和文联孙主席。几个人跟康局长和姚老师打过招呼，便对康局长的书法品头论足了一番，接着又就"意阅同已"四个字发表了各自的高见。

赵部长是钱局长和孙主席的顶头上司，位显言重，自然比部下有见识，他不表态，底下的人也不好张嘴。赵部长于是腰往后闪闪，头左右摆了摆，像平时给部下发指示一样，伸出胖胖的指头，点着墙上道："意阅——同已，同已——意阅，妙啊，真是妙啊！"

钱局长据说是赵部长一手提拔起来的人。当时物色文化局局长时,竞争对手太多,常委一时难以决断,后来还是赵部长一锤定音,说姓钱的过去在文具店和化肥厂做过领导,虽然文具店和化肥厂都是在他手上倒闭的,但毕竟跟"文"和"化"打过多年交道,贵都市同时具备文和化这样宝贵的实践经验的人并不多嘛,让姓钱的做个文化局局长也是顺理成章的事嘛。姓钱的就这样成了文化局局长。这段逸事可能传得神了一点,赵部长不可能拿这样的理由来提拔,但钱局长做文化局局长前做过文具店经理和化肥厂厂长却是人所共知的,组织部也有档案可查。这一阵钱局长见赵部长表态在先,自己不拿出些姿态,实在对不起赵部长多年的栽培,也不像一个做部下的。何况自己还是文化局局长,总得显示一下自己的文化品味吧,也就鼓着勇气道:"赵部长的指示非常英明,这几个字实在是妙,简直妙不可言。我看这四个字不是孔子说的,就是孟子说的,或是秦始皇说的,一句话,肯定是先哲圣贤说的,不可能是现在那些文化不高,张口就是错字别字的歌星笑星影星这星那星说的。"

　　孙主席看上去就知道是同行几个人中最有学养的。事实是不久前他就出过正儿八经的个人著作。而且这部著作他没掏过一分钱,是企业赞助印出来的。不是文坛领袖,谁出书不要自己出钱?凭这一点就足以说明他身价和著作的不同一般。孙主席也经常是这么自诩的。著作还不薄,足有三百页之多。结集前都是见过报的,内容极其丰富,其中一百页是表扬抓革命促生产的押韵的诗歌,一百页是记叙孙主席本人被各级领导亲切接见的激情散文,一百页是报道各类会议和表扬好人好事的通讯。孙主席就是凭这部著作被赵部长慧眼识珠,无可替代地做上文联主席的。他因此有充足的理由看不起当过文具店经理和化肥厂厂长的钱局长,觉得自己的著作才是文化。孙主席也就满怀了优越感,将墙上四个字反复咂摸了几遍,尔后一边摇头晃脑,一边拖长声音诵道:"意阅者,意悦也,同已者,已同也,天下已同,不亦悦乎? 不亦乐乎?"要补充的是,孙主席将此处的"乐"诵作成了 yuè,音同阅和悦,足见他还是知道"乐"

至少是有两个以上读音的。

一直不太吱声的老郭听得直想发笑,悄悄踢了杨登科一脚。杨登科瞥他一眼,做了个鬼脸。杨登科知道除了自己和康局长本人外,也就老郭知道这四个字的来历。老郭是笑那些人拿着鸡毛当了令箭。不过杨登科还是能够理解人家,他们都是文化方面的官员,对着满墙的"文化",他们不显示一下自己的"文化"是说不过去的。

那几个人议论了几句,往另一头去了。康局长和姚老师他们还有些不舍,结合刚才几位文化官员的高见,又对着这四个字端详琢磨了好一阵,越端详琢磨越觉得这四个字高深莫测,意义幽远,令人回味无穷。

这时后面走过来一位年轻妇女,身旁还牵着一个小女孩。女孩长着一双幽黑的充满灵性的大眼睛,两条小辫子在脑后一甩一甩的,煞是可爱。看上去女孩也就六七岁的样子,大概刚读小学。她随着母亲一路走来,发现有认得的字,就兴奋地戳着墙大声读出来。孩子的天性都是好奇的,在填鸭式教育还来不及将他们完全毁灭之前。

来到康局长那幅字下面,小女孩站住了,摇着母亲的手,说:"妈你认得那四个字吗?"母亲故作认真地瞧瞧墙上,然后晃晃脑袋,叹息一声,说:"不认识,还真的不认识,看来妈年纪大了,记性不行了。"

那妇女也就三十多岁的样子,她这么说,看来是要把优越感让给自己的女儿。小女孩果然一脸的神气,很是得意地说道:"那是同——意……"

开始杨登科也没在意母女俩的到来,更没听见她们的对话,只顾和吴卫东他们争先恐后夸奖康局长的大作。直到小女孩说出"同意"两个字,他才吓了一大跳,连魂都要惊掉似的。好在杨登科还算机灵,没等小女孩念出另外两个字来,他就弹到她前面,用身体遮住她的视线,指着自己鼻子道:"小朋友,你还认识叔叔吗?"

小女孩伸手去扒杨登科,同时左右摆动着脑袋,要继续认读墙上的字。杨登科没让她得逞,把她拉到一边,说:"你不认得叔叔,叔叔可认得你。"

也是没法,小女孩只得放弃读墙上的字的企图,皱着眉头道:"你是谁呀?"杨登科信口开河道:"我是小林的爸爸呀。"小女孩还是丈二和尚摸不着头脑,一脸的茫然。杨登科说:"不记得啦? 小林还借了你十元钱没还呢。"说着从身上拿了一张十元票子,塞到女孩手上,说:"小林要我把十元钱还你,今天刚好碰上了你,也是巧了。"

母亲见女儿跟杨登科嘀嘀咕咕个没完,也笑着走过来,问女儿:"孩子你认识这位叔叔?"女孩还未及开口,杨登科就说:"我儿子跟她一个班呢。"母亲说:"是吗? 真巧哟。"见女儿手上拿着一张票子,又说:"这是哪儿来的?"

杨登科又笑着替女孩答道:"我儿子借了她的钱,儿债父还嘛。"也不等那妇女再问,杨登科忙指着展厅的另一头,讨好地对小女孩说:"叔叔在那边看见好几幅字,比这边的字写得还好,叔叔这就带你过去瞧瞧,好吗?"

也许是那十元钱的作用,小女孩早把刚才墙上没读全的字忘到了脑后,点点头,一只手将钞票甩得哗啦啦直响,另一只手让杨登科拉着,向展厅的另一个方向走去。

杨登科那颗悬着的心终于落了下去。

拉着女孩转了半个圈,杨登科最后将她交还给了那位年轻女人,这才感觉到背上黏黏糊糊的,原来是冷汗将衣服浸了个透湿。

看够康局长的大作后,又在厅里随便转了一圈,几个人准备离去。姚老师一边送大家走出展厅,一边小声告诉杨登科,颁奖仪式打算放在展览结束那天举行,他争取给康局长评个头奖,到时再请康局长前来领奖。

出了图书馆,康局长跟姚老师握握手,低头钻进胡国干的红旗,去了市委。杨登科没再上他的车,向老郭的奥迪走去。不想吴卫东和蔡科长已在车上,说是还要去办些事,杨登科只好上了刁大义的车,直接回了局里。

在司机班待了一阵,老郭也赶了回来。不一会儿刁大义被人叫走了,司机班里便只剩下杨登科和老郭两个。杨登科想起那阵大家正在欣赏康局长那幅字,小女孩脱口而出的"同意"两个字,还心有余悸,说:"那个小女孩将我的魂都差点儿吓掉了。"老郭说:"你没想到会出这么一个小插曲吧?"杨登科说:"想不到,真的想不到,我背上的冷汗现在还没干呢。"老郭说:"你儿子真的借了她十元钱?"杨登科说:"哪里,那是情急之中瞎编出来的。我儿子已读初中,比她可大多了。"

老郭意味深长地笑了,说:"也是童言无忌啊,大人们是不会这么口无遮拦的。"杨登科说:"从图书馆出来之后,我就一直在琢磨,难道除了那小女孩,却没有一个人看出那是同意已阅四个字?"老郭说:"也许人家早就看出来了,只不过谁也不想说出皇帝光着个屁股而已。"杨登科说:"那赵部长他们呢? 他们可都是贵都市的文化精英。"老郭说:"还文化精英,你不知道钱孙二人是怎样当上文化局局长和文联主席的?"

如今机关里绝大部分人闲着没事,有个什么趣闻,比非典型性肺炎传播得还快,杨登科当然也知道人尽皆知的关于钱孙二人的那些典故,说:"姓钱的做过文具店经理和化肥厂厂长不假,成功地让这两个企业倒闭了也是事实,但提拔他做文化局局长时,赵部长是不是说了那样的话,估计是没法在常委会议记录里查得到的,不足为凭。就是赵部长说过这样的话,肯定也是开玩笑的,姑妄言之,姑妄听之,不必认真。孙主席的书贵都市副处级以上干部他都送了一本,我是读电大前,帮陈老局长清理他准备扔进垃圾筒的废旧书报时见识过,确实没什么档次。不过话说回来,这样没档次的书又不只孙主席出过,也没什么好大惊小怪的。我的意思是说,这些并不能说明他们就没资格做局长和主席啊?"

老郭不禁粲然,说:"我看是他们今天对康局长的字大加赞颂,为你撑了台子,你感激不已,才极力替他们说话吧? 要知道,贵都市是一个拥有两千多年历史的城市,经济虽然落后,文化积淀却不可谓不深,可以出任文化局局长和文联主席的真正的文人和作家艺术家多的是,在他们面前,钱和孙屁都不是。"

杨登科觉得老郭说得过了,说:"你不是对钱和孙有什么偏见吧? 他们真如你说的屁都不是,那上面也不好意思硬性安排他们做文化官员了。"老郭说:"有什么不好意思的? 我在机关里待了三十多年,见得多了,不懂生产管生产,不懂经济管经济,不懂教育管教育,不懂文化管文化,这样的事还少吗?"

老郭说的也是无可否认的铁的事实,杨登科是反驳不了的,只好说:"这倒是不假。只是我有些不懂,放着现成的人才不用,偏偏你不懂什么便安排你管什么,这不是有毛病么?"老郭说:"这就叫做武大郎开店。"杨登科一时没明白过来,说:"这与武大郎开店有什么瓜葛?"老郭说:"武大郎开店,他还会聘高个子吗?"

杨登科想想还真是这么回事,往往是那些占据显位的并没有什么才干,而能人则总是受人压制,难得上去。何况文化也当不得饭吃,一个地方如果工人下岗,农民上访,机关干部没钱发饷,就要打烂脑袋,整个世界就会底朝天。而有没有文化,又死不了人,谁来做文化局局长,特别是谁来做文联主席,常委哪有工夫挑精拣肥? 随便弄个什么货色往那位置上一搁,跟省里机构配套,能应付上级检查就行了。

不过这样的话题也太严肃了点,杨登科想起自己一介司机,这不是瞎操心是什么? 他顿时觉得索然无味了,拿了张报纸翻起来。

一个星期后,姚老师给杨登科打来电话,说康局长的字评了个一等奖,过两天在图书馆展厅举行隆重的颁奖大会,要康局长去领奖。杨登科把这个消息告诉康局长,康局长虽然一点都不惊讶,却还是有几分欣喜,当即给姚老师打了个电话,表示感谢。姚老师说应该是他感谢康局长,康局长为贵都市的书法事业出了大力。

颁奖那天,杨登科又随康局长坐上胡国干的红旗车,去了一趟图书馆。颁奖仪式很有规模,不过跟这仪式那仪式并没有太大区别,无非是领导讲话,宣布获奖名单,领导和出钱人颁奖,获奖人发言,媒体采访那一套,无需赘言。需要交代的是康局长获了一等奖,除了一个大红本子,还得了五千元奖金。五千元是局里赞助给展览的两万元的百分之二十五,基本符合明里暗里通行的集资或贷款拨款提成比例。

仪式结束后,康局长拍拍夹了五千元现金的获奖证书,对杨登科说:"登科,这可是你的功劳,没有你的大力促成,我也不可能获此殊荣。"杨登科说:"老板这是表扬我了。是金子就会闪光的,我可不敢贪天之功为己功。"

回到局里,康局长和杨登科下车后,胡国干要去加油,将红旗车开出了大门。杨登科站在地上,躬身让过康局长,正要往司机班走,康局长忽然煞住前倾的身子,转过头来,叫住杨登科,说:"登科,你那部面包车也开了几个月了吧?"

杨登科心头一颤,意识到这一阵没白跑电大和图书馆,说:"开了有三四个月了。"康局长说:"那部面包车还是我做办公室主任那阵买的,跑了十多年了,已是超期服役,也该让它退居二线休息休息了。"杨登科当然知道面包车的历史,笑道:"老板真幽默,车子又不是快到龄的老干部。"康局长说:"人如车,车如人啊。"

杨登科知道康局长这是用的诗经上的比兴手法,言在此而意在彼。果然康局长瞧瞧周围,见没人影,说道:"比如老郭,不也该退二线了么?"杨登科知道老郭的底细,却故意说:"老郭看上去还没到五十的样子,就要退二线了?"康局长说:"我的意思是,老郭退下去后,给奥迪喷一次漆,由你来开吧。"

说到这里,康局长便顿住了,没有直接说下去。杨登科的心头就悬了起来,连呼吸都屏住了。他知道当领导的都有这样的习惯,话说到关键处,就要停顿停顿,引而不发,以显示即将说出来的话的分量和重要性。

果然康局长又开了口,压低声音道:"全省十多个地市农业局,就我这台红旗车的档次最低。每次去省里开会,我都要胡国干把它停到偏僻点的地方去,偏偏胡国干不懂我的意思,硬要跟外地市的高级小车停在一起，常常搞得我无地自容。奥迪究竟是进口货，性能比红旗还是要强一些。你是局里技术最过硬的司机，到时我也许会考虑坐坐奥迪。有人说陈局长是坐着奥迪车下台的，我才不信这一套，我偏要坐给他们看看。"

康局长说完，扔下杨登科，噔噔噔走开了。杨登科在后面嗯嗯着，连连点了好几下脑袋。望着康局长的背影晃进楼道，倏地消失了，杨登科还在坪里痴了半天。他原先只是想通过努力，老郭退下去时能开上奥迪车就是造化了，岂料康局长不仅要他接替老郭开奥迪，还准备到时自己改坐奥迪，这可是杨登科万万没有想到的。

杨登科身上的血液沸腾起来，高一脚低一脚进了司机班。

这一阵老郭和刁大义两个正在有一句没一句地聊天。平时难得有兴趣上桌摸牌的杨登科也是抑制不住心头的兴奋劲，抓了桌上的牌洗起来，一边对他们两位说："来来来，玩几把，今天我把袋子里的钱都输给你们。"

老郭望望杨登科那张涨得通红的脸，心下明白他陪康局长领奖回来，一定得了康局长的什么话。刁大义只知道杨登科玩牌水平臭，跟他打牌十回有九回能赢钱，自然乐意得很，立即拉了老郭坐过来，三人噼里啪啦干上了。

如今的行政机关多是计划经济时按苏联模式设立的，位置很有架式地摆在办公室里，职能非常漂亮地写在红头文件里，却难得有什么非做不可的硬性工作，闲不住的还能没事找些事出来，闲得住的干脆乐得逍遥，少给纳税人添堵，也是对地方建设的莫大贡献了。所以年轻有为要求进步的，还装模作样坐在办公室里看看报喝喝茶，或坐在电脑旁打打游戏，算是坚守岗位，庙在僧在。年龄大了，或与领导关系并不怎么样，又进步无望的，每天到办公室应个卯，便打麻将的打麻将，炒股的炒股去了。当干部的这样，做司机的更不用说，有车出，出一出车，没车出时，在司机班里打打牌，赌赌钱，属于正常娱乐，不会有谁说半个不是。

这天上午杨登科几个痛痛快快大干了一场，直到过了十二点，杨登科袋里三百多元现钞全部堆到了老郭和刁大义前面,这才作罢。

以往如果输了这么多钱,杨登科多少有些心疼,今天他输了钱却比赢了钱还痛快,收牌摊时一脸的灿烂。刁大义说:"杨科,今天到底是你赢了钱还是我和老郭赢了钱?"杨登科说:"都是兄弟嘛,肥水没落别人田,你们赢了钱,还不是跟我赢了钱一个样?"刁大义乐道:"那下午再跟你来。"

出了司机班,刁大义先走了,老郭拍拍杨登科的肩膀,说:"人家是赢钱高兴,你是输钱高兴,今天一定捡了什么大便宜吧?"

杨登科知道老郭看出了什么,也不隐瞒他,把康局长的话说了出来。老郭说:"那是胡国干的技术太高明了。"杨登科没听懂老郭的话,说:"这与胡国干的技术有何相干?"见老郭笑而不语,杨登科又说:"他技术有什么高明的,能跟你老郭比吗?"老郭说:"前不久胡国干把红旗车都开到了路边的田里,却人车无损,这样的技术还不高明?"

说得杨登科也笑起来,说:"这事我也听人说过,我还以为是开他玩笑的,不见得实有其事。"老郭说:"没有其事,康局长怎么会跟你说,他也许会考虑坐坐你的奥迪。"

杨登科细细思量,觉得老郭说得不无道理。

第五章

突生变故

政工科已开始办理老郭的退休手续。

局里的人好像都知道杨登科会去开老郭的奥迪,见他开着破面包车进进出出的,就说:"老郭的车钥匙还没给你?"连吴卫东也跟杨登科打了招呼,老郭一退休,就将面包车拖到金属回收公司,换张报废手续回来。

杨登科盼星星盼月亮,终于就要盼来这一天了。

也许是情绪高涨,思维变得活跃,杨登科忽然想起好一阵没见的猴子来。杨登科这阵一向忙着向康局长靠拢,也顾不上老战友了,只听说侯家村的人至今还没要到种子公司的赔款,又到市里来上访了好几回。杨登科还没忘记陪猴子去种子公司时,在姓魏的那里碰的一鼻子灰,心里惭愧不已,好像不是种子公司而是他杨登科欠了猴子的钱似的。杨登科打算趁还没接过老郭的奥迪车之前有些空闲,去看看猴子。

打定了主意,杨登科就上储蓄所取了五千元现金,开着面包车去了侯家村。他惦记着猴子说过的要让女儿去读医专的话,他肯定正需钱用。那次没借钱给猴子,致使他老婆手术没做就出了院,病死家中,杨登科一直没法原谅自己。何况自从有了车子开之后,杨登科手头没再那么拮据了,想减轻点心头的内疚。

赶到侯家村,把破面包停稳,下车往猴子家那座土坯屋直奔。

刚迈入屋场坪，就碰上一个如花似玉的女孩提了桶猪食从偏房门里出来，要到屋后的猪栏里去。杨登科认出是猴子的大女儿侯竹青。记得有一年出差路过侯家村，曾进来坐了一会儿，侯竹青还瘦瘦小小的，一点也不起眼，想不到一眨眼就变得这样饱满娇嫩了，跟一枚刚放苞的沾着露水的月季一样。怪不得猴子一定要把女儿送出去，这样的小美人放乡下掖一辈子，真委屈她了。

侯竹青也认出了杨登科，先喊了一声杨叔叔，接着放下猪食桶，回身搬凳让坐，递烟敬茶，显得十分殷勤，又飞步跑到村外河边，把正在河里忙碌的猴子喊了回来。猴子听说杨登科来了，自然十分高兴，当即上了岸，还没进屋就喊道："登科是你，怎么不先打声招呼？"杨登科说："我又不是市里的领导，先打招呼，好让你组织人马列队欢迎？"

说得猴子笑起来，说："不列队欢迎，也得做点准备嘛。"杨登科说："做什么准备？我坐会儿就走。"猴子说："那怎么行？"掉头要侯竹青到后山上去抓鸡。杨登科想阻止她，侯竹青早扭过好看的身子，转过屋角，不见了。

杨登科没法，仍坐下跟猴子说话。望望全身都沾着沙子的猴子，杨登科问道："你是在河里掏沙子吧？"猴子说："是呀，这一阵到处都在搞基建，就河里的沙子还值几个钱，我正在抓紧替竹青筹备学费呢，还有一个半月，医专就要开学了。"杨登科说："我也是为竹青读书的事来的。"说着把裹着五千元的纸包掏出来，往猴子手上递。

猴子知道是钱，却推挡着不肯接受，说："登科，你们夫妇虽然有工作，但城里吃口菜喝口水都得花钱，而且上有老下有小的，维持全家人的开支也不容易，这钱你还是拿回去吧。"杨登科说："再怎么的我比你要好过日子，其他地方我帮不了你，这点小钱算是我做叔叔的对侄女的一点关爱。"猴子说："你的厚意我领了，但这钱不能收。实话告诉你，再卖上几船沙子，你侄女读书的钱就差不多了。"

杨登科把钱往猴子身边的板凳上一放，沉着脸色道："我这钱又没长着伶牙俐齿，你怕它咬你的手？今天你要得要，不要也得要，否则的话，我们从此一刀两断，我不是你的战友，你也不是我的战友，如同这二十多年我没认识过你这个人一样。"

杨登科把话说到了这个份上，猴子再也不好硬性坚持了，只得收下了那五千元钱。恰好侯竹青抓了一只大公鸡回来了，猴子让她先把公鸡关进鸡笼，说时间还早，等会儿再杀也不迟，然后把五千元钱塞到侯竹青手上，说："这是你杨叔听说你要读医专，特意给你送来的，看你怎么感谢你杨叔。"

侯竹青把一包钱紧紧抱在胸前，好像怕它生出翅膀飞走似的。她就那么站着，半天说不出一句话来。那原本有些木然和滞涩的眼睛却突然闪闪泛光了，里面写满感激，也写满希望即将变成现实的兴奋。慢慢侯竹青的眼里便盈满了晶莹的泪水，奇怪的是那泪水再盈再满也没淌出眼眶，一直在里面漫着晃着。

杨登科被侯竹青那令人生怜的样子打动了，正想对她说几句鼓励的话，猛然间，侯竹青咚一声跪在了自己前面。杨登科吓了一跳，无论如何也没想到这个女孩会来这么一招。他赶忙起身，弯下腰要去扶她，不想侯竹青咚咚咚一连磕了三个响头，说了句以后一定好好报答杨叔，这才迅速站起来，转身进了屋。

猴子对女儿的表现很满意，脸上露出了笑容，望着杨登科说："登科，你真是竹青的再生父母啊！我们一辈子都不会忘记你的大恩大德的。"

就像卸下一副在肩头压了许久的重担，杨登科一下子轻松多了。晚上跟猴子对饮时，也不要他怎么劝，喝得很主动。是猴子自己熬的米酒，口感极好，加上度数不高，不觉得就微醺了。不过杨登科懂得适可而止，没有把自己灌醉，放下杯子后还能开着车上路。

快进城时，碰上了堵车，杨登科只好带了刹车，向已凝住不动的车流缓缓靠过去，这才发现前面是一辆三菱警车，细瞧车号，可巧是钟鼎文的车。杨登科就使劲按了按喇叭，想引起钟鼎文的注意。钟鼎文果然在后视镜里发现了杨登科的破面包，就下了车走过来，上了杨登科的车。杨登科说:"钟大所长在忙些什么?"钟鼎文说:"忙什么? 忙案子呗。"杨登科说:"我知道你们做警察的,只要开着警车出去,就是忙案子。"

钟鼎文听出杨登科话里的嘲讽,说:"你以为我骗你的? 刚刚才给戒毒所送去一个毒贩子。哪像你们政府部门的官员,一杯茶一支烟,一张报纸看半天。我们天天战斗在一线,为你们保驾护航,哪时哪刻神经不绷得紧紧的?"

杨登科想想,钟鼎文说的也不假,别看他们平时跟土匪没什么两样,可紧要关头还得他们这些土匪挺身而出。心下也就生出几分理解,觉得只要活在这个世界上,谁都不容易。

因为很快就可做上康局长的专车司机,加上欠下猴子的那份人情债也还清了,杨登科情绪便有些高涨。又想起钟鼎文给杨前进解决了工作,也没对他表示过什么,杨登科便说:"你这么辛苦,那今天我代表政府犒劳你,请你唱歌喝茶,轻松轻松,怎么样?"

也是好久没跟杨登科见面了,钟鼎文很乐意与他一起待待,说:"行啊,政府要犒劳我,我敢不遵命吗?"当即给前面警车上的同行打了个电话,说有事不跟他们回所里了。

不一会儿堵车就疏通了,杨登科松了脚下的刹车。

由于职业缘故,钟鼎文对娱乐场所比杨登科熟悉,在他的指点下,两人很快到了新开业的海天娱乐城。娱乐城里什么项目都有,钟鼎文建议今晚就不唱歌不喝茶了,听歌得了。杨登科说:"电视里哪天没有歌可听,还要到这里来听歌?"钟鼎文说:"这个登科你就说外行话了,电视里的歌怎么能跟这里的比呢? 这里可是且歌且舞哟。"口气有些暧昧。杨登科似乎明白过来了,说:"到底是且歌且舞,还是艳歌艳舞?"钟鼎文说:"看你乡巴佬样,现在懒得给你解释,待会儿你就知道了。"

购了票,迈进幽暗的海天歌厅,里面已经有了不少客人。两人刚落座,侍者马上就端上了茶水。杨登科刚好有些口渴了,端杯喝了一口,却是人参乌龙,带些杨登科不太喜欢的甜味。钟鼎文却觉得不错，说他最喜欢人参乌龙，杨登科也就不好说什么，装作很喜欢人参乌龙的样子，又小抿了一口。

节目很快开始了。先上场的是一位男歌手，主持人说是京城来的当红歌星，杨登科却从没听说过这个名字，暗怪自己孤陋寡闻。歌还不错，虽是哑着嗓子模仿腾格尔，却还真不乏腾格尔遗风。之后是男女对唱，还有伴舞，中间还夹杂些搞笑小品，有一个模仿潘长江又吼又蹦的，几乎可以假乱真了。气氛挺热闹，却与艳字没沾边。钟鼎文似猜出了杨登科的想法，附在他耳边道："别急，好戏还在后头呢。"

果然越到后面，歌舞小姐身上的遮拦便越少，腿腰暴露，酥胸半裸，动作也更挑逗更煽情。钟鼎文对杨登科笑笑，说："怎么样？"杨登科觉得这也没什么，电视里的裸露程度并没比这低多少，说："并不怎么样嘛。"

话音没落，台上台下忽然灯光全熄，黑暗中主持人说要推出今晚最艳最色的狂星，请有心脏病的客人趁早退场，出了意外本歌厅概不负责。当然没人退场，座中之客看来都是有见识的，猛烈地鼓起掌来，尖厉的叫喊声和口哨声随之而起。钟鼎文伸手在杨登科肩上拍了拍，说："老弟，你可要给我扛住哟。"

突然间，灯光像霹雳一样一闪，猛地亮了，舞台正中立着一个肌肤雪白高大性感的女郎，身上几乎什么都没穿，只胸脯和大腿间象征性挂了根布条。杨登科有些身不由己，死死盯住女郎两只抖颤着的气球一样的大乳房，那直直的目光让人不由得想起惯于夜间出行的狼来。杨登科脑袋胀胀的，全身的毛细血管似乎都张开了，怎么也收缩不回去。女郎在台上扭腰摆臀地转了两三圈，再回到舞台中间，一边张开两腿大幅度地往前耸动着，翘挺着，一边装模作样地长呻短吟起来。

将这种风流动作重复数次后，女郎忽然一蹦一跳弹到了台下，随便抓了个客人，拖到台上跟她配合。其实更应说是交合，两人嗷嗷乱叫着，纠缠在一起，极其夸张地模仿着那种下流得不能再下流的动作，只差没来真格的了。台下自然又是一阵大呼小叫，鬼哭狼嚎的，整个歌厅都成了屠宰场，快要被掀翻了。

刚才的客人下台后，女郎在台上来回疯了一会儿，又蹦到了台下。一蹦一蹦就蹦到了杨登科前面，那夹杂着粗重的汗水味和香水味的女人气息向杨登科扑面而来。杨登科早已是心惊肉跳，无法自控了。像是看出了杨登科的心事似的，女郎淫笑着，靠到杨登科怀里，用那硕大的乳房往杨登科身上蹭着，说："哥哥，你喜不喜欢？"

杨登科早就唇焦口燥，喉咙生烟，哪里还说得出话？斜眼盯着那对连乳头都历历在目的大乳房，恨不得伸出双手，将它们捧到手心，低下头去猛吮几口。女郎用那带钩的眼睛瞟着杨登科，像看透了他的意图，自己双手托起两只大乳房，往杨登科嘴边送，邪恶地笑道："想么？想你就来呀！摸也好，亲也好，随你便，本小姐可是专门为你准备的哟。不过摸一摸，一千多；亲一亲，要美金。先生美金在哪？我先看看？"

说着就做着去掏杨登科身上口袋的样子，手往下一滑，插到了杨登科两腿间。杨登科早就斗志昂扬了，还不被女郎逮个正着？她狠狠一捏，淫笑道："先生真是个硬汉子！"然后扔下杨登科，蹦回到了台上，又给台下留下一阵爆笑。

此后女郎还表演了些什么，杨登科已经不太清楚了，他全身像是接受了全麻注射，早就迷迷糊糊，云里雾里，不知天高地厚了。钟鼎文见杨登科这个鸟样，捂嘴笑笑，伸手在他热汗淋漓的额上一抚，拿了茶几上的餐纸，塞到他手上。杨登科拿着餐纸，却不知该做什么，仍然痴着，回不过神来。

节目结束后，两人回到车上，杨登科还在心跳不已。钟鼎文说："那小姐怎么样？过瘾吧？"杨登科惊魂甫定，说："她也太大胆了。"钟鼎文说："我跟海天娱乐城的顾老板关系挺熟，要不要我给你开间房子，叫顾老板把那性感女郎给你送去？台费小费都由我支付。"

杨登科知道钟鼎文是开玩笑的，但他还真是心痒痒的，暗生了这样的念头。女郎那硕大鼓胀的乳房和雪白的大腿又浮现在他脑袋里,杨登科窃想,如果真跟这样的女人睡上一个晚上,那比转什么干,登什么科,岂不过瘾得多?

这么胡思乱想着,杨登科捏住方向盘下面的车钥匙,开始扭动起来,可怎么也使不上劲,手老打滑。原来手心手指全是汗水,没法使上劲。钟鼎文在一旁笑道:"别不好意思嘛,都是男人,还是能理解的。我还保证你的安全,绝对不会让你出事。你只说句话,我这就给顾老板打电话。"说着还真拿出手机,要撤顾老板的号码。

杨登科这时已捞了挡风玻璃下抹车窗的抹布,在手上擦了几把,这才捏紧钥匙,将马达打响了。钟鼎文一只手往下压压,说:"等等,马上就要打通了。"杨登科说:"去你妈的!"将车开上了大路。

先送钟鼎文回派出所。要下车时,钟鼎文望着杨登科,说:"你现在开口还不为迟,那性感女郎估计还没被人包走。"杨登科说:"你到底还下不下车?"钟鼎文这才推开车门,往外伸出一只脚去,却又扭转脑袋,说:"不过我还要告诉你一个秘密。"杨登科说:"今晚你是怎么啦,这么婆婆妈妈的?"

钟鼎文说:"那个性感女郎是个人妖。"

杨登科眼前一花,仿佛大脑供血不足似的。只听钟鼎文又说道:"不过那不是泰国的人妖,是内地自产自销的第一代人妖。"

杨登科没理钟鼎文,无声地骂了一句娘,将车开走了。不知怎么的,他感到很不自在,全身都起了鸡皮疙瘩。又像是吃进一颗苍蝇,觉得五脏六腑都被污染了,只想往外呕吐。却又没法呕吐出来,堵得心里直发慌。

此后的好多天里,杨登科一想起那天晚上的人妖,还是非常难受。那是一种的确让人无法接受的变态,尤其是在你不知底细的情况下,以一种最能煽起情欲的形式出现在你面前。说实话,色情也好,淫荡也好,毕竟没有背离人的本性,有时色情和淫荡的同义词便是风流,风流了做鬼也心甘。人妖的变态却是对人性的戕害,已经接近罪恶了。甚至比粘附于极权的太监还令人生厌,想想看,如果魏宗贤李莲英之流不是以阉人身份出现,而是以性感女人的姿态呈现于前,看你受得了受不了?

不过还有让杨登科受不了的,那就是此后几天局里的变故。

杨登科记得这天开着面包车一进传达室大门,就觉得局里的气氛有些不对劲,人们神情怪异,这里一伙那里一群聚在一起,低声议论着什么。开始杨登科也不怎么在意,出了面包车就往司机班走。

就在杨登科快进司机班的时候,大门外进来一部小车,杨登科熟悉车号,是种子公司的魏经理的车子。那些聚在一起的人们就停止了议论,一道道目光齐刷刷向刚从车上走下来的魏经理扫去。魏经理顾不了这些,哐的一声关上车门,急匆匆上了楼。看样子是去找康局长的,他每次到局里来只找一把手,别的人都没放在眼里。

司机班里只有胡国干一个人,正歪在椅子里打盹,嘴角拖着长长的涎水,鼾声一阵高一阵低,像是牛叫。杨登科无声地笑了。却不是笑胡国干的睡相,而是忽然想起老郭说过的胡国干将红旗开到了路边的田里,竟然人车无损的话来。杨登科觉得这样的水平确实不配给领导开车,康局长那句也许会考虑坐坐奥迪的话又在耳边响起来。

杨登科脸上的神往还没有完全收回去,吴卫东进来了。顾不得跟杨登科打声招呼,吴卫东上前就在胡国干的肩上猛拍一掌,说:"醒醒,快醒醒。"胡国干兀地惊醒过来,张着满是涎水的大嘴巴,迷迷糊糊望着吴卫东,像是不认识他似的。吴卫东说:"康局长有急事,已经下楼了。"胡国干这才抬了衣袖,将嘴巴一抹,站起来,尾随吴卫东出了司机班。

杨登科朝门外瞟去,果然康局长和魏经理已经出了楼道,向各自的小车走去。两人的脸色都有些僵硬,像是老婆上了人家的床一样。

两部小车一前一后开走后,坪里一下子安静下来。杨登科的目光在康局长的车子刚泊过的空地上停滞了好一会儿。也不知他们到底有什么急事,这么急匆匆的。

接下来的两天里,奥迪的影子老在杨登科眼前晃着。他是设想开了奥迪后,康局长也许真的会坐自己的车,有些激动难抑。激动过后,杨登科脑壳里忽然冒出陈老局长的影子来。为了能开上奥迪,杨登科的心思都用在了康局长身上,好久没去看望陈老局长了。一旦给康局长开了车,恐怕就难得有自己的时间了,杨登科过去给领导开过专车,是有这方面的经验的。何况陈老局长和康局长是对头,以后再往陈老局长那里跑,多少有些不太那个。

　　这天晚饭后,杨登科腋下夹着两条精白沙香烟,也不开车,怕目标太惹眼,是打的去的陈老局长家。陈老局长有些不冷不热的。杨登科知道是自己久不登门,多有得罪,一边把烟轻轻放到桌上,一边说些经常出车在外,没时间来看望老领导的话。

　　陈老局长将桌上杨登科的精白沙扒开,拿了已经开了包的平装白沙,往嘴里叼了一支。陈老局长一向喜欢白沙烟,只不过在位时进贡的人多,抽的大多是极品白沙,再差也得是精白沙。退下来后,再没人进贡,只能自己掏钱买平装白沙了,一下子跌了好几个档次。

　　见陈老局长要抽烟,杨登科忙捞过桌上的打火机,啪一声打燃了,递到他前面。杨登科知道这是陈老局长在位时养成的习惯,一有什么重要指示,并不急于发表,而是先叼上一支烟,猛吸两口,以酝酿情绪,调动思维,然后再从容道来。杨登科暗自揣磨,今天陈老局长也许又有什么重要指示要对自己发了。下台后,再没有人愿意听他发指示,今天杨登科送机会上门,陈老局长哪里肯轻易放过?

　　杨登科一点没猜错。只见陈老局长点上烟,两腮一收,深吸一口,吐出一串长长的烟雾,身子往沙发里靠了靠,悠然说道:"郭师傅要退休了吧?"杨登科说:"开始办手续了。"陈老局长说:"据说康局长打算让你去开奥迪?"杨登科说:"也许吧,那台破面包车没法再上路了。"陈老局长说:"康局长是不是想坐奥迪?"

　　杨登科有些惊讶。康局长那句也许会坐坐奥迪的话,杨登科只跟老郭透露过,再没跟第三个人说过,陈老局长怎么会知道康局长的想法呢?

陈老局长瞥一眼杨登科，大概是看出了他脸上的疑惑，笑道："康局长刚开始坐红旗时，我就知道他迟早会改变主意的。"杨登科又不懂了，说："那是为什么？"陈老局长说："他放着奥迪不坐，是怕奥迪给他带来背运，而觉得红旗吉利。可红旗究竟比不得奥迪，加上胡国干的车技不怎么样，听说不久前还大模大样把红旗开到了路边的稻田里，所以康局长早就动了放弃红旗坐奥迪的念头。"

陈老局长真是秀才不出门，能知天下事啊。这大概是一些退下来后的老领导的共同特点了，杨登科不免暗暗感叹起来。陈老局长又说道："康局长选择你是明智的。康局长心里非常清楚，你的技术好，各方面素质明显比胡国干他们高，过去康局长还把你当成我的人，自从你帮他从市书法展览会上弄了个头奖回来后，他便完全改变了对你的看法。"

杨登科脸上烫烫的了，像是做了天大的对不起陈老局长的事。陈老局长是康局长搞下来的，两人是誓不两立的死对头，你杨登科原来是陈老局长的人，现在摇身一变，就忽然变成康局长的人了，你这跟甫志高有什么不同？杨登科不由得想起一个叫做"贰臣"的词来，那是旧戏剧里骂那些卖主求荣的反面角色的词，谁若背了这个词，不仅他本人要为千夫所指，就是子子孙孙都是抬不起头，做不起人的。

陈老局长看出了杨登科内心的愧疚，大度地笑了，说："登科你也不要难为情，这其实是你的正当追求，如果你因为我而放弃了今后的大好前程，那就是我的过错了。现在是这样的风气，在机关里待着，如果不寻找机会多跟领导接触，多向领导靠拢，傍牢一个主子，那是一辈子也不会有什么作为的。我在台上时就深有体会，平时口口声声要唯才是举，任人唯贤，真的要调整干部了，才字也好，贤字也好，早记不起了，首先想到的都是那些经常在眼前晃动的亲信，而不可能是那些视线范围之外的人。谁也不是神仙，那些平时难得见上几回，说上几句话的，谁知道他是才还是愚，是贤还是佞？这个道理其实是非常浅显的，任何人都懂，要么为什么古人要说知人善用呢？我对你一无所知，或知之甚少，叫我怎么用你啊？"

陈老局长一席话，道出了机关里干部任用的实情。只不过在台上时，陈老局长和别的当权者一个样，都只这么做，决不会这么说。当领导的都如此，手中握有大权，官话一套一套的，只有到了下台之后才会说几句真话。

陈老局长把什么都说穿了，杨登科内心的歉疚也就一下子轻了许多。这时陈老局长忽然语气一转，又说道："我担心的是康局长的位置还坐不坐得稳。"

杨登科不觉大吃一惊，张大嘴巴问道："康局长不是干得好好的吗？"

陈老局长将手里的烟蒂戳进烟灰缸里，用力摁灭，慢条斯理道："省里刚开过农村减负电视电话会议，要把减轻农民负担和涉农事件当做当前的头等大事来抓，说农民农村农业是国家基础，基础不牢，地动山摇，三农问题决不可掉以轻心，谁坑农害农，一经查实，必须毫不手软给予惩处。侯家村稻种的事跟康局长不无瓜葛，据说已被人反映到了省减负办，省委主要领导有批示，要把此事查个水落石出。"

杨登科猛然想起魏经理跑到农业局去找康局长的情形来。还有局里干部职工这里一堆、那里一伙悄声嘀咕的样子，当时杨登科就感觉有些不对劲，看来都与陈老局长说的侯家村稻种的事相关了。杨登科见得多，中国有好多事情，如果睁一只眼闭一只眼，大事可化小，小事可化了，最后不了了之。如果认真起来，小事可大，大事更是可以掀翻天。侯家村的事过去都快两年时间了，法院都作出了判决，种子公司不执行就不执行，猴子他们找了人大找政府，找了大领导找小领导，谁也没当回事，现在引起了省里注意，批示也下了，追查也来了，魏经理和康局长还不一下子成了热窝上的蚂蚁。

说实话，如今农民的日子也不是人过的，猴子他们挺不容易，杨登科也真希望他们不仅能讨回公道，还要能讨回损失。所谓的公道究竟是当不得饭的，损失则是牵涉到活命的事情。只是杨登科又有

突生变故

些担心,如果这件事真的将康局长牵了进去,他的局长做不成了,自己这半年多的努力,岂不要付诸东流,前功尽弃?

杨登科这么忧心忡忡着,陈老局长又开了口:"这样的事我在位时也不是没碰到过,要在平时,就是上面有批示,追着要查办,如果市里领导肯替你担担子,也是能化险为夷的。问题是现在是特殊时刻,有些话就说不清了。"

说到这里,陈老局长停顿了片刻。杨登科也不知他说的特殊时刻是什么,正疑惑,陈老局长又说道:"这一届市委和政府的任期已是最后一年,县区和市直属部门班子会有一次大的调整,好多人都上蹿下跳,天天往领导那里跑,领导们正犯愁呢。"

虽然在机关待着,毕竟是一介司机,政治上的事还不是太开窍,杨登科一时没能听明白陈老局长的话,不知领导们有什么愁可犯,于是试探性地问道:"您是说,市委常委要另外安排人到农业局来?"陈老局长点点头,略有所思道:"现在部门位置紧缺,可谓僧多粥少,若能先弄几个人下去,换届时安排帽子也就方便多了。你不见平时风平浪静,一到班子快换届了,就烽烟四起,几家欢乐几家愁?所以这一次康局长看来是凶多吉少啊。"

杨登科一下子泄了气,心里说,完了,都完了。

告别陈老局长,走在回家的路上,杨登科满脑子都是陈老局长关于康局长凶多吉少的话,心情糟糕透了。他有些不太甘心,不相信偏偏在这节骨眼上,生出这样大的变故来。也许是陈老局长的一厢情愿,想看康局长的热闹吧,康局长还不至于会落到这么惨的地步。

杨登科忽然想起老郭来,也许他多少知道些情况。于是上了的士,直奔老郭家。不想老郭说了一段旧事,让杨登科彻底失望了。

种子公司的事竟然就是陈老局长和几个退下去的老干部捅上去的。

种子公司卖给侯家村的那批种子是从外省低价进回来的,牵线人就是当时分管种子公司的康局长,他从中得了不少好处。老干部们本来就对康局长上台后独断专横,一手遮天的工作作风很是不满,而他竟以财政经费核减为由,吹掉了职工包括老干部们的部分福利,老干部们更是恨得咬牙切齿,发誓不把他搞走,决不罢休。在陈老局长的策划下,一伙人众志成城,将康局长伙同种子公司魏经理经营假稻种的事整成材料,联名向市纪委做了举报。只因市委主要领导是康局长的靠山,不是护着就是袒着,老干部们的举报信在市纪委转一圈又转回到了康局长本人手里,康局长还在会上公开宣称,谁想到上面去举报只管去就是,他还负责报销车费,气得陈老局长他们直吐恶血,第二天就自费上了省城,通过关系把举报信递到了省委领导手里。省委领导见是涉农事件,顿时拍案而起,又批转有关部门,立即给予查办。刚好康局长市委的靠山调离贵都市,再没人肯替康局长挑担子。又恰逢换届在即,市委领导正苦于一些非安排不可的干部没地方安排,农业局能腾出一个局长位置,又何乐而不为?于是立即召开常委扩大会议,决定成立专门工作组进驻农业局。这一下康局长才意识到大事不好,急忙召来魏经理,赶往省城去找关系,想把这事给摆平。

杨登科吱声不得,悻悻然出了老郭家门。估计康局长和魏经理的省城之行,十有八九不会有什么结果,杨登科不觉沮丧至极。

陈老局长和老郭说的一点不假,第三天市里的工作组就进了农业局。

杨登科没有猜错,康局长和魏经理在省里跑了几天,找了好些关系,可这回全省减负电视电话会议刚开过,省委想杀鸡给猴看,正愁找不到合适的鸡呢,所以谁也帮不了他们。两人见回天乏术,只得气急败坏地回了贵都。此时市里工作组的人已在局里等着他俩了。

两个星期下来,工作组的人就根据陈老局长他们材料上提供的线索,内查外调,多方取证,把康局长和魏经理的问题基本弄清楚了。那批假种子还真是康局长牵线从外省进购回来的,他和魏经理各非法得了五万元的好处费。事实明摆在那里,两人推脱不了,不仅赔了不该得的钱，还被免去了行政职务。

这样一来，一向死气沉沉的农业局一下子活跃了。几个副局长都蠢蠢欲动，想趁此难得的机会，把局长宝座挪到自己屁股底下。科长主任们平时各自都是有上线的，自然希望自己的上线能转正成为一把手，也好癞子跟着月亮走，沾沾光。上线转正把握不大的，就暗中走动起来，想弃暗投明，另外靠上一位有把握的。

司机班里面，老郭的退休手续刚填了表，因局里出了这么大的事，也停了下来，奥迪还得由他继续开几天。神气活现的胡国干一下子蔫了，像霜打过的狗尾巴草。红旗不再是哪位领导的专车，副局长们怕坐了红旗跟着倒霉，难得叫胡国干一回，他只得天天缩在司机班里，无所事事地观望窗外屋檐下的蜘蛛网。刁大义见胡国干终于也有这一天，心里特别舒畅，故意在胡国干面前晃来晃去，或是将桌上的牌摔得啪啪作响，咋咋呼呼地喊着老郭和小钱的名字，说要把过去输给他们的钱通通赢回去。

杨登科自然还开着那部破面包。眼看着就要时来运转了，中途又出了这个变故，只得怪老天爷不长眼睛了，也没心思跟刁大义他们玩牌，硬被他们拖上桌子，由于情绪不佳，也难得赢一回，只有纳税的义务，而没有收费的份。

那天杨登科拜访陈老局长时，他老人家关于市委用人意图的分析丝毫不差，市委果然很快就安排了一位有些来头的姓董的到农业局来做了局长，几位副局长空欢喜一场，依然原地踏步，没有一个如愿以偿。

董局长大名董志良，原是郊区政府区长。人很年轻，不到四十，也许是权力养颜，看上去像是三十出头的样子。到了农业局，自然就不是董区长，而是董局长了。董局长是只身一人来到农业局的，既没带人也没带车。

董局长走马上任后，局党组的分工和科室人员配备仍沿袭康局长留下的格局，看不出他有什么倾向。董局长没要专车，也很少用车，几乎天天都待在局里，开了党组会，又开局务会，再开离退休老干部座谈会，好像上面任命他做农业局局长就是专门来开会似的。这也没什么奇怪的，如今各级各部门上行下效，手中都牢牢掌握着三大法宝，工作起来轻车熟路，卓见成效。哪三大法宝？批示执行批示，文件贯彻文件，会议落实会议。所以不能把会议单纯看做是会议，要知道会议就是工作，工作就是会议。董局长一进农业局就天天开会，还没有谁说过他那不是工作。

董局长还召开了全局干部职工大会，向大家明示了施政方略，说是对外要做好全市农业工作，对内要搞好机关队伍建设。还特别提到农业局是个清水衙门，今后要充分利用行业优势，搞好干部职工福利，让局里干部职工过上好日子，这也是实现中央建设小康社会目标的实际行动嘛。董志良的话自然得到广大干部职工的热烈支持和坚决拥护，说如果过去的局长也这么把大家的利益放在心上，农业局的干部职工早就小康了。

杨登科当然也关心局里的福利，也迫不及待地想小康。但他最关心的还是自己今后的出路，在机关里，没有出路就没有小康。只是杨登科不知道董志良的深浅，从目前的趋势看来，出路都被堵死，想突破谈何容易？杨登科不知自己为什么老走背运，眼看着十拿九稳就要做上领导专车司机，可朝下一个目标奋进了，康局长又下了台。杨登科觉得是命运跟自己开了一个不大不小的玩笑。对于别人，这样的玩笑开开也无妨，可他杨登科已是快四十的人了，这样的玩笑开个几回，一辈子就玩得差不多，笑得差不多了。

杨登科一天天消沉下来，精精神神的一个汉子，忽然变得萎靡不振了。胡子十天半月没刮一下，一张还算周正的脸成了无人耕种的荒地。说话的声音也低沉迟缓了许多，别人跟他说个什么事，他半天反应不过来，你问东他道西，你打锣他吹笛。一个人少了精神，连瞌睡也多起来，吃了晚饭，不到九点就上了床，早上已过八点，聂小菊要到班上去上课了，临走喊他，他还半睡半醒缩在被子里起不来。如果是双休日，杨登科就整天整夜地睡，睡得昏天黑地，世界对于他来说好像已不复存在。

聂小菊就有些着急，生怕杨登科这样睡下去睡出病来。她记得小时候老辈人说过的旧话，瞌睡打堆，运气不催，便去拖杨登科起床。可拖起来没几分钟，聂小菊一转背，他又躺了下去。聂小菊就来了气，吼道："睡睡睡，早死三年，够你睡的。"

又到了周末，杨登科晚上八点多就上了床，第二天已过了十点还起不来。聂小菊懒得理睬他，带着杨聂上了公园，早餐中餐都在外面就地解决。杨登科又昏昏沉沉睡了几个小时，这才被尿胀了醒来。下床上完厕所，来到客厅，一眼瞥见墙上的钟，已是下午三点。忽觉口干肚饿起来，睡意也消了许多。转身往厨房跑，水壶里没一滴水，饭鼎饭锅空空如也，冰箱里除了几块硬如生铁的冻猪肉，别无他哉。

杨登科知道这是聂小菊有意为之，无奈地耸耸肩膀，低了头，嘴巴对着水笼头，喝了两口生水，然后随便穿了件外套就出了门。在街边小店塞饱了肚子，又准备回家继续睡觉，路上竟被一个算命先生叫住，要给他看相。杨登科平时根本不信这一套，也是穷拜佛，病问仙，这一段时运不济，算算就算算吧，于是坐到了算命先生前面的马扎上。

算命先生眯着双眼将杨登科打量了一番，笑道："别人的相，一般二三十元一个，先生你这个相，我至少要收五十元。"杨登科说："这是何因？"算命先生说："我一看就知道你是吃皇粮的，虽然现在碰到了一点小挫折，将来必有大用。"

杨登科感到一丝惊讶，说："你怎么知道我是吃皇粮的？"算命先生说："你额头上有一个字。"杨登科下意识地在额头上摸摸，说："我又不是古时的刺配犯人，额头上能有什么字？不就是一额头的抬头纹么？"算命先生说："一般人能看见的自然是抬头纹，在我算命先生眼里便成了字。"杨登科心想也有些道理，要么他又怎么吃得了算命这碗饭呢？便问道："那是什么字，说说看？"算命先生说："一个公字。"

说得杨登科满脸迷惑,问道:"公字? 什么公字?"算命先生说:"公家的公,我从你额上的公字就知道你是公家的人,公家人自然就吃的皇粮啰。"

　　杨登科不觉粲然。照他如此说来,不吃皇粮的人额头上岂不要有一个私字? 这是明摆着的无稽之谈。却觉得还有些意思,也就让他继续算下去,倒要看他能算出什么名堂来。算命先生见杨登科没否认自己公家人的身份,便从公家人的角度说:"先生肚有诗书,为人正直,德才兼备,有匡时济世之才。只是近来运势欠佳,稍稍受了点挫折。不过再走运的人也可能碰上不太好迈的坎,这就叫做福兮祸之所伏,祸兮福之所倚。而且你的面相很清楚地告诉我,你很快就会从这个坎上迈过去的,而这个坎一过,前面就是坦途,日后你必然一帆风顺,官运亨通,享不尽的荣华富贵。"

　　这些话虽然都是说得过来也说得过去的,想想却也不无道理,杨登科便由着算命先生一路道来,只偶尔有意无意地搭讪两句,权且当做玩笑来逗乐。

　　也是怪,听完算命先生的神聊,杨登科心头那堆积了多时的郁闷不觉得竟稀释了许多,心平气顺了许多。想起现在人们什么都兴买,花钱买平安,买健康,买乐子的都有,自己花钱买个气顺,也是值得的,于是伸手从身上掏出一张五十元钞票递到算命先生手上。

　　有意思的是杨登科转身正要走开,算命先生又叫住他,找还给他十元钱,说:"这是按 20％给你的提成。"

　　杨登科一时没反应过来,说:"看相还给提成的?"算命先生说:"这是行规。"杨登科说:"这是我自己的钱,要你提什么成? 你不一开始就喊四十元的价得了?"算命先生说:"先生差矣,你的命值五十元,喊做四十元,岂不让你掉了价? 何况你是公家人,也用不着自己出钱算命。"杨登科说:"我给你的钱不是我自己的,还是在路边捡的?"算命先生说:"我还要给你开发票嘛,这是专门给看相的公家人准备的,你可以拿回去报销。"

　　杨登科更加惊奇了,说:"看个相还给发票?"

算命先生笑而不语，从身上掏出一个小本子，撕了一张五十元面值的发票，递到杨登科手上。杨登科接过去一瞧，是盖了税务章的正儿八经的开餐发票，说："又不是在你这里吃饭，给张开餐票，我怎么拿去报销？"算命先生说："先生就不要瞒我了，我经常给你这样的先生看相，知道你们公家人的规矩，干什么都可以借开餐的名义报销，包括到发廊里跟小姐睡觉，也是可以算作开餐，要了发票回去报销的。这也毫不奇怪，圣人云，食色，性也，食是开餐，色又何尝不是开餐？食不用多说，单看这个色字，就是几和巴合成的嘛，说穿了就是几巴。几巴是什么意思就不用我明说了。把圣人的话说成现在的大白话，叫做人有两个巴，上有嘴巴，下有几巴，嘴巴也好，几巴也好，饿了就要吃，这是人的本性或者天性。我这里说得远了点，我的意思是开张开餐票给你拿回去报销，是完全符合圣训的。"

这不是满嘴歪理么？不过这歪理也歪得的确不俗，杨登科更不敢小瞧这位算命先生了，看来他还不是一般的算命先生，有些专业水平。

回到家里后，杨登科脑袋里怎么也没法抹去算命先生的影子，他的话又一遍遍在耳边回响起来。尽管杨登科心中清楚，算命先生的话是当不得真的，但是却觉得有些话仿佛出自哲人之口，实属不可多得的人生箴言，于人不无启迪，还不是你想放下就放得下的。

杨登科似乎又看到了新的希望，慢慢振作起来了。没有给领导开小车的机会，那就继续把面包车开好。想想战友猴子他们，想开面包车还没这样的福气呢。这毕竟是自己干了二十年的职业，尽管你的人生目标并不是一辈子做司机。算命先生说得好，再走运的人也可能碰上不太好迈的坎，只要迈过这个坎，前面就是坦途。

有了这样的想法，这天吴卫东给杨登科派车时，他很乐意就应承了。

原来省农业厅派在贵都市扶贫的五位干部要回省城去，局里的小车都没在家，吴卫东只得打电话到司机班，要杨登科下午去送客人。杨登科放下电话就开着面包车去加了油，然后回到九中，准备拿些换洗内衣和毛巾什么的,因为省城离贵都市有两百来公里,没法当天赶回来,得在那里留宿一晚。

把车子停到楼下坪里,才下车,有人在后面喊了一声"登科"。杨登科回头,竟是肩上扛着被褥,手里提着行李的猴子。身后还跟着他的女儿侯竹青,手上也提着一个纸盒子,近了才知道里面装着一只土鸡。猴子说:"今天送竹青去省城读医专,从这里经过,特意进来看看你。"杨登科说:"不是开学一个多月了么?怎么今天才到学校去?"猴子说:"那医专原是一所卫校,是今年改成医专的,好多配套建设一时完不成,才推迟了开学时间。"

杨登科将父女俩让进楼道,说:"真是巧了,下午我正要送客人回省城,竹青就坐我的车去得了,也好省两个车费。"猴子一听,自然高兴,回头对侯竹青说:"竹青你真有运气,可以享受人家省领导的待遇了。"

因为离吴卫东说的出发时间还有两个多小时,做顿简单的中饭完全来得及,所以进屋后,杨登科就磨刀宰鸡,要用客人提来的东西招待客人。正忙着,聂小菊和杨聂也回来了。一见如花似玉的侯竹青,聂小菊忍不住赞道:"怪不得常言说高山有好水,平地有好花,看这孩子出落得美人一样。"杨登科说:"怎么是美人一样?本来就是美人嘛。"羞得侯竹青满脸绯红,嗔道:"阿姨叔叔真坏。"

说话间,聂小菊已围上围裙,下了厨,开始蒸鸡做饭。侯竹青也还懂事,主动到厨房里去给聂小菊帮忙。饭菜很快做好了,大家坐到了桌边。尽管下午要出车,杨登科还是端起了杯子。主要是为猴子促兴,杨登科自己只象征性地表示表示。

不知是喝了酒还是高兴,猴子的话多起来,说:"登科,你那五千元钱,看来得竹青毕业后才还得了啦。"杨登科说:"这是我和小菊给竹青的一点小心意,谁要你还?以后再提这事,我就对你不客气了。"猴子说:"好好好,以后我再也不提它。"又说:"最近我贷款承包了村后傍着城南园艺场的那块坡地,已经请人把地翻了过来,准备种上药材。"

杨登科觉得猴子这个办法可行,说:"我听说药材还比较起价,你肯定能赚大钱。"猴子说:"我也不是想赚大钱,只要赚够竹青这几年的学费就行了。"聂小菊一旁说:"竹青这个医专要读几年?学费肯定不少吧?"

侯竹青停下正往嘴里扒饭的筷子,说:"因为我们是初中毕业生,还有文化基础课程,得五年才能毕业。"猴子说:"入学通知上说了,第一年学费一万五,以后每年六千,五年下来就是小四万,加上生活费,没有六七万拿不下来。"

聂小菊听了不免摇头,说:"我们当老师的心里明白,现在哪级教育都一样,教学质量越来越差,学费却越来越高,家长们真是不堪重负。一个医专读下来,就要这么一大笔钱,别说你们在农村种地了,就是我们这些上班领工资的,虽然工作了十多年,买了房子,更新了家用设备,要想存下这么一笔钱也困难啊。"杨登科说:"可不是?在单位里待着,如果手中没点权力,有些灰色收入可进账,光那几百元钱一个月的死工资,吃萝卜白菜还能勉强度日,要买房子,要生病和读书,那日子就没法过下去了。"

猴子却比较乐观,跟杨登科碰碰杯,喝下一口酒,从容道:"农村人穷,但穷有穷的活法,房子能凑合就行了,吃用自给,也不用花什么钱。愁的也是小孩读书,不过我早就计划好了,我的药材生产一搞起来,效益还是来得快的,负担竹青这几年的学费和生活费没问题。"杨登科抿一口杯里的酒,说:"是呀,竹青把医专读出来,你的日子就好过了。"聂小菊也说:"读医专和读别的专业不同,国家就是不包分配,自己谋个职业也容易。"

由于酒精的作用,猴子脸上已经泛起红光,他无限憧憬地说:"这个我也想好了,竹青找不到工作,我就让她在我们侯家村开个诊所,过去我们那里还有赤脚医生,这十多年来赤脚医生也不打赤脚了,穿上皮鞋跑得不知去向,周围十里八乡的乡亲们看个感冒也要往城里跑,车费不用说,城里医院的医药费贵得没名堂,看个小病像娶老婆,看个大病不倾家荡产却只有进棺材一条路。现在老百姓最怕的就是一个上字,一是上学,二是上医院,那简直就是上吊。如果竹青把诊所一开,乡亲们就不用到城里医院来上吊,保证特别受欢迎。"

杨登科和聂小菊也就替猴子高兴,祝愿他和侯竹青心想事成。

因为杨登科不能放开喝,猴子喝到六成,就捂住杯子,不让杨登科倒酒了。吃了点儿饭,杨登科就跟父女俩出了门。聂小菊还塞给侯竹青一个一千元的红包,侯竹青不肯要,推让起来。聂小菊青着脸要生气了,猴子才让侯竹青接了红包。

三人上车出了九中,来到十字路口,猴子就下了车。本来他是要送侯竹青到省城去的,有杨登科护送,他也就乐得省下两天时间,好赶回去弄他的药材。

跟猴子分手之后,杨登科就开着面包车直接去了招待所,接上五位客人,加大油门往省城奔驰而去。跑了四个小时,赶到省城,正是夕阳西下时分。杨登科先将客人送回农业厅宿舍区,再送侯竹青去医专。正是新生入校时候,校门内外都贴着大红标语,热烈欢迎同学们入校报到。行政楼人来人往,接待学生入校的老师们还在加班。等杨登科陪侯竹青去学生处办了入学手续,又帮她将行李搬进女生宿舍,找到了房间和床位,已是晚上八点多了。杨登科觉得肚子饿起来,便带着侯竹青来到校门外,进了一家小吃店。

饭后,杨登科又开车送侯竹青回到医专女生宿舍大楼前。侯竹青非常感激杨登科一路无微不至的照顾,要下车时,小声道了句谢谢。杨登科笑笑,说了些注意安全,多给家里写信打电话一类的话。不想侯竹青眼圈也红了,竟有些依依不舍起来。杨登科说:"傻孩子,省城离贵都市又不远,想家了,周末还可回去。下次我来省城出差,再来看你。啊!"

在侯竹青真诚的目光中,杨登科将面包车开出了医专,找家招待所住了一个晚上,第二天上午就离开省城,往贵都市方向赶。谁知途中炸了胎,杨登科就在路边一家修理店换上备胎,顺便把炸了的胎补了补。交了钱,店老板却拿不出正式发票,给了一张三十元的开餐票。杨登科没法，想起那天算命先生说的，公家人什么都可以借开餐的名义报销，也就摇摇头，把票塞进包里，上了车。

回到局里后，杨登科按惯例填好出差报销单，到办公室去找吴卫东签字。吴卫东二话不说，在出差单上签了字。可杨登科要他签补胎的票据时，吴卫东却以杨登科先斩后奏，事前没向他报告为由，拒不落笔。杨登科也知道局里的制度上这么写着，车子维修必须先申报后进厂，就是出车在外出现突发情况，也得电话告知一声。不过制度归制度，除了车子大修申报手续必须齐全外，小修小换谁也没这么严格过，更何况是区区三十元的补胎款。杨登科心里清楚得很，吴卫东这是借题发挥，故意为难他，却因签字的手长在他身上，只得说炸胎的路段没手机信号，不然也向他报告了。

好说歹说，吴卫东这才把票拿了过去。可细看是张开餐票，手上的笔又放下了。杨登科只得又做了说明。吴卫东就教育起杨登科来，什么没有规矩不成方圆，什么三十元钱事小，坏了局里制度事大。杨登科觉得才三十元小钱，跟主管司机的办公室主任闹翻了实在没这个必要，站在一旁任他教育。

大概是大道理小道理讲得差不多了，口里也干燥起来，吴卫东这才停下来，咕噜咕噜灌下一口水，准备给杨登科签字。不想桌上的电话响了。也不知是哪方神圣打来的，吴卫东拿着话筒嗯嗯了半天不愿放下。好不容易吴卫东才打完电话，却似乎忘了杨登科还在等着他签发票，站起身就要走开。

受了半天教育，字却没签上，杨登科哪里肯干？拦住吴卫东不让他走。吴卫东一脸的不耐烦，说："你给我让开！"杨登科说："签个字要得了你几秒钟？"吴卫东眼睛一瞪，训斥道："杨登科，你是不是急着拿这三十元钱去抓药？"杨登科肚子里的火气一下子蹿上脑门，大声吼道："给你家儿子抓药！"恨不得一拳挥过去。不过杨登科没有失去理智，只是抓过桌上的发票，几下撕碎，冲出了办公室。

本来杨登科打算签了字报了账，就把坪里满是泥灰的面包车彻底冲洗一遍，好干干净净入库，在吴卫东那里碰了一鼻子灰，也没了这个心情，心烦意乱回了司机班。

一进门，杨登科就狠狠地往地上啐了一口唾沫，骂了一句无名娘。胡国干见杨登科的样子有点难看，问他怎么了。杨登科只是不吭声。胡国干就偏着头认真瞧瞧杨登科，说："杨科，今天是刁大义输了钱，你打什么抱不平？"

要是平时，谁喊杨登科杨科，他也很乐意，今天他却觉得这两个字很具讽刺的味道，不想答理胡国干，起身出了司机班。胡国干在背后嘀咕道："今天他肯定是吃了火药。"

下班回到家里，杨登科心头还耿着，坐在客厅里生闷气。只恨自己没用，老走背运，才没人把自己放在眼里。机关里就是这样，你做不起人，也就不会有人把你当人。

很快聂小菊和杨聂回来了。进门见杨登科一脸丧气，聂小菊知道他受了委屈，也不多话，换了衣服鞋子，进了厨房。聂小菊还算理解他，不去惹他的火气，反正过一阵子，她总有办法把他的气消掉的。

吃过晚饭，杨聂做完作业睡下了，两人走进大卧室，聂小菊怕不小心伤了杨登科的自尊心，也不打听他为啥不高兴，拱进他怀里要起娇来。杨登科还以为是两人好久没亲热了，聂小菊有这个想法，便勉强翻到她上面去。

可费了半天劲却不得要领，怎么也坚强不起来。

杨登科很自卑，心里清楚原因出在哪里，他也不是一次两次碰上这种情况了。可这也是没法子的事，只得从聂小菊身上撤下来。"人做不起人，连卵也会变得不中用。"杨登科不免哀叹了一声。这是杨登科他们当司机的开玩笑的话，虽然粗俗，却是大实话。

机关算尽

  杨登科懊恼了两天,好心的老郭给了他一个天大的好机会。

  这天胡国干送吴卫东到省农业厅开办公室主任会议去了,刁大义和小钱他们都不在司机班里,杨登科正和老郭闲聊,办公室副主任曾德平跑了进来。吴卫东不在家,办公室的事由他全权打理。他是来要车的。不是为其他人要车,是为董局长要车,否则打个电话下来就可以了,也用不着自己煞有介事地往司机班里跑了。就两台车在家,一台破面包,一台奥迪,可想而知只能给董局长安排奥迪车了,让堂堂一把手坐破面包,曾德平还没这么傻冒。

  老郭反正要退了,讨好一把手的价值不大,有意要把机会让给杨登科。他于是给杨登科使个眼色,立即痛苦万状地捂着肚子缩到了地上,嘴上哎哟哟哼起来。杨登科明白他的意思,上去扶他,说:"不是吃了打了农药的菜吧?要不要我陪你上医院去?"老郭摇摇头,顺手去桌上抓了张报纸,做着要上厕所的样子。

  这一来曾德平就急了。当然不是为老郭得了病急,老郭又不是他爹,就是得了癌症,也与他曾德平没关系。曾德平是为董局长没有奥迪坐急,因为董局长虽然年轻,但在曾德平心目中,和自己的爹那是没有什么区别的。

  曾德平上前拦住老郭,说:"董局长就在坪里等着,你不能送了他再上厕所?"杨登科说:"曾主任你就不要为难老郭了,他这个样子开得了车吗？你是咱们的领导，可领导管天管地，还管人家拉屎放屁？何况老郭肚子痛成了这样，出了意外你负责？"

曾德平确实也不好勉强老郭，只得说："那你把车钥匙拿出来，让杨科给你代一代吧。"这正是老郭的意思，他于是掏出一串钥匙往曾德平手上一扔，捧着肚子飞快去了厕所。

曾德平不敢怠慢，将钥匙交给杨登科，两人出了司机班。董局长果然已站在坪里了。杨登科心里感激着老郭，随手一按钥匙串上的遥控器，奥迪车门里面的锁就啾一声落了下去。几乎是同时，杨登科已闪到车前，很娴熟地开了车门，躬身将董局长迎进车里，又不轻不重关上车门，这才小跑着从车后绕到驾驶室，打响马达，把车子缓缓开出了农业局。

这套动作杨登科做得连贯流畅，不露痕迹，大方得体，显得那么训练有素。这是杨登科多年给部队首长和地方领导开车操练出来的，不是一天两天就能达到这个水平的。

这天董局长是要到政府去参加一个市长办公会议。来到街上，见杨登科行动利索，车子开得从容平稳，董局长顺便说了句："杨师傅车子开得不错嘛。"杨登科本来想炫耀炫耀自己开车的老资历，又觉得这还是第一次直接跟董局长打交道，如果夸夸其谈，容易给领导留下不好印象，也就低调道："承蒙董局长夸奖了。这是我的职业，应该尽心尽职，以确保领导安全和舒服为第一要务。"

董志良觉得杨登科的话倒也诚恳中听，点头道："做你这一行的就应该这样。"杨登科听得出董局长话里的赞许意味，通过后视镜偷偷瞥他一眼，见他脸色光鲜，知道自己给领导的第一感觉还算不错，心里头就有了一丝自信。

就在杨登科要收走目光时，却见董局长歙了一下鼻翼，眉头也跟着皱了皱。董局长这两个动作很细小，转瞬就消失了。杨登科却心惊肉跳起来，不知自己是说错了什么话，还是做错了什么事。他脑袋里飞快地转了转，像电影院放映员倒片一样，将自己刚才的言行举止倒了一遍，也没发现哪里冒犯了董局长。

好在随后董局长的表情一直比较平静。他其实是那种很随和的人，没有领导架子。杨登科根据多年观察，觉得随和的人是当大领导的料。相反那些当不了大领导，只有当小领导的水平和德性的人，常常端着个领导架子，说话只用升调，脖子硬得像发情时的狗卵，生怕别人不知道他是领导似的。而且什么都看不顺眼，不是横着眉就是竖着眼，想随和也随和不起来。这大概就是圣人说的小人常戚戚的道理了。

随和而没有架子的董局长这时又开了口："杨师傅大概跟我是同龄人吧？"

杨登科想起那句年龄是个宝，文凭不可少的话，当领导的谁都希望自己官职越来越大，年龄越来越小，肾功能越来越强，就讨好道："不可能吧？董局长起码比我小了一掌。"一掌为五，这是贵都人的说法。董局长说："不可能吧，你别逗我开心了。"杨登科说："那董局长哪一年的？"董局长说："我属虎。"

杨登科就知道董局长是一九六二出生的了，比自己小一岁，说明董局长看人面相还是有眼光的，却故意道："那董局长是一九七四年的啰。"董局长笑起来，说："杨师傅你真开心。"杨登科说："我看你真像一九七四年的，我算了算一九七四年是虎年。"

董局长知道杨登科是故意这么说的，觉得没有必要否定他，反问道："你属什么？"杨登科说："我属牛。"董局长说："属牛是一九六一年的了。牛有献身精神，吃进去的是草，挤出来的是奶。"杨登科说："要不怎么说当牛做马，牛马不如呢，属牛的人只有一辈子卖苦力的命。还是属虎的好，虎头虎脑，虎背熊腰，虎虎生威，虎踞龙盘，都是好听和长人精神的词，一听就觉得是干大事业的，不像属牛的只能干干开车这样的力气活。"

董局长觉得杨登科说话风趣，笑道："还有虎落平川，虎头蛇尾，虎口余生，你没说呢。如果是你当组织部长就好了，不用劳神费劲去考察干部的德能勤绩，要用人时，只去派出所查查户籍，谁属虎提拔谁就得了。"

杨登科觉得董局长真幽默，对他就有了好感。

不觉得就到了市政府。董局长下车前，说："市长办公会没有不拖堂的，估计不到下班不会散会，你先走吧，到时我走路回去，这里离市委也不远。"杨登科说："那怎么行？我在这里等您。"董局长说："真的不用等，我还没有这么娇贵。"

尽管董局长这么反复做了交代，但杨登科好不容易逮住这么一个跟董局长零距离接触的大好机会，怎肯轻易放弃？所以董局长下车走进政府大楼后，他就将车调了头，靠边停到一棵绿荫如盖的梧桐树下，一心猫在车上，开始守株待兔。给首长和领导开了二十多年车了，杨登科这点耐力还是有的。

杨登科一边为自己的耐力得意着，一边开了音响。是李双江的歌。杨登科知道老郭就爱听李双江的歌，车上有好几盘李双江的带子。听了两曲，杨登科忽然想起董局长刚上车时歙鼻皱眉的样子，便没了听音乐的心思，啪一声关了音响。董局长为什么要歙鼻皱眉呢？莫不是他的习惯动作？杨登科略有所思地摇摇头，觉得不是。肯定是对什么不太满意。那是不满意这部车子么？胡国干开的红旗，刁大义开的豪华型桑塔纳，小钱开的普通型桑塔纳，都比奥迪档次要低，董局长也是坐过的，并没听说他有什么不满意的。那是不满意开这部车子的人？好像也不是，因为当时杨登科就自省过了，自己并没做错什么。

这么猜测了一阵，也没猜测出个所以然来，杨登科就出了驾驶室，坐到董局长坐过的后排位置上，再学董局长的样，歙歙鼻翼，又皱皱眉头。这一歙一皱，杨登科马上就明白是怎么回事了。他闻到车上一股不太明显的异味。这个老郭，大概是即将退休了，也就没有以前那么讲究了。杨登科便将四向车门全部打开，给车子通风透气。又开了尾箱，拿出水桶和抹布，去大楼里的卫生间提了水来，车里车外清洗擦抹起来。

搞完卫生，再关上车门，坐进车里，已没了一点异味，感觉舒服多了。却还不放心，又去传达室门口的小超市买了巴黎香水型清洁

剂,前前后后都喷了一遍,这才坐回到驾驶室,重新开了音响,听起李双江的歌来。

这么弄了一个来回,下班时间很快就到了,大官小官们陆陆续续出了办公大楼走掉了,却没见董局长的影子,肯定如他所说,会议又要拖堂了。杨登科并不急,他还巴不得办公会拖堂呢,拖得越久自己等得越久,等得越久越能体现自己对领导的真心诚意。

天色慢慢暗下来,估计会议也该散了,杨登科也就眼睛一眨不眨地盯着大楼门口,生怕一不小心让董局长溜掉了。

偏偏董局长还是不肯露面。

却忽然瞥见大门外缓缓开进一部小车,竟然是自己单位刁大义开的那部豪华型桑塔纳。因为天色已暗,刁大义开始没注意到杨登科的车,将车停在了大门的另一侧。杨登科不知道他到这里来干什么,就下车过去伏到他窗前,说:"刁德一同志你来干什么?"刁大义这才愣了一下,说:"我来接董局长呀。"

杨登科觉得这挺有意思,说:"谁要你来的?"刁大义说:"除了曾德平,还有谁?"杨登科说:"我就是曾德平安排送董局长来开会的,怎么又惊动了你的大驾?"刁大义脸上红了,结结巴巴道:"曾德平说你是开着老郭的车来送董局长的,估计你送了董局长后就把车还给了老郭,所以才又通知了我。"

这话一听就有破绽,曾德平既然安排了人送董局长,怎么又会通知他刁大义呢?估计刁大义是打听到董局长还没回去,特意跑到这里来试试,如果确如他说的,杨登科送了董局长就将车还给了老郭,那他就可接住董局长了。杨登科便故意道:"那我走了,你在这里等董局长吧?"刁大义当然不好抢杨登科的彩头,何况桑塔纳也不比奥迪,忙知趣道:"当然还是你继续留下来等。"

刁大义将车开走后,杨登科又等了一阵,董局长还是没下来。滑稽的是门外又进来一部小车,这回竟然是小钱那台普通型桑塔纳。小钱也将车开到了刚才刁大义停过车的位置。车一停稳,小钱就下了车,走到大楼门口,偏着脑袋朝里探望起来,那样子有点像小偷。杨登科悄悄走过去，猛不丁在小钱肩上拍了一掌。

小钱吓一跳，回头一看，见是杨登科，骂道："原来是你！你还没走？"杨登科说："我走了，你好来接董局长？"小钱说："是曾德平给我打的电话，说董局长还没回家，以为你送了董局长可能把车还给了老郭，而老郭还在肚子痛，所以要我来代劳。"杨登科说："那好啊，我走啦，你等董局长得了。"小钱望望门侧黑暗中的奥迪车的影子，笑笑道："还是你好事做到底吧。"便开车走了。

望着桑塔纳晃出传达室，消失于街外的车流之中，杨登科无声地笑了，觉得今晚的事还真有趣。杨登科分析了一下个中情由，董局长因为还没配专车，刁大义和小钱都送董局长到市政府来开过会，董局长肯定也会像杨登科送达这里时一样，以市政府离市委不远为由，要小车先走，开完会他自己走路回家。加上今天杨登科是临时代老郭来送董局长的，也许不好拿着人家的车老在这里傻等，两个人也就动了心思，开着车来试试，没人等董局长更好，捡个便宜，有人在这里，也无所谓。

杨登科不免心生感慨，怪不得大家都想做领导，做了领导，走到哪里都有人牵肠挂肚，魂萦梦绕，如果是平头百姓，谁会有这样的福气？

正感叹着，楼里传出杂沓的脚步声和说话声，有人出了大楼。可能是董局长他们的会议结束了。杨登科立即出了奥迪，朝大楼门口弹过去。恰巧董局长出了大门，低了头正要下台阶，杨登科甜甜地喊了声董局长。董局长没想到杨登科还没走，有几分惊讶，说："我不是说过我走路回去的吗？"杨登科躬躬身，做个请的姿势，说："董局长请吧。"

董局长大概是见杨登科苦等这么久，不坐他的车不好意思，只得上了车。杨登科扶扶方向盘，不知不觉间就将车开出了政府大院。董局长说："其实走路去市委大院也要不了五六分钟，坐了大半天，也想走走路，你大可不必在这里等这么久。"杨登科说："我在部队给首长开车时就是这么做的，习惯了。古人说善始善终，领导是我送到政府来的,如果没把领导接走,就等于我没完成任务,心里总感到不踏实。"

杨登科就这么不露痕迹地道出了自己部队的经历,算是给董局长交了底。同时也间接告诉董局长,部队战士来自五湖四海,可谓千军万马,给首长开车的能有几人?因此给首长当司机的都是思想上最可靠,技术上过得硬,千里挑一挑出来的,决非等闲之辈。董局长果然首肯道:"怪不得,原来你是部队首长亲自培养出来的。"

这么随意聊着的时候,董局长忽觉得车里跟下午有了些许不同,不由自主歙歙鼻翼,又低头四下瞧瞧,说:"你给车子搞了卫生吧?"

杨登科有些得意,心想董局长下午歙鼻翼皱眉头,确实是因为车上有不好闻的异味。看来董局长还是个细心人。杨登科觉得自己没白忙活了一下午,说:"坐在车上没事可做,搞点爱国卫生运动,相当于锻炼身体。"董局长很满意,说:"这样好,开车的爱了国,坐车的也舒服多了,各有所获。"

快望得见市委了,杨登科减慢速度,正准备横街,董局长说:"我就在这里下车吧。"杨登科不解,说:"董局长不回市委?"董局长说:"回市委。你难倒车,我呢,在政府坐了一个下午,屁股都麻了,想走几步路,放松放松。"

杨登科只好将车靠到街旁,让董局长下了车。看着董局长从容横过街心,杨登科才犹豫着将车开走了。他有些怅然,好像接送领导的任务并没有真正完成。董局长真是与众不同,过去杨登科服务过的领导,无论是部队的还是地方上的,每次送他们回家,恨不得你把车子开进他的家门,哪像董局长这样有始无终,隔家里老远就下了车?杨登科想,莫非董局长真如他所说的,一是怕杨登科难倒车,二是要下车放松放松?

杨登科觉得事情不会这么简单,董局长这么做,肯定别的原因。但到底是什么原因,杨登科这是第一次为他服务,摸不清他的深浅,不得而知。

许是兴奋,晚上杨登科给老郭打了一个电话,说:"肚子还痛么?"老郭说:"真是好心没好报,我学了雷锋,还要遭人诅咒。你是巴不得我肚子真痛,开不成车,你好强占了奥迪去吧?"杨登科说:"我还没这么黑吧? 我是感谢老兄的照顾,给了我这个零距离接触领导的机会。"老郭说:"效果怎么样?"杨登科说:"董局长挺满意的。"老郭说:"那就好。我反正到了年龄了,吴卫东和曾德平他们不放什么屁,你就继续开着奥迪吧。"

老郭真够哥们儿的。大恩不言谢,杨登科调侃道:"我怎么好横刀夺爱呢?"老郭说:"去你的吧,假惺惺什么?"

第二天杨登科早早去了农业局,将奥迪停在坪里,拖过水龙头,又里里外外清洗起来。其实车子昨天下午弄干净后,董局长才坐了几分钟,完全没有这个必要。杨登科是有意这么做的,好让局里的人将他和奥迪联系起来。果然大家上班时从一旁经过,都要停下问问杨登科:"奥迪归你了?"杨登科却说:"哪里哪里,昨天老郭龙体欠安,我代他接送了一回董局长,今天要还车给老郭,得弄干净一点。"

话里杨登科把自己跟董局长也联系上了。

不一会儿,曾德平也上班来了,见杨登科屁股撅得老高在洗车,便走过来,说:"杨科好勤快哟。"杨登科停了手中活计,说:"洗干净了,等会儿还车时,老郭心里舒服些。"曾德平说:"这倒也是。我记得那年下乡扶贫,见农民借邻居的锄头或犁耙用过后,不仅擦洗得干干净净,还要放火炕上烘干了,才还给主人。"杨登科说:"是呀,洗净烘干,农具才不会生锈。只可惜城里没人家烧火炕,不然也将奥迪弄上去烘烘。"

说得曾德平粲然而笑,说:"杨科你真幽默。"要走了,又吩咐道:"洗好车麻烦你到我办公室来一下,有话跟你说。"

杨登科不知曾德平有什么话不能在坪里说,非得到他办公室去说不可的。莫非是要把奥迪正式移交给自己了? 但曾德平只是副主任,谁开什么车,还得吴卫东回来说了算。杨登科这么揣度着,加快了速度,很快洗完车,进了办公大楼。

一起共事十多年，曾德平的情况杨登科自然是非常清楚的。曾德平比吴卫东的资格老，还没调进办公室时，他已是分管文秘的副主任。后来吴卫东通过杨登科，取得了陈老局长的信任，也调到办公室做了分管财务的副主任。按农业局的惯例，管文秘的副主任是局里的秀才，是要接班做主任的，所以曾德平的心思都放在了工作上，对吴卫东并不怎么设防。不想局里调整干部时，将老主任调出了办公室，曾德平眼看着就要做上主任了，却被管财务的吴卫东捷足先登，抢占了主任位置。为此曾德平很不服气，还找领导吵过，要离开办公室，哪怕到别的科室做一般科员，也心甘情愿。领导过意不去，就给他解决了正科级待遇。待遇虽到了正科，但还是副主任，得归后来居上的吴卫东领导，曾德平心里还是不太平衡。只是考虑到与领导过不去，对自己没什么好处，也就不再跳出来吵闹。唯一的希望是吴卫东早些离开办公室，到时领导不安排他曾德平做主任，恐怕再也说不过去了。后来陈老局长下去了，曾德平偷偷乐了几天，以为康局长将视吴卫东为陈老局长的人，要将他弄走的，不想吴卫东却使了暗劲，并没离开办公室，在康局长面前跑得还挺红的。现在来了董局长，曾德平又动了心，不曾想董局长按兵不动，吴卫东仍稳坐在主任的位置上。曾德平就有些泄气，不知这个正科级副主任要做到哪一天才有望进步。

杨登科脑袋里想着曾德平的事，脚步已经迈进办公室副主任室。其时曾德平正在摆弄桌上的电脑，杨登科说："曾主任是在与世界接轨吧？"曾德平说："接什么轨？下载点资料，给领导写报告时多几个新鲜词，好蒙不明底细的群众。"

说着，曾德平撇开电脑，起身去关了办公室的门，回头对杨登科说："其实也没什么要说的，仅仅是我一个不成熟的想法，还不见得就能成。咱们都是十多年的兄弟了，彼此知根知底的，也用不着我来夸奖你，但众所周知，在局里的司机中，你各方面的素质，包括驾驶技术、文化素质和为人处世都是最好的。"

曾德平说不夸奖，却还是夸奖了。只是他说了一大堆，杨登科也没听出他究竟要说些什么。杨登科说："谢谢领导的表扬，年终考评时，你可要把刚才说的都写进我的考核材料里哟。"曾德平笑了，说："谁表扬你了？我话还没说完呢。"杨登科说："刚才我洗车时顺便把耳朵也洗干净了，就是为了来听领导指示的。"曾德平说："说得真动听。看来还是要跟一把手跑，长进起来快。"杨登科说："非常惭愧，离领导的高标准严要求相差得还很远，今后还得领导多指导，多栽培。"

废话了几句，曾德平这才放低声音，说了要说的话："老郭已经到年龄了，我的想法，还是你来开奥迪车的好。奥迪过去就是你开的，熟悉车况，而且刚才说了，你的技术也是最过硬的，奥迪暂时是局里最好的车，交给你领导也放心。另外开奥迪总比开那辆破面包强，至少领导会坐你的车，彼此多些接触。跟领导没接触，别说你那并不怎么起眼的电大文凭，就是硕士博士博士后文凭也没卵用。"

曾德平所说的确实是大实话，这杨登科还是听得出来的。杨登科心想，没有诚心，人家是不会跟你说这样的大实话的。自己走背运以来，好久都没听人跟自己说这样的大实话了。杨登科正要开口表示感激，曾德平又说道："我昨天就跟老郭说了我的想法，他也同意我的意见。我还跟他说好了，奥迪的钥匙就归你拿着，不必还他了。至于吴卫东，他回来后我去做他的工作。还有董局长那里，我也会找他认真汇报的。如果董局长没什么意见，吴卫东也不强行阻拦，那么这事也就八九不离十了。"

哪个司机开哪台车，对于司机来说也许至关重要，在领导心目中，有时其实是不算什么的。如果真如曾德平所说的，奥迪车归杨登科来开，应该不在话下了。杨登科甚喜，说："那就拜托曾大主任了，事成后，我请您的客。"曾德平半开玩笑道："谁要你请客了？都是为了革命工作嘛。"

跟曾德平告辞来到楼下，杨登科心里头还热乎了好久。

走进司机班，老郭也来了，正在跟刁大义和小钱几个神聊。过了一阵，小钱要去上厕所，刁大义也被人叫走了，老郭才问杨登科：

"曾德平跟你说什么了?"杨登科就把曾德平刚才的话复述了一遍。老郭说:"曾德平也跟我说了这个意思"杨登科说:"能行吗?"老郭沉吟半晌,说:"比较困难。"杨登科说:"为什么?"

老郭正要开口,小钱从厕所里回来了,老郭也就只好顾左右而言他,说:"吴卫东还不回来,我兜里的钱都变成了油票,短裤都买不起了。"小钱拿出自己抽屉里的毛巾,在湿淋淋的手上揩着,说:"拿来我给你签吧。"老郭说:"你签字的笔,笔厂还没生产出来。"

星期天吴卫东就开会回来了。

杨登科欲找吴卫东说说奥迪车的事,想起曾德平已在自己前面许过愿,而自己人微言轻,还是少惹吴卫东,免得节外生枝,只专心候着曾德平的佳音。

星期一过去了,没有动静,杨登科照样开着奥迪,心里只稍稍有些不太踏实。

星期二又过去了,还没有什么动静,杨登科仍然开着奥迪,心里虚起来,好像奥迪是自己偷来的一样。想问问曾德平,觉得没有必要,他肯定正在做吴卫东和董局长的工作,有了结果你不问,他也会告诉你的。

星期三又过去了,依然没有动静,杨登科虽然开着奥迪,却已是诚惶诚恐的,仿佛做了什么见不得人的恶事。杨登科预感到成事的可能性不大,几次要给曾德平打电话,话筒都拿到了手里,最后还是放弃了。

星期四早上,杨登科心里记挂着车库里的奥迪,老早就出了九中,赶往农业局。一进传达室大门,杨登科的目光就粘在了锁着奥迪的车库卷闸门上。那扇卷闸门好好地垂着,跟杨登科昨晚泊好车下锁的时候并没什么两样。但敏感的杨登科总觉得那扇门有些不对劲,至于哪里不对劲,因隔着一段距离,又看不出来。

也许是自己神经质吧。杨登科这么安慰着自己,几步迈向车库。这一下杨登科看出来了,卷闸门好像关得不太正,门下有一条不大的缝。昨天杨登科下完锁，要走开了，还回头在门上瞧了几眼，那可不是这个样子。

杨登科心里一紧，知道不妙了。

果然杨登科掏出钥匙，刚碰着锁眼，还没来得及插到位，卷闸门就猛地一弹，哗啦啦卷了上去。杨登科吓了一大跳，松开钥匙，往后退了半步。立定了一瞧，才发现车库里面已是空空如也，奥迪车早已不翼而飞。

杨登科呆了，在空洞洞的车库门口立着，木头一般。

上班时候到了。曾德平来得较早，见杨登科站在敞开的车库门口一动不动，奥迪车却没了影子，就知道是怎么回事了。他走过来，将杨登科拉进司机班，愤愤道："这个姓吴的，他怎么能这样混账呢？昨天他还在我面前表过态的，同意你来开奥迪，今天开个主任碰头会通过一下，再给局领导说一声就行了，不想昨晚他先动了手。"

老郭也上班来了。他也往空着的车库里面瞧了瞧，进了司机班。见杨登科曾德平都在，便说："一看就知道是吴卫东喊人撬开车库门，将奥迪拖走了。"曾德平说："他要把奥迪拖到哪里去？"老郭说："还能拖到哪里去？汽车修理厂呗。"曾德平说："汽车修理厂？奥迪出了毛病？"老郭哼一声，说："一个月前才搞了大保，哪来的毛病？"

曾德平将信将疑，说："既然如此，拖到汽车修理厂去干什么呢？"他朝老郭要了汽车修理厂的电话，打过去一问，奥迪果然在他们车间里。

杨登科觉得全身的血液都冲上了脑门，把那串已经没有什么实际意义的奥迪车的钥匙扔给老郭，一拳砸在桌子上，骂道："这狗娘养的吴卫东，你也太欺侮人了！"呼的一下冲出了司机室。老郭和曾德平你望望我，我望望你，意识到杨登科如果失去了理智，肯定会出事的。他俩愣怔片刻，追了出去，这时杨登科已进了大楼。

杨登科满脸怒气冲进办公室的时候，吴卫东正坐在桌前，低了头签发票，旁边等着好几个人。杨登科二话不说，走过去，扒开两旁的人，大吼一声："吴卫东，我日你祖宗十八代！"吼声没落，就一把抓过吴卫东衫胸，将他从座位上提了起来。吴卫东懵懵懂懂的，还没完全反应过来，杨登科那高扬的拳头已经挥过去，狠狠砸在了他鼻梁上。吴卫东往后一仰，摔到了地上，那还算周正的鼻孔和嘴巴立即歪了，而且糊上了黑红的血液。杨登科还不解恨，冲上去，骑在吴卫东身上，又高高地挥起了拳头。

那些等着吴卫东签字的人一时弄不清楚到底是怎么回事，一个个都傻傻地站在地上，不知如何是好。是随后赶到的老郭和曾德平箭步冲上前去，拉住了杨登科那再一次砸向吴卫东的拳头，将他拖出了办公室。

这件事的起因是吴卫东神不知鬼不觉拖走了奥迪，结果是吴卫东鼻孔和嘴巴遭了罪，所以双方都有不是的地方，局里只好各打五十大板，对吴卫东进行了批评教育，说他工作方法不得当；让杨登科出了吴卫东的医药费，还扣了他当月安全奖。本来安全奖是为行车安全设立的，杨登科没出安全事故，却被扣了安全奖，司机们都说安全奖不是这么个扣法。

杨登科对扣安全奖倒没有什么意见，说："我尽管行车没什么事，却让管车的吴主任鼻孔嘴巴出了安全事故，扣安全奖完全应该嘛。"说得几个司机都乐了，说："杨科你还不开心？你是几个钱痛苦，没痛在身上，人家吴主任的鼻孔和嘴巴是长在脸上的东西。"

杨登科和吴卫东的矛盾就这样升了级。

杨登科深知这一次跟吴卫东结怨太深，想在他手下有所作为已经没有可能，干脆把过去要求上进的想法抛开，过一天和尚撞一天钟，落泊起来。

不过要把曾经深深扎在脑袋里的那些登科进步的念头一下子完全抛开，这说起来轻松，想真正做到实在是太不容易了，所以杨登科尽管依然开的是破面包车，意志一天天消沉下去，可满脑子里装着的却还是那几天开过奥迪的事。尤其是那次送董局长去市政府开会的前后经过，他是怎么也没法忘怀。杨登科觉得那次在董局长面前表现得还是挺不错的，如果吴卫东没将奥迪拖走，自己再多跟董局长跑上几次，董局长也许会更加信任自己，让自己做他的专车司机的可能性也还是蛮大的。

这天晚上躺在床上，杨登科又将那次接送董局长的经过放脑袋里温习了一遍，一时忘了自己不利的处境，竟然忘乎所以起来，无法成眠了，激动了好几个小时，直到下半夜才恍惚睡去，可依然睡不沉实，天还没亮又兀地惊醒了，在床上烙了一阵烧饼，烙得身上骨头直发酸，干脆翻身下了床。

杨登科在宿舍楼下的操场上转了两圈，学校里才响起起床钟。他怕影响寄宿学生早操，出了校门。也不知该往何处去才好，就低着头，沿街边人行道信步而行。也是习惯成自然，不知不觉就进了一道半敞开着的大铁门，猛抬头，才发觉到了局里。杨登科不由自主地开了车库门，将破面包车开走了。

在街上漫无目标地转了一圈，杨登科不知不觉将面包车开到了市委斜对面那次董局长下车的地方。原来下意识里，杨登科是想在这个地方候着，好接送董局长。

就在杨登科鼓着一双眼睛紧盯着市委大门时，远远瞥见一部小车开了过来，停在了市委大门右侧三百米处的小巷口。杨登科一下子就认出来了，那是他开过的奥迪车，方向盘后面好像是刁大义。看来吴卫东已让刁大义把奥迪从汽车修理厂开了出来。

不一会儿，董局长提个手提包从市委大院里出来了，径直往右边的巷口走去。奥迪副驾驶室的门就开了，里面下来一个人。原来是吴卫东，他一路小跑迎向董局长，接住他手上的提包，把董局长请上后排的座位，自己复坐回到副驾驶室。

奥迪旋即启动了，缓缓驶离巷口，进入正道，然后由慢而快，往远处飙去。

奥迪早已消失得无踪无影，杨登科还眼巴巴望着前方。街上的车辆慢慢多起来，有一部警车鸣着警笛飞速冲过来，将杨登科猛地惊醒，他这才赶忙掉转车头，回到了农业局。下了车，杨登科瞧瞧破

旧的面包车,自觉有几分滑稽,心想你开着这么一部面目可憎的车子,也想把董局长请到你的车上来? 你也是太天真了。

这一天董局长三个没到局里来,一打听,才知道他们下了县。

司机班里冷冷清清的。刁大义下了县,小钱这天被人叫走了,胡国干没什么事可做,也到局里转一圈就开了溜。

杨登科正愁找不到说话的对象,老郭和曾德平进来了。老郭是来拿退休手续的,在门口碰上了曾德平,曾德平就跟他进了司机班。一见杨登科满脸晦气,老郭就意味深长地笑了笑。杨登科嫌老郭的笑阴阳怪气的,不想理睬他,转身就要出门,却听老郭在后面无头无尾地说了一句:"是不是晚了一步?"

杨登科就动弹不得了。老郭话含讥讽。杨登科干脆不走了,重新回到座位前,一屁股坐到了椅子上。老郭拿起桌上的报纸,眼睛在上面瞅着,嘴里却说道:"我刚才看见你的车停在市委对面了。"杨登科说:"我开的车,我想停哪里就停哪里。"

一直没说话的曾德平手在桌上敲敲,对杨登科说:"你知道吗? 为了争取这个机会,人家可早就在运作了。"

"谁?"杨登科死死瞪着曾德平,像不认得他似的。曾德平一笑,说:"你几岁了? 还问我是谁?"杨登科也觉得问得幼稚,换了口气道:"刁大义肯定是到吴卫东那里去送了大钱。"曾德平摇摇脑袋,说:"局里冤枉送你读了两年电大,仅仅学会一个钱字。要知道有些送大钱办不到的事,偏偏用其他的手段还容易见效些。"

杨登科想起自己处心积虑给吴卫东和康局长送钱的事,觉得曾德平说的不无道理,问道:"那刁大义到底用了什么手段?"

曾德平便给杨登科说了一件事情。原来吴卫东的父亲前次出院后,不久又旧病复发,吴卫东要再度送他住院,他觉得自己挨不了多久了,不愿死在医院里遭火化,让吴卫东将他送回到乡下老家,好搞土葬。叫吴卫东发愁的是他老家是个不毛之地,哪里去找上等木料做棺材? 这事不知怎么被刁大义知道了,他乐得一蹦老高,屁颠屁颠开了朋友的卡车回了自己老家。原来他老家是产林区,他父亲早就给自己准备好了做棺材的百年木料,刁大义不顾父亲的反对,把老人家的做棺材的木材送到了吴卫东乡下老家。

杨登科惊得半天回不过神来,他怎么也想不到刁大义会来这么一手,换了他杨登科,就是想烂脑袋也想不出这样的绝招来。

这时老郭放下手中报纸,说:"真是魔高一尺,道高一丈啊。"杨登科还傻在那里,半天才说:"我老家也算是半个林区,可惜却没有百年老木料。"

杨登科那苦大仇深的样子,老郭见了很是不忍,安慰他道:"据说董局长最近又在党组扩大会上再次表过态,他到农业局是来干事业的,不是来做老爷图享受的,所以他坚决不配专车,要与大家同甘共苦,所以你暂时也用不着担心刁大义会做成董局长的专车司机,而没了你的份。"曾德平一旁附和道:"那次会我也参加了,董局长的确是这么说的。"

杨登科连说话的力气都不够了,用虚弱的口气说道:"你们别安慰我了,我和吴卫东闹到了这个地步,我还不死了这条心?"曾德平说:"那不见得,他吴卫东难道会当一辈子办公室主任?"杨登科说:"吴卫东可不是等闲之辈,陈老局长在位时他是陈老局长的人,康局长一主政他成了康局长的人,现在来了董局长,他好像也挺得势的。"

曾德平哼一声,说:"我倒要看他是不是能永远得势。"

杨登科觉得曾德平话里有话,抬眼看了看他。曾德平自觉失言,掩饰道:"开句玩笑。吴卫东盘踞在我们头上,胳膊扭不过大腿,我们能把他怎么样?"起身走开了。

刁大义开着奥迪陪董局长和吴卫东到县里出差回来后,董局长虽然仍没指定谁做自己的专车司机,还是逮住谁就坐谁的车,但刁大义开的奥迪毕竟是局里最好的车,又有吴卫东在后面照应着,跟董局长在一起的机会自然多得多。尤其是参加一些比较重要的活动,董局长还会主动提出要刁大义给自己出车。慢慢地,局里人就

形成了刁大义已是董局长专车司机的印象，刁大义也常常以董局长专车司机自居，在杨登科他们前面趾高气扬起来。久而久之，刁大义就成了董局长事实上的专车司机，只不过董局长口头上不承认而已。

这天晚上，杨登科坐在客厅里看电视，看了老半天，也没看出什么名堂来，干脆关掉电视，上了床。想起电大毕业后这一年多时间，处处受挫，一事无成，杨登科心情就更加低落，怎么也没法入睡。

偏偏这时床头电话不识时务地响了。

反正电话里也不可能传来什么好消息，杨登科连接电话的兴趣都提不起来，任凭铃声响了好一阵也不予理睬。已进入梦乡的聂小菊被吵醒，嘀咕两句，伸手拿起了话筒。原来是好一阵没见的钟鼎文要找杨登科。

杨登科只好把话筒捂到了耳边。钟鼎文开玩笑道："是不是惊了你们的好事？"杨登科说："我有这个情绪吗？"钟鼎文说："有情绪要上，没有情绪，创造情绪也要上嘛。"杨登科却幽默不起来，硬邦邦道："有话就说，有屁就放，要不我挂电话了。"钟鼎文说："你这是什么态度嘛？是我借了你的米，还了你的糠怎么的？"

杨登科意识到自己也过分了一点。你的遭遇又不是钟鼎文给你造成的，你有什么资格在他前面耍脾气？也就缓和了语气，说："对不起了，鼎文，是我自己不中用，不该这么对你说话。"钟鼎文说："你这还是说话？你这可是训话，上级对下级训话。"杨登科正要解释两句，钟鼎文说："不过你的情况我略有所知，我还是理解你的。"

又唠叨了一会儿，钟鼎文说："你也不问问我在哪里给你打的电话？"杨登科说："在哪里？在美国还是在加拿大？"钟鼎文说："就在九中门口。"杨登科疑惑道："九中门口？你到底要干什么？"钟鼎文说："你不是火气正旺吗？我准备找个地方给你消消气。"杨登科说："免了免了，我都上了床了。"钟鼎文说："上了床有什么了不起的？天底下的女人就你家聂小菊有两只奶子？"杨登科忙捂住听筒，说："你嚷嚷什么？"瞥了一眼聂小菊，幸好她已睡死过去，估计没听到钟鼎文的混账话。

　　人家都到了身边，杨登科只好披衣下床，出了九中。

　　果然钟鼎文的三菱就停在门口。钻进车里，杨登科说："你们当警察的就是精力旺盛，这个时候还在外面游荡。"钟鼎文说："我这不是为领导保驾护航吗？"杨登科说："算了吧你，我在床上睡得好好的，要你保什么驾，护什么航？"

　　钟鼎文一踩油门，将三菱驶入街心，说："是不是还到海天娱乐城去？据我所知，那个性感女郎还在那里。"杨登科差点儿又打起干呕来，说："你少来这一套！我最见不得那种粗俗得要命的男不男女不女，人不人妖不妖的东西。"钟鼎文说："说得这么难听干什么？人家那也是养家糊口的本钱，是一种职业，跟我做警察和你做司机，有什么本质上的不同？"

　　这话确实有几分道理。只是杨登科又觉得并不完全是那么回事，说："做警察和司机是卖自己的体力，那人妖却把自己做人的根都卖掉了。"钟鼎文笑笑，说："你说得也太严重了一点儿，什么是做人的根？难道只有男女身上的生殖器才算是做人的根？"

　　此根并非彼根，钟鼎文把根的概念给偷换了。杨登科也懒得反驳他，缄嘴不出声了。钟鼎文却有些意犹未尽，继续道："登科实话跟你说吧，别看我这个派出所所长平时八面威风的，其实重压之下，也难免不昧着良心做些伤天害理的事，这个时候我就觉得我还不如那个人妖，她卖掉的只是你所谓的做人的根，而我们卖掉的，却是自己的灵魂。"

　　杨登科不由得一震，仿佛身上某一根脆弱的神经被触着了。此前杨登科还从没听钟鼎文说过一句正经点的话，今天他竟然语出惊人，确属稀罕。杨登科看一眼钟鼎文，说："几时成了哲学家了？"钟鼎文说："什么哲学家，我是觉得这二十多年的警察做下来，不容易啊。"杨登科说："看来是条条蛇咬人了。"

　　钟鼎文沉默片刻，说："好吧，今天另找一个地方，免得你看了人妖伤心。"说着加大油门，呜呜呜呜响警笛，向市中心风驰电掣般驶去,唬得左右的车辆和稀少的行人往两旁直躲。出了繁华地段,钟鼎文才关了警笛,放慢车速,悠哉悠哉兜起风来。

杨登科知道这些鸣着警笛,招摇过市的特权车,不知内情的路人以为他们有什么紧急公务,其实多数时候都是抖威风,吓唬老百姓的。便说:"没卵急事,鸣警笛做什么呢?"钟鼎文倒也坦白,说:"无聊嘛。干我们这个行当的,没事就没事,有事就像鬼敲门一样,弄得你心惊肉跳,疲惫不堪。坐在车上,没事时拉响警笛,也刺激刺激自己。"杨登科说:"狼没来,你们将警笛拉得呜呜乱叫,行人车辆都给你们让路,狼真的来了,大家已经变得麻木,再拉警笛还管用么?"钟鼎文说:"管那么远干什么?该潇洒就潇洒一把嘛。"

在街上兜了两圈,钟鼎文忽然方向盘一打,将三菱开进了一条偏街。下了车,前面是一个小茶楼,招牌上标着"白领茶庄"四字。杨登科说:"请我喝茶?"钟鼎文说:"你觉得人妖粗俗,就到这里来高雅高雅。"杨登科说:"可惜我不是白领,而且连蓝领也做得窝窝囊囊的。"钟鼎文说:"人总要有一点追求嘛,现在不是白领,要争取以后做上白领。将相本无种,谁生来就是白领了?朱元璋当年还要过饭,当过和尚呢。"

说着两人迈入茶楼。茶楼老板显然跟钟鼎文熟悉,忙躬着身子迎上来,左一个钟所长右一个钟所长的,亲热得很,又回头吩咐身后的服务生,接待客人。服务生应声上前,将两人带到二楼,转个弯,敲开了靠里的一个名曰天池的包厢。

使杨登科感到十分惊讶的是,包厢里已经先到了一个人。

这人不是别人,竟然是农业局办公室副主任曾德平。杨登科就意识到钟鼎文和曾德平是事先安排好,才叫他到这里来的,也不知他俩要搞什么名堂。

杨登科跟曾德平打了招呼,问钟鼎文道:"你是怎么认识曾主任的?"钟鼎文说:"我是你的同学,曾主任去派出所办事时,跟我说他是你的同事,我们就这样认识了。"杨登科回头问曾德平说:"就这么简单?"曾德平说:"说简单也简单,说不简单也不简单。你想钟所长掌管城西大片治安，谁不想攀上他这棵大树？别的不说，至少在他的辖区内犯点小错误，他给你担当着，不会出问题。"钟鼎文笑道："曾主任是个直爽人，有什么话说什么话。"杨登科附和道："曾主任这个算盘打得精，城西派出所要修治安大楼，天天晚上在外面创收，曾主任做了钟大所长的朋友，要少交好多罚款。看来今晚的客你请定了。"

三个人坐定，服务生就给曾德平递上一个不厚的本子，说茶叶品种都在里面，可任意选用。曾德平问钟鼎文："钟大所长喜欢什么？"钟鼎文说："没什么特殊爱好，曾主任你就随意吧。"曾德平对服务生说："那就上一壶铁观音吧，另外来几小包槟榔和一碟葵花籽。"服务生说声稍等片刻，退出了包厢。

服务生的动作还算迅速，很快就端着托盘上来了，把东西摆在三人中间的矮几上。三人一边喝着茶水，一边有一句没一句聊起来。杨登科隐约意识到钟鼎文和曾德平喊他到这个地方来，好像不仅仅是来喝茶的，欲问个究竟，终于还是忍住了。

本来铁观音味酽，是醒脑的，可坐久了，杨登科还是犯起困来，一连打了好几个哈欠。抬腕看看手表，已是十一点多。钟鼎文递过一颗槟榔，笑道："真不中用。我们做警察的也像你这个熊样，那不要办案子了。"曾德平说："你们不办案，那牛鬼蛇神岂不纷纷出了笼，那就真是亲者痛而仇者快了。"

杨登科没有吃槟榔的爱好，朝钟鼎文摆摆手，说："谁跟你们做警察的比得了？你们都是昼伏夜出的绿眼猫。"钟鼎文说："看你这无精打采的样子，刚才我打电话时，你是在跟聂老师加班吧？"曾德平说："那还用说？他家聂老师可是个美人儿，换了你我，也是抵不住诱惑的。"钟鼎文说："怪不得我做了好久的工作，才勉强把登科喊出来。"杨登科说："你们别老往歪处想了，我们老夫老妻了，还哪来那么大的干劲？"

又过去了半个小时，杨登科实在困得不行，歪倒在桌边睡着了。钟鼎文打开桌上茶庄老板准备好的意见簿，撕下半页纸，卷了一个小喇叭，插进杨登科耳朵眼里。曾德平也不肯闲着，拿过桌上茶杯，往喇叭口里倒起喝剩的残茶来。

那茶水是刚加过热水的，杨登科当即被烫醒了，去捂耳朵，才发现里面全是茶水，骂道："是谁恶作剧？"钟鼎文乐得直拍大腿，说："人家喝茶用嘴，你却用耳朵，真是奇招，可以申请吉尼斯世界纪录了。"曾德平说："原来杨科还有特异功能。"

闹了一会儿，曾德平起身过去拉开了一直紧闭的窗帘。钟鼎文也跟过去，跟曾德平看起外面的夜景来。看了一阵，钟鼎文回头对杨登科说："你这个乡巴佬，只知道打瞌睡，现在是改革开放的大好时候，也不看看人家的夜生活多么热闹？"

杨登科为了清醒头脑，只得来到窗边，去望外面。原来窗外是一条大街，虽然已是夜深，车辆行人依然往来如织。街对面是个宾馆，大门上方用霓虹灯装点出红杏山庄四个大字。这莫不是钟鼎文给杨前进介绍工作的那个红杏山庄？那次钟鼎文可是颇费了点力气的，要不杨前进到哪里去找七百元一个月的工作？

曾德平见杨登科望着红杏山庄出神，说："杨科是不是也想到红杏去快活快活？"杨登科说："你想去就去，不要把我扯到一起。"曾德平说："你别有什么顾虑嘛，刚才不是说过么？有钟大所长保驾护航，你完全可以毫无顾忌地潇洒走一回。"钟鼎文一旁说："绝对没问题，我可以给你们打保票。如果还不放心，我甚至可以安排两个兄弟给你们站岗放哨。"

杨登科忽想起一个机关里盛传的说法，笑道："厅级领导嫖娼，警察站岗；处级领导嫖娼，大大方方；科级领导嫖娼，慌慌张张；普通干部嫖娼，罚个精光；一般职工嫖娼，开除回乡。今晚钟大所长想让我们享受厅级干部待遇了。"曾德平说："有道理有道理，我们干了快二十年了还是个鸟副科级，这一辈子大概也就一个正科到底了，今晚钟大所长能让我们过一回厅级瘾，也算是心满意足，不枉来人世走这一遭了。"钟鼎文说："那行，今晚我保证让你俩了却这桩心愿。"

正说得开心，杨登科一双眼睛忽然就睁大了，盯紧了红杏山庄的大门。

原来是一辆黑色奥迪悄然进了山庄。车号看得不是太清楚,但杨登科凭直感也觉得是局里的那台奥迪,他对它太熟悉了。杨登科抬腕看了看手表,现在已经十二点多。那么是谁坐在里面呢?这个时候到红杏山庄去干什么?

曾德平也发现了那台奥迪。不过他装作什么也没看见,斜杨登科一眼,说:"杨科看你眼睛睁得狗卵一样大,看到什么了?"杨登科努力收住意念,掩饰道:"没没,没看见什么。"可回头一瞧曾德平那眼神,似乎明白了今晚他俩喊自己到这里来的真正意图了。

就在杨登科暗自揣度时,一旁的钟鼎文的手机响了。他对着手机嗯嗯了两句,也没多说什么,就关了机,回头对杨登科和曾德平说:"兄弟们打来电话,说数数来了。"一边做了个数钱的动作,然后放下窗帘,招呼两位坐回到了座位上。

服务生又进来添过一回开水,再喝了个把小时,钟鼎文的手机又响起。收了线,钟鼎文就起了身,说:"该走了。"三个人出了包厢。

在场三个人,曾德平是自己的领导,钟鼎文是帮过自己大忙的人,杨登科断不好意思推着他两人买单,因此快下楼时,便抢在他们前面,几步跑到吧台前,掏了钱要结账。吧台小姐问了包厢名,笑道:"老板已经吩咐过,天池不用结账。"杨登科就明白了,这里是钟鼎文的势力范围,老板哪里敢收他的钱?这其实也是行情了,戴大盖帽的在自己的地盘上行走,还不通吃?过去的兔子不吃窝边草,现在的兔子不是窝边草不吃。

三个人上了车,钟鼎文一边打响马达,一边故意问杨登科:"花了多少钱?"杨登科说:"我跟小姐说,我是下岗工人,小姐就不好意思收我的钱了。"钟鼎文笑起来,说:"这就怪了,这个世界上,从来只有穷帮富,今天怎么富帮起穷来了?"曾德平说:"可不是?现在最时兴的就是打贫济富。据业内人士透露,国家的个人所得税绝大部分都来自农民和低收入的工薪阶层,税务部门想在有钱人身上收税,还没这样的能耐。我还看过一组数据,说乡下农民每年人均给国家纳税 80 来元,而城里每年人平均只纳 30 多元。我估计是刚才吧台小姐见我们几个像乡下人,平时比城里人纳的税多,突然良心发现,这次就免收茶钱了。"

绕出偏街,左一下右一下,没两分钟就拐到了红杏山庄门口。传达室里立即走出一个魁梧的年轻人,杨登科一瞧,竟是杨前进。杨前进瞄瞄钟鼎文的警车,朝车上扬了扬手。杨登科还以为杨前进看到了自己,要偏了头出去跟他打招呼,他已转身进了传达室,旋即横着的电动门吱一声缩到了一旁。

钟鼎文将三菱车开到大楼转角隐蔽处停稳,这才回头对杨登科两个说:"你们先在车上坐一会儿,我去去就来。"就下了车。

这时杨登科听到了来自传达室方向的脚步声,原来杨前进过来了。杨登科猜想他是要来跟自己见个面,不想他几步晃过三菱车,径直追上钟鼎文,两人并肩朝山庄后面走去。杨登科心里直犯嘀咕,钟鼎文到底要干什么呢? 侧首去问曾德平,他软软地歪在座位上,睡意蒙眬道:"等会儿你就知道了。"

这话说了等于没说。杨登科想,随他们干什么,也合了双眼,打起盹来。

就在杨登科渐入佳境,迷迷糊糊快要睡着时,背上挨了重重一掌。杨登科陡地惊醒过来。曾德平已摇下车窗,抬手往外一指,说:"你看见没有? 情况来了。"杨登科揉揉眼睛,懵懵懂懂道:"情况? 什么情况?"睁眼朝窗外看去,只见钟鼎文和另外几位干警正押着两男两女从山庄后面走了出来,还有杨前进也跟在后面。

那边的灯光不是很明亮,但杨登科还是一下子就认出来了,那两个男的,一个是吴卫东,另一个是刁大义。至于那两个低胸露腿的女人,尽管有警察在后面跟着,却依然搔首弄姿的,一看就知道是什么人了。

两男两女被塞进了挂着警车牌照的面包车。

钟鼎文没有上车,跟车门里的警察说了句什么,挥挥手,让警车开走了。又转身跟站在身后的杨前进打了声招呼,就朝三菱走了过来。上车后，钟鼎文递给杨登科一串钥匙，说："见过这串钥匙么？"杨登科一瞧，是自己单位那台奥迪的钥匙，说："你这是什么意思？"钟鼎文说："没什么意思。那台奥迪在山庄后面的假山旁，你负责把它开到派出所去。"

杨登科终于什么都明白了，说："原来今晚你是要我来开奥迪的。"钟鼎文说："是呀，喊你来，总得给你安排点事做做，不然你会有意见的。"

杨登科伸手开了门。要下车时，回身问曾德平："你是坐奥迪，还是坐钟大所长的三菱？"曾德平说："我才不坐那奥迪车呢，那是嫖客坐的。"

跑到山庄后面的假山旁，那台奥迪果然停在那里。

上车后，杨登科自哂了，一脸的无奈。在这种时候，这种地方，以这种特殊的方式，与自己朝思暮想的奥迪车重逢，这可是杨登科怎么也想不到的。

将奥迪开进城西派出所时，钟鼎文和曾德平已经先到了。杨登科熄了火钻出奥迪，钟鼎文过来拿走了车钥匙，放手上晃晃，说："这就是现成的钞票，可不能让你拿走了。"然后带着杨登科和曾德平进了审讯室后面的监控室。

监控室不大，也就十几个平方米的样子。三面白墙，另一面墙上挂着紫色帷幕。杨登科和曾德平刚落座，钟鼎文就揿一下墙边的按钮，紫色帷幕刷的一声拉开了，原来里面藏着一个宽屏监控机。钟鼎文接着按下监控屏的开关，审讯室里的情况便一览无余，只见有人在接受审讯，正是吴卫东。可能是灯光太亮的缘故，审讯室里苍白如纸。

审讯场面很简单，总共才三个人，一审一答一录。也是王八在干滩，不得不缩头，到了这个地方，再强悍威猛的汉子也由不得自己了。且看坐在被审席上的吴卫东，那萎萎缩缩的样子实在滑稽，脖子老往领口处收，眼珠子躲躲闪闪的，仿佛刚从洞里面钻出来的老鼠，生怕被猫逮住了。要知道，平时的吴卫东可是有些风度和气质的,虽然说不上气宇轩昂,却也人模人样,一看就像有点小权小势的。

钟鼎文告诉杨登科和曾德平,这样的审讯其实是走过场的,主要完成一个程序而已。如今办案重在证据,不能搞逼供,事实是吴卫东和刁大义都是分别在床上被双双抓住的,这叫做捉奸捉双,干警还当场摄了像,不存在他们招不招供的问题。曾德平说:"你们的干警办这类案子倒是挺老道的。"钟鼎文当然听得出曾德平话里的讥讽,说:"这当然还不能算是真正意义上的案子,这是坛子里摸乌龟,手到便拿的事,谁都办得来。"

吴卫东的审讯很快弄完,干警让他在记录上签了字,将他带走了。杨登科说:"过去公安抓嫖抓赌,总是兴师动众,搞得鸡飞狗走的,今晚你们却改变风格,不声不响把事给办了。"钟鼎文的目光从监控屏上收回来,说:"红杏山庄的舒老板是我们的警民联系户,一般我们是不会惊动他的,偶尔去光顾那么一次,当然要做得神不知鬼不觉,不要给人家带来负面效应,影响他们的生意。另外我们也不能做得太张扬了,如果打草惊蛇,嫖客小姐们闻风丧胆,逃得不见踪影,那不但要严重影响地方经济的快速健康发展,也会断了我们自己的财路。"

原来还是一个利益驱动问题,杨登科说:"捉嫖抓赌确实是最容易见效的创收手段。"钟鼎文实话实说:"政府最近搞什么综合财政,我们的办案经费只给数字和政策,就是不给票子,我们只得自己靠自己,打这些无烟工厂的主意,尽量把上面给的政策用够用足。不然兄弟们没日没夜地跟着我冲冲杀杀,有时甚至要出生入死,却什么好处都没有,我心何安?"曾德平说:"那倒也是。"又问:"今晚能弄多少?"

钟鼎文也不遮掩,伸出两个指头,说:"再怎么也不能低于这个数。"杨登科说:"两千?"钟鼎文说:"隔行如隔山,你不了解我们的行情,也怪不得。像吴卫东和刁大义这种吃皇粮有工资的客户,不是大鱼,也算是肥鱼了,既然踏进了咱们派出所的大门,一般是不会轻易让他们从这门里出去的。也就是说，罚款加上保密费，嫖客和小姐人平五千是断然少不了的。"曾德科说："那四个人加起来就是整两万？"钟鼎文点点头，笑而不语。曾德平说："你们这钱来得也太容易了嘛。"

罚款就罚款，还有什么保密费，杨登科甚是不解，说："保密费是什么意思？"钟鼎文说："嫖妓并不是什么光彩的事吧？当嫖客的谁也不愿被人知道自己是嫖客，为此我们出台了一个内部规定，只要嫖客交上一笔款子，就不通报给他们单位，也不向社会公布，这叫做花钱买面子。人要面子树要皮，我们总得维护客户的利益吧？"

说得杨登科和曾德平都乐了。杨登科笑道："有意思有意思，还客户利益。亏你们考虑得这么周到。"钟鼎文说："我可没一点开玩笑的意思哟，这是我们对客户的郑重承诺。"曾德平忍住笑，说："他们身上哪有这么多钱？"钟鼎文说："那台奥迪车不是停在坪里吗？咱们当然不能放过它，得让它发挥出应有的作用。"

这时刁大义出现在了审讯室。刁大义看上去显得有些无所谓，东张西望的，似乎并不把审讯他的人放在眼里。不过杨登科看得出来，他是故作镇静的，其实他心里很恐慌，从他那下意识地老往一旁撇的小胡子就看得出来，额头上还不停地冒汗，汗水流到眼角，眼皮连续眨巴了好几下。也许是要缓解心里的紧张，刁大义朝审讯人员要了一支烟，猛吸了几口，有点像毒瘾发作时的瘾君子。

刁大义审完后，接着该是小姐了。两位小姐是一起被提到审讯室的，估计是干警们觉得没有必要分别审讯，那太浪费时间。也许是觉得自己漂亮，或是见多了这样的场合，两位小姐看上去毫无惧色，一副无所谓的样子，还向坐在桌子后面的两位干警抛着媚眼。社会上早有议论，说有些公安干警抓嫖时，处理完嫖客后，自己也成了不掏钱的嫖客。以前杨登科还不太相信，今天看来应该不是妄词了。这大概不能完全怪干警觉悟不高，干警也是人嘛。也许是这些小姐自轻自贱，先投怀送抱，再金蝉脱壳吧。

前后不到一个小时，审讯全部结束，派出所只留下一台奥迪，将四个人都放掉了。接着钟鼎文开着三菱车去送曾德平和杨登科。杨登科说:"我和曾主任的待遇可比两位嫖客好多了,他们被你们一脚就踢出了门,我们却还要钟大所长亲自开着车子去送。"钟鼎文说:"你们两个就是做嫖客进了派出所,我也会开着车送你们回去的。"

送走曾德平后,车上就钟鼎文和杨登科同学俩时,杨登科说:"大概是曾德平出的馊主意吧?"钟鼎文说:"也不知曾德平是怎么知道我是你的同学的,特意请我吃了顿饭,说了你的处境,以及你跟吴卫东和刁大义两个的紧张关系,要我想办法。我说我一个派出所所长能有什么办法? 便让曾德平先到红杏山庄去踩踩点,那里是个英雄出没的地方。曾德平很聪明,当即就明白了我的意思。一个星期不到,他就回了信,还说在山庄里找了一个内线。一问原来是你的侄儿杨前进。为了把事情做得漂亮些,我也找了杨前进,对某些细节做了核实,回头又和曾德平商量了一个方案,最后便有了今晚的行动。"

杨登科觉得钟鼎文和曾德平做得过了点,仰天叹道:"这一招也太损了。"钟鼎文瞪一眼杨登科,说:"你这是什么意思? 为了你,我和曾德平劳心费力,大打出手,现在你倒冒充起君子来了。"杨登科说:"你是为了我,可曾德平还没这样高的阶级觉悟。"钟鼎文一时糊涂了,说:"此话怎讲?"

杨登科就说了曾德平和吴卫东之间的微妙关系。钟鼎文略有所思道:"怪不得曾德平对这事劲头那么大。"杨登科说:"人不为己,天诛地灭。仅仅为了我杨登科,他也犯不着。"钟鼎文说:"这不是一剑双雕么? 而且你可以和曾德平结成牢固的统一战线了。"杨登科说:"还不如说,可以穿一条裤子了。"钟鼎文说:"说得这么难听干什么?"

一波三折

奥迪车不见了,一天两天局里人不会怎么在意,就是有人有所察觉,找个借口便可搪塞过去,多几天就不好遮掩了,纸是包不住火的。吴卫东和刁大义也就不敢怠慢,第二天就想方设法凑了两万元现金,上了城西派出所。

钟鼎文的目的当然不仅仅为了钱。他知道第二天吴卫东和刁大义会到派出所来,让所里会计将罚款没收收据锁进保险柜,两人以外出办案为由,躲得不知去向。而没有所长签字的处罚单和会计开具的收据,值班的干警不敢收钱,更不敢放车,吴卫东和刁大义只得拿着钱,在派出所里望着奥迪发了半天呆,哭丧着脸走了。

第三天他们两个再度走进派出所,钟鼎文和会计还是没在。

第四天第五天,仍然没有钟鼎文和会计两个的影子。

拿着钱送上门,人家都躲开了,如今好像难得碰上这样的怪事,因为如今的世上只有见爹妈来了躲着走开的,绝对没有见钱来了也躲着走开的。却偏偏让吴卫东和刁大义给碰上了,也真够他们恼火的。可恼火归恼火,还不好把这火发出去,毕竟派出所没逼着你们去给他们送钱,是你们自己要主动拿着钱送上门去。总不能跑到公安局或政府人大去,状告城西派出所办事拖沓,送上门的嫖宿罚款都不肯收吧?事情闹大了,会出现什么局面,吴卫东和刁大义又不是傻子,心里比谁都清楚。

　　谢天谢地,这天终于在派出所里碰上了钟鼎文,两人比见着了自己的亲爹还要高兴,一个点头哈腰递烟,一个满脸堆笑递钱。钟鼎文接了烟,却没接钱,而是在处罚单上签了自己的大名,让他们俩去找会计交钱。会计见了钟鼎文签了字的处罚单,立即收了钱,并给他们开具了财政部门监制的正规罚款没收收据。

　　拿着收据,两个人却仍站着不肯走。会计假装糊涂,说:"两位还有事吗?"吴卫东伸出一只手,可怜巴巴道:"奥迪车的钥匙,可以给了吧?"会计哦了一声,说:"你们的车在所里停了几天了?"刁大义反应快,食指一勾,说:"七天,刚好一个星期。"会计说:"我们有规定,车子在所里停一个晚上收五百元保管费,七五三千五,交钱吧。"

　　吴卫东和刁大义就痴了。筹措两万元罚款时,因不便说出真正用途,也不敢回家向收着存折的老婆伸手讨要,只好将不多的私房钱都拿出来,再东挪西借,才凑够了数。两万元交出后,现在手头已无半分半文,哪里还拿得出三千五? 可不交钱又开不走奥迪,两人只得出了派出所,分头到处去找钱。

　　要是在平时,三千五并不是个什么大数,可是刚刚凑足了两万,把能借钱的地方都跑了一遍,现在再找人借这笔钱,却不是一句话的事了。所以两人费了不少周折,足足跑了整整两天,才勉强借了拢来。再次迈进城西派出所,会计收下三千五,同样又出具了收据,却仍不给奥迪钥匙,说还得交上一千。两人一时懵了,说:"不是说好了三千五的么?"会计有些不耐烦了,说:"三千五是前面七天的保管费,现在又多给你们保管了两天,不是又得加一千么? 这样的算术题并不难吧? 你们如果读过小学就算得出来的。"

　　吴卫东和刁大义直恨得眼睛翻白,咬牙切齿,却还不能让牙齿弄出声音来,只得强压住怒气,空手出了派出所。

　　这么折腾了几趟,农业局里的干部职工见十来天奥迪车没个踪影,而董志良几个局领导这段时间又在局里待得多,并不怎么用车,就起了疑心,东打听,西探问,慢慢就听到了什么风声。胡国干对吴卫东老安排刁大义给主要领导出车,却不安排自己,早已心怀不满,见忽然奥迪不知了去向，就有了可供发挥的话柄，将手里的钥匙串当拨浪鼓摇来晃去的，故意对司机们说："你们猜猜，奥迪现在会在什么地方？"

老郭已经办了退休手续，难得到局里来一回，刁大义一是要去筹钱，二是没有奥迪车开，也不好甩着手在农业局里进出，所以司机班里也就剩下胡国干、小钱和杨登科三个。现在胡国干提及奥迪车的去向，杨登科不存在猜不猜一说，却说："要我告诉你们么？"胡国干不相信杨登科猜得中，说："你能说出在哪里，中午我请客。"

杨登科当然不会为了吃上胡国干的请，说奥迪车在城西派出所，并且还是他开进去的，而是说："奥迪车还在地球上。"小钱扑哧笑了，说："这个答案我也早就猜出来了，却被杨科先说了出来。"胡国干说："不在地球上，难道蒸发到月球上去了？"然后神秘兮兮地小声道："奥迪车只可能在两个地方。"小钱说："哪两个地方？"胡国干说："一是小车修理厂。"小钱对胡国干不屑一顾了，说："老郭办理退休手续那几天，杨科代他开了两天奥迪，被吴卫东拖进了修理厂，现在出来没几天，又进修理厂，这太不符合逻辑了吧？"

胡国干用钥匙串在小钱头上敲了一下，说："你急什么？我还只说了一是，没说二是呢。"小钱摸摸脑袋，说："那你就说说二是嘛。"胡国干还要故弄玄虚，说："我不说了，你既然这么懂逻辑，你先说说奥迪会在哪里吧？"小钱迫不及待地说："并不是什么事情都能逻辑出来的，哥哥求你了，告诉我们吧。"

胡国干还是欲言又止的样子，逗得小钱举着拳头要揍他了，才过去关了司机班的门，回过头来一字一顿道："派出所！"

杨登科有几分意外，不明白胡国干怎么知道奥迪会在派出所。估计他可能是瞎蒙的，说："你怎么知道在派出所？"小钱也说："不可能吧，刁大义把车开到派出所去干什么？"胡国干说："奥迪车不在局里，也不可能在修理厂，那还会在哪里？无非是刁大义晚上开着奥迪出去干坏事，被警察逮住了，连人带车弄进了派出所。"

小钱挠挠脑袋，说："这还多少有点道理。"

这天下午,关于奥迪车被警察弄进了派出所的说法就在局里传开了。大家仔细一琢磨,觉得这么多天奥迪车不见踪影,最大的可能也就是进了派出所。为了证实这个传言,爱管闲事的人还城北城南地跑了几个派出所,果然在城西派出所大门里发现了局里的奥迪车。

这一下农业局就像一口添足了柴火的大锅,里面的沸水咕噜咕噜翻腾得格外起劲了。大家上班做事的心思也没了,都在交头接耳,议论奥迪车为什么会进了城西派出所。议论来议论去,最后一致认为是刁大义开着奥迪车去哪些地方快活,恰好被正为办案经费发愁的公安逮个正着,刁大义一时又拿不出足额罚款,人家便扣了车。

还说刁大义一定是陪领导去的。领导也是人嘛,也有七情六欲。也许是小领导,也许是大领导。也许小领导大领导都在场。小领导是谁,大领导是谁,局里人嘴上没说出来,意思却是很明白的,自然是指吴卫东和董志良了。

这话一传一传,后来就传到了董志良耳朵里,他不禁拍案而起了。众所周知,董志良因为根基不浅,到农业局来明显是带有过渡性质的,政府换届时他进班子的可能性非常大,在这个节骨眼上出现这样的谣言,对他意味着什么,他心里再清楚不过。董志良当即拿起电话,拨了吴卫东的手机,要他到局长室来说个明白。

此时吴卫东刚和刁大义到城西派出将所有的保管费都交清,坐着奥迪往农业局里赶,接到董志良的电话,吴卫东腿都软了,知道这事已经完全败露。

奥迪车开进传达室时,农业局里所有办公室的门窗都打开了,大家都想瞧瞧消失了足足十天的奥迪与十天前到底有什么不同。其实奥迪与十天前没有任何区别,因为杨登科将奥迪开进城西派出所后,钟鼎文从没动用过。

奥迪停稳后,吴卫东和刁大义相继钻出了车门。两个人的头刚抬起来,就明显地感觉到无数道目光从办公楼那敞开的窗户里投射出来,芒刺般扎在他们的身上。

吴卫东麻着脊背进了办公楼,往局长室爬去。可这时董志良已改变主意,不愿理睬吴卫东了,而是给政工科蔡科长打了个电话,要他通知在家的党组成员和纪检监察等有关科室负责人参加党组扩大会议。放下电话,董志良就夹着包出了局长室,准备到专门召开党组会和局务会的一号小会议室去。吴卫东刚好上气不接下气地赶到,说:"董局长,您找我?"董志良冷冷道:"不用了,得开党组会去了。"瞧都不瞧吴卫东一眼,下了楼。

望着董志良的背影一点一点矮下楼道,直至完全消失,吴卫东还傻傻地站在局长室门口,像刚遭了电击似的,半天动弹不得。

这天董志良临时主持召开的党组扩大会的议题很简单,就是责成纪检监察和政工部门调查清楚奥迪车失踪了十天的真正原因。董志良说话的口气有些激动,敲着桌子,声明特别要弄清楚这十天里,他董志良是不是坐了奥迪车,如果坐了奥迪车,又去了些什么地方,干了些什么事情。如果这些没弄清,纪检监察和政工部门就不要去见他董志良。

董志良说完,也不征求其他党组成员的意见,就宣布散了会。没有谁吱声,大家如丧考妣般,阴沉着脸出了会议室。

纪检监察和政工部门要做的调查其实再也简单不过,他们跑到城西派出所一问,就把事情的来龙去脉弄了个一清二楚。并据此写了个情况说明,又让派出所在上面盖了章。拿着情况说明再去找董志良汇报,董志良说:"向我汇报什么?向党组汇报嘛。"当即召开党组会,听了情况汇报。党组于是责成纪检室,对吴卫东和刁大义双双做出了行政记大过的处理决定。同时撤销了吴卫东的办公室主任职务,责成刁大义交出奥迪车的钥匙。

一件在机关里说大不大,说小不小的公案就此了结。

单位主要领导都有这个体会,回到家里,看不到老婆,发呆;赶到单位,看不到办公室主任,发愁。因此吴卫东被撤职后,办公室工作不能没有主任,董志良立即召开党组会,顺理成章将曾德平扶了正。

　　曾德平心想事成,自然不会忘记杨登科,赶紧拿过刁大义从裤腰上摘下来的奥迪车的钥匙,要交给杨登科。杨登科缩着手,说:"奥迪车今非昔比,局里人都说是嫖客车,我还是开我的面包车吧。"曾德平也就不勉强杨登科,将奥迪车锁进了车库,让杨登科开了刁大义以前开过的已搁置了好一阵的豪华型桑塔纳。

　　局里又渐渐恢复了平静,除吴卫东和刁大义被晾了起来,曾德平做了办公室主任,杨登科换了台小车开,别的一如从前,局长还是局长,科长还是科长,干部还是干部,工人还是工人,司机还是司机。

　　这天曾德平要出去办事,叫了杨登科的豪华型桑塔纳。上车后,曾德平说:"现在吴卫东和刁大义靠边了,小环境好多了。等我把办公室的事理顺了,我们再一起想想办法吧。"杨登科知道他所谓的办法是指什么,说:"无所谓,桑塔纳比那台破面包强多了。"曾德平说:"杨科你这是批评我了,我既然到了这个位置上,能不管你吗?"杨登科说:"董局长多坐了两回奥迪,奥迪就成了嫖客车,现在他更加不敢配专车了。"曾德平说:"如果奥迪没成为嫖客车呢?董局长岂不是让奥迪做了自己的专车?"

　　杨登科觉得曾德平的分析有几分在理,说:"你的意思是,董局长并不是真的不想配专车,他是还没选好自己中意的司机?"曾德平笑道:"杨科真是聪明人。人说妻好半年粮,领导选司机,就跟咱男人讨老婆是一个道理。"杨登科说:"把领导找司机跟男人讨老婆扯在一起,不是有些牵强附会么?"曾德平说:"一点也不牵强附会。男人讨错老婆,一辈子都会走背运,领导选错了司机,肯定是会出事的。官场上已经司空见惯,司机穿帮,然后牵出背后的领导的例子比比皆是,有人总结说是司机现象。"杨登科附和道:"董局长在专车司机问题上这么小心谨慎,久拖不断,看来最怕的就是这个。"

　　晚上回到家里,杨登科在聂小菊前面提到曾德平关于领导选司机的比喻,说:"我讨老婆时,如果也像董局长选司机这么小心翼翼,恐怕现在还是人一个卵一条。"聂小菊圆睁了杏眼,骂道:"你们这些臭男人,什么时候都喜欢作贱我们女人。"杨登科说:"还没严重到这一步吧?"聂小菊说:"我就知道你们男人的心思,潜意识里巴不得老婆像司机一样,换了一个又一个。"杨登科说:"不过你放心,如果我做了领导,一辈子肯定只用一个司机。"

笑骂了一阵,言归正传,聂小菊说:"不过曾德平说的也确实是那么回事,谁见过哪个单位的一把手没配专车司机? 别说堂堂正正的农业局,一些副处甚至科级单位一把手都配了高档专车,上下班都由专车接送,那派头比中央首长还要足。我们九中就有一位老师的丈夫在市里一个什么拆迁办做主任,仅仅一个小科级,也配了专车,而且是本田的,还装了警灯警笛,有事没事就晃着警灯鸣着警笛在街上横冲直闯。想想堂堂正处级农业局局长都没专车,还不如一个科级拆迁办主任,这不是开国际玩笑么? 说出去恐怕谁都不相信。"

聂小菊的话使杨登科信心更足了。他也知道董志良至今没配专车司机,是对局里的几个司机没底。刁大义差不多都快成为他的专车司机了,只怪他经不住考验,出了这件公案。这也说明董志良拖着没定刁大义做自己专车司机,既是谨慎,也是有眼光的。现在刁大义这个对手已不再是对手,胡国干将红旗开进田里的壮举尽人皆知,小钱则稍稍嫩了点,如果董局长没完全打消配专车司机的念头,首选自然是他杨登科了。而且曾德平做了办公室主任,在吴卫东和刁大义的公案上,他可是最大的赢家和受益者,他又是绝顶聪明的人,估计他也是会促成这件事,而不会过了河就把桥给拆掉的。

见杨登科闷着不吱声,聂小菊忍耐不住,说:"怎么不说话了?"杨登科就把刚才的想法说了说。聂小菊说:"看你都想到前面去了。我也替你分析过,董局长肯定从迈进农业局那天起,就开始注意你们几个司机了。通过一段时间的接触,他可能看上了刁大义,想不到那家伙自取灭亡,倒给你留下了千载难逢的良机。"

接着两人着手研究如何才能抓住这个机会,接近董局长。开始认为应该到董局长家里去拜访一次,探一探他的深浅。只是上人家的门总得找一个由头，准备些见面礼什么的。聂小菊故意逗杨登科："准备什么？准备个大红包？"

一听红包二字，杨登科就头皮发麻。给吴卫东和康局长送红包都送怕了，杨登科至今心有余悸。何况跟董局长交道太少，摸不准他的脾气爱好，不小心就会弄巧成拙。杨登科于是苦着脸说："你别出馊主意，这辈子我再不会给人去送红包了。"聂小菊乐了，说："你是一年被蛇咬，十年怕草绳，送红包送出了后遗症。"

杨登科无心开玩笑，说："不过话又说回来，如今办什么事，比用钱开路更有效的手段确实还不是太多。"聂小菊也收住脸上的笑，说："我看是不是先做些外围工作，比如了解一下董局长的社交圈，看看哪些人跟他交情深，然后通过这些人慢慢向董局长靠拢。这叫投石问路，步步为营，胜算会大些。"

杨登科也觉得目前大概只能这样了，目光盯着聂小菊俊俏的脸蛋，心想别看这个女人天天待在学校里，考虑起问题来，还挺来事的。直盯得聂小菊都不好意思了，嗔道："不认得我了？"杨登科有些情不自禁，搂过女人，在她脸上猛啄起来。

两人开始暗中打探董志良的来龙去脉，看看有什么人跟他沾亲带故或瓜牵葛连。通过内查外调，发现董志良出身寒微，是自己苦读考上大学离开农村的。大学毕业后进了市委大院，在政策研究室写了多年毫无实际意义的理论文章，只长白头发不长行政级别。后来一个偶然的机会，做了市委分管党群的郑副书记的秘书，才解决了副科，继而又享受到了正科待遇。给领导做秘书，自然不会吃亏。郑副书记退下去前将董志良下派到了区里，先是组织部长，接着是党群副书记，三年前又做了区长。据说本来是要做区委书记的，谁知半路杀出个程咬金，市国土局局长捷足先登，把区委书记的位置挪到了屁股底下，因为国土局局长曾做过现任市委张书记的秘书。做了县区委书记，一般都会进市委市政府班子，而到了市里的部办委局，进步起来就困难些了。不过郑副书记在贵都市经营多年，树大根深，张书记为了平衡关系，给郑副书记许过诺，董志良先到农业局过渡一下，市里换届时再做安排。

董志良这种身世的人，城里大概不会有什么亲戚，杨登科把着眼点放在了董志良工作过的单位。到区里问了问几个自己比较熟悉的司机同行，没有谁弄得清楚董志良做区长时到底跟谁的私交深。还找了曾给董志良开过车的司机，他却顾左右而言他，不肯透露半点线索。杨登科只得回头去了市委政策研究室，却发现董志良在那里工作时的同事不是调离就是外放走了，有几个离退休干部，有的进了公墓，有的躺在了医院里，毫无可用价值。后来杨登科想起董志良做郑副书记秘书时，人事关系归属于市委办，自己跟里面一位姓马的科长倒是打过几回交道。可兴冲冲跑到市委办，找到马科长聊了聊，他好像跟董志良的关系也不怎么铁。

没想到找一个跟董志良有些交情的人这么困难，杨登科不免有些泄气，差点对这事不再抱什么希望了。

这天胡国干和小钱他们出车去了，就杨登科待在司机班里，曾德平走了进来，说："据说最近杨科常在市委那边走动，有什么收获没有？"

杨登科心想，曾德平的鼻子也真长，自己去了两趟市委，他就嗅到了，却矢口否认道："谁说我去市委走动了？我不是天天待在你眼皮子底下么？"曾德平说："你急什么急？去市委走动又不是什么丑事，有啥可隐瞒的？如今这社会，唯有哪些只知道天天待在家里守老婆的人，人家才瞧不起，认为你没本事没出息。你不见大家见了面，相互问候的时候，不是说刚到市委向领导汇报工作出来，就是说在政府院子里跟领导打了一晚上的牌，好像不把市委政府和领导挂在嘴边就没面子似的？"

杨登科挠挠脑袋，还真如曾德平说的，现在的人就喜欢抬出领导来炫耀，仿佛只要嘴里时刻挂着领导，就说明你是个了不起的人物似的。杨登科也就开玩笑道："你的意思是，我去市委走动了，给你当主任的脸上添了光彩，你要奖励我一番啰？"曾德平说："你走动

一波三折

得还很欠缺，还够不上奖励的资格。"

　　杨登科在曾德平话里听出了些意思，忙过去关了门，还打了倒锁，回头悄声道："领导发指示吧。"曾德平莞尔一笑，不紧不慢道："有一个人虽然不是大领导，不过你还是不妨去找找他。"杨登科立即睁大了眼睛，说："谁?"曾德平说："你想知道是谁吗?"杨登科说："当然想知道，你说出他的名字，我喊你一声爹。"

　　曾德平的屁股在椅子上顿一顿，伸了一个懒腰，说："我不要你喊爹，这个爹字不能当肉吃，也不能当汤喝。"杨登科笑笑，立即出了门。五分钟后再回到司机班，杨登科腋下已经夹了一条精装白沙香烟。曾德平见烟眼开，嘻嘻笑道："这还差不多。"伸手来拿烟。杨登科把手往身后一藏，说："现在不行，你先说说那人是谁。"

　　曾德平笑着点了点杨登科的鼻子，说："你这小子。"然后附在他耳边，说出一个人的名字来：于建设。

　　杨登科眼睛亮得都快成为舞台上的探照灯了。是呀，自己怎么没想到这个于建设呢?

　　原来于建设在郑副书记身边做司机时，正是董志良做郑副书记秘书那几年。杨登科还记得于建设是董志良离开郑副书记的同一年转的干，不久便被安排到市委行政科做了副科长。此后两个人虽然不在郑副书记身边了，但交往一直非常密切，听说每次董志良到郑副书记家里去，都要把于建设叫上。杨登科深知，如果能跟这个于建设拉上关系，他再在董志良面前说句话，那肯定是非常管用的。只是于建设给郑副书记开车时，杨登科虽然跟他打过交道，却没有什么交情，也不知他会不会帮这个忙。不过杨登科想，今天曾德平既然提到了于建设，他肯定跟于建设有些瓜葛，于是连忙双手把烟递到曾德平手上，说："感谢高人指点迷津！一点小意思，不成敬意，还望笑纳！"

　　曾德平将白沙放手上翻过来覆过去地把玩着，说："用于建设三个字交换一条精装白沙，这生意做得来嘛。"杨登科说："不仅仅是这条烟，我还要请你撮一顿。"曾德平说："行啊，走吧。"杨登科说："急什么？你又不是从灾区来的。"

曾德平看看表，说："都快十二点了，可以动身了嘛。"杨登科说："中午太仓促了点，是不是另外选个好日子？"曾德平说："不是好日子你就不吃饭了？又不是筑屋上梁，娶妻嫁女，非得黄道吉日才行。"杨登科说："至少你得打一个电话，先跟人家约好时间地点吧？"曾德平明知故问道："约小姐？"杨登科说："小姐不用约，随喊随到。"说着拿过桌上的电话号码簿，翻到市委那一页，撤了行政科的号码，然后把话筒递到了曾德平手上。

听曾德平跟于建设说话的口气，他们之间的关系就不同一般，说不定曾德平做上这个办公室主任，于建设还在后面起过一定作用呢。杨登科又想起曾德平说过的要想想办法的话，原来是要通过于建设，拉近自己与董局长的距离。

下午五点半，于建设赶到红粉酒楼时，杨登科和曾德平已经候在那里了。因为曾经是同行，于建设也认识杨登科，不用曾德平介绍，两人一上来就又点头又握手，挺亲热的。很快服务员上了菜，三个人端起杯子，按贵都市机关规矩先齐喝了三杯。接下来杨登科起身敬于建设的酒，于建设并不客气，端杯喝下。见杨登科还站着，便说："杨科你坐你坐，屁股一抬，喝酒重来。"杨登科说："一齐重来。"于建设笑道："哪有这样的事？我坐着一动不动。"转身也跟曾德平碰了一杯。

这么一来二去喝了两轮，于建设望望二位，说："今天你们这么客气，想必有什么吩咐吧？"杨登科正要如实道来，曾德平在桌子下踢了他一脚，抢先把杯子举向于建设，说道："什么吩咐不吩咐的？今天闲来无事，兄弟几个聚一聚，说说话，图个快活嘛。"

杨登科懂得曾德平的意思，酒还没喝到位，就向对方提请求，便显得俗了，这酒哪里还喝得出真情实感？果然于建设对曾德平的话很受用，爽快地干了一杯，又让小姐续了酒，回敬曾德平道："曾大主任，这是我敬你的。"

杨登科不敢怠慢，也举了杯去敬于建设。

于建设毕竟是个聪明人，知道这顿酒并不像曾德平说的纯粹是兄弟相聚说话。想起曾德平当主任之前就提着烟酒和红包找过自己，他特意替曾德平到董志良那里去活动过，于是酒到半酣之际，于建设主动把董志良的名字搬了出来。

这岂不正合两位心意？曾德平接话道："我曾某人没有你于大科长帮忙，董局长会让我做这个主任吗？以后你见了董局长，还得继续给我还有登科说说话。"杨登科也说："于科肯在董局长前面替我们说句话，那我们在农业局里的日子就好过了。"

于建设在他们两位红得泛光的脸上瞟瞟，笑道："那行啊，我现在就给他打电话，要他来陪你们的酒。"拿了手机做着要拨号的样子。

曾德平按住于建设的手，说："免了免了，我们哪里敢要领导来陪酒？"杨登科拍于建设马屁道："于科你就是我们的领导，有你代表市委市政府陪我们喝酒，这酒喝得多有兴致！"于建设说："你也太抬高我了，我一个小科长，算什么货色？"杨登科说："你是名正言顺的市委干部吧？市委干部不代表市委谁代表市委？市委又是领导市政府的，领导市政府的市委干部代表市政府，这不天经地义么？来来来，跟市委市政府干了这一杯。"于建设忍俊不禁，说："还蛮符合逻辑的嘛。"举杯跟杨登科一碰，仰脖喝下。

不觉得这酒就喝高了，三个人离开桌子时都有些站立不稳。可杨登科要说的话还没出口，如果就这么说给于建设，恐怕酒醒后他早忘到了爪哇国里去了。杨登科就把两人请到三楼去洗足浴。刚躺到沙发上，于建设就打起了呼噜，小姐费了好大的劲才把他的一双脚搬进已倒了药水的足浴盆里。没两分钟曾德平的脑袋也歪到了一边。杨登科开始还撑着，可一双脚在热水里一泡，浑身发软，也沉沉睡去。

直到足浴做完，三个人才清醒过来。杨登科又安排他们搞了按摩，这才跑到吧台前去结账。来时曾德平已交代过，今晚杨登科请客，农业局买单，所以杨登科没忘记吩咐小姐开张发票，好拿回去让曾德平签字报销。小姐说:"按实开,还是多开些?"杨登科知道现在做生意的人都精明得很,见是要开发票的公款消费,就主动提出给你多开钱数,以讨好顾客。杨登科想,反正钱多钱少都是一张发票,说:"那就多给开六百元吧。"

小姐很快写好发票,杨登科又朝她要了一个信封,按多开的数在里面装了六百元。然后开着桑塔纳送两人回家。曾德平的家不远,又觉得杨登科自己的事还是他自己亲口跟于建设说为好,途中跟于建设握握手,下了车。

到了市委大院,于建设下去后,杨登科也跟着下了车。于建设说:"杨科你太客气了,我没醉,还知道自家的屋门朝着哪个方向。"杨登科笑道:"耽误你一个晚上的时间,怕你回去做床头柜(跪),到嫂子那里去给你作个证。"

于建设当然知道杨登科并非真要给他去作什么证,是有话还没跟他说,也开玩笑道:"陪杨科喝酒,做回床头柜也值得嘛。作证就免了,杨登科还有什么指示么?"杨登科说:"我怎么敢指示市委领导?"忙掏出那个六百元的信封往于建设口袋里塞。于建设客气着不肯接,杨登科说:"这么晚了,本来还要陪你吃夜宵的,怕影响你休息,所以给点夜宵费,你回家让嫂子下碗面条对付对付算了。"

都是机关里混的,于建设也知道这是公款,收下了信封,说:"杨科你也太客气了点,下回我都不好意思跟你喝酒了。其实有什么要我代劳的,你只管开口就是,我们可是多年的好朋友了,好朋友有话好说。"杨登科说:"是呀是呀,我们都是难得的好朋友。"

如今人与人之间的关系直接多了,只要有吃喝有玩乐,还有红包打发,就成了好朋友。杨登科忽然想起在杂志上见过的新编《找朋友》打油诗,就很值得玩味。那诗有五段,曰:找呀找呀找朋友,找到一个老战友,敬个礼来握握手,吃喝玩乐好朋友;找呀找呀找朋友,找到一个老牌友,抹牌赌博大出手,你输我赢好朋友;找呀找呀找朋友,找到一个老酒友,你请客来我举手,公款消费好朋友;找呀找呀找朋友,找到一个欢场友,你出小费我出手,桑拿按摩好朋友;

一波三折

找呀找呀找朋友，找到一个官场友，送上红包伸只手，权钱交易好朋友。

这首打油诗把当今所谓的朋友现象归纳得还蛮全面的，所以杨登科看过就没法忘记了。既然于建设已把自己当成了朋友，而朋友的含义又这么丰富多彩，作用那么重大，杨登科也就不再忸怩，不折不扣把自己的想法如实告诉了于建设。

于建设沉吟了一下，说："想给董局长做司机，本来这也不是什么大不了的，我完全可以替你跟他说说，可曾德平当主任的事，我已经出过一回面，再去找董局长，恐怕就不那么灵了。"杨登科说："曾德平那是办公室主任，我这是小小专车司机，能跟他比么？"

于建设脑袋直摇，说："登科你这话我就不敢恭维了。我们可都是做过领导专车司机的，心里有底，办公室主任和专车司机两种角色相比较，谁跟领导接触得更多，关系更密切？因此领导选司机时，有时往往比选办公室主任还要谨慎得多。"

这话确实不无道理。董志良到农业局那么久了还没选中专车司机，原因大概就在这里了。看来还不是于建设到董志良那里说几句好话，就能做上董志良的专车司机的。杨登科也就不免有些泄气，心想怕是白忙乎了。

不料于建设又开了口，说："为使你的事情更有把握，我觉得你还得去找一个人。"杨登科迫不及待问道："谁？"于建设却不吱声，伸手朝不远处指了指。

单位司机对首脑机关的位置分布都是很清楚的，杨登科顺于建设的手指方向一瞧，心里就明白了几分。那是市委常委宿舍楼，常委主要领导都住在那里，当然还包括部分过去做过常委现已退下来的老领导。杨登科于是说："你是说郑副书记？"于建设说："登科你真是聪明人，提头就知尾。"

能请动郑副书记，这事当然就十拿九稳了，那又何乐不为呢？杨登科说："那于科你什么时候陪我去见郑副书记？"

于建设摇了摇手，说："我太了解郑副书记了，他是打土豪分田地的时候参加革命,凭自己吃苦耐劳的精神和扎扎实实的工作,一步步干到这个地位的,也算是老一辈无产阶级革命家了,因此他最看不惯的就是时下任人唯亲拉拉扯扯的作风,如果由我直接陪你去求他给董局长打招呼,他恐怕理都不会理你的。我的想法是必须采取迂回战术,让他在不知不觉中对你产生了好感和信任之后,再策略地提出自己的想法,这样才成得了事。"

接着于建设如此这般地给杨登科出了一个主意。这个主意很高明,杨登科觉得今晚这趟差事跑得一点都不冤枉。

因为牵涉到郑副书记,这里得稍稍扯远点。

要说这贵都市还是一个依山傍水的城市,贵水从后山逶迤而出,宛如一根飘带,绕过大半个城市,到了市委后面的山崖下才伸直了,往东而去。水北是大片果园,过去一到雨季,洪水就会漫进果园,果农和周围的百姓吃尽了苦头,是前几年修了防洪堤才免去了水患。还在堤上嵌了瓷砖,围了汉白玉护栏,栏外种了垂杨柳,已成为贵都市一道亮丽风景。

那道防洪堤就是郑副书记退下来之前主持修砌的。

郑副书记把这道防洪堤看做自己政治生涯一个圆满的句号,说是情有独钟也毫不为过。像他这样做过分管党群的市委副书记的老领导,在位时自然炙手可热,可如今下了台,忽然门前冷落鞍马稀,那份寂寞自不必说了。幸好掌权时主持完成了这项看得见摸得着的惠民工程,才感到些许慰藉。防洪堤离家又不是很远,出了市委大门,往左一拐,迈过贵水大桥,就到了堤上。脚踏晃着青光的瓷砖,手拍肌肤一样温润的汉白玉护栏,透过丝丝缕缕的垂杨柳观赏宽阔的贵水浩荡东去,那份在心头萦绕不去的冷落和失意便轻了淡了。

郑副书记几乎每天清晨都要到堤上去走走。因为时间早,堤上没什么人,非常清静。郑副书记就喜欢这份清静。在堤上走一个来回,身上开始发热了,郑副书记便停下来打一轮太极。刚退下来那阵,郑副书记得了一回突发性大面积心肌梗塞,还是抢救得及时才保住了老命。出院时医生一再嘱咐他要适当搞些运动,他这才跟人学了太极。郑副书记的太极打得缓慢舒展,神意兼具。太极里的意境是奇妙的,能让人物我皆忘,暂时游离于这个甚嚣尘上的俗世,郑副书记的身心也因此健康了许多。

以往堤上就郑副书记一个人打太极,偶尔有人走近,见郑副书记那出神入化的样子,便会自觉放轻了步子,绕道而行。也不知从什么时候开始,在离郑副书记二十几米的地方,新来了一个打太极的近四十的中年人。不过他的太极打得也太僵硬生涩了点,全没有郑副书记那游刃有余的风范。

这个人不是别人,就是天天想着做成董志良专车司机的杨登科。

就是于建设那天晚上给杨登科出的这个主意。于建设说:"爹的话娘的话董局长都可以不听,但郑副书记要是开了口,就等于到了圣旨,无论郑副书记是在台上还是如今下了台。"于建设还说:"郑副书记每天早上都要到防洪堤上去打太极拳,如果利用这样的机会慢慢向郑副书记靠近,那是肯定会有效果的。"

于建设提供的这个情况的确非常重要,杨登科第二天就起了个大早,准备到堤上去。聂小菊问他去堤上干什么,杨登科说:"去会郑副书记。"聂小菊知道杨登科去会郑副书记的意图,说:"你就这么去会郑副书记?他跟你又不怎么熟悉。"杨登科说:"那还要怎么去会他?"聂小菊说:"郑副书记会在堤上做些什么?散步,练气功?"杨登科说:"于建设说他每天清晨要在堤上打太极拳。"

聂小菊对杨登科有些不太放心,也就起了床,陪他出了校门。

到得贵水大桥上,果然就见不远处的防洪堤上有一个人在左推右挡地打太极拳,细瞧还真是郑副书记。杨登科一喜,抬步就要往堤上迈,被聂小菊一把拉住了。她轻声说:"你就这样直接跑过去跟人家套近乎?"杨登科有些发蒙,说:"不这样直接跑过去,还要送上一份什么礼物?"聂小菊双眼一瞪,说:"谁要你送礼物?"又在杨登科脑门上戳戳,说:"你这个地方不知道转一转?"

杨登科脑袋里就转起来,可转了一阵也没转出个名堂,只得向夫人讨教。聂小菊笑起来,说:"回去吧,人前教子,人后教夫。"杨登科说:"我只听人家说,人前教子,人后教妻,怎么话到你嘴里就变了味儿?"

　　其实也不用聂小菊人后教夫,两个人才从大桥上走下来,杨登科就完全明白了聂小菊的意思。当天上午,杨登科到司机班里应了个卯,就出了农业局。他去了新华书店,在服务员的指引下,很快找到一本太极拳自学教本。出了书店,杨登科不再去农业局,回到家里,打开教本,对着里面的说明和示意图练习起来。

　　杨登科其实不笨,三天下来,就基本掌握了一套初级的太极拳动作,虽然他打起那套太极拳来跟狗撒尿没什么区别,常逗得聂小菊笑缩了气。笑过,聂小菊又说道:"你当然也用不着打得太好,如果你的水平超过了郑副书记,人家还怎么收你做徒弟?"

　　看看练习得多少像那么回事了,这天一大早杨登科就上了防洪堤。郑副书记这时已在堤上绕完一圈,停下来开始打太极。杨登科没有近前,而是在二十米开外处摆开了架势。杨登科当然没法全身心投入,一边打着生硬的太极,一边拿眼睛去瞅郑副书记。郑副书记则仍像以往那样心无旁骛,一招一式都那么柔和舒展,娴熟老道。

　　打完太极,郑副书记便来到栏杆边上,面朝贵水,凝视着城市以及城市后面的山影。没多久,郑副书记便转过身,往杨登科这边缓步而行。杨登科还在装模作样地打着太极拳,见郑副书记到了身旁,他打得更夸张了,看上去根本就不像打太极,简直就是文革时期红卫兵小将跳的忠字舞。郑副书记自然也看到了杨登科那滑稽的忠字舞,感到好笑。但他没兴致理睬杨登科,头一别走了过去。

　　一直到郑副书记上了大桥,身影渐渐变得模糊了,杨登科才止住了他那忠字舞一样的太极拳。他发现自己全身已经湿透,脸上的汗水像雨天的屋檐水一样往下直滴。原来他太用劲了,加上心里有些紧张,才弄得这么狼狈不堪。

　　第二天早上杨登科又上了堤。堤上的情形跟昨天毫无二异,郑

一波三折

副书记打完太极后稍事休息便往回走,经过杨登科身边时,仍然对他的太极拳不屑一顾。

第三天第四天依然如故。一直到了第八天,大概是郑副书记对杨登科将太极拳打成忠字舞实在看不下去了,从他身边经过时才停下来问了一句:"你这是打的什么拳?"杨登科受宠若惊,赶忙收住步子,手在额头上抹了一把,上气不接下气道:"太极拳。"郑副书记扑哧一声笑了,说:"你这也叫太极拳?"

杨登科傻子一样张着嘴巴,用力点了点头。大概是杨登科的傻样有些可爱,郑副书记便多问了一句:"哪儿学的?"杨登科说:"书上学的。"

郑副书记收回盯在杨登科身上的目光,望了望堤下的贵水,意味深长地说道:"书上得来终觉浅啊。"然后手往身后一背,迈开了步子。但没走上几步,郑副书记又停下了,回头说道:"明天早些到堤上来。"

杨登科要的就是郑副书记这句话,心里不禁一喜,原地做了几个太极拳动作。不过这回的太极拳已经不是忠字舞了,而成了泰森的拳击。

第二天杨登科赶到堤上时天才麻亮。在堤上小跑了一个来回,郑副书记的影子才出现在了大桥上。因为昨天得了郑副书记的话,杨登科迎过去向他问好时,底气足了许多。郑副书记也显得亲热多了。杨登科跟屁虫一样尾随着郑副书记在堤上走了一圈,然后才停下来跟他学太极。杨登科本来就有一些太极的底子,经郑副书记点拨提醒,进步起来自然很快,没几天就打得像模像样了。

不知不觉杨登科就跟郑副书记在堤上学了半个月的太极。杨登科的恭敬虔诚和俯首贴耳,让郑副书记又找到了在位时那种唯我独尊的特殊感觉,他也因此慢慢喜欢上了杨登科。不过两个人在一起时,话题只局限于太极拳,别的很少涉及。杨登科并不急于抛出自己的想法,只一心一意跟郑副书记学拳,他相信郑副书记总会问到他的工作什么的,到时顺便说出自己工作的农业局,郑副书记提到董志良，就可顺着杆子往上爬了。

果然这一天两人练完太极拳，凭栏远眺时，郑副书记忽然说道："我们在一起练了这么久的太极拳了，我还不知道你在哪里工作，看样子你是机关工作人员吧？"杨登科不禁窃窃而喜，说："郑书记是怎么知道我是机关工作人员的？"郑副书记笑道："你走路的姿态，说话的口气，一看就知道是一个训练有素的机关工作人员。"

杨登科有些不解，说："我走路说话跟常人有什么不同吗？"郑副书记说："没有什么不同，但那是在别人眼里，我这双老眼是瞒不过的。"

杨登科不禁佩服起郑副书记的慧眼来，说："郑书记真不愧是做领导的。"郑副书记长叹一声，说："现在不是领导了，下来了，就是平头百姓了。"杨登科讨好道："在我的心目中，郑书记永远是领导，而且是好领导。如果没有你这样的好领导，能有我们脚下这样既坚实又美观的惠民工程吗？"

郑副书记当然听得出杨登科这话是拍他的马屁的，在位时这样的马屁他受用得太多了。只是退下来后，他已经不可能享受到这种只有当权者才配享受的特殊的待遇，今天杨登科这马屁一拍，他顿时觉得仿佛六月天喝到了刚打出来的井水一样舒服。郑副书记又把杨登科的话品味了一番，乐滋滋道："宿将还山不言兵，都是过去的事了，还提他做什么？"又说："你还没说你具体工作的单位呢。"

杨登科于是顺利说出了市农业局四个字。

郑副书记就回头望着杨登科说："市农业局？"杨登科说："对，市农业局，我在那里开了快二十年车子了。"郑副书记说："还是开车的？开大车还是小车？"杨登科说："过去开过小车，中途开过面包车，现在又开了小车。"

郑副书记重新把头转回去，望着远处，说："你们的局长不是小董吗？他告诉我，现在的人都变得不可信了，想在现在的单位就地找个合适的小车司机，谁知比皇帝选中意的妃子还难。偏偏他又不想从别处调司机，这样影响不好。"

一波三折

果然董志良并非真的不想配专车,而是至今没有选中自己满意的司机。

只听郑副书记又开口道:"小董可能是天天忙于工作,跟你们接触不多,缺乏沟通和了解,依我看你就挺不错的嘛,他怎能放着眼皮底下的人才不用呢?我这就给他打声招呼。"

杨登科心里热了热。一个多月了,他每天天没亮就起床,跑到这堤上来练太极,不就是想听这句话吗?杨登科的腿一软,差点要跪倒在郑副书记面前。是呀,郑副书记能让他做成董志良的专车司机,给他下跪不是应该的么?

不过杨登科最终没有跪下,他张了张嘴巴,深深地吸进一口气,悄声告诉郑副书记说:"董局长上省里开会去了,要一个星期才能回来呢。"郑副书记嗯一声,说:"他一回来后我就找他。"

董志良果真是到省里开会去了。

然而董志良开完会要回贵都市的当天早上,杨登科仍像以往那样跑到堤上,准备陪郑副书记练太极时,却再也没有等来郑副书记。杨登科预感到情况不妙,跑到市委一打听,才知道大事不好了,原来头天晚上郑副书记旧病复发,住进了医院。杨登科便上街买了水果和补品,急急赶往医院,此时郑副书记已经奄奄一息,说不出一句话了。

第二天郑副书记就离开了人世,杨登科这一个月的努力算是白费了。

怪只怪董志良,早不出差晚不出差,偏偏郑副书记有话要跟他交代的时候出差。郑副书记也真是的,你多活两天都不行?追悼会上,市委张书记振振有词说你是贵都市人民的宝贵财富,你多活两天,一方面贵都市人民就多拥有两天宝贵财富,另一方面我杨登科的问题也会得到妥善解决,这不是两全齐美的事么?姓郑的你怎么连这点阴功都不想积?

杨登科怎么也想不通,自己竟会如此倒霉。

杨登科失望到了极点。那太极拳自然也不会再去打了,每天早上都要睡到太阳晒到了屁股才起床。起了床,连早餐也不想吃,神情恍惚跑到局里,胡国干和小钱他们一见他眼角那白色的眼屎,就笑他是不是夜里的作业做多了。

只有曾德平知道杨登科的心思,两人单独在一起时,免不了要叹道:"郑副书记死得真不是时候。"

这话外人听来像是哀怜郑副书记的,杨登科却知道曾德平是在替自己惋惜。曾德平又给杨登科打气道:"天无绝人之路,再想想别的办法吧。"杨登科有苦难言,一脸的悲痛欲绝,说:"该找的人都找了,该用的劲都用了,还有什么鸟办法?"曾德平笑道:"有鸟办法可想也不妨试试,只怕你那鸟不中用,如旧戏里唱的是银样蜡枪头。"

杨登科开不起玩笑,仍然苦着一张脸。曾德平安慰道:"东方不亮西方亮嘛,不要失去信心。"杨登科说:"等到西方亮了的时候,恐怕董局长早有了目标。"曾德平说:"从目前的迹象看,好像还没有。"杨登科说:"算了算了,我懒得操这心了。还是旧话说得好,命里没有的,强求也是强求不来的,随他哪个去做董局长的专车司机。"

不想就在杨登科心灰意冷的时候,又有一线曙光展现在眼前。

这天中午杨登科下了班,懒洋洋回到家里,聂小菊已经做好饭菜等着他了。聂小菊气色挺不错,两腮像抹了胭脂,泛着红晕,越发显得年轻漂亮了。杨登科开始并没觉察到聂小菊这些细微的变化,低了头只顾吃饭。聂小菊却不忙着端饭碗,给杨登科夹了一条油炸小鱼,说:"你知道我带回来什么好消息吗?"

杨登科把鱼塞进嘴里,含混道:"什么好消息? 发补课费了?"聂小菊摇摇头,说:"你猜猜。"杨登科说:"你提教导主任了?"聂小菊又摇头,说:"再猜猜。"杨登科说:"那就是接到了初恋情人的电话。"

聂小菊感到有些无奈,把筷子往桌上一放,骂道:"我天天替你操闲心,你却尽往歪处瞎想,算了算了,不跟你说了。"

杨登科似乎听出了什么,这才抬了头去望聂小菊,说:"说说看,你替我操什么闲心了?"聂小菊相反不急了,爱理不理道:"你吃了

一波三折

饭,自己洗碗,我上课去了。"杨登科说:"你不是还没吃吗?"聂小菊说:"我没胃口了。"说着就要去开门。杨登科赶忙放下碗筷,去拦聂小菊,说:"我的胃口被你吊起了,你又没胃口了。"一把将聂小菊搂进怀里,又拍又抚的,像逗淘气的三岁小孩。

聂小菊本来就不是真要走,杨登科这么一哄,她也就不动了,说:"人家跟你说正事,你却不肯上路。"杨登科说:"你说,我听着呢。"还在她腮上吻了一下。聂小菊将杨登科推开,说:"董局长的儿子就在九中读书。"

杨登科坐回到桌边,说:"我还以为是什么好消息呢。董局长的儿子在九中读书有什么值得大惊小怪的?"聂小菊说:"这当然不值得大惊小怪,但小惊小怪还是值得的嘛。"杨登科说:"我连小惊小怪也没情绪。"聂小菊骂道:"那是你弱智!"杨登科说:"不用你说,我也知道自己弱智,如果不是弱智,我还是这个卵样么?"聂小菊说:"你那木瓜脑袋就不知道多给我转两下? 董局长的儿子在九中读书,这对你来说,难道不是一个绝好的机会么?"杨登科还是没明白,说:"什么机会?"

聂小菊端碗往嘴里扒了一口饭,一边嚼着,一边开导杨登科道:"你没在学校当过老师不知道,如今家家都是一根独苗,家长们没有不把自己的儿女看做是心肝宝贝的,特别在乎这些心肝宝贝的学习呀成长呀什么的。现在董局长的心肝宝贝在我们学校读书,我们完全可以借助这个得天独厚的条件,把他利用起来。"

杨登科终于听懂了聂小菊的话,说:"你是想在董局长儿子身上作文章?"聂小菊说:"你终于开了窍。"杨登科讨好道:"家有贤妻,我能不开窍吗?"聂小菊说:"董局长的儿子叫董少云,是初三学生,我正好也教初三,只可惜我没当他的班主任,也没任他们班的课,不好下手。"杨登科说:"那你想办法调整到他的班上去,做他的班主任和任课老师呀。"

聂小菊斜杨登科一眼,撇着嘴巴说:"你说得轻巧,学校排班排课是校长和教导主任经过精心设计和反复推敲才定下的,牵一发动全身，是谁想调整就调整得过来的?"杨登科说:"那倒也是，不过事在人为，可以到向校长那里去通融通融嘛。"聂小菊说:"我也是这么想的，得出个主意说通向校长才行。"

聂小菊的话重新点燃了杨登科心中那线希望，他略有所思道:"是呀，只要说通向校长，将你调整到董少云的班上做班主任，你在他身上用够了工夫，还愁董局长不感恩戴德，让我做他的专车司机么?"聂小菊说:"董少云那个班对外说是实验班，其实就是重点班，是因为教育局下文不让办重点班，才此地无银，取了这个名字。实验班收费名目多，班主任和课任老师待遇好，大家都争着做班主任和任课老师。本来最初学校公开竞聘时是我中标要做那个实验班的班主任的，结果一个姓朱的老师把关系跑到了教育局，教育局一位主要领导亲自找了向校长，向校长没办法，只得来做我的工作，要我顾全大局。早知董局长的儿子董少云在那个班上，那我还顾全他娘的什么大局呢?"

想做实验班的班主任这么不容易，杨登科又有些泄气了。但聂小菊没泄气，说:"你不知道，姓朱的教育教学能力很一般化，他做上实验班的班主任后，班风比较乱，家长意见大，向校长也不满意，已在教职工会上公开批评过他两次了，如果我们在向校长身上再做些工作，说不定他会下决心把姓朱的挪开，让我取代他。"杨登科说:"那向校长的工作又怎么做呢?"聂小菊说:"这工作还得你一齐出马。"然后给杨登科说了向校长的事。

原来向校长早年和那一代年轻人一样，曾经是个狂热的文学爱好者，特别喜欢北岛和顾城，一天要写一首朦胧诗。如今虽然已人到中年，又做着教育教学管理工作，忙得不可开交，不可能再写朦胧诗了，但诗心未泯，前不久还将过去写的朦胧诗收集拢来，自费买书号印了一本集子。印得不多，也就一千本，送了些领导和朋友，其余都堆在校长室里。教导主任想拍他马屁，拖了三捆到新华书店，在书店经理那里说尽了好话，人家终于答应上了架。诗的时代已然过去，谁还会光顾那些顾影自怜的朦胧诗? 结果向校长的诗集在书架上摆了半年多,一本没销售出去,教导主任接到书店经理电话后,只得乖乖过去拖了回来。

偏偏教导主任不服输,心想教育局一些句子都写不通的局长科长之类的人物,常常把一些学习心得一类的东西编辑成册,跟教材和教辅资料一起摊派到下面学校搭售,向校长的诗歌虽然不比北岛顾城,却多少还有些档次,干吗却不可以在自己学校里销一部分呢?就说服各位班主任,发动学生购买向校长的诗集。说是发动,其实是强行推销,学生家长意见很大,举报信都写到市委有关领导那里去了。市委领导见了举报信,批示教育局领导查处,教育局领导特意跑到九中来,找向校长和教导主任谈了半天的话,只差没在全市教师中通报批评了。向校长没法,只得让教导主任把推销出去的诗集一本本收回来。

这件事让向校长心里发狁,久久无法平复。他深感知音难觅,诗风不续,从此再不言诗。还把成捆的诗集往窗外扔了出去,然后跑到楼下,准备点火烧掉,以祭奠已逝的诗魂,那份凄惨和悲凉,简直不亚于黛玉葬花。还是教导主任发现了,甚是过意不去,忙拖开向校长,把诗集搬回到了自己的办公室。

杨登科开始还不明白聂小菊跟他叙述向校长这个故事的意图,说:"这与你要做实验班班主任有什么关系?"聂小菊怪杨登科聪明一世,糊涂一时,说:"这是向校长的伤心事,我们把他心头的伤口抹平了,那实验班的班主任不就是我的了?"

杨登科也觉得这里面大有文章可做,说:"那又怎么个抹法?"聂小菊说:"你现在就开始给我进修朦胧诗。"然后从书架上拿了一本向校长送的诗集,往杨登科面前递。杨登科接住,说:"你书架上还有向校长的诗集,怎么没听你说起过?"聂小菊说:"什么年代了,谁还读诗?何况是这些佶屈聱牙的朦胧诗,跟你说你也不会感兴趣的。"杨登科说:"那不见得,向校长是熟人嘛,熟人的作品亲切。"

前面有过叙述,杨登科虽然是一介司机,但在电大读过两年中文专业,所以比一般司机肚子里多些墨水。杨登科当下就翻看起来。向校长的诗集叫做《残缺的寂寞》，还真有朦胧诗的味道。杨登科在电大里接触过一些新诗，包括北岛顾城他们的诗，如今还有些印象。比较喜欢的还是戴望舒《雨巷》那种诗，语言清新，意境美丽，至少没有阅读障碍。向校长的诗属于晦涩难懂一类，杨登科像咬没蒸熟的牛筋一样没法咬烂，却仍然硬着头皮咬，因为这牵涉到自己能否做上董局长专车司机的大事。也是怪，多咬得几下，还真咬出了一点诗味。杨登科很得意地对聂小菊说："朦胧诗其实还是有意思的嘛。"聂小菊就取笑他说："跟做领导专车司机一样有意思吧？"

这天上午杨登科瞅准时机，去了一趟向校长的办公室。刚好向校长没事在桌前翻看当日的报纸，见杨登科推门进来，便给他移过一张椅子，说："杨科今天不是走错门了吧？"向校长也知道农业局的人都喊杨登科为杨科。杨登科一屁股坐在椅子上，说："错不了，今天刚好局里没事可做，回得早，特意来校长大人这里坐坐，沾点儿文气。"向校长说："太感激杨科了，政府要员光临敝校，可是我们的荣幸。"

开了两句玩笑，杨登科不露痕迹地把话题挪到了诗歌上。以往这样的话题是最能吊起向校长的胃口的，这天他却脸色大跌，警惕地瞧着杨登科，说："你这是什么意思？"杨登科知道诗集风波过去不久，向校长心有余悸，还以为自己是居心不良，借此挖苦他呢。杨登科也不做解释，信口背诵道：

夜的脸上你是否看到
光的刀子划过的伤痕
闪亮的刃上你是否听到
鲜血流过的余响

黑暗的巨浪向我走来
从阳光茂盛的深处
时间呈一条长长的空白

死亡的宁静骤然隆起

在我体内溅起一片光芒

这是向校长诗集《残缺的寂寞》里的句子，杨登科是花了两个晚上的时间才背下来的。向校长对这些句子自然是再熟悉不过了，当年他可是呕心沥血一个字一个字抠出来的。可时过境迁，尤其是经过诗集风波之后，向校长已经不愿再去触及这些让他伤透了心的诗句，却万万想不到竟然还有人能流利地把它们背诵下来，向校长受宠若惊，一时不知说什么好了，目光久久停留在杨登科的脸上，像是不认识他似的。

杨登科知道自己这一招见了效，趁机说道："向校长您别看我是个摸方向盘的，年轻时我也算是半个诗人，只是以后社会越来越世俗化，人们只崇拜权力和金钱，将文学和诗歌撇到了一边，我们这些人也为生计奔忙去了，慢慢跟心爱的诗歌拉开了距离。其实内心深处我一直为诗歌保留着一片空间，所以这几天偶然翻看书柜，意外地发现了您送给聂小菊的《残缺的寂寞》，打开仔细一读，却放不下手了，觉得诗味好足。像刚才那些句子，我的确是太喜欢了，多看两遍，就没法忘记了。"

杨登科一席话，让向校长感激不已，大有相见恨晚之感。他赶忙起身到橱窗里拿出一只一次性纸杯，泡了只有教育局领导来了才会拿出来的新鲜龙井，双手递到杨登科手上，说："杨科你是九中的女婿，又住在学校里，我们低头不见抬头见，怎么却从没听聂小菊说过你有诗才呢？要不我早就向你请教去了。"

杨登科喝一口烫嘴的茶水，说："向校长您这可是批评我了，我仅仅是爱好而已，谈不上什么诗才，敢让您请教？原来我也不知道您的诗名，当初小菊拿了您的诗集也没跟我说一声。以后你可要多多点拨哟。"向校长说："哪里哪里，您是高人。"

两个人就这么说到了一处。真是酒逢知己饮，诗向会人吟，两人又就诗论诗讨论好一阵，杨登科觉得这天是投石问路，目的已经达到,便见好就收,起身走人。向校长送他到门口,说:"有空上我家去坐坐,我要专门送你一本《残缺的寂寞》作为纪念。"杨登科忙打拱手,说:"今天我来你这里,就是讨诗集的,只是你不开口,我还不好意思呢。"

向校长在杨登科肩头拍拍,说:"什么不好意思,这是应该的。黄金易得,知音难觅啊。本来过去办公室里还有几本,后被我通通扫地出门了。一定找一本,送上门去,请你指正。"杨登科说:"那怎么好意思呢? 您有空时,我上您家去拿。"

果然向校长等不及杨登科上门,第三天晚上就亲自拿着《残缺的寂寞》敲开了杨登科家门。杨登科和聂小菊高兴地迎住向校长,把他请入书房,免不了好茶好烟款待。寒暄着,向校长把签了名的诗集呈送到杨登科手上,那样子竟像是文学青年给文学前辈送交习作。前两年说写诗的比读诗的多,现在只有写诗的,没有读诗的,因此好不容易碰上一个读诗的,写诗的低声下气些,也就在情理之中了。尽管杨登科还不算得真正的读诗的人。

杨登科谢过向校长,郑重其事地拿出家藏牛皮纸,装着很崇拜向校长的样子,认真把诗集包好,这才爱不释手地小心插进书柜最显眼的地方。

聂小菊对杨登科的表现很满意,说:"向校长您不知道,杨登科就这德性,别的什么事情都不在乎,只有两样东西比自己的小命还要看重,一是他开的车子,二是他喜爱的书本。"向校长说:"拙著写得不好,却能享受如此厚重的待遇,我感到不安啊。"杨登科说:"不是我当您向校长的面说好听的,这么多年了,我真的还是第一次读到《残缺的寂寞》这么好的诗歌。"向校长说:"不敢当不敢当。"

说话投机,三个人聊到很晚才散。送向校长出门来到楼梯头,杨登科还从兜里拿出一篇稿子,说:"这是我这两天学着赶写的关于《残缺的寂寞》的评论文章,不知要不要得,还请向校长过一下目,如果行的话,我拿到贵都日报上去试试,兴许人家能发表。"

向校长眼睛张大了,比楼顶的路灯还亮,说:"杨科你还写了表扬文章?"忙接过稿子,就着昏暗的路灯翻看起来,只见标题这么写着:论我市著名教育家、诗人向志东诗集《残缺的寂寞》。向志东就是向校长的大名。向校长不好意思道:"标题取大了,取大了。"还要继续往下看。杨登科说:"向校长您带回去斧正吧,我明天到您办公室去拿。"向校长说:"不不不,我拜读了,送到你家里来。"

第二天早上,杨登科下了楼准备到农业局去,向校长就拿着两本诗集和已经看过的杨登科写的论文兴冲冲跑了过来。诗集是给报社的,人家要宣传表扬你,自然要给两本集子,让人家相信确有其事。至于杨登科写的稿子,向校长说是昨晚回到家里就仔细拜读了两遍,因杨登科的文笔太好,他无从下手,一个字也没改。

杨登科知道向校长这是急于见报,答应马上就到报社去,他有一个电大同学在报社当副社长。昨天下班后车子入了库,没开车回来,杨登科只得上了公共汽车,往报社奔。在车上把稿子展开瞧了瞧,向校长果真一字没改,只给标题中"著名教育家、诗人"几个字做了个顺序倒置的记号,这样就成了"著名诗人、教育家向志东"了,看来这个向校长首先是把自己当成著名诗人,然后才是著名教育家。

到得报社,找到当副社长的同学,杨登科也不绕弯子,当即交上了诗集和稿子。副社长翻翻诗集,又看看稿子,皱皱眉头,说:"这个向志东是你什么人?"杨登科说:"九中的校长,我老婆的顶头上司。"副社长哦了一声,说:"这文章非发不可?"杨登科说:"你这不是废话么? 可发可不发,我还这么郑重其事地跑到你这里来?"

副社长指指屋角山一样乱扔着的一堆书籍,说:"看到没有? 那些都是自费出的作品,都是求我发评论的。报纸天天登这些谁也不会看的书评,那其他新闻都不要登了。"杨登科说:"这是你的事,我管不了那么多。我只知道你这个老同学当了这么多年的社长了,我这还是第一次来求你。"副社长没法,说:"好好好,下周见报。"

杨登科这才放了心,说:"到时我请客。"副社长说:"谁要你请客,以后少给我添乱,你就是我的大爷了。"杨登科心里感激老同学能给面子,嘴上却说:"要你发篇文章就是添乱,你的报纸不发文章,专发会议报道和广告？"

　　说罢准备走人。还没走两步，杨登科又转身回到副社长桌边，拿过稿子，把标题下面自己的署名改成了副社长的名字。副社长说："你这是干什么？要我背一个剽窃杨文的恶名？"拿笔要改回去。杨登科拦住他说："你就积一点阴功嘛。"又指着自己的鼻子说："我一个小司机，给人写评论，谁放在眼里？你是贵都市文豪，拉你的大旗做虎皮，还震得住几个不明真相的读者。"副社长只得无可奈何叹一声，放了笔。

　　副社长没有食言，第二周就把文章发了出来。杨登科拿着报纸跑到向校长办公室，他也正在一个字一个字看那张报纸。向校长自然对杨登科感恩戴德，只是不解文章署名，说："这是你的笔名？"杨登科说："这就是我说过的我的老同学，《贵都日报》副社长。在贵都市他的名气也算大了，宣传效果好。"

　　向校长领会到这是杨登科的良苦用心，更加感激，真诚说道："杨科你为我做了这么一件大事，叫我怎么谢你呢？"杨登科说："这就是向校长您的不是了，我是因为喜欢您的大作，才心甘情愿这么做的，是为了等您的谢么？"向校长说："好好好，大恩不言谢，以后有需要我向某人的地方，开口就是。"

　　事情当然没有到此结束，不久向校长就意外地收到十多张向他购买《残缺的寂寞》的汇款单，乐得他心里甜丝丝的，觉得这个斯文扫地的年代还有这么热心的诗歌读者真不容易。还特意把杨登科喊到他办公室去看汇款单，说："信息时代，什么事情都离不开宣传，杨科不是你给我大力宣传，哪来这样的效应？"

　　杨登科一边饶有兴致地捧着汇款单看起来，像是从没见过汇款单似的，一边说道："看来必要的宣传还是少不了的。"向校长说："全靠你操心了。"

　　杨登科装模作样看完汇款单后，又对向校长说："还有人对诗歌这么感兴趣，我这个老诗迷也挺为您高兴。这样吧，您当校长的工作太忙，给我一些诗集，我负责替您跑腿搞邮寄。"向校长说："我俩共同来做这件乐事吧,我写信封,你跑邮局。"杨登科说:"这也行,免得好事都被我占了。"向校长说:"知我者,杨科也。"忙去隔壁教导主任办公室抱来两捆诗集,放到杨登科前面,然后坐下,对着汇款单上汇款人的地址姓名写起信封来。杨登科也没闲着,在一旁帮着装袋封袋。十几本诗集都装好后,杨登科又一把捆了,提着下了楼。

杨登科当然没往邮局跑,他把那捆诗集扔进了自家小煤屋的门后。

原来那些汇款单都是杨登科和聂小菊用不同笔迹填好,趁自己下县出差的机会,通过邮局寄给向校长的。

此后向校长又陆续收到二十多张汇款单。向校长于是又亲自填写信封,杨登科将诗集装进信袋,打了包,然后以送邮局为名提回了自家煤屋。

第八章

终成正果

等到杨登科煤屋里堆了四捆向校长的诗集时，聂小菊终于如愿以偿做上了董少云所在的实验班的班主任。

那天中午吃过午饭后，杨聂上学去了，家里一下子静下来。杨登科瞥一眼墙上的石英钟，见距上班时间还有一个半小时，反正去早了也无事可做，准备上床小睡一会儿。躺下没两分钟，聂小菊因下午没课，也洗完碗进来了。杨登科见她一脸的灿烂，估计她做实验班班主任的事已经得到落实，却故意问道："看你脸色不错，是不是学校发了奖金？"

聂小菊伏下身来，在杨登科腮上吻吻，说："是你当校长就好了，我天天找你要奖金。"杨登科身上一热，把聂小菊拖到床上，几下将她剥光，喘着粗气道："学校没有奖金，那我奖你嘛。"聂小菊因为高兴，心上早已涨满春潮，努力配合着杨登科。杨登科感到从未有过的激昂，不禁雄风大振。

真是人逢喜事精神爽。

暴风骤雨很快过去，两人都得到了极大满足。聂小菊偎在杨登科胸前，告诉他向校长已经正式跟她交代了，立即接手实验班班主任工作。杨登科说："向校长是怎样把很有背景的姓朱的摆平的？"聂小菊说："向校长将姓朱的提了教研室主任，并从市委党校给姓朱的要了个青年干部脱产培训学习的指标，说要把姓朱的当做学校领导来培养,这样姓朱的便高高兴兴地到党校去报了名,明天就和我打实验班的移交。"杨登科说:"这事真难为向校长了,他可是煞费苦心啊。"

聂小菊接手实验班班主任后,第一件事就是认识董志良的儿子董少云。这也不奇怪,聂小菊本来就是奔着这个董少云去的嘛。董少云长得壮壮实实的,满脸都是青春痘。一双小眼睛,不太敢正眼看人,显得有些羞涩。聂小菊凭自己多年的教学经验,知道这样的学生性格内向,却非常聪明,如果跟老师玩起心计来,还不是特别容易对付。

为更多掌握董少云的情况,聂小菊把班上学生的学籍档案调出来查了查,发现董少云初一时成绩一般,到了初二却攀升到了前五名,可是进入初三后又落了下去,尤其是最近一段时间,竟然老在班上倒数四五名左右徘徊。照这样下去,董少云要想顺利升入重点高中肯定是没有希望的,而学校办这个实验班的唯一目的就是提高重点高中的升学率。现在全社会都在大声呼吁什么素质教育,对所谓的应试教育咬牙切齿,疾恶如仇,恨不得将应试教育打翻在地,再踏上一只脚。教育部门更加不甘寂寞,在大力挥舞着高考指挥棒的同时,今天一个文件,明天一个法规,后天一个会议,强调了又强调,要求了又要求,铁了心非搞素质教育不可。其实学校领导和老师心里非常明白,素质教育是哪根葱?升学率才是硬道理。家长把子弟送到了你们学校,面对什么择校费,资料费,补课费,这费那费,脸不改色心不跳,砸锅卖铁,毁屋嫁娘,讨米要饭,也要凑足数往你大如狮子的嘴巴里填充,奔的就是你的升学率。说穿了,升学率就是摇钱树,就是聚宝盆,我们完全有理由把升学率进行到底。因为没有了升学率,摇钱树就会轰然倒掉,聚宝盆就将彻底粉碎,那所谓的素质教育是带不来足额的生源,带不来巨大经济效益和丰厚福利的,只能让你喝西北风。

此时的聂小菊当然没工夫去理会升学率的是是非非,她暗自琢磨起董少云来,觉得他身上大有文章可作。想想看,如果董少云的成绩在班上总是遥遥领先,你这个班主任还怎么让他进步? 你不能让他进步,又怎么打动得了董志良,最后让杨登科做上他的专车司机?

聂小菊回家后,把情况和自己的想法跟杨登科说了说,他也觉得这里面有戏,两人一齐研究起董少云来。杨登科虽然没做过老师,但他很快看出了问题的症结所在,说:"董少云过去成绩一般,后来提高很快,看得出他是块读书的好料子,现在他的成绩落了下去,说明他的心思出了偏差,已经不在学习上,那么他的心思到底在哪里呢? 只要把这个情况弄清楚了,后面的事情就好办了。"

聂小菊抬眼望着杨登科,说:"真看不出,你还很在行的,如果你来做老师,恐怕比我强多了。"杨登科得意道:"你以为我就知道摸方向盘? 人不可貌相嘛。"又说:"这事还不能太急,得慢慢来。"聂小菊颔首道:"我也是这么想的,观察一段再说。"

通过进一步的观察,聂小菊发现董少云的心思的确没用在学习上。比如上课的时候,他人坐在教室里,注意力却总是集中不起来,老走神。他很少看黑板和老师,偶尔往讲台方向瞟一眼,眼神也飘飘忽忽的,像是刚睡醒一般。聂小菊经常有意识地喊他回答问题,他要么答非所问,要么一脸茫然。如果是别的学生这个样子,聂小菊早来了火,把他赶到教室外面去了,但对董少云还不能过于简单,这样会把事情弄糟的。

奇怪的是董少云上课心猿意马的,下课后却很用功,常常一动不动坐在座位上做作业,极少跟同学们打交道。下午放学后,其他同学还在做老师布置的作业,他已经交了作业,背着书包回家了,那独往独来的样子,真像武打小说里的独行侠,有几分神秘。

聂小菊把董少云这些情况跟杨登科一说,杨登科认真想了想,说:"他出了校门后,是不是就直接回了家?"聂小菊说:"不直接回家,又去了哪里?"杨登科说:"如今到处都是网吧,他是不是进了网吧? 如果是上网上入了迷,那是最影响学习的。"聂小菊说:"这个我也问了班上学生,他们都没听说过董少云有上网的爱好,而且学校曾经多次联合文化部门,在学生放学后对学校周围的网吧进行过全面排查,实验班每次都能逮到十多个学生,董少云却一次也没在场。"杨登科皱了皱眉,说:"这就有点奇怪了。"

这天杨登科特意跟随聂小菊去了实验班。在聂小菊的指点下,杨登科隔着窗玻璃认识了董少云,那简直就是披着董志良的一张皮,尤其是那双不大却有神的眼睛,仿佛是从董志良脸上拓下来的。下午杨登科提前下班出了农业局。还开走了那辆豪华型桑塔纳。曾德平做办公室主任后加强了对小车的管理,没有特殊情况,下班后小车都得锁进局里的车库,这天下午杨登科是在曾德平那里编了一个冠冕堂皇的理由,才把桑塔纳开走的。

杨登科没将桑塔纳开进九中大门,而是停在了街边。也没下车,眼睛一直乜斜着大门口。

没多久,就见董少云低头出了校门,然后横过马路,到了对面的公共汽车停靠点上。不一会儿后面来了5路车,杨登科知道那是去市委方向的,董少云应该上那趟车。可那小子却站着没动,等5路车开走后,身子一闪上了紧随其后的10路车。

杨登科二话不说,打响马达,将桑塔纳驶入街心,向10路车追过去。

10路车在下一个停靠点就跟5路车分了道,驶向贵水大桥。桥那头有一个停靠点,10路车一停稳,董少云就下来了,左右看看,然后扯扯背上的书包,横过大街,往新建设成的开发区方向走去。开发区里很热闹,什么建材城,农贸市场,木材交易市场,应有尽有。杨登科怎么也弄不清,董少云一个初三的学生到这种地方来干什么。

正在杨登科这么纳闷着的时候,董少云胸脯挺了挺,进了木材交易市场旁边的托运大市场。托运市场门口车多人多,小车一下子还没法挤进去,杨登科只得将车停在离市场不远的空地,开门下了车。等他追进托运市场后,早没了董少云的影子。杨登科只怪自己动作慢了半拍,背着手在市场里转悠起来。

还没转上半圈,就发现了董少云,他正夹在一伙五大三粗的民工中间,隆着肩背往一辆东风牌大卡车上扛麻袋。杨登科很是纳闷儿,怎么也没想到董少云会跑到这样的地方来干这种重体力活。是来赚钱吗?那么好的家庭条件,还少了他花的?是来体验生活?他又不是作家或者演员什么的,就是所谓的作家和演员,也没听说过谁肯遭这样的活罪。何况他还只有十四五岁,还不是干这种重活的年龄,虽然他长得粗壮结实。

杨登科没去惊动董少云,朝斜对面一家门面走去,那里也有人正往车上装货。杨登科以替人找工作为借口,上前跟一个老板模样的男人搭讪。那男人只顾对着民工指手画脚,把杨登科晾在了一边。直到货物装就,货车缓缓开走,老板才过来答理他。杨登科这才了解到,一般五到七个人装一车货,开价三十到五十元不等,主要以货物多少轻重来定,也就是说装一车货,人均可得六元左右。一车货大约装半个多小时,若货主多,有车可装,两三个小时下来可领到二三十元装车费。杨登科初步估算了一下,董少云利用放学后这两三个小时来装车,可能也就是这么个收入。

晚上回家后,杨登科把董少云的行踪跟聂小菊一说,聂小菊也甚觉奇怪,不知董少云为什么要偷偷去托运市场卖苦力赚钱。两人做了分析,董少云父母肯定不知道这事,不然他们是决不会让儿子去受罪的。现在都是独生子女,谁都有疼子之心。杨登科和聂小菊怕简单行事弄巧成拙,决定先不惊动董少云的父母,等弄清了事情的前因后果再说。

聂小菊当了十多年的老师了,知道凡是儿女出现异常,根源都在家里。俗话说贫贱夫妻百事哀,像董志良那样看上去夫荣妻贵的家庭,自然要什么有什么,一般应该不会有什么问题的。就是有问题,他们都是聪明人,也会尽量做到不影响儿女的成长。当然有一般就有不一般,聂小菊和杨登科两人侧面一了解,才知道董志良家里的情况还真的不一般。

原来董志良在郊区做区长时,曾跟一个叫袁芬芳的女老板有染，这事后来被董夫人知道了，两人闹得差点离了婚。袁芬芳原是贵都市歌剧院一位当家演员，长得颇有姿色，尽管已经年过三十，但依然风韵不减。歌剧院过去红火过一段，后来国家财政体制发生变化，政府不再全额安排他们的工资福利，一夜工夫垮了台，演员们都做鸟兽散。袁芬芳自然也难逃下岗的命运，在街上开门面卖起了服装。半年下来，服装积压在店子里没卖出去几件，袁芬芳只好亏本抛掉服装，改做文化用品生意。文化用品生意做的人多如牛毛，钱也不容易赚，做了一年连本钱都没赚回来。袁芬芳一时竟没了主张，心里头却不服输，自己要能力有能力，要姿色有姿色，怎么却做什么亏什么，一事无成呢？

那天袁芬芳在店子里枯坐了两三个小时，才好不容易进来一位美髯飘逸，约莫六十开外的客人。不想仔细一瞧，竟是原来歌剧院的孟老院长。孟院长是来买毛笔的，也没看柜台里坐的何人，进门就嚷道："狼毫狼毫。"袁芬芳已经认出了孟院长，却不吱声，拿了几支狼毫摊到柜台上，任孟院长选择。孟院长低头选了一会儿，看中了一支，掏钱往袁芬芳手上递。袁芬芳没接钱，开口道："不就一支狼毫吗？拿走就是，别数钱了。"

孟院长这才抬了头，见是过去的弟子袁芬芳，几分惊喜，两人隔着柜台说起话来。原来歌剧院倒闭之后，孟院长资历深厚，没像袁芬芳他们一样下岗，被市里安排到了群众艺术馆，搞些群众文化辅导工作。如今的群众文化无非是打牌赌博，吃吃喝喝，群众洗脚，干部按摩，夜晚烧香，白天拜佛，有闲蹦迪，无聊 QQ，也用不着你群艺馆的人去辅导，孟院长就天天在家练练毛笔字，当做消遣。毕竟是搞艺术出身的，悟性高，练字练得多了，孟院长慢慢就对方方正正的汉字的结构形意有了一些独特的感悟，碰上老同事老熟人，就爱给对方测测字，有时还测得挺准的。

这天两人聊得兴起，孟院长也提出要给袁芬芳测字。袁芬芳想起自己做了几年生意，总是没什么起色，不知原因何在，听孟院长要给她测字，也就来了兴致，说："孟院长要给学生测字，我何乐而不为？但我可没测字费给孟院长哟。"孟院长说："不是测着玩吗？谁要你的测字费？测什么字，你说吧。"袁芬芳也没深想，说："我姓袁，就测袁字吧。"

孟院长沉吟片刻，说："袁字带土，内含口衣二字，也就是说，只要有了土，就衣食无忧了。"袁芬芳一时没能完全明白孟院长的话，说："土是什么东西？我们天天生活在地球上，还离了土不成?"孟院长却不正面回答，而是反问道："芬芳你现在也算是生意场中人了吧?"袁芬芳说："这自然。"孟院长笑道："过去我们是搞舞台艺术的，舞台是什么？舞台就是场子。有道是人生大舞台，说白了人生就是场子。人生场子很多，官场、战场、商场、情场、欢场，丰富得很呐。"

袁芬芳觉得孟院长说远了，说："孟院长，我的字你还没测完呢。"孟院长说："你别急嘛。我给你认真分析过了，你现在不在战场、官场，也不在情场、欢场，你现在做上了生意，正身处商场，根据你提供的这个袁字，你做生意，别的行当很难成事，如果跟土打上交道，肯定只赢不亏，丰衣足食。"说得袁芬芳直点头。

孟院长测完字，就要离去，便一边抓了笔，一边拿了刚才没递出的钱，要往袁芬芳手里塞。袁芬芳更加不肯收他的钱了，说："你测字不收我的钱，我给笔不收你的钱，这不就两抵了么?"孟院长说："我测字是信口开河，你这笔是出了成本的，我怎么好白拿?"袁芬芳说："你那可是知识产权，更值钱嘛。"

说得孟院长满心欢喜，不再坚持，拿了笔，转身出了门。

望着孟院长的背影消失在门外，袁芬芳将他的话琢磨了又琢磨，觉得有几分道理，却一直苦于参不透其中奥妙。直到有一天闷得发慌，关了店门，跟朋友到郊外去踏青，见有人忙着圈地打桩，忽然记起孟院长给自己测的字，心下寻思，贵都市正在大搞城市扩建，做地产生意肯定有利可图，何不在这方面发展发展？

袁芬芳是个说干就干的女人，先摸清了地产生意行情，再凭借自己的姿色和三寸不烂之舌，办理了土地经营许可证，然后四处融资，准备购置土地。只是地产市场情况相当复杂，有了经营资质和资金还不行,还得有人在背后扶持你。一来二去的,袁芬芳就跟当时正在郊区做区长的董志良熟悉起来。女人的姿色其实就是最有杀伤力的武器,几个回合下来,袁芬芳就把董志良套牢在了自己的石榴裙下。在这位大权在握的区长大人的照应下,袁芬芳很快在郊区政府辖区内购置了两块黄金地皮,一转手就净赚了五十多万。金钱和色相有时其实跟不干胶差不多,两人从此粘得更紧,怎么撕也撕不开了。

世上没有不透风的墙,董夫人很快就知道了董志良和袁芬芳的事,哪里咽得下这口窝囊气?不免河东狮吼,大吵大闹,弄得家无宁日。这内战一开,伤害最大的还是孩子,董少云情绪受到严重影响,再没心思读书,成绩一落千丈。董志良夫妇这才意识到这么吵闹下去会毁了儿子,两人达成协议,董志良离开郊区和袁芬芳,董夫人也不再吵闹。可为时已晚,董少云已经厌烦了这个家庭,暗暗准备离开父母,只是苦于没有钱,又不屑向他已经瞧不起的父母伸手,才每天悄悄到托运市场去搞搬运,想赚足一定数额后,一走了之。

关于董志良的家庭风波,市委大院里可说妇孺皆知,有一阵曾是人们茶余饭后最热门的谈资。杨登科和聂小菊不难打听得到。至于董少云心里的想法,聂小菊是通过一个多星期的认真观察和摸底,才在班上找到唯一一个跟董少云有些交往的学生,是他悄悄透露给聂小菊的,那学生还嘱托聂小菊千万不要说出去,不然董少云会杀了他的。

聂小菊意识到问题的严重性,跟杨登科商量对策,觉得像董少云这样的少年,正处于叛逆心理最重的年龄,弄不好就会酿成大错。他们决定还是不惊动董家大人,先把董少云引导到正常的学习轨道上来,再让他慢慢放弃原来的计划。聂小菊寻找各种机会接近董少云,课堂内外格外关注他。聂小菊是教地理的,她发现董少云平时不太听课,但地理知识却很不错。有时搞测验,聂小菊有意出些课本上没有的偏题怪题,其他同学一无所知,董少云却了如指掌。这恐怕是他准备独自一人出去闯世界,对地理方面的知识比较留意的缘故。

聂小菊准备到董家去做一次家访。本来想叫上杨登科一起去的,觉得暂时没必要让董志良知道她是杨登科的老婆,才打消了这个念头。在董志良和董夫人前面,聂小菊一字未提董少云在托运市场打工赚钱的事,而是真诚地肯定了他的优点,并拿初二的学习成绩打比方,说明他们的儿子智商不低,至于初三突然退步,可能与青春期的少年心理不太稳定有关,谁都会有这么一段过程,没有什么值得奇怪的。只要家庭和学校积极配合起来,共同关心体贴孩子,创造一个良好的生活学习环境,董少云是会走出低谷的。

儿子退步这么大,董志良夫妇其实早就知道了,心里清楚是两人吵架吵成这样的,后悔莫及。也曾跟前一任班主任朱老师交换过意见,朱老师对董家的情况多少知道一些,把责任全部推到了董志良夫妇头上,说董少云绝对不可能恢复到过去的学习成绩了。夫妻俩回头再做董少云的思想工作,无奈他根本不理睬他们,他们也是一点办法没有。现在听新上任的班主任这么一说,两人又重新燃起了希望。

这天晚上聂小菊上门做家访时,董少云只跟聂小菊见过一面,便以家庭作业没做完为由进了自己的小屋。他自然想知道老师会在父母面前说些什么,一直悄悄躲在门后,把外面大人们说的话听了个一清二楚。学业挺不错的董少云本来是可以给班上带来荣誉的,后来成绩突然下降,对班上日后的升学率自然要产生不利影响,其直接后果是严重阻碍学校摇钱树和聚宝盆的不断壮大。过去的班主任朱老师也就不太把董少云当人,对他总是恶语相加,恨不得一脚将他踢出校门,才解心头恶气。聂小菊做实验班班主任后,却一点也不歧视董少云,相反处处关心爱护他,真是新旧社会两重天,董少云自然心生感激,备觉温馨。现在聂小菊又在他父母面前这么肯定他,赞扬他,董少云又不是铁石心肠,更是感动不已,当时就趴在门上流下了眼泪,差点就抑不住,要跑出去扑到聂小菊怀里悲哭一场了。

这次家访后，细心的聂小菊发现董少云跟过去有了一些微妙变化。至少脸上不再那么阴郁了。上她课的时候，也比以前专心了许多。恰好市团委和教育局联合举办江山如此多娇地理知识大奖赛，号召全市中学生参加。聂小菊觉得这是一个极好的改变董少云的机会，就动员他去报名。开始董少云不答应，经不住聂小菊左劝右说，才勉强同意了。知识大奖赛先要分片进行选拔赛，优胜者再到市里参加总决赛。董少云也不怎么用功，但以他为首还有两名同学共同组成的参赛小组竟在选拔赛上一举夺魁，顺利进入决赛。

为了让他们的决赛取得好名次，聂小菊打算好好辅导一下董少云三个。星期五就跟他们打了招呼，可星期六上午聂小菊在教室里等了半个多小时，三个人才匆匆赶了来。一看董少云那张脸，猫抓过一样溃烂得不成体统，聂小菊不觉吓了一跳。开始还以为他是在街上打架打的，拢去仔细一瞧，发现原先那些青春痘不见了，便明白了是怎么回事。一问，果然是在街上一家美容院做的。出这个主意的是那位天天梳洗得油头粉面的姓李的同学，理由是要参加决赛了，董少云一脸的青春痘会给评委留下不好印象，影响成绩。

聂小菊叫苦不迭，说："现在董少云成了这个样子，就不影响成绩了？"姓李的说："美容师说了，开始会难看一点，过两天就好了。"聂小菊来了火，吼道："放屁！感染了怎么办？"拉着董少云上了市医院。医生问明了情况，又捧过董少云的脸瞧了瞧，说："你这种情况也不是一例两例了，经常有年轻人在外面把脸弄得一塌糊涂，才跑到我们这里来。好在还来得及，再拖一两天就要破相了，上个月就有好几位受害者因耽误了时间，没法完全恢复而毁了容的。"吓得董少云和那位姓李的同学直咂舌。

往医院跑了几天，又是消炎，又是清洗，董少云脸上的溃烂才得到有效控制，不久就基本恢复过来。只是那被割去的青春痘又冒了出来，仿佛比过去更加显眼了，让董少云烦恼透顶。聂小菊回家跟杨登科说起此事，杨登科忽然想起老家有一位草药郎中善治这种痼疾，在当地颇负盛名，可以带董少云去看看，也许管用。聂小菊认为去试试也无妨,就让杨登科星期天开着局里的桑塔纳,带董少云去乡下跑了一趟。

草药郎中的药还真管用,一个疗程下来,董少云脸上的青春痘就消失得差不多了。不久江山如此多娇地理知识总决赛拉开帷幕,以董少云为主力的参赛小组登上了设在市委大礼堂的赛场。董少云发挥得非常出色,一些难度非常大的问题他都对答如流,带领参赛小组拿下了唯一的第一名,每人领到价值两千元的奖品,董少云还代表参赛小组在表彰大会上发了言,并当场接受了报社和电视台的专访,回校后学校给予了相应奖励,也算是风光一时了。

作为辅导老师,聂小菊也得到一个羊皮公文包,大赛组织人说是花三百多元买的。

董少云就这样重新回到过去,步入了正常的学习和生活的轨道。董志良夫妇非常感激聂小菊,拿了红包到学校去找她,被她婉拒了。聂小菊说:"我不要你们做家长的感谢,只要董少云好好学习,考上市里重点中学就行了。"董志良夫妇没法,又不好勉强聂小菊,只得回头教育董少云,要他一定争气,不要让聂老师失望。

不想董少云不愿在父母面前说什么,觉得这一切跟他们没关,他完全是出于对聂老师的感恩和敬爱才这么做的。他的想法很简单,就是要报答聂老师,而没有其他任何理由。董少云这样的年龄最需要的是理解和同情,却没法跟父母沟通。何况他心里还藏着一个秘密,憋久了实在难受。后来他终于走进了聂小菊的办公室,想把一切都跟她说了。可一见到聂小菊,他又不知从何说起,站在门口半天说不出话来。

聂小菊当然明白董少云的心事,却故意道:"少云你找老师有事吗?"董少云还是欲言又止的样子。聂小菊就把他拉到自己身旁,扶正椅子让他坐了。还捧过他的脸仔细瞧了瞧,说:"那次如果你没去街上点痘,老师恐怕也没想起给你找草药郎中。有时坏事还真能转变为好事,看你现在都成了美男子了。"

聂小菊的话暖遍了董少云全身,他腼腆地笑了。他不再犹豫,慌忙从衣服里拿出一张存折，往聂小菊面前一放，便匆匆走了。

那是一张两千元的存折。聂小菊自然清楚这两千元的来历，更清楚董少云把存折放到她这里的用意。下午放学后，聂小菊留下董少云，对他说："这张存折不能放在我这里。"董少云不敢望聂小菊，低着头说："我不想把我的秘密告诉另外的人。"聂小菊说："不，你应该和你父母沟通，而这张存折是一个非常好的契机。"

这天下午聂小菊把董少云带到了自己家里。她像亲生母亲一样给他做了一顿可口的饭菜，让他美美地饱餐了一顿。然后让杨登科开了车，一起送董少云回家。车子开到董少云家楼下，杨登科坐在车里没动，只聂小菊陪董少云上了楼。

当着聂小菊的面，董少云把那两千元钱的存折交给了父母，并说明了这钱的来历和当初打工弄钱的意图。董志良夫妇顿时就傻了眼，怎么也不相信儿子所说会是真的。

可眼前的存折一点不假，董少云说的话真真切切，想不相信还不能。他们感到非常惭愧，也非常后怕。是呀，如果不是聂小菊那么苦心孤诣，因势利导，循循善诱，将董少云扭转过来，现在他们的儿子也不知到了何方。董夫人眼泪双流，既心疼儿子打工时所受的苦，又痛悔当初两人吵得家无宁日，害惨了儿子。她又惊又喜，一把将董少云搂进怀抱，像是生怕他会突然离她而去似的。

董志良夫妇不知怎么感谢聂小菊才好，送金送银送钱送财嘛，他们已被拒绝了一回，现在聂小菊更不会接受。其实就是聂小菊能收下他们的财物，也无法报答她的大恩大德啊。聂小菊呢，当然不是来领赏的，她见目的已经达到，没在董家待多久就出了门。

董志良夫妇俩赶忙弯了腰，双双出门送大恩人下楼。

杨登科还在楼下等着。董志良还没下完楼就看见了自己单位的桑塔纳。他自然知道桑塔纳的司机就是杨登科，还以为杨登科是陪局里职工到这栋楼里来找人。直到聂小菊要上桑塔纳了，告诉他杨登科是她丈夫，董志良这才恍然明白过来。

接下来的事情就顺理成章了,杨登科如愿以偿做了董志良的专车司机。

董志良的专车当然不会是杨登科正开着的桑塔纳,也不是胡国干和小钱他们几个开的小车。董志良刚弄了一部崭新的蓝鸟。蓝鸟的批购手续办好后,曾德平特意进了司机班,要杨登科跟他上省城去跑一趟。杨登科不知底细,要去开桑塔纳。曾德平说:"你那破桑塔纳,让它在车库里待着吧。"杨登科说:"不开桑塔纳,难道坐班车到省城去?"曾德平说:"只有工人农民坐得班车,我们却不可以坐班车了?你是不是想脱离群众了?"

杨登科不知这个曾德平究竟要干什么,说:"我自己还是群众嘛,想脱离群众还没这个资格呢。"贴着他的屁股走出农业局,打的赶到汽车站,坐上了开往省城的班车。放着单位的小车不坐,偏要去挤什么班车,也不知这个曾德平到底哪根筋搭错了地方。

中午赶到省城,两人直奔汽车销售总公司。杨登科这才意识到曾德平是让他来提新车的,眼前不觉闪了闪。办完提车手续,钻进崭新舒适的蓝鸟,忍不住想起开了一年多的破面包和刚扔下的桑塔纳,真是一个地下一个天上,简直不可同日而语。一种从未有过的惬意和畅快顿时电流一样漫过全身,杨登科两只手在方向盘上拍拍,将蓝鸟缓缓开出销售总公司。外面的阳光特别明亮,杨登科心头恍恍惚惚的,好像这一切有些不太真实似的。

两人没有直接回贵都,曾德平让杨登科把车开到了省委招待所旁边的宾馆。开好房子后,曾德平才对杨登科说道:"董局长正在省委招待所里开会,是胡国干用红旗送他来的,明天我坐红旗回去,你留下来等董局长。"

第二天曾德平和胡国干走后,杨登科很快就接到了董志良的电话,要他下午五点半到省委招待所那边去接他,他要出去办点事。下午五点十分左右,杨登科就把蓝鸟开到了招待所前面的坪地里。等了不大一会儿,董志良就从会议中心出来了,杨登科赶紧下车,乐滋滋地过去迎住领导。董志良走近蓝鸟,绕了半圈,满意地点点头,

这才上了车。落座后,又转着眼珠瞄瞄蓝鸟大方气派的内装修,说:"登科,这个车比得上你那部桑塔纳吧?"说得杨登科扑哧笑了,说:"董局长您真会开玩笑。"

根据董志良的指示,杨登科将蓝鸟开往一家新开业的大酒店。早有人候在酒店门口了,是一位颇有姿色的少妇,董志良向杨登科介绍说是袁总。杨登科就明白这袁总是谁了,说了声:"袁总您好!"袁总说:"别听他胡说,我叫袁芬芳,以后叫我小袁就是。"

进了包厢,里面已经坐着一个五十多岁的胖子,袁芬芳对董志良说:"这就是我早向你提过的香港儒商柴老板。"同时把董志良也介绍给了对方。董志良就和柴老板握了手,相挨着坐下。袁芬芳征求几位的意见,喝什么酒。柴老板说他有脂肪肝,滴酒不沾。袁芬芳就说:"现在是小资时代,大家喜欢喝太子奶,我们就以奶代酒吧。"柴老板说:"可以可以,好多人都说太子奶挺好喝的。"

服务小姐立即送上了太子奶,给每人前面倒了一杯。几个人举杯干了一口,董志良拿着太子奶的瓶子看了看,说:"我听说香港同胞初次见到太子奶时竟然不知何物,尤其是那些上了年纪的老人,眼神不太好,太字下面那一点看不清楚,加上习惯了从右往左阅读,于是感叹道,现在大陆改革开放的力度真是大,奶子大也可以上桌。"说得柴老板喝到嘴里的太子奶全部喷了出来,说:"董局长真幽默!"

袁芬芳也笑得齿颊粲然。为给柴老板促兴,她也说了一个段子。说是有一位局长酒量不错,因为手中有权,架子也大,官位比他小的人从来没敬动过他的酒。有一次某单位急于讨得他一个批示,特意摆了酒席请他喝酒。偏偏该单位一把手酒量不行,陪他喝了两杯却不胜酒力,再也敬不起了,便动员在座的科长们敬局长的酒。局长嫌科长们的官位低,理都不肯理他们,弄得大家不尴不尬的,一下子冷了场。酒没喝好,便意味着那个批示拿不走,一把手急了,当场给手下人许愿,谁敬上这位局长的酒,立即官升一级。如今都说成名要早,发财要早,做官也要早,在机关里混的人谁不想早点提拔？这样好的机会，在座的科长们自然都想抓到自己手里。可他们绞尽了脑汁也想不出敬动那位局长的办法，只有干瞪眼的份。最后座中一位年轻漂亮的女科长站了起来，拿着一瓶太子奶朝局长走了过去。大家暗想，我们端了酒敬他都无济于事，你拿瓶太子奶，岂不是自讨没趣么？只见女科长在局长身旁一站，说："局长，我不是来敬你的酒的，只是为了表示我对你的敬意，跟你碰碰杯，酒你可以不喝。"局长不便在年轻女性面前过于生硬，心想，只要不破坏自己的规矩，碰碰杯又有何妨呢？说："大家作证，说好只碰杯，不喝酒的。"就举杯跟女科长手中的太子奶碰了碰，便放下了杯子。谁知女科长碰完杯后并没走开，说："局长，我觉得你最好还是把这杯酒喝下为好。"局长说："你不是说只碰碰杯么？我还声明了的。"女科长说："可你并没碰我的杯呀。"局长说："刚才我们不是碰杯是碰什么？"女科长说："你刚才不是碰了我的杯，而是碰了我的奶嘛，你既然碰了我的奶，你不喝下这杯酒，我可饶不了你哟。"在座诸位全都明白过来，起哄道："局长你都碰了女科长的奶，这杯酒你不喝下去，我们是一千个不答应，一万个不赞成！"局长这才意识到掉入了一个温柔的陷阱，开开心心地喝下了这杯酒。

柴老板在那边大概难得听到这类小段子，笑得缩了气，捂着肚子说："袁女士，你告诉我，那个局长肯定姓董，而女科长一定姓袁吧？"

说笑着，席上气氛越发地热烈起来。

又喝了一阵，杨登科才从彼此的玩笑和言谈中听出，原来柴老板是袁芬芳约请过来，准备到贵都市去投资的。袁芬芳还说："柴老板姓财，到贵都去一定能发大财。"柴老板点头道："有你和董局长关照，想不发都困难啊。"

杨登科是个聪明人，怕自己夹在中间他们不好谈生意，赶紧吃了点饭，先出了包厢。

在车上没待多久，他们三个也出来了，一齐上了车。将柴老板送到一家五星级宾馆后，董志良对袁芬芳说："到省委招待所去坐坐吧,商量一下跟柴老板合作的事情,再让登科送你回住处。"袁芬芳假意犹豫了一下,才说道:"也行啊。"

一齐来到省委招待所,两人要下车了,袁芬芳对杨登科说:"杨师傅你先回吧,我跟董局长谈完事,自己打车回去就是了。"董志良也说:"袁总这么体贴人,登科你就别麻烦了,安心过去休息吧。"

杨登科本来坚持要送袁芬芳的,忽觉得自己有些冒傻气,忙点点头,将车开走了。杨登科知道到省里来开会,下面的领导一般都是跟自己的随车司机住一个标准双人间,现在董志良将胡国干支走,而把袁芬芳接了过来,用意再明显不过,如果他杨登科执意要等着送袁芬芳,岂不是太不谙事了?

一夜无语。第二天下午杨登科和董志良就离开了省城。袁芬芳因为还要继续跟柴老板洽谈投资事宜,没有跟他们一起走。回到贵都市,杨登科要将蓝鸟开进市委大院董志良住的宿舍楼,董志良坚决不同意,仍像以往一样,在离市委还有三百米的小巷口下了车。杨登科陡然明白过来,董志良看来是怕自己坐着小车在市委大院里进进出出,里面的人特别是市委领导和离退休干部见了印象不好。官场就是这样,有些人一旦对你印象不好起来,要想进步便不是那么容易了。杨登科深知此理,却还是试探着问董志良道:"明天早上我到大院里去接你吧?"董志良摇摇头,说:"市委离农业局那几步路,用得着吗?我还没那么娇贵。"

说着,董志良伸了手要去开门,忽又想起了什么,说:"登科你知道我为什么要买这台新车吗?"杨登科不假思索道:"局里几台车都旧了,早该更新了。"董志良说:"这不是什么正当理由,局里的车旧是旧点儿,毕竟还没旧到不能上路的程度。全市经济工作会议开过没多久,市委主要领导在会上一再强调要加大对外招商引资力度。那么我们拿什么来招商引资?当然要拿良好的精神状态和上佳的地方形象,买这台蓝鸟就是要在投资商面前树立贵都市的光辉形象。如今是一个扶强不扶弱的时代,如果还是开着过去那些不堪入目的破车去招商引资,人家一见我们的寒碜样,生怕我们拿着他们的钱填了肚皮,谁还敢来给你投资?"

领导的话总是英明的,杨登科忙附和:"那是那是,老板看问题就是深刻。"董志良又嘱咐道:"柴老板的事你知道就行了,八字还没有一撇呢,暂时不要说出去,以免节外生枝。"杨登科点头道:"知道了。"董志良说:"知道就好。让你来开这台蓝鸟,我是通过这几个月的仔细观察和认真权衡,才做出的决定。局里几个司机,我看就你素质最好。你还记得我第一次坐你的车去政府开会的那个下午吧?那时我就有了这样的印象。"

杨登科受宠若惊,想不到过去那么久了,董局长还记得那次给他开车的事,说:"老板这是抬举我了,我离领导的要求还相差很远呢。"董志良笑了,说:"也没谁要求过你。"又说:"我还了解到,你还是个电大生,是吧?先跟我干一段吧,我尽力给你想想办法,看能否把你的干部待遇问题给解决了。"

说得杨登科心里仿佛灌了蜜水,说:"感谢领导的关心! 其实能给老板您这样德高望重的领导服务,比转干不知强到哪里去了。"董志良说:"你先别忙着感谢,听说人事部门新下了文件,工人转干的门已经关死,有些不太好办。"

杨登科也听说了这个新规定,当时他很绝望,觉得自己只能做一辈子工人了。不过董局长今天主动将这事提了出来,估计他会有办法的。杨登科知道机关里的游戏规则,能办的事不给你办,是权威;不能办的事给你办了,是权力。机关里的人都是善于用权的,往往能办的事办不了,不能办的事只要方法得当,倒还办得成。

这么一想,杨登科心头的希望又燃了起来。

跟董志良分手后,杨登科就把车开进了农业局,然后从车库里拖出长长的水管,接了水龙头,悉心冲刷清洗起来。蓝鸟跑了两天了,车身蒙了不少灰尘,杨登科可不愿意董局长第二天看到蓝鸟时还跟头天一个样。领导的专车有时和领导的脸一样,是装门面的,合格的专业司机一定要维护好领导的面子。

早就过了下班时间,局里其他人都走了,只有司机班里还有喧闹声,不用说是胡国干他们正在打牌下棋。果然杨登科快洗完车子时,胡国干和小钱他们从里面出来了,见坪里停了一辆崭新的蓝鸟,几个人就过来指指点点,品头论足。已退了休的老郭这天也在场,拍着杨登科的肩膀,说:"登科,这蓝鸟比那辆破面包和桑塔纳强多了吧?"胡国干说:"那还用说,杨科现在可是鸟枪换炮了。"

只有刁大义没吱声,在旁边站了片刻,就悻悻然走开了。杨登科瞥一眼刁大义那孤寂的背影,知道他心头的失落。刁大义现在开的是杨登科过去开过的破面包车,却比杨登科当时的处境还等而下之,因为杨登科那时清清白白,现在刁大义身上却背着一个还没撤销的记大过的处分。杨登科心生愧疚,刁大义也许还不清楚自己和吴卫东被抓进派出所的底细,不然肯定恨死他杨登科了,虽然这事并不是自己的主意。想想这几个月来所发生的一切真富有戏剧性,人生就是这样处处充满了变数。

老郭几个还在说着蓝鸟,杨登科一边跟他们搭着腔,一边收了水管,将车库里的桑塔纳开出来,再打扫干净车库,把蓝鸟开进去,这才跟老郭他们一起出了农业局。老郭、小钱和胡国干要杨登科请客,杨登科正在兴头上,就请他们猛撮了一顿。

晚上回到家里,杨聂已经睡下,聂小菊正在收拾屋子。说起给董志良开蓝鸟的事,聂小菊也很高兴,问杨登科怎么报答她。杨登科说:"我这就报答你。"弯腰把聂小菊抱进卧室,往大床上一扔,几下扒光她的衣裤,上去大干起来,有点猛虎下山的味道。杨登科觉得自己好久没这么勇往直前了,给一把手开车还能提高这方面的战斗力,这倒是他始料不及的。

给一把手开车当然还不仅仅只有这方面的好处,从此杨登科又在局里做得起人了。比如过去修车加油什么的要报个账,找人签字画押时,他们总是带着挑剔的口吻问得很细致,杨登科就为此跟吴卫东大干了一场。财务室审得也特别严格,多一分钱都要划掉。现在可好了,拿着发票往曾德平桌上一放,说声:"这是董局长亲眼看着我办的。"曾德平就二话不说把字给签了,到了财务室,他们更是屁都不敢放一个。

巴结杨登科的人也多了起来。尤其是那些想进步的副科级以下的干部，或是位置不太好想得到重用的主任和科长，见了杨登科就像见了爷爷一样，脸上常常堆起讨好的笑容。都是机关里的人，深知领导的专车司机就是领导的耳目，直接影响领导的视听，如果他多在领导耳边说个几回某某好某某坏，领导就是不全信，也会在心里对某某生产一些印象。

还有那个因嫖娼案受到记大过处分的吴卫东，见杨登科成了董局长身边的人，也常找借口跟他套近乎。杨登科明白吴卫东的意图，是想通过他与董局长搭上界，早日把处分给撤销掉，好再在局里谋个位置。吴卫东是什么角色，杨登科再清楚不过，不想理他。

你不想理他，但他要理你，这也是没办法的事。这一天董局长在局里主持党组会议，杨登科没出车，在司机班里跟小钱和胡国干打牌，吴卫东忽然溜了进来。吴卫东当办公室主任时没少给司机们脸色，所以瞧都没人瞧他一眼。吴卫东已经习惯了这种冷遇，也不在乎，一直站在杨登科身后看牌，时不时还要指点两下。杨登科不听他的，他说出小五，杨登科偏偏要出大肆，宁肯输钱给胡国干他们也在所不惜。

打了一阵，曾德平打电话来把胡国干喊走了，吴卫东赶忙坐到胡国干的位置上，抓起牌洗起来。牌洗好了，吴卫东催杨登科他们两个抓牌，杨登科眼望着天花板，无动于衷的样子，像是屋里没有个吴卫东似的。小钱干脆站起身，离开牌桌，哼着小调出了司机班。吴卫东脸红了一下，只好把牌放下了。

就在杨登科也准备出去的时候，吴卫东拉住他，从衣服里面掏出两条红塔山香烟，塞到了他的怀里。杨登科乐了，说："吴主任你也太客气了。"掉头对着门外大声喊小钱，要他快回来。小钱还没走远，也不知啥事，又打了转。杨登科说："人家吴主任送烟慰问我们，小钱你走开干什么？也太不给老领导面子了嘛。"

话音才落，胡国干也进来了，见杨登科手上拿着两条烟，说："今

终成正果

天司机班分烟?"杨登科说:"吴主任请客。"给他两个一人扔了一条。胡国干和小钱嘻嘻哈哈开起吴卫东的玩笑来,一个说:"人家说不在其位不谋其政,吴主任你已经下去那么久了,还记得关心我们这些老下级?"一个说:"那还用说,吴主任肯定是送烟的人太多了,自己又抽不了,才特意请我们给他排忧解难的。"

吴卫东当然知道他们是在挖苦自己。都说拔毛的凤凰不如鸡,吴卫东头上去了办公室主任的帽子,不可能再给人签字画押,还有谁送烟给他? 却也不好计较,说:"你们别嘲笑我了,我一个带罪之人,谁都躲着,还会有谁理睬我? 我这是刚掏钱从超市里买的。"

说着话,胡国干把手上的烟当场撕开,拆了一包,一人发了一根。杨登科拿烟放鼻子下面闻闻,划火柴点上,抽了一口,烟味挺香挺纯正的,知道吴卫东说的不假,确实是刚买的,却故意吸吸鼻翼,说:"这烟怎么霉味这么重呢?"

小钱刚点上烟抽了一口,却怎么也没觉出霉味来,莫非一包烟还有两个样的? 不免有些奇怪。不过小钱是个机灵人,旋即就明白了杨登科的意思,也说:"我也抽出了霉味,吴主任你这烟在家里收了好久了吧?"

胡国干也反应过来,拿开嘴里的烟,往地上啐了一口,说:"吴主任你这烟肯定还是你做主任时收的贿烟,放得太久了变质了,要不怎么这么难抽?"说着一甩手,把整条烟都扔进了垃圾桶。小钱也学样,让自己手中那条烟享受到了同样的待遇。

哪有这样的事? 吴卫东可是那家卖烟的超市的熟客了,他们应该不会害人的。他心有不甘,过去拣了垃圾桶里的烟,认真抽了一口,丝毫霉味都没有.又对着灯泡照了照,出产日期也很近。他脸上立即紫了,想声辩两句,又忍住了,转身出了门。杨登科几个便在后面大声笑起来,高声叫道:"开局开局,霉烟有什么可抽的? 还是打牌有意思。"

牌还没抓完,杨登科手机响了。一看是董志良的号子,便把牌扔掉,出了门。只见董志良已经到了蓝鸟旁边。杨登科一按跟钥匙串一起挂在腰上的遥控器,蓝鸟啾的一声,车锁便自动打开。将车开出农业局,杨登科问往哪个方向走,董志良说:"你看今天这么好的阳光,我们到郊外去兜兜风吧。"

董志良还有这样的雅兴,倒是杨登科没想到的。

出了城,贵水河激漪于前。前边不远处有一条不宽的沿河小马路,车少人稀,董志良说:"到那边看看。"杨登科方向盘一打,将蓝鸟开上了小马路。转过一个山嘴,迎面是满山遍野的橘林。正是橘花吐蕊时节,枝头绽放着银白色的橘花,花香扑鼻而来,沁人心脾。

杨登科知道到了城南园艺场的地盘上。城南园艺场是农业局的二级机构,过去杨登科曾开车送领导来过几回,但都是走的另一条大道,没走过这条小马路。

小马路像腰带一样缠绕着园艺场,不一会儿蓝鸟就到了园艺场的另一边,上了一条大马路。真是山不转水转,竟然到了临河而居的侯家村地界,就是杨登科几个月前来过一回的战友猴子家所在的侯家村。

董志良在车上,杨登科当然不好去会猴子,继续前行。不一会儿出了侯家村,离园艺场场部就很近了,杨登科提议说:"既然到了园艺场的地盘上,我们还是进去看看吧? 我跟何场长打过几回交道,那人挺豪爽的,老板你是场里的直接领导,到了这里不进去打声招呼,人家知道了会有意见的。"董志良说:"那就依你吧,反正今天是来游山玩水的。"

得了董志良的话,杨登科就把蓝鸟开上了通往场部的马路。一晃一晃就到了场部前面的坪里,那里已经停了一部旧桑塔纳,杨登科认出是场里的小车。像是早知道董志良要来似的,蓝鸟还没停稳,何场长已经从场部里走出来,上前给董志良开了门。下车后,两人握了握手,寒暄着,一前一后进了办公楼。

何场长的司机小马也走过来,迎住杨登科,尾随领导进了屋。这也算是对口接待吧。如今上级单位来了领导,下级单位除了有相应的领导对口接待外,连司机也不能忽略掉,由下级领导司机或办公室主任照顾上级领导司机,冷落了人家那是担当不起的。这已经成了一种行规,虽然谁也没见过红头文件,但大家都心照不宣,比红头文件遵守得还好。大概这也是单位司机最愿意给领导开专车的主要原因之一。

进了接待室,两位副场长和场部秘书都在忙着往桌上摆放香烟水果,原来场里是早有准备的。杨登科这才恍然而悟,董志良说是到外面来兜兜风,其实他早有安排,事先已给场里打了招呼。当领导的都这样,虚中有实,实中有虚。据说有些领导有事出门,说是去开会,可能是要去会客人;说是到人大去,可能是要去政协。出差也一样,说是要坐火车,其实是坐飞机,说是要坐飞机,其实是坐的轮船,一句话,就是要让你搞不清他到底是坐的什么,尽管他坐什么只有那么多人在乎。

杨登科这么瞎想着,宾主双方已客套着落了座,何场长开始摊开稿纸,向董志良汇报起场里的工作来。

杨登科过去跟陈老局长跑得多,这一套他也是熟悉的,下级部门汇报工作时,总是先一二三四地说些成绩,然后话锋一转,叫起困难来,再在此基础上要求上级给予解决。这叫做工作是突出的,成绩是主要的,困难是巨大的,言下之意,上级领导不放点血是脱不了身的。何况上级领导下基层,都是有备而来的,多少要许些愿,表些态,否则领导下基层,谁还欢迎你? 大家都做官做精了,懂得一个最浅显的道理,会哭的孩子有奶吃。

但这天何场长汇报完毕后,董志良却没说什么,既不许愿,也不表态,却提出到外面空气好的地方走走。何场长几位一时蒙了,想不到董志良竟是这么个态度,脸上难免有些不太舒展,却又不好说出来,只得附和董志良到外面走走。

几个人于是沿着橘林里面的小道,上了场部后面的山包。这里的地势比较高,周围那满坡满岭的橘林尽在眼底,有一览众山小的境界。贵水河的波光在远处闪烁着,那条董志良和杨登科刚刚走过的相傍着贵水且环绕着园艺场的小马路清晰可见。还有山下的侯家村也历历在目,那块与园艺场比邻的坡地圈着竹篱,里面的黑土被整成一垄一垄的,好像种满了药材,估计就是猴子说过的他承包的药材基地了。

何场长几个簇拥着董志良走在前头,一路比比画画地谈论着什么。杨登科和小马落在后面,也随便说些司机同行感兴趣的话题。到了山顶,前面的领导停下来指点江山,他们两个也若即若离地站在不远处的橘树下不动了。

渐渐地杨登科就从董志良他们有一句没一句的谈论中听出了一些意思。原来董志良建议场里搞什么开发,说是园艺场这么好的区位优势,离城里不远不近,要山有山,要水有水,如果以地生财,把地产和房产搞起来,比守着这些已经老化的橘林绝对强一些。何场长强调场里连职工的基本工资都保障不了,哪有钱往这方面想?董志良就启发他们多动脑筋,可以找人投资,说是筑巢引凤,借鸡下蛋,资源同享,利益共得。

何场长这才意识到了董志良此行的真正目的,主动请求农业局来投资。董志良说农业局也是个穷单位,哪来钱投资?不过他可以协助他们联系一下投资人,也许有人能看中这块风水宝地,愿意到这里来淘金。何场长显然有些兴奋了,表示如果董局长能引来资金,他们愿意和农业局还有投资人三方联合经营,共同把这块蛋糕做大。

因为有了这么一个初步设想,下山时何场长几个的脸色明显比上山时灿烂多了,说话的嗓门也高了许多。也没再在场部逗留,几个人分别坐进两部小车里,下山拐进了一家路边店,其乐融融地喝了个尽兴。

这了一段时间,农业局的干部职工都抑制不住地有些兴奋,因为董志良正式跟大家打了招呼,农业局要在城南园艺场搞开发,也不用大家大放血,只象征性集点小钱,大头主要由投资商拿,而且明摆着是有钱可赚的项目,不出两年,大家就可实现小康目标。

董志良不是打的诳语，城南园艺场的开发很快就搞了起来，投资者就是袁芬芳的芬芳有限责任公司。杨登科因为天天跟董志良在外面跑，对此中情况多少知道一些。听董志良和袁芬芳商量，前期投资四千来万，袁芬芳的公司不可能拿出这样一大笔资金，都是那位柴老板划过来的。有了资金，一切就好办了，芬芳公司先拨给园艺场一千万，双方达成协议，在园艺场临近贵水方向圈出一块地皮，用以建设芬芳山庄。根据初步设想，山庄里必须有豪华宾馆，一流餐饮，现代化娱乐休闲场所，还要能召开高档次的中小型会议。

杨登科清楚，这个设想董志良可是蓄谋已久了。他上任农业局局长后不久不是坐着刁大义的车，让吴卫东陪着到各县区跑了一趟么？据说董志良就是想摸些情况，找点思路，准备在市农业局做番实事。结果各县区的工作局面都死气沉沉的，没有什么特色。直到最后一站到了西边一个小县，晚上住在离县城五公里的休闲山庄里，才开了眼界，长了见识。别看那个县经济落后，小山庄却豪华气派得很，可谓吃喝玩乐一条龙。县农业局局长说平时客人总是爆满的，不提前预订，根本住不进去。小山庄是年轻的县委书记从外面引进资金修建的，县财政一分钱都没出，县里人都佩服书记不凡的能力。有意思的是，过去省市领导连那个县的名字都不太记得住，更别说前去视察指导工作了，可自从有了这个小山庄，上面便光顾得非常频繁了，县城里陡然多了不少高级小车。县农业局局长还说，那个县因为太不起眼了，历届县委县政府主要领导任期一满不是去了人大政协，就是平调到了外地，没有一个能进步的，而小山庄建成后，那位年轻的县委书记任期还不到就进了市委常委，县长也顺理成章当了县委书记，算是各得其所了。

县农业局局长的话让董志良感慨不已，那天晚上他谢绝了同行们安排的娱乐活动，一个人沿着小山庄转了两圈，慢慢就有了一个初步设想。回市里后，这个设想又在脑袋里酝酿了多时，董志良才给袁芬芳打了一个电话。自从因为儿子的事跟董夫人达成协议后，董志良一直控制着没和袁芬芳联系，但工作需要，也就顾不得那么多了。

袁芬芳觉得董志良的设想可操作性很强，两人当即碰了一次头，明确了各自的任务，便开始分头行动，袁芬芳联系资金，董志良选购地皮。不想这事还特别顺利，袁芬芳通过关系联系上了柴老板，资金和地皮也很快有了着落。

董志良深谙官场游戏规则，他不想把这事当成一种个人行为，他毕竟是一局之长，如果自己背着单位去外面搞什么开发，十有八九是要出漏子的。该走的程序他都一一走到了。他正式召开了局党组会和局务会，提出在城南园艺场建设芬芳山庄的初步设想，理由是市委出台了建设小康贵都的英明决策，农业局要根据自己的行业特点，利用资源优势，振兴地方经济，同时让局里的干部职工象征性地集了点资，到时可以分红受益。农业局本来就没有太多的实际工作可做，现在董志良找了事，又可给大家带来好处，谁能不支持？这个设想很快就在局里通过了，还组建专门班子做出了切实可行的实施方案。接着董志良拿着方案报告了市委分管领导和常委会。市里刚大张旗鼓地开过全市招商引资工作会议，见董志良这么快就引到了大额资金，自然全力支持，董志良的方案马上得到了认可。

程序到了位，又有局里支持和市委的认可，董志良就放开手脚大干起来。很快芬芳山庄的设计图纸就出来了，工程人员开始圈地打桩。柴老板听说董志良和袁芬芳办事这么得力，非常高兴，表示要亲自到现场看看。投资人对自己投资的项目这么热心，董志良和袁芬芳当然表示欢迎，坐上杨登科的蓝鸟，到省城把他接了过来。

柴老板对设计图纸和所选地址非常满意，觉得芬芳山庄建在这么一个依山傍水，离城不远不近的黄金地段，区位优势非常明显，以后赢利绝对没有问题。在现场走了一遭后，几个人准备回城了，柴老板说他年轻时是登山运动员，虽然好久没爬山了，可一看见有山的地方就有感情，便跃跃欲试，想重温旧梦，一展身手。

大家就跟着柴老板往董志良前不久去过的园艺场场部后面的山顶爬去。别看柴老板已有些发福，但老运动员的功底还在，在场的几个人包括经常在这里爬上爬下的何场长几个，都没法爬过他。到得山顶，极目四顾，只见青山连绵，碧水荡漾，真是风光无限。柴老板越发兴奋了，对众人说："风景这边独好！想不到贵都还有这么好的地方，不是到了陶氏的世外桃源吧？"大家就说陶氏的世外桃源大概也莫过如此。

也是一时兴起，柴老板突然提出要扩大芬芳山庄的建设规模，这倒是董志良和袁芬芳几个未曾预料到的。只见柴老板指着山下侯家村方向，说："把那块地皮也圈进来，沿河建些曲径回廊，石山亭阁，让贵水的风光尽入我怀，那么这个芬芳山庄又可上一个档次。"何场长说："那个村子叫侯家村，把村子圈进来，恐怕工作不怎么好做。"柴老板说："也不要圈整个村子，把村后紧挨园艺场的那个地段圈过来就行了。至于资金你们不用担心，回去后我立即给你们再划几百万过来就是。"

柴老板的想法不无道理，他离开贵水后，何场长就开始跟侯家村的人交涉。不想侯家村的侯村长坚决不同意，何场长找了他几次，都没谈成。何场长没法，只得到农业局来向董志良汇报，董志良笑起来，说："这还不好办？侯家村属于贵南乡吧？乡里的皮书记是我在郊区做区长时一手提拔上去的，你要他辛苦一趟，跟我来见一面。"何场长紧锁的眉头舒展开了，出门上了停在坪里的桑塔纳。

一个小时后，何场长就回来了，身后跟着年轻的皮书记。皮书记一见董志良，一双手老远就伸了过来，问老领导有何指示。董志良说："你可是一方诸侯，我怎么敢指示你？我想念你了，想看看你是胖了还是瘦了。"皮书记说："太感谢老领导了，基层工作不好做，天天扯不完的麻纱，所以难得回城里一次，好久没向老领导汇报工作了。"

听皮书记左一个老领导右一个老领导地叫着董志良，何场长就知道这事没什么问题了。

开了几句玩笑，董志良也没说有什么事，皮书记心想今天看来得出点血了，便提出他请客，找一个馆子，好好聆听聆听老领导的教海。董志良笑道："农业局穷,园艺场也不富裕,好久没开荤了,皮书记这么慷慨大方,那就恭敬不如从命了。"几个人于是分头登上杨登科和小马的车,出了农业局。

来到皮书记经常光顾的一家酒店,进包厢坐定后,董志良才说出了自己的意图,皮书记说:"这好办,那个姓侯的小子,别人的话他都可以不理,我皮某人说句什么,他是不会打折扣的。"董志良说:"你还有这一手?"皮书记说:"那不是? 不是我做工作,他那个鸟村长早被人家拱下去了。"

说着,皮书记就掏出手机,拨了侯村长家的电话,也不说有什么事,只说了酒店的名字,要他快过来,今天要分个高下。

不到半个小时侯村长就骑着摩托车赶到了。一见董志良和何场长在场,就明白是怎么回事了,却碍着皮书记的面子,还是入了席。席上也没一句话论及地皮,大家只管放开喉咙喝酒。这里董志良官最大,大家都竞相给他敬。董志良因为在郊区做过区长,皮书记给他敬过后,侯村长也站起来,举杯跟董志良一碰,一饮而尽,说是先喝为敬。董志良说:"侯村长你坐下吧,起身是要罚酒的。"侯村长说:"罚就罚,难得跟父母官在一起。"真的又喝下一杯。董志良不好意思推托了,只得仰脖干了。

不过董志良还是比较节制的,喝到后面几轮,他就喝得不那么直了,主要由杨登科给他代喝。大家都不好勉强他,杨登科代喝,还是要敬。直到大家都微醺了,皮书记在董志良耳边嘀咕了两句,要服务小姐撤了酒,上了一些点心。离席出了酒店,侯村长就跨到摩托车上,准备告辞,皮书记一把将他扯下来,说:"董局长都没走,你好意思先溜? 走走走,陪董局长搞活动去。"侯村长没法,只得跟着董志良几个进了酒店隔壁的红杏楼。

皮书记安排好董志良、何场长和侯村长几个后,又过来请杨登科和小马。杨登科客气了两句,见小马被一位小姐扯走了,才跟另一位小姐进了一间幽暗的小屋子。屋里一张大床,小姐递给杨登科一套花格子棉布衣服,说:"先生请换衣服。"就到屋外回避去了。

杨登科还是给陈局长做司机时到过这些场合,后来开着破面包车和旧桑塔纳,没人请了,便再没来过。只是那时也不用换什么衣服,不知怎么兴起了这套名堂。所以换好衣服,小姐重新进屋后,杨登科就问为什么还有这么个程序。小姐就笑了,说:"先生是烦程序太复杂了吧? 这叫循序渐进。"

杨登科觉得这位小姐还挺会说话,声音也甜,不免多看了她几眼,觉得她身材和脸蛋的轮廓都不错,虽然屋里光线太暗,看不太真切。

按照小姐的指点,杨登科乖乖躺到了大床上。小姐开始在杨登科身上拿捏起来,一边和他有一句没一句地聊着。杨登科问道:"城西不是已经有了一个红杏山庄么? 怎么这里又有了一个红杏楼?"小姐说:"红杏楼和红杏山庄本来就是同一个老板嘛。"杨登科说:"他怎么老抠着红杏这两个字不放呢?"小姐笑道:"我们的老板是个有文化的人,大概他最喜欢那句关于红杏的古诗吧?"

杨登科清楚她指的哪首诗,却装傻道:"红杏还有诗的?"小姐说:"你看上去也是有文化的,难道没读过那句诗?"杨登科说:"我才小学文化,哪读过什么诗?"小姐说:"我告诉你吧,那句诗叫春色满园关不住,一枝红杏出墙来。"杨登科笑起来,说:"我明白了,这里的红杏都要出墙的。"

小姐就在杨登科身上狠捏一把,嗔道:"先生好坏好坏的哟。"杨登科哎哟一声,说:"你怎么这么心狠手辣?"

因为还算谈得来,杨登科又随便问了问小姐的姓名,虽然他知道这些场合里的小姐绝对不会说真姓真名的。只听小姐说:"本小姐姓潘,三点水的潘。先生你呢?"杨登科说:"我姓西,西边的西。"小姐就停了手中的动作,望着杨登科说:"还有这样的姓? 你不是骗我的吧?"杨登科笑道:"怎么是骗你呢? 你那三点水的潘是潘金莲的潘吧? 所以我这西边的西便是西门庆的西。"

小姐乐了,举了拳头向杨登科砸过来。杨登科身子往里躲躲,接住了小姐的拳头,小姐顺势栽进了杨登科怀里。杨登科想不到她会来这一手，往外推了推，小姐一动不动，杨登科就没决心了，抱紧了小姐。

杨登科并不是那种好色之徒，也就到此为止，并没有进一步的动作。可小姐却有些不甘心，试探着将手往他下面伸过去。杨登科便去拿她的手，小姐停顿了一下，见他并不怎么坚决，继续向前，还说："西门庆，你在潘金莲面前还装什么假正经？"杨登科说："你真以为我是西门庆？"小姐说："我是潘金莲，你不是西门庆是谁？"杨登科说："如果我真是西门庆，一定把你带走。"小姐说："真的，说话一定算数哟。"

说着话，杨登科稍一走神，小姐的手就到达了目的地，杨登科就不能自持了，变得有些听话起来。见杨登科不再抵抗，小姐的胆子越发大了，几下就解开了他的皮带。杨登科觉得再不能听之任之，护住裤头，说："小姐，打住打住，我是个废物，不中用的。"小姐柔声道："还废物，看你好挺拔的。又不贵，才一百元钱的小费。"

一百元真的不贵，何况这个小姐还有几分可爱。杨登科差点又坚持不住了。但他知道自己是来陪领导和客人的，他们又先进的包厢，如果他们出去了，自己还在里面快活，岂不惹得他们不高兴？这么一想，杨登科就坚决地坐了起来。小姐感到很失望，却还是强作欢颜道："我还没见过有你这么意志坚定的男人。"

杨登科于心不忍了，取下挂在衣架上的衣服，从里面掏出一百元钱，递到小姐手上。小姐眼睛亮了一下，却不肯伸手，说："你这钱我不能要，我还没有提供服务。"杨登科说："怎么没提供服务？你的手艺挺不错的。"抓过小姐的手，把钱放进了她的掌心。小姐的头低下了，转身出了屋子。

待杨登科几下换好自己的衣服，正准备出去，小姐又进来了。她按了门后的开关，屋顶亮起一只稍大一点的灯泡。杨登科这才看见小姐手上还拿着一张纸条，低声道："先生你是我干这行后遇到的唯一的好人。这是我的真实姓名，还有我的手机号码，今后你还想得起我，就打我手机。"然后将纸条递到了杨登科手里。

　　杨登科低头一瞧，只见上面写着丁雨亭三个字，心想多好的名字。杨登科把纸条放进衣兜，对丁雨亭说了声谢谢，却见她眼里盈满了泪水。杨登科心里软了一下，暗想，莫非这个叫丁雨亭的小姐还动了真情不成？

　　出去后，董志良也刚好做完按摩，从另一间屋子里出来了。只有侯村长还在里面。等了二十多分钟，侯村长才出来，臂弯里还挎着一位鬈发散乱面色潮红的性感小姐。有意思的是那位小姐一边在侯村长身上蹭着，一边用手掖着裤头，好像匆忙中裤子没系牢似的。侯村长大概是看到了杨登科几个，才甩脱了小姐，朝他们笑笑，摇晃着身子上了卫生间。这边皮书记已结了账，开好了发票，又过来附到董志良耳朵边上，轻声说道："那姓侯的家伙，光小费我就给他出了两份，看来这事没问题了。"

　　还真被皮书记言中了，侯村长不再打折扣，答应芬芳公司在侯家村征地。没几天袁芬芳和何场长就跟侯村长签定了协议。侯村长事先收了不菲的好处费，地价也就谈得很便宜，只有一般商业用地的半价。芬芳公司当即就把预付款打到了侯家村的户头上，然后派人过去画了红线。那两天杨登科送董志良去看过现场，划进来的土地正好是猴子的药材基地，地垄里那些还没完全长好的药材苗子你踩我踏，已是狼藉一片。

　　猴子这会儿也站在地边心疼地看人画线，杨登科走近他，说："你是怎么和村上交涉的？"猴子说："村里给了一万元的补偿款。"杨登科说："你原来给过村里一笔承包费吧？"猴子说："没给他们怎么会承包给我？我东挪西借，一次就把几年的五万元承包费交足了，这一来我白忙乎了半年。"杨登科说："那村里还了你的承包费没有？"猴子说："侯村长说那笔承包费村里早花光了，得缓一段时间才能还给我。"

　　杨登科也搞不清村里的事，不便多说什么，又指了指地上乱七八糟的药材苗子，问道："如果这些药材长成后再出售，会有多少收益？"猴子说："应该有六七万元，除去成本还能赢利四五万左右。"杨登科叹道："这你可是吃了亏了。"猴子说："有什么办法呢？这是村上的决定，我胳膊扭不过大腿啊。"

杨登科沉默了一会儿，问猴子以后有什么打算。猴子一脸的无奈，说："把村里的五万元承包费要回来还了债再说。"杨登科也不可能给他出什么好点子，说："竹青刚上医专，你不弄点钱不行啊。"忽见那边董志良已经向蓝鸟走了过去，只得说："我走了，有什么困难只管来找我。"猴子说："借你的五千元还不知几时还得了，怎么好老去麻烦你？"

杨登科指指猴子，说："你看你看，又来了，说好不要再提这事的。"说完忙转身追上董志良，上车走了。

春风得意

　　地皮落实了,余下的就是跑手续。这项任务理所当然落在了董志良头上,近段时间他几乎天天坐着杨登科的蓝鸟在外面跑。董志良在郊区做过区长,区里有关部门的头儿都是他的老下级,有些还是他一手提拔起来的,现在老上级开了金口,自然什么都不在话下。至于市里国土建设环保等大权在握的部门头儿,彼此经常开会见面,不是今天你请我,就是明天我请你,关系没有不融洽的,董志良亲自上了门,人家不看僧面看佛面,也不会怎么为难你,能办的自然会给你办得妥妥帖帖的。就是政策依据不太充分的地方,董志良把掌握政策的人喊出去,几杯下肚,临走再塞个大红包,第二天政策依据就充分了。这叫做酒杯一端,政策放宽;红包一塞,要得要得。也是国情如此,通过正常途径能办办不了,不能办也非办不可的,只能通过非正常途径,搞曲线救国。据说近几年安徽出现不少红顶商人,各种说法莫衷一是,殊不知人家也是不得以而为之,是绕着弯子发展地方经济。比如当地一些大中型骨干企业,是地方财税收入的主要来源,但某些职能部门经常利用手中权力设阻刁难,索拿卡要。政府为了保护企业,增强企业战斗力,没有别的良法,只好让企业厂长经理进入地方党委或政府班子,许多老大难问题因此迎刃而解,职能部门那伸得老长的手也有所回缩,企业才得以继续生存下去。比如有些企业眼看就要倒闭了,政府面临严重的失业压力,只得让政府甚至党委主要领导去挂名做个厂长或经理，企业也就如虎添翼，马上起死回生。这样的现象绝不是安徽的特产，各地其实都大同小异。这也是没办法的办法了，在一个有着几千年根深蒂固的官本位思想的国度，你就是本领再大，手段再强，钞票再多，有些事情你上天入地就是办不了，而只要红顶往头上一戴，便一路通吃，无往而不胜。

董志良就是因为头上戴着红顶，所以很多手续便不费太多周折，很快给办了下来，芬芳山庄按计划如期破土动工。芬芳公司组织了隆重的奠基仪式，相关部门和单位的头头脑脑都应邀前往，董志良还出面把市里有关党政领导喊过去奠基剪彩，着实热闹了一场。贵都电视台和贵都日报记者也蜂拥而至，对芬芳山庄的建设情况和美好前景进行了全方位宣传，那座未来的芬芳山庄还没砌上一砖一瓦，就已是家喻户晓。

等到工程全面启动，该董志良做的工作已经基本完成，施工建设方面的事情都是袁芬芳的公司在操办，董志良没必要过多插手。他一下子闲了下来。忽想起这几个月杨登科鞍前马后跟着自己奔波，也该出面操办一下他的事情了。

这天杨登科送董志良去市政府汇报工作。下车时董志良没说什么，杨登科估计要不了多长时间，就一步不离地坐在车上等候。果然不到一个小时，董志良就出了政府大楼。但他却没上车，而是对杨登科说："陪我去人事局走走吧，看找不找得到人。"

杨登科心头一喜，知道董志良开始考虑自己的事了。自己没日没夜地跟着他东奔西跑，盼的不就是这一天早些到来么？

心头喜着，人已下车，跟屁虫一样贴上了董志良。人事局在政府大楼旁边的副楼里，没走几步，两人就进到了楼里。上到二楼，只见墙上挂着一块宽大的政务公开栏，上面有局领导的彩色照片和工作分管范围，接着是各科室的工作职责，可谓条分缕析，一目了然，仿佛外来办事的人只要对着墙上的栏目按图索骥，就会不费吹灰之力把想办的事情办成。

杨登科平时到这里来得不多，对人事部门的职能不甚了解。于是两眼紧盯着墙上，看工人转干的事归哪个科室所管，却根本没有这一项职责。忽又想起董志良说过的工人转干的门已经关死，杨登科不免有些懊丧，这事看来不是说办就能办成的了。

董志良却知道真正管用的东西都锁在抽屉和箱子里，一旦挂出来，肯定是用来作秀的，傻瓜才会当真。比如好多挂在嘴上纸上或是账上的东西，使的都是高明或并不高明的障眼法，无非是故弄玄虚，遮人耳目，从来没人真正相信过。至于这挂在墙上的政务公开栏自然也属同样性质，也是为了应付上面检查和给外人瞧的，与实际操作根本不是一回事。董志良也就不会像杨登科那样驻足而观，头都懒得抬，咚咚咚径直往东头的走廊走去。

见领导已经走远，杨登科只好赶紧收住目光，追过去。

两人先后进了局长室。老板桌后的靠背皮椅里坐着一个胖子，见来人是董志良董局长，嘴里哟了一声，忙起身离桌，过来跟客人握手，脸上笑眯眯道："麻雀叫，贵人到，怪不得一大早窗外槐树上的麻雀就老朝着我这边叫，原来是董大局长大驾光临。"说着将董志良往傍墙的大沙发上迎，一边朝旁边的椅子上摆摆手，示意杨登科也坐。

宾主坐定后，董志良望望窗外那棵大槐树，说："我只听说喜鹊叫，才贵人到。怎么到了祁局长这里，喜鹊变为麻雀了？"祁局长笑道："现在城里哪还找得到喜鹊？幸好政府大院里这两年长了些树木，引得麻雀登枝，我也就拿鸡毛当令箭，取麻雀代喜鹊，表达我对董局长光临敝局的欣喜之情，这也是发扬实事求是的精神嘛。"说得董志良笑逐颜开，说："看看祁局长都上升到了理论高度。"

杨登科一介司机，董志良能将他带到祁局长这里来，已经是破例了，领导说话时，他是不能插话的，只在一旁陪着笑脸。只是寒暄了好一阵，却没听董志良提及杨登科三个字，也不知他是顺便来这里串门的，还是将自己的事忘到了脑后。又觉得董志良精明过人，既然让你来见祁局长，意图已经明显不过，是不会如此粗心的。也许是还没到火候，也许今天仅仅是来投石问路，领导办事喜欢讲究个由表及里，由浅入深。

这么一寻思，杨登科又乐观起来。

又聊了一阵，董志良起身要走人，祁局长过来将他按回到沙发上，说："董局长也难得到我这里来一趟的，今天既然来了，就不要走啦，我这就要办公室订个包厢，咱兄弟俩好好喝几杯。"也不容董志良开口，拿起电话给办公室崔主任下达了指令。董志良说："怎么好让祁大局长破费呢，等会儿农业请客。"祁局长说："行行行，农业请客，人事买单。"董志良说："有这样的好事，那农业巴不得天天都请人事的客。"说着两人哈哈大笑起来。

崔主任的电话很快就回了过来，祁局长嗯嗯了两句，搁下话筒，起身对董志良说了个请字，几个人就相让着出了局长室。下了楼，祁局长的车已停在坪里。各自上车后，两部小车便一前一后出了政府大院。

赶到说好的酒家，下车后，但见人事局办公室崔主任已候在门口了。几个人被崔主任和礼仪小姐客气地请入事先订好的包厢。两位局长却不怎么喝酒，要敬酒时，祁局长那边由崔主任和司机代，董志良这边由杨登科代。

三位部下代喝着，两位领导却一边悠闲地说起话来。董志良说："祁局长不是你请我，一般情况下我是不会在外面喝酒的。"祁局长说："是呀，都说革命不是请客吃饭，就是做文章，虽然客是公家的，饭也是公家的，可胃却是自己的，拿着自己的胃替公家请客吃饭，也是要一点儿牺牲精神的。"董志良说："是呀，兄弟单位之间相互走动走动，吃点儿喝点儿，就是伤肝伤胃，也不能伤感情。至于外面的什么老板经理，我是断不敢跟他们搅在一起，怕说不清楚。病从口入，腐亦从口入啊。"祁局长说："兄弟这话我赞同，做人讲感情，做官讲原则，这就是原则嘛。吃吃喝喝看似小事，但饭桌上有政治，一旦筷子伸向酒场，可能吃香了嘴巴，却臭了名声；吃高了身份，却低了形象；吃好了口感，却差了口碑，这可得不偿失。"董志良说："祁局长到底是搞人事工作的，凡事能透过现象看本质。"

杨登科虽然眼睛看着崔主任两个,跟他们对饮着,耳朵却支得喇叭一样,听着两位局长说的话。他一心盼着董志良能把自己的事当祁局长的面提出来,不想董志良没吐半个与自己有关的字眼,尽说些无关痛痒的废话。杨登科就暗想,莫非坐在了席上,火候还没到?

　　喝得差不多的时候,祁局长让崔主任去结账,董志良拦住崔主任,说:"不行不行,还真的农业请客人事买单不成? 登科你去结账。"

　　杨登科就站起来,要执行领导命令。崔主任已扒开董志良的手,出了包厢。杨登科暗怪自己动作慢了半拍,正要追出包厢去,董志良对他摇摇手,说:"祁局长既然这么客气,那就领他的情吧,不然显得生分了。"

　　杨登科就有几分失望。如果是求祁局长办事,竟然要他们买单,世上哪来这样的道理? 由此看来,董志良今天怕不是有心要为自己办事了。

　　喝完酒,各人吃了一小碗饭,祁局长说:"好久没像今天这样高兴了,董局长咱们干脆玩儿个尽兴,到三楼去摸几把。"董志良说:"祁局长日理万机,怎么好耽误你的宝贵时间?"祁局长说:"时间再宝贵,也没有咱们兄弟的情谊宝贵嘛。走走走,上楼去。"

　　说着几个人上了三楼,进了一间不大的麻将室。

　　根据祁局长的建议,实行对口接待,农业局董志良和杨登科上,人事局祁局长和司机上,崔主任一旁跑龙套,负责后勤保障。哗啦啦将麻将搓开,正要砌牌,崔主任打开手里皮包,拿出一叠大钞,一人前面放了十张,说是什么活动基金。

　　杨登科想着还要祁局长给自己解决转干指标,哪敢收他们的基金? 却见董志良毫不客气,早将钞票塞入桌前的小抽屉,还招呼杨登科:"把基金收好吧,你以为这钱就是你的了? 这是祁局长放线的,让我们暂时给他保管保管,等会儿他要连本带息拿回去的。"杨登科只得学董志良样,打开自己前面的小抽屉,收好钞票。

也不知怎么搞的，这天杨登科手气格外好，上场才两圈就摸了三把大牌两把小牌，抽屉里一下子就塞得满满的了。董志良也和了两把大牌。算来祁局长和他的司机几乎没和牌。第三圈第一盘，杨登科又是一条龙，正待和牌，猛然想起今天吃祁局长的，喝祁局长的，又拿了祁局长的大额基金，现在一心只顾自己和牌，把他们的钱都赢到了自己抽屉里，自己转干的事还要不要找人家了？是不是自己多喝了两杯，变得不清不白起来？杨登科于是忍痛割爱，将和牌的张子打了出去，按牌桌上的说法，叫做放了流。

也是怪，自放了这把流，杨登科的手气就坏起来，再难得摸到好牌了。祁局长和他的司机牌和得多了些，却只是小牌，不像董志良大牌和得多，因此所进不丰。数圈下来，杨登科抽屉里包括基金和先前赢的钱就快输光了，开始去掏身上钱包里的票子。祁局长就笑杨登科："杨科长你不是上厕所没洗手吧？"杨登科说："祁局长你们段位太高，我自愧不如。"心里却乐滋滋的，觉得讨好了祁局长，终究不会有亏吃。

倒是董志良一如既往，有大牌和大牌，有小牌和小牌，成了场上的英雄。可一旦董志良没好牌，杨登科牌不好，祁局长和他的司机也不和牌，便只有让牌臭掉。也许臭牌也是有惯性的，有一圈四盘牌都臭掉了，桌上就显得沉闷起来。这样的牌是最没意思的，董志良一连打了好几个哈欠，丢了牌要上厕所。

到了门边，董志良回头看了杨登科一眼，杨登科就意识到董志良有话要跟他说，起身跟了出去。董志良将杨登科带到屋角，瞪着眼道："你怎么老不和牌？这样下去，岂不要惹祁局长不高兴么？"杨登科一脸迷惑，说："不好老赢祁局长他们的钱吧？"董志良说："人家祁局长今天就是让你来赢他的钱的，你不和牌，怎么对得起他的一片美意？"

董志良说完就走开了。

杨登科在屋角愣了片刻，想不透董志良话里的意思。他不止一次根据领导的意图，陪人打过工作麻将，都是求人的人输钱。今天明明是你有求于祁局长,祁局长出了基金,还要他放血,输钱给你,这个礼岂不完全颠倒过来了?

想不透,干脆不想了,杨登科回了麻将室,重新投入战斗。命令如山倒,领导的意思是不能违背的,杨登科把自己转干的事抛到脑后,能和的牌毫不手软地和,好手气又跟着来了。董志良的手气也挺不错,一会儿和大牌,一会儿和小牌,牛气得很。自此再没臭过牌了,桌上的气氛越来越热烈。

慢慢地杨登科又盆盈钵满了。

照理赢了钱,应该高兴才是,但杨登科却觉得做了什么见不得人的坏事,心里一直忐忐忑忑的,感到很不踏实。

打完麻将,杨登科原先那并不怎么饱满的皮包变得圆圆的了。董志良也大获全胜,上了车,脸上的兴奋劲儿还没过去,说:"这个祁局长还真够哥们儿!"

杨登科附和了两句,想问问董志良今天这是什么性质的麻将,话到嘴边又咽了回去。杨登科知道,有些话领导不说,你最好不要吱声。当领导专车司机的最重要的是要记住四个字:手勤嘴紧。随便哪个领导,恐怕都喜欢自己的司机多动手而少动嘴,如果弄反了,那你的小车司机肯定做不长久,该交钥匙了。

杨登科肚子里那点想法还能瞒得过董志良那双慧眼?董志良也就点破他道:"登科,我知道今天你赢了钱还要不高兴。"杨登科有些不好意思了,掩饰道:"没有没有,哪有发了小财不高兴的?"董志良说:"其实你应该高兴才是,今天祁局长又请客又输钱,是要我给他办事,你说我们不吃他的请,不赢他的钱,对得起他么?"

这话让杨登科更加泄气。原来是替祁局长忙乎了半天,自己的事还没摆上董志良的议事日程。不想董志良又说道:"至于你的事情,现在难度越来越大了,因为政策已经一刀切了下来,机关工人一律不再办理转干手续。不过不管怎么样,我既然已经答应了你,就会尽力给你去办的。有句话叫做上有政策,下有对策,祁局长只要下了决心,我敢肯定他还是会有办法的。只是要他下这个决心,自然先要替他办件事,让他觉得值得。"

杨登科大为感动。原来董局长搞的是迂回战术。为自己的事,他真是费尽了心机。杨登科暗想,有了董局长这份好意,转干的事就是没办成,也无怨无悔了。

一晃过去了一个星期,这天祁局长和崔主任忽然坐着小车进了农业局。

刚好杨登科在坪里清洗蓝鸟,见了他们两位,估计是来找董局长的,就放下手中活计,陪他俩到楼上去见董志良。董志良肯定先得了他们的信,正坐在局长室里候着。双方见面坐定后,杨登科也不用董志良吩咐,殷勤地倒起茶敬起烟来。忙完自己的,杨登科不好干扰领导们的谈话,退了出去,回到坪里去陪祁局长司机聊天。

没多久,董局长就送祁局长和崔主任下楼到了坪里。祁局长跟董志良握过手,上了自己的车,却把崔主任关在了外面。望着祁局长的车子出了传达室,董志良才转过身,对杨登科说道:"你这就陪崔主任到农校去打一转,祁局长有事托马校长办理,我已经给他打了电话的,他现在正在学校里。"

杨登科二话不说,和崔主任上了蓝鸟,直奔农校。

崔主任不认识马校长,问杨登科:"马校长那人好不好打交道?"杨登科想起找马校长给杨前进找工作的事,心里至今还耿着,却不好在崔主任前面说三道四,只是说:"那要看是什么人,像崔主任你这样权威部门的领导,又有董局长的电话在先,肯定好打交道。如果是我这样的小人物,那就另当别论了。"崔主任只笑笑,不再说什么。

赶到农校校长办,马校长一见杨登科,很是激动的样子,老远就伸着双手奔了过来,全然不是上次找他给杨前进解决临时工作时那不冷不热的作派了。杨登科知道是自己给董志良开上了专车,他爱屋及乌的缘故,心里就有几分不屑,不出声地骂了句:势利眼!却因是陪崔主任来找他给祁局长办事的,脸上不好有丝毫表露,只得虚情假意地把没被马校长握着的左手也搭上去,重重地摇了摇,朗声道："好久不见了，真是想念你呀，马大校长！"看上去像是在猫儿洞里共同战斗过的生死之交一样。

杨登科当然不只顾自己和马校长亲热，及时将崔主任做了介绍。马校长又来握崔主任的手，说："董局长刚才打了电话的，杨科不介绍我也知道是崔大主任了。"崔主任说："马校长校务工作繁忙，真不好意思惊扰。"马主任说："崔主任你这是客气了，你这样的人事要员能到学校指导工作，可是我们的莫大光荣。"

客套了一阵，崔主任才言归正传，一边说："今天受祁董两位大局长的委托，跑到贵校来，有一事请求马校长帮忙。"一边从包里拿出一份报告，双手递到马校长手上，还补充道："董局长已在上面签了字的，请马校长亲自过目。"

马校长盯着报告，说："柳碧如，现为市氮肥厂宣教科干部。这柳碧如是个女的吧？"崔主任笑道："当然是个女的，而且是年轻貌美的知识女性，如果马校长这次不接收，今后见了本人，肯定会后悔的。"马校长说："是吗？既是这么难得的人才，又是祁局长和董局长特别委托的，还劳崔主任和杨科亲自跑了来，那我不接受就是有毛病了。"

原来是祁局长要安排人到农校来，杨登科心想董局长用这么大的筹码来跟自己的转干进行交换，是不是有些不太对等？杨登科知道市氮肥厂已经处于半停产状态，工人大部分下岗在家，而市农校尽管不是什么热门单位，却是正儿八经的事业性质，国家财政供养着，只要进了这道门坎，就等于端上了铁饭碗，摔都摔不烂的。何况现在就业形式那么严峻，安排军转干部和大学毕业生进事业单位，比六十岁的女人生崽还难，从快破产的企业里安排人进来，简直是想都不敢想的事。不过话又说回来，现在工人转干经一刀切掉，要钻政策空子把这事办成，也是要下些工夫，费些力气的。两者相比较，这种交换似乎又相当了。杨登科对董志良感恩戴德起来，觉得为自己的事，他真是舍得付出代价。

杨登科动着心思的时候，只听马校长又说道："崔主任是人事工作专家了,知道进人的事,随便在哪里都是非常敏感的,纵使上级部门有安排,学校里光我一个人同意了还不行,一些该走的程序还得走一走,比如先得开个校务会,集体讨论通过后,再交由校人事科到对方单位进行考察,然后才好上报主管局同意,再由贵局办理正式调入手续。过程是麻烦了一点,但程序都到了,免得有人借题发挥,说长道短。"崔主任附和道:"马校长说得很有道理,我当然能够理解。其实祁局长也不是今天送报告,明天柳碧如就要到学校里来,马校长尽管按自己的惯例操办就是。"马校长说:"有崔主任这句话,我心中就有数了。"

说得差不多了,崔主任和杨登科就起身准备走人。马校长说:"既然来了,两位就留下吃顿工作餐再走,学校穷是穷了点儿,粗茶淡饭还是招待得起的嘛。"崔主任打拱道:"谢谢啦,谢谢啦!我们两个都还有事,下次我做东,代表祁局长好好请马校长撮一顿。"说着话,人已到了门外。马校长又假意客气了一回,送他们两位来到楼下。

坐车出了农校大门,崔主任说:"我看这个马校长挺热情的嘛。"因跟崔主任多打了几回交道,彼此随便起来,杨登科也就说:"那当然,在崔主任你老人家的前面,谁敢不热情?"崔主任说:"杨科你这可是批评我了,我算什么?"

为了安排一个人进农校,炙手可热的祁局长亲自陪客吃饭打麻将,亲自跑农业局,还特派崔主任到农校来递报告,也不知这个柳碧如是何方神圣,值得堂堂人事局局长这么处心积虑。杨登科起了好奇心,试探性地问崔主任道:"柳碧如不是祁局长的近亲就是至友吧?"崔主任口气暧昧地说:"比近亲还近亲,比至友还至友。"杨登科说:"真的?那柳碧如到底是祁局长什么人?"崔主任说:"是姨妹子。"杨登科说:"那就是他老婆的妹妹啰?"

崔主任顿了一下,忙纠正道:"我瞎说的,是祁局长一位远亲。"

刚才崔主任还说柳碧如是祁局长的姨妹,怎么一下子又变成了远亲了?杨登科就生了疑心,估计柳碧如跟祁局长的关系非同一般,至于怎么个非同一般法,杨登科想问个究竟,又打住了,心想这是人家的私事,你又不是太平洋的警察,管那么宽干吗?

不一会儿进了城,崔主任说:"刚才马校长也说了,单位进人是很敏感的,必要的手续不可少,农校有了初步意见后,我们恐怕少不了要配合他们做做工作,到时还得劳杨科你的大驾哟。"杨登科说:"崔主任你客气了,农业人事是一家嘛,人事的事就是农业的事,我一切听从党召唤。"崔主任笑道:"我怎敢召唤你?"

蓝鸟在政府大院里停了下来。崔主任下车前,特意吩咐杨登科道:"祁局长安排人进农校的事,杨科你可不要对外面任何人说。因为祁局长处在那样的位置,惹人耳目,这种事知道的人多了,容易给他带来不必要的负面影响。"杨登科说:"崔主任你就放心好了,我们做司机的,没别的本事,就是嘴巴闭得紧,用钢钎都撬不开的。"

崔主任这才踏实了,笑道:"估计也不会有人拿钢钎来撬你嘴巴的!"说完下了车。

见崔主任这么慎重,杨登科疑心更重了。回农业局的路上,他满脑子都是问号:这个柳碧如到底是祁局长的什么人呢?

农校的动作还是很快的,十天不到,马校长就给董志良打来了电话,说:"根据您的最高指示,柳碧如进农校的事,校务会已获通过。"董志良说:"那就好。什么时候到氮肥厂去考察?"马校长说:"下周吧,我已给校人事科贾科长打了招呼。我的意见是,学校进人得局里同意,考察的时候,董局长是不是也安排一个人参加参加?"

学校要进人,教职工都会鼓大眼睛盯着,主管局派人参与考察,可以堵住不少人的嘴巴,减轻学校领导的压力。董志良知道马校长肚子里的小九九,说:"行行行,到时我让蔡科长配合贾科长,还安排杨司机负责接送。"

放下电话,董志良下了楼,要出去办事。在车上,董志良把跟马校长商定的意见转告给了杨登科,杨登科说:"既然蔡科长要出面,到时干脆将人事局崔主任也叫上,四个人刚好一车。"董志良笑道:

"不是刚好一桌吧?"杨登科说:"董老板你知道的,我打牌十有九输,没这方面的兴趣。"董志良说:"该输的就输,该赢的就赢嘛。"

没过两天,农校贾科长就进了农业局,跟蔡科长上了杨登科的蓝鸟,到人事局接上崔主任,直奔氮肥厂。如今企业里人满为患,有人主动前来要人,那又何乐而不为呢?所以氮肥厂的领导和人事部门的人对杨登科四个人的到来非常欢迎,连忙得屁股冒烟的佘厂长都抽出宝贵时间,亲自接待考察小组,安排部署考察事宜。

考察分三步进行,先是查看当事人柳碧如的档案材料;接着分头找有关人士个别谈话,听取他们关于柳碧如的思想、政治、学习、工作、家庭等方面的情况反映;然后召开座谈会,综合当事人的基本情况。档案材料不用说是很过硬的,当事人过去历史清白,现在表现上佳。谈话和参加会议的人都是厂领导指派的,口径非常统一,对柳碧如的评价相当高,仿佛农校不引进这样不可多得的人才,简直就是冒天下之大不韪。

该走的过场都走了,也到了中午吃饭的时间。佘厂长请几位到离厂不远的定点酒楼去就餐。他们几位都说家里还有事,要上车走人。佘厂长就生气了,说:"你们是跟我们工人阶级没有感情,还是嫌我们厂里穷,怕招待不起? 说句内心话吧,你们看得起我们厂里的人才,就是看得起我们工人阶级,厂里再穷,这顿饭也是要请的。我们工人阶级是有志气的,就这么放你们走,如果让工人阶级兄弟们知道了,那对我这个厂长的意见可就大了。"

企业状况这个样子,不吃厂里的饭,工人阶级就有意见,这话让杨登科听着,总觉得有些滑稽。好多红红火火的企业一夜之间轰然倒塌,除了大环境使然外,大概与工人阶级对厂里领导越来越没有意见有关。杨登科也不知佘厂长这是不是幽默,如今有的人尤其是有些权力的人的幽默,如果你智慧不够,确实是不大容易领会的。

不过这天佘厂长的热情却是实实在在的。既然不吃这顿饭,上对不起佘厂长,下害怕工人阶级有意见,几个人也担当不起,只好跟着佘厂长和厂里人事部门的人进了酒楼。

佘厂长这下满意了，高兴地说："这才像咱工人阶级的亲兄弟嘛。"

进了事先安排好的包厢，里面已经候着一位年轻漂亮的女人。他们几位还以为是酒楼里的领班什么的，佘厂长却介绍说是柳碧如。柳碧如媚笑着，感谢各位为她的事辛苦了。他们几位就发自内心地说这是应该的。见了漂亮女人，男人们都容易发自内心，遂争着过去跟柳碧如问候握手，免不了又要发自内心地赞叹她年轻貌美，魅力飞扬，简直可倾国倾城。

柳碧如的手伸到杨登科前面时，杨登科犹豫了片刻，还是礼貌地跟她握了握，就觉得她的手细细软软的，好像半干不湿的泥一样。杨登科无缘无故就酥了一下，觉得这个女人好像有一种特殊的魔力，如果她愿意的话，恐怕什么样的男人都会拜倒在她的石榴裙下。

也许这就是祁局长要花大力办她的调动的真正原因了。杨登科就突然明白了祁局长和柳碧如之间的关系。不是这种关系，祁局长这么用心良苦，犯得着吗？

杨登科正在发痴，服务小姐已开始上菜，各位在佘厂长的招呼下纷纷入座。还是席上惯例，众人先齐喝三杯。接下来佘厂长酒杯高举，大声道："我代表厂务会、厂党委还有全厂五千多名工人兄弟，敬上级领导一杯！"这杯酒分量如此之重，谁也不好推辞，一个个响应佘厂长，起身喝了杯中酒。

大家屁股还没落凳，自始至终协助此次考察的氮肥厂人事科科长站了起来，说："感谢上级领导慧眼识珠，选中我们厂花到更重要的部门工作，这也是我们氮肥人的骄傲，也是我们厂人事部门多年来贯彻佘厂长以人为本，加速人才开发和建设的显著成果，我代表厂人事部门敬上级领导一杯。"没有人事科的大力支持，这次考察工作也不可能完成得这么圆满，各位跟人事科长干了杯。

柳碧如更是责无旁贷，立即站起来，瞟各位一眼，说："各位领导为了小女子，不辞辛苦，特意到氮肥厂来进行考察，我万分感激，代表我自己敬上级领导一杯。"各位哪敌得过柳碧如那带钩的目光和如饴的声音？慌乱中早举起了杯子。

几轮下来，大家就有些醉了。

几个人中，崔主任看来对柳碧如有所了解，席上高潮迭起之时，突然建议道："我早就耳闻小柳人美歌也美，还在全省青年工人歌手大赛中拔过头筹，今天趁着酒兴正浓，小柳何不给大家献上一首，也让我们饱饱耳福？"

美人善歌，又近在咫尺，能一展歌喉，自然是乐事，大家于是热烈鼓掌，欢迎柳碧如献歌。柳碧如看来是洞庭湖上的老麻雀，见过的风浪多了，也不用力劝，起身离席，大大方方站到了大厅中间。服务小姐立即开了音响，又拿起话筒递到柳碧如手上。屏幕上旋即打出了《青藏高原》几个字，旋律起时，柳碧如的嗓门也亮了，闹闹嚷嚷的包厢陡然间静下来。第一句还没唱完，大家就情不自禁拍起了巴掌。

掌声中，柳碧如唱得更有激情了：

是谁带来远古的呼唤

是谁留下千年的祈盼

难道说还有无言的歌

还是那久久不能忘怀的眷恋

哦我看见一座座山一座座山川

一座座山川相连

呀啦索那就是青藏高原

是谁日夜遥望着蓝天

是谁渴望永久的梦幻

难道说还有赞美的歌

还是那仿佛不能改变的庄严

哦我看见一座座山一座座山川

一座座山川相连

呀啦索那就是青藏高原……

《青藏高原》唱罢，大家鼓掌的时间起码超过了三分钟。一边大骂那些三天两头在电视里鬼哭狼嚎的歌手，电视台肯定是收了他们的大钱，不然也不会让他们跑到电视里惹观众生气了。一致要求佘厂长给电视台赞助点儿钱，让柳碧如去露露脸，砸了那些五音不全的所谓歌手的饭碗。佘厂长说他是慈悲心肠，不让人家砸饭碗，所以至今不肯拿赞助费。

说笑着，又怂恿柳碧如再唱一首，柳碧如唱了一时传唱大江南北的《大地飞歌》：

哎哩啰哩罗嘿……
踏平了山路唱山歌
撒开了渔网唱渔歌
唱起那牧歌牛羊多呀
哎多过了天上的群星座座
牡丹开了唱花歌
荔枝红了唱甜歌
唱起那欢歌友谊长呀
哎长过了刘三姐门前那条河
唱过春歌唱秋歌
唱过茶歌唱酒歌
唱不尽满眼的好风景
好日子天天都放在歌里过
唱过老歌唱新歌
唱过情歌唱喜歌
唱不尽今朝好心情
好歌儿越唱大路越宽阔
哎大路越宽阔嘿

这首歌正合席上诸位君子的心情,自然又赢得一阵阵热烈的掌声。想想也是的,有不花钱的美酒端在手中,有不用付费的美人的丽歌声声入耳,这日子这心情还能不好吗?这大路还能不宽阔吗?真可谓酒醉人,色醉人,歌亦醉人。

杨登科也被美酒美色美歌陶醉了。只是他有时醉有时醒,醒时脑壳里总要冒出一些怪怪的念头:那些眼着就要破产的企业,连卖苦力的资格都已失去的下岗工人,每月几十元的生活费都没法领到手上,生了病进不了医院,子女上学交不起学费,他们的日子和心情会好到哪里去呢?他们的大路会宽阔到哪里去呢?

醉意蒙眬中,大家下了席。佘厂长还要请大家找地方潇洒潇洒。杨登科一是怕董志良要用车,二是觉得已经大吃大喝了一顿,还要潇洒花钱,于心不忍。如果是那些政府拨款部门,或是拿着政府文件,不用一分钱成本就可大额收费的单位,他们的钱你不帮着花点儿,他们自己也得不辞辛苦,牺牲宝贵的工作和休息时间去花,你花他们的钱实在是替他们了难,属于行善积德,完全有这个必要。可氮肥厂是眼看着就要关门的企业,尽管你不花,他们的厂长经理也会花,可想想你花的是工人阶级的吊气钱,心里毕竟不是个滋味。杨登科于是借故说:"我要回局里处理件急事,崔主任几位先在这里潇洒着,过几个小时再来接你们。"

崔主任睁着喝得血红的双眼,望着蔡科长和贾科长,征求他们的意见。两位自然还想潇洒潇洒,一个说:"要潇洒杨科也要一起潇洒,你又不是张国焘,怎么能搞分裂呢?"另一个说:"杨科不能走,杨科走了,我们哪里还好意思留下来潇洒呢?"

崔主任酒量不大,已是半醉半醒,因此没完全听懂两位的真实意图,说:"我醉啦,没能力潇洒了,走就走吧。"跟跄着出了包厢。

佘厂长其实巴不得几位快点走掉,好留几个钱让工人活命。于是嘴里说着挽留的话,脚下的步子比客人迈得还快,几步走到几位前面,带起路来,生怕他们迷了路似的。快出大门了,佘厂长才立住步子,拉开手里的包,拿出一把红包,在门口守住。

杨登科因为要去开车门，已经超越崔主任，到了前边。抬了腿正要往外迈，佘厂长拖住他，递了一个红包上来。杨登科摇摇手，说："免了吧佘厂长，今天吃也吃了，喝也喝了，怎么还好意思拿你的红包？"佘厂长说："厂里穷，一点误餐费。"

　　这佘厂长也真是的，刚刚吃了饭，怎么又误餐了？你随便叫个什么名称都可以嘛，比如辛苦费呀、劳务费呀、出勤费呀，又好听又贴切，干嘛偏偏说是什么误餐费，也太不符合逻辑了，这不是成心让人不好伸手接你的红包吗？

　　杨登科这么犹豫着的时候，佘厂长一把抓过他的手，将红包塞进他的手心，说："你不接，崔主任他们也不好接了，你这不是为难我吗？"顺便将杨登科推出了门外。杨登科觉得佘厂长说的也有道理，刚才自己不肯留下来潇洒，已经得罪了那几位一回，现在如果再带头不接红包，这就是损害几位利益，故意与他们过不去了。何况世风如此，一个小红包算什么呢？连小小红包也胆敢拒绝，那不是虚伪又是什么？杨登科不出声地教育着自己，将红包往衣袋里一插，一按遥控器，打开车门，钻了进去。

　　崔主任东倒西歪来到了门口。佘厂长将早捏在手里的红包迅速往他口袋里一塞，要推他出门。崔主任却立住不动了，嘴里包了狗屎一样，含混不清道："这这这是什么？"佘厂长说："没什么，一点点误餐费。"崔主任说："误误误误什么餐？"佘厂长说："别管误什么餐。"给后面跟上来的柳碧如使个眼色，柳碧如立即过来扶住崔主任，将他送进了车里。

　　蔡科长和贾科长也到了门口。蔡科长酒量不错，今晚最多也就喝到六成，自然没什么酒意，可见佘厂长的红包递了上来，也佯装醉态，趔趄着往一旁歪去。却恰好歪在佘厂长怀里，佘厂长顺风吹火，不怎么费力就将红包塞进了他的口袋。贾科长也清醒得很，也学蔡科长的样子，假意一脚踩空，栽倒在门边，佘厂长手中最后一个红包便顺理成章到了他身上。

　　上车后，除了崔主任，几个人醉意全消。蔡科长拿出红包数了数,不多不少,刚好一千,就乐道:"一千元不多,但对于氮肥厂来说,也算过得去了。"贾科长说:"我看这个佘厂长还够朋友,估计跟柳碧如关系不一般。"

崔主任本来半醉半醒缩在位置上,听了两位的话,睁开红眼,说:"当然不一般,柳碧如是佘厂长的妻妹。"贾科长说:"正宗的还是旁系的?"崔主任说:"妻妹莫非也有正宗旁系之分? 你们尽往歪处想。"蔡科长说:"原来如此,怪不得佘厂长舍得花这个代价。"贾科长说:"是呀,我开始也纳闷,氮肥厂都要倒闭了,据说厂里工人因为领不到生活费,三天两头就跑到市政府去上访,佘厂长却还在这里花天酒地,不是一般关系,他会花这个钱吗?"

蔡科长来了劲,说:"崔主任早把他们这层关系告诉我们,我们也就不走了,还要宰佘厂长一刀,潇洒走一回。"贾科长说:"怪就怪杨科,你不提出走人,我们怎么会走?"

杨登科觉得这些人怎么一点恻隐之心都没有? 人家厂里穷得丁当响,卡着工人的生活费不发,供你们吃饱喝足,临走还给了个不小的红包,还嫌不足。可这话杨登科还只能裹在肚皮里,不能当他们面说出来,否则既得罪人,又显得自己道貌岸然,好像你的卵比人家的多条筋似的。如今的人心肠仿佛都变硬了,谁如果胆敢表露自己慈悲柔软的一面,谁就会被看成是假正经,或得了神经病,难免让人嗤之以鼻。

杨登科只得笑笑,说:"那我现在把车给你们开回去怎么样?"蔡贾二人也笑道:"那别开玩笑了,好马不吃回头草,出了门,怎好意思回去? 事成之后再宰姓佘的也不迟。"

崔主任的眼睛还是半开半闭着,听几位你一句我一句说得热闹,也不甘寂寞,说:"事成之后不用宰宰宰姓佘佘佘的,宰祁祁祁局长得得得了。"蔡科长说:"柳碧如又不是祁局长的妻妹,谁好意思宰祁局长他老人家?"

崔主任看来是真的醉了,口无遮拦道:"柳碧如不不不不是祁祁祁局长的妻妻妻妹,但却是祁祁祁局长的那那那个。"

这意思已是再明白不过了，蔡科长和贾科长却还要装傻，说："那个是什么？"崔主任哈哈大笑了，手在空手划了道弧，结结巴巴道："那那那个是什么都都都不知道？你们还还还说是在单单单位上混混混混的？"

蔡贾二人便怪笑了两声。

闲话少说。就说贾科长回到农校就把考察材料交给了马校长。两天后，马校长便象征性地开了个校务会，做了调入柳碧如的决定。市农业局是农校的主管单位，农校进人必须经局党组同意，在有关材料上签字盖章，方才可到人事局办理正式的人事关系和工资手续。因此农校该签的字都签好，该盖的章都盖好之后，贾科长便拿着材料到了农业局，找到蔡科长，由他接着去走下步程序。蔡科长又拿着材料去找董志良，董志良在材料上瞟了两眼，说："先在我这里放放吧，开党组会的时候得通过一下。"

然而董志良并不急着开党组会，却吩咐杨登科写个转干申请报告送到蔡科长那里去。杨登科乐不可支，一口气写了个三千多字的申请报告，从德能勤绩多个方面，对自己进行了全方位的总结，好像这样的能人不转干，将会为祖国和人民的事业造成莫大的不可估量的损失一样。可屁颠屁颠拿着报告交到蔡科长手上后，蔡科长只瞟了两眼就笑起来，说："杨科你不是给自己写回忆录吧？谁有工夫看你的？何况能否转干，又不是靠你的报告写得多么漂亮。有四五百字，把基本情况写进去就足够了。"

杨登科想想也是的。如今的这报告那报告，要经费也好，要待遇也好，要政策也好，并不在于报告本身如何生动感人，主要在于谁写的报告，谁递的报告，或谁在报告上滴的墨水。人微言轻，位显言重，就是这个道理，属于世之常情，千古一理。杨登科只得重写。这下他学乖了，先向蔡科长请教写作方法。蔡科长也没时间给他传授什么写作方法，找了份过去工人转干的现成材料给了他。杨登科一看，那样的报告也并不怎么高深，于是照着上面的格式和要点，把自己的简单情况写上去，一个像模像样的申请报告便出来了。这一回蔡科长没说的了，立即在上面签了意见，盖了公章，送到了人事局。

不久，祁局长和崔主任到董志良这里来催办柳碧如的手续。董志良说："我也正在催马校长呢。"崔主任说："农校的贾科长不是把材料报到局里来了么？"董志良脸一黑，骂道："这个姓马的，我给他打了几个电话了，他不是说学校领导忙，校务会开不拢，就是说学校离退休老师天天缠着他，要求安排子女在学校就业，怕引起连锁反应，柳碧如的事容他缓一段时间。怎么在你们面前却把责任都推到了我的头上？"

说着，拿过电话拨通了马校长，当着祁局长和崔主任面狠狠地训了他一通。材料明明报到了局里，董志良却说没看到材料，马校长一时蒙了，想申辩几句，董志良也没给他说话的机会，说："我没空跟你啰唆，祁局长和崔主任就在我办公室。下午你再到我这里来，把情况给我说清楚，小柳的事你想赖着不办，除非我不做这个局长了。"啪一声挂了电话。

祁局长和崔主任见董志良话说得这么硬，自然不好多说什么，只拜托董志良多做马校长的工作。董志良一脸歉疚地说："让二位空走一趟，真对不起了。你们不知道，那个姓马的名堂就是多，好几次局里交办的事，都被他顶了回去。这件事他如果还要继续耍滑头，我就真对他不客气了！"同时拍拍桌子，提高了嗓门道："我就不相信我还坐在这个位置上，却找不到法子整治他。连下属单位的一个小头目都对付不了，我这个局长还怎么当！"祁局长忙说："用不着，用不着，马校长也许确有他的难处，董局长你也不能逼得太厉害了。"

他们两个站起来准备出门时，董志良像是忽然想起了什么，在崔主任肩膀上轻轻拍了拍，说："崔主任，据说蔡科长将杨登科转干的报告送到了人事局，我想这样的小事也不好惊动祁大局长，还是拜托你，帮我到有关科室去过问过问吧。"

表面上董志良是在跟崔主任说话，其实却是有意说给祁局长听的，意思是柳碧如从企业调往事业单位也算是大事了，他董志良都给办得差不多了,杨登科转干那样的小事属于人事局的职权范围,还不是小菜一碟?

都是久经官场的角色,祁局长还听不出董志良的意思? 忙解释道:"工人转干的政策已经一刀切掉了,这事难度确实还不小。不过既然董局长开了口,我们还是会认真对待的,只要能靠上点儿政策边边,我们就打打擦边球,尽量把这事给解决了。"崔主任也忙说道:"这事杨登科郑重其事地跟我说过,我也特意跟有关科里打了招呼的,我回去再督促督促。"董志良说:"有祁局长和崔主任照应,我就放心了。"

下午,被董志良训得一头雾水的马校长带着贾科长进了农业局。董志良见了他俩,满脸是笑,说:"你们还真跑了过来?"马校长更加糊涂了,说:"我敢不来吗? 柳碧如的材料一个多星期前贾科长就送来了,你硬说没看到,叫我怎么放得下心?"贾科长也说:"我可是亲自送到蔡科长那里的,不信可以把蔡科长叫来。"

董志良亲自给他们倒了热茶,说:"不用叫蔡科长,柳碧如的材料在我抽屉里。"

两个人就哑巴了,望着董志良,半天回不过神来。董志良诡谲地笑笑,说:"是我错怪你们了,我做深刻检讨,总可以了吧?"马校长说:"谁胆敢要领导做检讨? 我们只想弄清到底是怎么回事。"董志良说:"事情很简单,这一阵局里工作很忙,没时间开党组会研究柳碧如的事,不想祁局长是个急性子,打了好几个电话,今天上午又跟崔主任亲自跑了过来,我总不好以工作忙来搪塞他们吧,只好把你们拿出来做了回挡箭牌。"

两个人这才松了口气。

不过马校长还是觉得被董志良训得有些冤枉,说:"给领导做挡箭牌,是我们做部下的应尽的光荣职责,可领导也总不能让我们白做了吧?"董志良说:"那是那是,晚上我做东请客。"说着便打电话给杨登科,要他订了包厢。

第十章

舍身护主

不久，蔡科长就到人事局拿到了杨登科转干的手续。农业局这边也在柳碧如的材料上签了该签的字，盖了该盖的章，送到了人事局。材料到了人事局，那就进入了祁局长自己的势力范围，他只一句话，没几天有关柳碧如的人事工资等一应手续就到了农校。柳碧如摇身一变，便从一个即将下岗的企业职工，变成了铁饭碗在手的事业单位的干部。

这天下午杨登科送董志良到政府那边去参加市长办公会，这样的会不到六七点绝对散不了。董志良不要杨登科在政府傻等，回去听他电话就是，杨登科就开车回了农业局。想起天天跟董志良在外面奔忙，好久没和胡国干他们混了，便朝司机班走去。不想蔡科长听见蓝鸟叫，来到楼道口，要杨登科到他科里去一下。杨登科只知自己转干的材料已经报到了人事局，却不知进展如何，转身上了楼。

进了政工科，蔡科长笑嘻嘻道："登科同志，拿钱出来请客吧。"杨登科心想，莫不是自己的转干手续已经下来了？心里暗暗高兴起来。嘴上却说："请什么客？是不是来了政策，当司机的可以娶两个老婆了？"蔡科长笑道："司机能娶两个老婆，我这个政工科长还不先安排自己做司机了，还轮得到你？"

蔡科长这话不无道理，让杨登科想起一位乡干部的故事来。

说是乡里一位普通干部和乡妇女主任发生了关系，本来这样的事在乡里也算不上一回事,有关乡里领导处处丈母娘,夜夜做新郎的说法,夸是夸张了点,却并非全是妄言。偏偏那干部做新郎做错了对象,妇女主任除了是妇女主任,还是位家里挂了铜牌的军属,县里纪检部门便组织了一个工作组,很当回事儿地开进了乡政府。乡党委书记气得抽风,将那位干部找来狠狠训了半天,说:"你搞女人也不看清楚是什么女人,人家妇女主任是军属,是搞得的么?如果搞得,上有书记副书记、乡长副乡长,中间还有七站八所的站长所长,领导们还不早先上了,难道还轮得到你这个无职无权的小干部?"

蔡科长忍俊不禁,说:"那个书记说的话是粗俗了一点,却比政纪国法和干巴空洞的大道理更有说服力,我估计那位干部不服也得服。机关里就非常流行'听老婆的话跟领导走'这样的名言,不管是干工作还是吃喝嫖赌,最好不要特立独行,先得让领导上了,自己再上,这样不但不会犯错误,还会得到领导的信任和赏识,以后进步起来快。"

接着蔡科长也说了一则小笑话:一次开大会,领导先庄严宣布会议内容非常重要,会议没结束,不管台上领导还是台下干部,任何人都不得离开会场。因为领导头带得好,干部也变老实了,整整一个上午没一人离开会场。结果会议一散,大家别的事都放在一旁,纷纷提了裤头往厕所狂奔。领导也是人,是人就要纳新吐故,上进下出。更要命的是,也是人的领导在台上时还是喝了不少茶的,比台下干部的情况更加紧急。加上领导下台还得多迈几级台阶,多少要耽误些时间,没能抢到先机,跑到厕所门口时,里面已是人满为患,水泄不通。憋得满脸通红的领导虎威全失,跳着脚在地上直绕圈子。负责会务的工作人员心急如焚,一时又想不出别的法子,只得大声宣布:"大家都给我靠边,让领导先尿!"

说得杨登科直笑。可笑了一会儿,杨登科却不太笑得出来了,说:"所以领导的车队到了乡下,路上的学生得躲到路边让领导先行,而不惜掉进河里被水淹死。所以人山人海的礼堂里起了火,有人大声宣布：领导先走！于是与民同乐的领导们一个个昂首挺胸地逃掉了，被领导们扔下的学生和妇女儿童则葬身火场。"

蔡科长暗怪杨登科扯远了，觉得大可不必如此严肃，继续把话题往原来的思路上引，说："有人总结了密切联系领导的三大法宝，叫做什么领导钓鱼你下乡，领导用钱你分赃，领导好色你嫖娼。把这三大法宝掌握好了，这人不想进步恐怕都是不行的。"杨登科说："蔡科长真不愧是搞政工的，实践经验足，理论功底深，今后一定以你为楷模，掌握好实践好这三大法宝，也好早些得到提拔重用。"

开着玩笑，蔡科长却没忘了要杨登科请客的事，说："杨科你真狡猾，悄悄就转移了我的注意力。快把钱拿出来吧，别小里小气的。"

机关里的同事，有时闲得没事，喜欢编个说法要人请客，无非图个快活。杨登科觉得蔡科长为自己转干的事没少跑人事局，便从身上掏出一张五十元的票子，放到了他桌上。蔡科长说："五十元少了，还得加一张。"杨登科不干了，说："总得先说个什么理由吧？"

蔡科长便从抽屉里取出一张表格，对着他扬了扬，说："这张表只值五十元？"杨登科伸手要去捞表格，蔡科长手一缩收了回去，说："交足了钱再说。"

其实杨登科已经看清了表格的头函，是人事局工人转干的批复表，知道是自己转干的事批了下来。也就不再犹豫，又出了五十元。蔡科长叫对面桌上的副科长快去买些好吃的东西，这才把表格给了杨登科。杨登科低头一瞧，刚才自己确实没看走眼，也就是说，从这一天开始，杨登科就不再是小小的工人了。

盼星星盼月亮，盼了十多年也没做成干部，跟董志良跑了不到一年，忽然就成了干部了，杨登科感觉好像有些不太真实似的。他悄悄吸一口气，心里一遍又一遍地自问道：莫非自己真的成了正式的堂而皇之的国家干部了？

蔡科长见杨登科双眼放光，神情怪异，又笑了笑，说道："怎么样？这客请得不冤枉吧？还提不提当司机娶两个老婆的要求？其实转干比娶两个老婆强多了。"杨登科说:"这两件事不好搬到一处比较吧?"蔡科长说:"转了干才有机会进步做领导,做了领导,手中有了实权,还愁女人不投怀送抱?那时恐怕就不只两个老婆了,三奶四奶的都缠着你,看你杨登科怎么应付得过来。"杨登科笑道:"蔡科长现在几奶了?"

正说着,买香烟水果的副科长回来了。周边科室的人发现了,都纷纷进了政工科,一伙人便张牙舞爪起来。杨登科将转干批复表还给蔡科长存档,只吃了两颗进口小葡萄,便抱拳谢过蔡科长他们,出了政工科。

走在楼道里,杨登科的脑袋依然是恍恍惚惚的,身子仿佛都快离开地面,飘了起来。一时还以为是在梦中,掐掐手臂,感觉到了疼痛,才确信这已是事实。抬头去望窗外,明朗的天空、灿烂的阳光和偶尔飞过的生动无比的鸽群,也足以证明一切都是真实的。还有每个人脸上的笑容都好像卸去了以往的虚伪,变得真诚可爱,触手可及了。那句话仍然占据着杨登科的意念:我真的不再是司机了,不再是工人了,而是堂堂正正的国家干部了。

当国家干部的感觉真是奇妙啊!

晚上回到家里后,杨登科还有些平静不下来。把转干的事给聂小菊一说,她也跟着兴奋了一阵,说:"还是要给领导开专车,否则一辈子你都别想转成干。"

聂小菊曾为杨登科做上董志良的专车司机立下过汗马功劳,杨登科对她心存感激,讨好她道:"都说成功的男人后面总是站着一个女人,没有你,我也没有今天。"聂小菊却说:"转个干就成了成功男人,那男人也太容易成功了。"

杨登科不在乎聂小菊的讥讽,说:"我不是起点低吗?"聂小菊笑道:"那倒也是。过去见机关里一些小科长小股长甚至小干部个个趾高气扬,自我感觉都好得不得了,我还大惑不解,今天见你小人得志的样子,我终于明白过来了。"杨登科说:"你能明白就好,也就不会挖苦我了。"聂小菊说:"当国家干部的感觉如此奇妙,让你们董局长把我这个教师也给转了吧，我也得意一回，同时也免得天天吃粉笔灰。"杨登科说："教师本来就是干部级别嘛。"聂小菊说："干部级别是干部级别，可我怎么也找不到当干部的感觉。"

杨登科是知恩图报的人，这个干部是董志良给的，他便琢磨着怎样好好报答报答董志良。替他开好蓝鸟，这当然是不用说的，从此他做得越发尽心尽力了。估计董志良暂时还难得找到合适的司机，杨登科虽然转了干，还得继续给董志良开一阵蓝鸟。只是开蓝鸟毕竟是分内工作，杨登科还想在分外感谢一下董志良。

怎么个感谢法呢？杨登科思来想去，一直不得要领。跟聂小菊商量，她一时也没有什么好主意。忽然想到董志良的儿子董少云，也不知他还有没有可用价值，杨登科便说："可不可像以前一样，再在董少云身上做做文章？"聂小菊说："你就别从这方面想了，董少云已经初中毕业，上高中去了。"

杨登科拍拍自己脑袋，说："看我这记性，你曾跟我说过的，董少云以全班最好的成绩考取了市一中重点班。"聂小菊又取笑他道："也怪不得你，天天想着当国家干部，脑壳都想蒙了，别的事不那么容易上心。"杨登科说："又不仅仅我想当这个国家干部，有人比我自己更希望我当国家干部呢。"聂小菊说："我不是想夫荣妻贵吗？"杨登科说："这一下你暴露出了你的险恶用心了吧？"聂小菊说："促成你当上干部也是险恶用心？以后我懒得险恶了。"杨登科说："别别别，你还是继续险恶，你一险恶，我就有进步。"

这天下午杨登科陪董志良到下面的农科所去听情况汇报，拗不过农科所领导的盛邀，一起喝了几杯，回到市里时已经是晚上八点多了。董志良还是像以往那样，坚持不让杨登科送他进市委大院，在离市委大门三百米的小巷口下了车。望着董志良一步步靠近大门，最后隐进门里，杨登科这才掉了头，准备回九中。这几个月因忙芬芳山庄和杨登科转干的事情，董志良临时用车多，晚上杨登科很少将蓝鸟入农业局的车库，都是开回贵都九中过夜。好在九中安全保卫工作做得好，车子停在宿舍楼下草坪里很安全。

掉完头刚起步,有一位少年从前面走了过来,细看是多时没见的董少云。杨登科就开着蓝鸟靠过去,同时按下车窗,喊了声董少云。董少云也认出了杨登科,说:"是杨叔叔,你还没回去?"杨登科说:"刚送你爸到大门口。才放学?"董少云说:"可不是?读高中比在初中累多了,早上七点二十要进教室,晚上八点才离校。聂老师还好吗?"

杨登科想这孩子还真懂事,并没忘记先前的老师,说:"好好好,她也常常记着你呢。上车吧,我送你回去。"董少云说:"前面不就是市委门口了么?"杨登科说:"我送你到你家楼下。"董少云笑起来,眼睛一眨一眨道:"我爸都不让你送到楼下,我让你送到楼下,我的官不是比他还要大啦?"

说得杨登科也笑了,说:"江山代有才人出嘛。照你的智商和现在的表现,以后的官肯定比你爸做得还要大。上来上来,体会体会做官的滋味吧?"

董少云还真被杨登科说动了,伸手就要去拉车门。可旋即又放弃了,说:"这样不好,我还是走着回去吧,要不了几分钟的。谢谢杨叔叔!"扬扬手走开了。

望着董少云摇晃着身子进了大门,杨登科才踏着油门,将蓝鸟开走了。心下却想,这孩子真懂事,将来是会有出息的。

也不知怎么的,董少云的影子就留在脑袋里,一时抹不去了。回到家里,杨登科跟聂小菊说起董少云,告诉她那孩子还问她好,聂小菊也说董少云的确是个不错的孩子。杨登科说:"当时如果不是你这么上心,把他掰过来,这孩子不就这么毁了?"

晚上因为回得迟了点,车子来不及洗涮,第二天早上天才发白,杨登科就起床下楼,接了水管对着蓝鸟冲洗起来。自这蓝鸟从省城提回来,每天下了班,杨登科都要及时清洗干净,免得第二天董志良看着不干不净的车子不舒服。

冲洗完车子,看看表,才六点半。忽又想起董少云来,杨登科灵机一动,顿时生出一个主意,把车开出了九中。不一会儿就到了昨天碰见董少云的地方,杨登科才把车停住了。

　　没到两分钟,六点四十几的样子,董少云出现在了市委大门口。杨登科将车子缓缓开过去,绕到了董少云身旁。按了几下喇叭,又喊了声少云,董少云才回过头来,见又是杨登科,便窃喜道:"杨叔叔你到哪里去?"杨登科说:"我要到一中那个方向去办点事,顺便捎你一程吧。"董少云说:"真的?"便高高兴兴上了车。

　　快到一中门口了,七点还没到,董少云乐道:"比走路和坐公共汽车快多了。"杨登科说:"那当然,要不领导配专车干什么? 还不是图个方便快捷,提高工作效率? 干脆让你爸也给你买辆小车,这样上下学就不急了。"董少云笑道:"杨叔叔真会开玩笑,这可能吗?"杨登科说:"那倒也是。不过也不用急,只要好好读书,考个好大学,毕业后当了官或发了财,那就什么都会有了。"董少云说:"杨叔叔你怎么跟我们的老师一个口气? 老师为了鼓励我们把成绩搞好,也是这么教育我们的。"杨登科说:"这说明你们的老师人情练达。我们那时的老师可没有这个水平,这个道理还是我在社会上混了二十年,自己慢慢悟出来的。当初老师如果不是天天嚷着要我们千万不要忘记阶级斗争,早把这个道理教给我们,我也不至于走那么多弯路,快四十岁了才当上这个小干部。"董少云说:"时代在进步嘛。"

　　蓝鸟停稳,杨登科说:"这段时间我这边有些事情要来处理,可能会往这个方向多跑几趟,碰着了你还坐我的车哟。"董少云说:"好哩!"便下了车。

　　根据昨天晚上碰见董少云的时间,估算他们大约傍晚七点半到八点之间放学,下班后杨登科瞅准这个时候,又将车子开到了离一中门口一百米远的地方。果然没过几分钟,董少云就和他的一伙同学出了学校大门,杨登科便悄悄将车子开过去,到了董少云身后才鸣了两声喇叭。回首一见蓝鸟,董少云就蹦了起来,又惊又喜道:"杨叔叔又是你呀。"

　　杨登科从里面开了车门,让董少云上了车,说:"我不是跟你说了,这阵子我这边有事要办么?"董少云说:"那好,算我运气来了。"

董少云毕竟是高中生了，已经晓得轻重，到了市委大门外，就要杨登科把车停住，走了下去。他是不想让爸爸看见自己坐他的专车。杨登科本来想嘱他不要跟他爸爸说起这事，见他这么懂事，也就不再啰唆，将车开走了。

从此，早送晚接董少云便成了杨登科每天必须温习的功课。辛苦是辛苦点儿，但杨登科乐意。他要让自己这个干部做得踏实，做得心安理得，而且还得有更大点儿的出息，虽然他已为此付出了不少。杨登科知道做个普通干部并不比做司机强到哪里去，而他的目的并不仅仅在此，将来要能真正登科。而这些只有董志良才可能给予他。杨登科心里再清楚不过，他除了替董志良本人服务，现在又替他的儿子服务，这就等于给了董志良双倍服务，这双倍服务到了位，杨登科也就为自己今后的进步又添上了一个筹码。

这么一想，杨登科接送董少云的劲头便更足了。

当然有时要出差或被别的什么事情拖住，杨登科偶尔没法去接送董少云，他就想出其他办法弥补。杨登科刚好有一位战友下岗后在街上开的士，他先让董少云和他的战友认识了，然后给了战友一些钱，自己不能去接送董少云时，就打战友的手机，要他代劳。何况给了钱，就是不给钱，战友也是没话可说的，因此杨登科交给战友的任务，每次他都完成得非常出色，就像在部队完成首长下达的命令一样。

就这么坚持了一个学期，董少云上下学都由杨登科或他托付的战友接送，就像市委政府领导和各单位一把手上下班由小车司机接送一样。也许是杨登科做得太巧妙了，董志良丝毫也没察觉出来，他还从没在杨登科面前提及过此事。杨登科也不急于让董志良知道，反正总有一天他会知道的。最好是等到时机成熟，董志良无意中知道了此事，为感激杨登科，他开口说句话，就让杨登科进步登科了。

干部要进步，哪个不是单位一把手一句话的事？

第二个学期快过去一半了，杨登科依然乐此不疲，早出晚归接送着董少云，直到有一天董志良终于发现了此事。

那是个星期天早上，董少云不用上学，杨登科在家里睡懒觉，董志良突然打来电话，说他要上省城去，叮嘱杨登科去市委大门外接他。

杨登科以最快的速度赶到了市委大门外的小巷口。

董志良上车后，杨登科就在后视镜里发现他的脸色不太生动，好像有些愠怒。杨登科不敢吱声，也不敢多瞧后视镜，只管盯住前方，小心翼翼地把着方向盘。这时董志良开了口，说："登科，你有什么事情瞒着我没说吧？"

杨登科有些惶恐，想了一阵也没想起什么事瞒着领导。只听董志良说道："你怎么能这么做呢？而且一直瞒着我，不给我露一点点口风。"

杨登科腾出一只手，用力抓了一下脑袋，还是想不出瞒了些什么，无言以对。董志良又苦口婆心道："我的同志哥，你以为你这是对他好，其实你错了，大大地错了。你这不是对他好，这是在害他，这样下去非毁了他不可的。"

这一下杨登科终于听出了董志良话里的意思，不禁一喜。

董志良青着的脸色慢慢缓和一些了，他无奈道："市委那么多孩子，有些孩子的父亲还是市级领导，谁是坐着专车去上学的？这事若传出去，那影响多不好？你已经是国家干部了，连这一点政治敏感性都没有？"杨登科申辩道："现在的孩子，尤其是到了高中，学习也太苦了。我不忍心看着少云那孩子学习上那么苦，还要早出晚归地疲于奔命，有空接送他一下，以为没什么大不了的。怪只怪我头脑太简单，缺乏必要的政治敏感性。"

董志良的脸扭向窗外，眼睛望着街道两旁的楼房，长叹一声，说："现在的教育，说穿了就是整孩子的教育，国家都无可奈何，我们做家长的有什么办法？要说登科你也是一片好心，我还不能完全怪你，要怪也只能怪我失察，对孩子的事关心不够。我已经让少云到

舍身护主

学校寄宿去了，免得你再天天为他操心，来回奔忙。"

为了不让他接送董少云，董志良竟然让董少云读了寄宿，杨登科心里不禁对他暗暗敬佩起来。是呀，换了别人，有人愿意这么接送自己的孩子上下学，做家长的又省事又不用担心孩子的安全，还巴不得呢，哪会因此把孩子弄到学校去寄宿？杨登科住在九中，知道寄宿生过的是什么日子。比如伙食，总务处为了从寄宿生的伙食费里多抠几个出来填自己的腰包，和不法肉贩勾结，买低价的母猪肉甚至死猪肉给学生吃。杨登科就认识一个长年卖这种肉给学校的肉贩，说了他两句，他还扬言杨登科再多嘴，要红刀子进白刀子出。董志良肯定也是知道学校情况的，他能做到这一点，还真不容易啊。

杨登科这么想着，已经出了城，到了高速公路入口处。只见袁芬芳的车已等在那里了，杨登科按按喇叭，算是跟对方打过招呼，尾随其后上了高速公路。

这一阵董志良和袁芬芳一连上省城跑了好几趟了。

原来芬芳山庄的建设已接近尾声，但建设资金已经超过预算，柴老板还有其他投资项目，不可能把资金全部抽出来压到芬芳山庄上，董志良只得和袁芬芳到省里去，协助柴老板融通资金。找了好几家银行都没谈成，后来还是柴老板想起曾跟他多次成功合作的省基建信托投资公司，跟公司的姜总联系了两回，对方恰好也有到贵都市投资的意向，于是约袁芬芳和董志良到省城去见面，洽谈有关合作事宜。

赶到省城，先跟柴老板接上了头。柴老板说："你们来得正是时候，我已打通姜总的电话，她刚打发走一拨客人，正等着我们过去。"几个人当即赶往基建信托投资公司。

此前董志良就在柴老板那里得知，姜总是位女人。董志良知道省基建信托投资公司是个副厅级架子，能做上这个级别的女老总，起码也是半老徐娘了。见了面才暗吃一惊，美仑美奂的姜总看上去还不到三十岁。而且还让董志良生出好像在哪里见过的幻觉。董志良当时就意识到,这个女人一定来头不小,所以其他金融机构不敢到贵都去投资,她却敢去。

由于此前柴老板跟姜总有过几次很愉快的合作,事先两个又就芬芳山庄的投资达成了初步意向,见面后双方就省去了许多迂回战术,直接切入实质性的问题。这个实质性的问题就是投资双方的分成比例。姜总提出的分成比例较高,柴老板和袁芬芳都觉得山庄前期工程都快完成,姜总只是后期投入,她占的比例高了,柴老板和贵都方要吃些亏,可考虑到融通资金确实不易,山庄工程正处于关键时刻,如果资金到不了位,一旦停下来,那损失就无法估量,也就不怎么讨价还价,答应了姜总的要求。

从姜总那里出来后,柴老板笑问董志良:"董局长对姜总的印象如何?"董志良不知柴老板此话何意,开玩笑道:"姜总年轻漂亮,能言会道,一看便知是商场上的尤物。"柴老板说:"岂止是商场上的尤物? 她还是政坛尤物呢。"董志良说:"此话怎讲?"柴老板说:"你不觉得姜总跟一个人很相像吗?"

董志良恍然而悟,忽想起一个人来,原来自己刚才的幻觉并不仅仅是幻觉。他说:"这个姜总简直跟电视剧里的王熙凤是一个模子里倒出来的。"柴老板说:"董局长也看出来了。"话题一转,又说道:"你是官场中人,大概知道省委陶副书记的特殊爱好吧?"

董志良这个级别的官员跟省委的高官搭上界的机会并不多,但官员们的兴奋点都在上级领导身上,至少上级领导的身世一般还是比较清楚的。董志良自然也对陶副书记有所了解,说:"陶书记当年出道时曾是师大中文系副教授,据说对古典文学颇有研究。"柴老板说:"董局长真是提头知尾。陶副书记确是研究古典文学的,而且是红学专家,对王熙凤这个人物情有独钟,曾写有十数万言的王熙凤专论。姜总就是因为长得跟曹氏笔下和电视里的王熙凤一样,才在陶副书记的关照下,当上了大权在握的基建信托投资公司老总的。"

一个女人跟文学作品中的王熙凤相像,就得到研究红学出身的省委副书记的重用,这事听上去就很有文学色彩。不过现实中的人事有文学色彩实在不是生活的错误,因为文学就是人学,就是反映生活的,相反生活中的事情没有了文学色彩,那文学也就难得有文学色彩,难得有多少存在的价值了。这么一想,董志良也就觉得这事确是非常符合情理的。

这是董志良初次跟姜总打交道,后来为了具体办理资金借贷手续,他又陪柴老板和袁芬芳去找过姜总几回,一来二去的,彼此就成了朋友。姜总对董志良印象不错,见他是官场中人,还主动在陶副书记那里推荐过他,后来又特意安排董志良去拜访过陶副书记。

那次拜访陶副书记,也是杨登科给董志良开的车。从陶副书记那里出来后,杨登科发现董志良兴奋得眼睛发绿,满脸通红,只差点儿没出鼻血了。

不久董志良就接到姜总的电话,告诉他陶副书记已发了话,说贵都市的常委班子会有变动,凭董志良的政绩、年龄和资历,补缺的可能性还是挺大的。

董志良是在车上接到这个电话的,当时杨登科就在一旁。放下电话后,董志良目光呆滞地傻了半天,然后便痴痴地无声地笑了。那笑有些怪异,跟流落街头的神经病患者的痴笑有几分相似。杨登科见状,心想原来当领导的也没法做到宠辱不惊,更大的领导一句话就足以让他神魂颠倒,失去常态。

董志良知道按照惯例,他能提拔到市政府做个副市长已经很不错了,他还不太敢冒出直接进常委的奢念,尤其是在郑副书记去世之后,虽然郑副书记虎死威犹在。官场中人都明白,一般副市长和市委常委完全是两个概念,副市长是做事的,而常委却是一地的权力核心。有些副市长辛辛苦苦干上十年八年也不见得进得了常委,能平平稳稳过渡到人大或政协做届副职,然后体面地退下去,就算是功德圆满了。不想姜总在陶副书记那里一句话,董志良就很有可能越过一般副市长的台阶,一步到位进入市委常委,这对董志良意味着什么,便不言自明了。所以董志良得到消息后变得又傻又痴,实在也是人之常情。

董志良进常委的事当然还得有个过程，并非陶副书记叫他进就马上能进的。不曾想就在这节骨眼上，中间竟出了个不大不小的插曲，险些让董志良前功尽弃，白乐了一场。

这天杨登科闲着无事，在司机班里跟胡国干他们打牌。正在兴头上，董志良打来电话，说要到芬芳山庄去看工程进度。上了蓝鸟，董志良掩饰不住心头的喜悦，对杨登科说，姜总的资金真是及时雨，救了芬芳公司的急，确保了工程的顺利推进，几栋主楼均已建成完工，只等内外装修和附属工程搞完，就可交付使用，等着出效益了。

赶到芬芳山庄，还没进门，袁芬芳也开着自己的车赶了过来。车停稳后，袁芬芳刚钻出驾驶室，后座的门开了，柴老板从车上走了下来。董志良一见，忙奔过去握住柴老板的手，说："柴老板也到了，怎么不先通知一声，也好去接您？"柴老板说："我也是临时做的决定，说来就来了，没来得及报告董局长，真对不起了。"袁芬芳一旁也说："柴老板才到，也顾不得休息，把司机扔在宾馆里，立马就坐着我的车赶了过来。"董志良说："精神可嘉，精神可嘉。如果我们国家的工作人员都像柴老板这么敬业，这么能吃苦耐劳，我们早实现共产主义了。"柴老板笑道："我可不是来实现共产主义的，是来实现资本主义的哟。"

说得几位哈哈大笑起来，相让着进了山庄。

里里外外上上下下转了一圈，柴老板对工程质量和进度都还满意，直夸董志良和袁芬芳会办事。董志良说："是柴老板融来资金，又拿着鞭子在后面站着，我们才不敢有丝毫懈怠啊。"柴老板笑道："董局长真把我看成是旧社会黑着心肠榨取工人剩余价值的资本家了，我觉得我还没这么厉害吧？"袁芬芳说："柴老板这样的港澳同胞回来投资，内地叫爱国商人，资本家那样的词汇早过时了。"说得大家又笑。

回到山庄门口，何场长和侯村长也赶到了。相互见过面后，何场长在袁芬芳耳边嘀咕了两句，回头对柴老板和董志良说道："最近侯村长组织村民，在村前的贵水里开辟了一条五里长的竹筏漂流线路，我们几个也难得一聚，一起去漂一漂吧？"

柴老板首先响应，说："好哇！仁者乐山，智者乐水，山青水碧，仁智兼备。我们这些久居闹市的仁智之士，何不趁此良机，跟着何场长和侯村长水上一漂，沾些山水灵气？"董志良知道这是袁芬芳的主意，主要是为了让柴老板高兴高兴，自然举双手赞成，说："难得柴老板有这份雅兴，我们几位也偷闲半日，陪柴老板一乐吧。"

几个人于是相随着往山下走去。

到了河边，一只大竹筏已等在那里了，上面绑着三排共六把椅子，刚好坐得下同行六位客人。筏前立着一位年轻漂亮的村姑，看来是撑筏人了。按照村姑的吩咐，几个人先穿上粉红色救生衣，再依次上了筏子。柴老板是重要客人，何场长保护他坐在最前一排，第二排是董志良和袁芬芳，杨登科和侯村长殿后。

大家坐稳后，村姑这才竹篙一点，将竹筏撑往水心，悠悠向下游漂去。

自四十年前大炼钢铁之后，贵水两岸一直是荒山秃岭。近几年竹木价格一路下跌，加上国家实行退耕还林政策，贵水两岸才成了一片绿色。山青必然水秀，浅瘦混浊的贵水也像初长成人的十八女孩，一下子丰腴靓丽了。连阵阵山风也仿佛沾上了绿色，那么清新宜人。几个人自然心旷神怡，赞叹起这好山好水来。柴老板还提出，芬芳山庄建成开业后，他再投资给侯村长，要扩大水上旅游休闲项目和规模。其他人都大声附和，说旅游事业是朝阳事业，前景看好，要跟着柴老板和侯村长一起干。

大家指点江山，畅想未来的时候，坐在前排的何场长站了起来，变戏法似的拿出相机，对准柴老板咔嚓咔嚓一连拍了两张。

不想就是何场长拍的胶卷，这天下午竟给杨登科确切说是给董志良带来了不大不小的麻烦。这当然是后话了，稍后再叙。

当时柴老板被何场长拍了一阵，便摆摆手要他暂停，说："何场长，你别只顾拍我这糟老头子，多拍后面的袁女士和董局长，他们年轻漂亮，到了镜头里好看。"何场长说："柴老板别谦虚嘛，您其实也是很上镜的。"然后换了角度，眯眼去瞄袁芬芳和董志良，同时嘴上说道："柴老板说得不错，两位可真是男俊女俏，加上有这青山为媒，绿水为妁，真是天造的一对，地设的一双。"袁芬芳骂道："何场长油嘴滑舌什么？"将手伸出筏子外，接了水向何场长狠狠撩去。

何场长只得别转身子，护住镜头，说："我这机子可是花了八百美金买的，弄坏了要你赔偿。"袁芬芳说："这理是倒了，没经授权你就拍起来了，我还没去法院告你侵犯老娘的肖像权呢。"董志良说："芬芳说得对，何场长你可不能随便侵权哟。"柴老板则怂恿何场长道："何场长你别怕，只管拍，要打官司我出面给你请律师。"

何场长便重新对着袁芬芳和董志良咔咔咔拍了好几下。还说："有柴老板在后面给我撑腰，我怕谁了？"袁芬芳说："大家知道小人得志是什么样子吗？就是何场长现在这个样子。"说得众人又嘻嘻笑开了。

接下来何场长给杨登科和侯村长也拍了两张。杨登科说："相片洗出来后，何场长一定记得给我一张，下次再到这里漂流，我只要拿出和侯村长的合影，看谁敢收我的乘筏费。"袁芬芳在前面说："这肯定没得说的，侯村长的光辉形象就是侯家村的通行证，在侯村长的管辖范围内，还不通吃？"侯村长说："看你们把我都说成黑老大了。"何场长说："侯村长你就别开脱了，谁都知道，像你这样的地头蛇，不黑的还不多。"董志良说："我看侯村长今天你是跳到水里，也没法洗干净了。"

说笑着，竹筏漂下一段激滩，来到一处开阔水域。水边铺着白白净净的沙滩，岸上是迎风摇曳青翠欲滴的竹林，林间则有竹楼隐现。侯村长征求众人意见，是否上岸休息片刻，喝口清茶解解渴。众人都叫好，让村姑把竹筏撑到了水边。

水边已经停了几卦竹筏，已有游人捷足先登。

上了岸，才发觉沙滩上的沙子干净得有如凝脂，可以做女人的护肤霜了。女人还是女人，袁芬芳童心勃发，喜不自胜了，几下踢飞高跟鞋，又扯去袜子，扔掉，光着脚丫在沙滩上扭腰摆臀走起猫步来。还别说,袁芬芳那夸张的步态确有几分生动,那性感的肥臀,柔媚的细腰,让男人最容易想起一个词:风骚。"风骚"一词用在女人身上,看上去是贬义的,往往与褒贬毫无关系,因为男人觉得女人风骚,更多的是暧昧;女人觉得女人风骚,更多的是嫉妒。暧昧和嫉妒才是最容易满足女人的虚荣心的。

连杨登科的目光都没法从袁芬芳身上挪开了,心下暗想,董志良作为血性男人,喜欢这个女人,其实并不是他的罪过。

袁芬芳在沙地上绕了半圈,又踅了回来。她是回来捡拾刚才踢飞的鞋袜的。可她的鞋袜此时已经到了善解人意的董志良手上。袁芬芳自然得意,却故意自责道:"让堂堂董大局长给小女子拽鞋提袜,叫我怎么担当得起?"

其他人都乐了。柴老板说:"怎么担当不起?给女人献殷勤是男人本色,我们也想献殷勤,却不如董局长眼明手快,抢了先机,才没献上,心里懊丧得很呢。"侯村长说:"下次袁总再脱鞋时,先暗示大家一下,到时我也好跟董局长竞争竞争。"

也许是受了众人怂恿,董志良更是豪情万丈,袁芬芳要去他手上拿鞋袜时,他藏到了身后,然后向袁芬芳身后的石磴上摆摆手,示意她坐到上面去。袁芬芳当即明白了董志良的意思,娇美的脸上浮上一抹羞红,听话地往石磴上一坐,一只腿架到了另一只腿上,将白藕一样的脚丫高高翘了起来。

只见董志良一步迈到袁芬芳前面,刷一声单腿跪在沙地上,双手捧住袁芬芳的脚,搂进自己怀抱。先仔细抹去沾在上面的细沙,然后低下头去,在那陶瓷般光洁的脚背上叭地一吻,再从从容容把袜子和鞋子给她穿上。

董志良的壮举不仅打动了袁芬芳,也打动了在场的每一位男人,大家情不自禁地鼓起掌来,都说:"董局长真有骑士风度。"

何场长当然不肯放过如此难得的时机,举着相机,或蹲或趴,或左或右,从各个不同的角度,对着董志良和袁芬芳,咔嚓咔嚓,拍下了好几个难得的镜头。

几个人接着上了岸边的矮坎,来到青翠的竹林前。那里并排竖着好几座竹楼,楼里已坐了客人,正在喝茶。在侯村长的引荐下,几位纷纷往中间一座没有客人的茶楼攀。还没到楼上,侯村长就高声叫起来:"阿庆嫂,来客人了!"

茶楼背后的竹帘里立即走出一位模样周正的少妇,包菜头,花围裙,手上捏着一条小手绢,瞧着还真有些阿庆嫂的味道。侯村长走上前,说:"阿庆嫂,这些都是贵客,今天你可要拿出最好的茶和最好的曲子招待客人。"阿庆嫂说:"侯村长放心,一定让你和客人满意。"侯村长说:"那你快快把茶沏来。"阿庆嫂说:"得令!"捏着手绢的手指在腮边的酒窝上一点,摆着肥臀,隐入竹帘后面。

没多久,阿庆嫂就提了把铜壶上来了,给各人满了一杯。茶汤清清亮亮,没有半点杂质。茶未入口,已是馨香扑鼻。众人歙动鼻翼,正要端碗,只听阿庆嫂说:"也不是什么名茶,是自采自制的嫩茶,全在一个鲜字。煮茶的水是清晨从江心取来,用山上的竹枝烧开的,所以茶味纯正,各位喝了就知道了。"

座中都是些见过世面的,名茶佳茗不是没喝过。尤其是柴老板,每年光喝茶的钱就得数万,可以想见他喝的是什么茶了。可今天闻着茶香,又听阿庆嫂如此一说,各位胃口不觉大增。端杯于唇,细细品来,觉得意味无穷,的确是别处的茶无法比较的。侯村长自豪地对各位说:"这不是什么上等之茶,但还能喝吧?"

柴老板咂巴着嘴唇,点头道:"不错不错!品位怎么高不好说,但阿庆嫂刚才说过的四个字:鲜、嫩、纯、正,却道出了真正的好茶的品质。能喝到这等好茶,真不虚此行啊。"

柴老板说好,大家自然附和,兴趣盎然喝了好几杯。侯村长越发得意了,要阿庆嫂过来唱几曲。阿庆嫂说:"光我一人唱有什么意思?再来两个呀。"侯村长说:"行,我和何场长上,跟阿庆嫂'智斗'一回怎么样?"

在座的人都是熟悉《沙家浜》的,知道其中的精彩名段:《智斗》,于是大声鼓掌,请三人上场。侯村长和何场长也不客气,起身站到了阿庆嫂身旁。何场长胖,饰胡传魁,侯村长瘦,饰刁德一,没有乐器,也不用乐器,清唱就是。

先是何场长开唱。唱得还真是那么回事儿:"想当初,老子的队伍才开张,拢共才有十几个人七八条枪,遇皇军,追得我晕头转向,多亏了阿庆嫂,她叫我水缸里面把身藏,她那里提壶续水,面不改色无事一样,骗走了东洋军,我才躲过大难一场,似这样救命之恩终生难忘,俺胡某讲义气,终当报偿。"

何场长声音才落,大家一齐鼓掌,说:"何场长这是专业水平了。"

轮到侯村长了,他斜着眼睛,拖长声调唱道:"这个女人哪不寻常。"阴阳怪气得很到位,众人又鼓掌。阿庆嫂指指侯村长,唱道:"刁德一有什么鬼心肠。"同样博得满堂喝采。

接下来便进入正常程序。何场长唱:"这小刁,一点面子也不讲。"阿庆嫂唱:"这草包倒是一堵挡风的墙。"侯村长唱:"她态度不卑又不亢。"阿庆嫂唱:"他神情不阴又不阳。"何场长唱:"刁德一,搞的什么鬼花样。"阿庆嫂唱:"他们到底是姓蒋还是姓汪。"侯村长唱:"我待要,旁敲侧击将她访。"阿庆嫂唱:"我必须,察言观色把他防。"侯村长唱:"适才听得司令讲,阿庆嫂真是不寻常,我佩服你沉着机灵有胆量,竟敢在鬼子面前耍花枪,若无有抗日救国的好思想,焉能够舍己救人不慌张。"阿庆嫂唱:"参谋长休要谬夸奖,舍己救人不敢当,开茶馆,盼兴旺,江湖义气第一桩,司令常来又常往,我有心背靠大树好乘凉,也是司令的洪福广,方能遇难又呈祥。"侯村长唱:"新四军久在沙家浜,这棵大树有阴凉,你与他们长来往,想必是安排照应更周详。"阿庆嫂唱:"垒起七星灶,铜壶煮三江,摆开八仙桌,招待十六方,来的都是客,全凭嘴一张,相逢开口笑,过后不思量,人一走,茶就凉,有什么周详不周详。"

唱毕,大家大声鼓掌。侯村长和何场长两位回到座位上,喝茶润喉。阿庆嫂则提着铜壶,转身要去续茶,袁芬芳上去扯住她,解下她的围裙围到自己腰上,又要过手绢,一边甩着,一边绕了半圈,问大家像不像阿庆嫂。大家说："像像像,你也唱两段吧。"袁芬芳说："唱就唱。"开始运气。可要开唱了,又摇摇头,说："不过独唱没多少意思。"众人就要何场长和侯村长再上去唱一次。

还是杨登科懂得袁芬芳的意思,按住两位,说胡传魁和刁德一就免了,也该郭建光上场了。大家觉得有道理,就怂恿董志良上。董志良推辞了一会儿,还是离了席。

董志良对郭建光的唱词也是很熟悉的,一下子就进入了角色,朗声唱道:"穿过了山和水沉睡的村庄,支队撒下包围网,要消灭日寇汉奸匪帮。组成了突击排兼程前往,飞兵奇袭沙家浜。将尖刀直插进敌人心脏,打他一个冷不防。管叫他全线溃乱迷方向,好似汤浇蚁穴火燎蜂房! 说什么封锁线安哨布岗,我看他只不过纸壁蒿墙。眼见得沙家浜遥遥在望,此一去捣敌巢擒贼擒王!"

袁芬芳学着阿庆嫂口气,上前对董志良说道:"翻过了这道墙,就是刁德一的后院!"然后唱起来:"敌兵部署无更变,送去的情报图一目了然。主力都在东西面,前门只有一个班。民兵割断电话线,两翼不能来支援。院里正在摆喜宴,他们猜拳行令闹翻天。你们越墙直插到当院,定能够将群丑一鼓聚歼!"

楼前唱得正投入的时候,何场长免不了要举了相机,又咔嚓咔嚓一番拍摄,用何场长自己的话说,又留下了永恒的瞬间。

两位唱毕,大家自然又是热烈鼓掌,称赞二位金声玉调,唱得的确不错。

又热闹了一会儿,侯村长结了账,大家尽兴离座,跟阿庆嫂告别下楼,上了竹筏。顺水漂了一段,又看了两处自然景观,就近进了一户水边人家,吃了顿农家饭菜。杨登科先吃完饭,租了路边的出租摩托,飙到芬芳山庄,开了蓝鸟来接人。

回到山庄,几位准备分手。柴老板仍坐袁芬芳的车回城,董志良重新上了蓝鸟。跟何场长握手道别时,董志良说:"何场长把今天拍的胶卷拿出来吧,我带回城里去冲洗。"何场长说:"也行,我好省一笔冲洗费。"便从包里掏出那两筒胶卷,要往董志良手上递。杨登科接过来，说："这事就交给我吧。"

说了再见，杨登科就发动蓝鸟，朝已经上路的袁芬芳的小车追去。进了城，又一齐赶到柴老板下榻的宾馆。董志良和袁芬芳要陪柴老板商量芬芳山庄的事，杨登科准备去找洗相的地方。临走董志良吩咐他，宾馆离市委只几步路，不用来接了。

出得宾馆，跑了几百米，杨登科习惯性地望望后视镜，见一部没挂牌照的凌志轿车跟了上来。杨登科也没怎么在意，想起市政府隔壁有一家照相馆，不久前还陪聂小菊去那里洗过照片，效果不错，于是一打方向盘，往市政府方向开去。

过了几道街口，转了两道弯，快到市政府了，杨登科又下意识朝后视镜瞧了两眼，发现那部凌志车还跟在后面。贵都城里的主要街道也就那么几条，后面的车多跟一段距离，也没什么奇怪的。只是那部凌志车没有牌照，显得有些神秘，才让杨登科产生了警觉。不过青天白日的，担心一部没牌照的小车，完全没这个必要，杨登科心里才坦然了一些。

可到了照相馆门口，杨登科见凌志车依然跟着，还是改变了主意，没有停车，继续往前开去。不怕一万，就怕万一，万一凌志是冲着自己来的，还是防着点儿为好。

想不到过了两处街口，凌志还在后面紧紧贴着。

杨登科故意放慢了车速。别的车超了过去，偏偏凌志仍跟屁虫一样咬着自己的车尾。杨登科心里就收了一下。

来到另一处街口，杨登科看看前方的绿灯显示屏上的绿格快完了，突然加速，同时方向盘往左一打，上了横在前面的街道。再看看后视镜，见那部没牌照的凌志刚越过斑马线想跟上来，便被横过去的车流堵住了。

杨登科得意地吹起了口哨，仿佛取得了一个多么伟大的胜利。

只是杨登科百思不得其解，车上没啥值钱的东西，自己一个遵纪守法的良民，处处与人为善，从没做过什么伤天害理的事，每天又待在单位里，跟外界几乎没什么交往，不可能跟谁结下冤仇，那部凌志车跟着自己干什么呢?

杨登科也没心思再回市政府那边去了,见前面有一家照相馆,就将蓝鸟靠了边,拿着那两筒胶卷下了车。

就在杨登科登上照相馆前的台阶,掀开帘子正要进门时,猛然瞥见那部没牌照的凌志又出现在了不远处的巷口。杨登科心里一沉,意识到了问题的严重性。

冥冥中杨登科预感到这恐怕跟自己手上两筒胶卷有些什么联系。为了证明自己的预感,杨登科不再进照相馆的门,特意把两只胶卷从纸筒里取出来,塞进内衣口袋,转身走下台阶,顺手将空纸筒扔进了街旁的垃圾箱,然后回到了车上。

开出一段,伸出头往后一瞧,那部凌志已停到刚才自己停车的地方,只见两位彪形大汉下了车,一个奔入照相馆,另一个跑到街边,在垃圾箱里翻起来。

他们的意图再明显不过。

杨登科提心吊胆地将蓝鸟开进一条小巷,七拐八拐,开回了农业局。他不敢开着车回九中,觉得还是多一个心眼儿好。

将蓝鸟入了库,扯下卷闸门,落了锁,杨登科这才出了农业局。正是夕阳西下之际,抬头望望流光溢彩的城市的上空,杨登科眼前不觉花了。

长年累月坐在小车上,只要时间充裕,杨登科一般是不会放弃走路的机会的,平时小车入库后,总是步行回家。就像乔丹天天在篮球场上驰骋,闲下来喜欢打打网球一样。以安全为重,这天杨登科不敢走路回去了,打算邀部的士。偏偏局门口是条冷巷,的士一般不进来,杨登科只得绕到大街上去打的。

走上二十米,转出一个墙角,前面不远就是大街了。

不想一部小车从街口晃进来,横在了杨登科前面。又是那部无牌凌志。车上很快走下一位黄脸大汉,顺手操起地上一块红砖,一步步向杨登科移来。杨登科心下一惊,瞧瞧左右,一边是楼房后墙,一边是高高的单位的铁栅栏,看来只有后撤了。谁知掉过头去,后面也已站着一位满脸络腮胡子的黑脸大汉，而且手上握着一把匕首，虎视眈眈地盯着杨登科。

杨登科就这样被两位大汉夹在了中间。

他努力镇定了一下自己，说："你们是什么人？到底要干什么？"

这时拿红砖的黄脸大汉狰狞地笑了一声，说："你又不是查户口的，我们是什么人，用不着你操心，你把身上的胶卷交给我们就没你的事了。"

他们果然是冲着这两筒胶卷来的，也就是说是冲着董志良来的。这两筒胶卷里起码有二十多张董志良和袁芬芳的合影。杨登科模模糊糊感觉到，可能有人要拿董志良和袁芬芳的合影做什么文章，所以买通两位大汉来抢夺这两筒胶卷。都是何场长惹的祸。

这两筒胶卷现在还在杨登科身上。将蓝鸟锁进车库那一会儿，杨登科曾想过处理掉这两筒胶卷，又怕董志良和何场长那里不好交代，稍稍犹豫了一下，又鬼使神差放弃了这个念头。杨登科有些后悔，猛然想起董志良批评自己政治敏感性不强的话，觉得关键时刻自己脑袋里确实少了一根什么弦。

杨登科清楚地意识到自己的使命是什么了。他必须保住董志良的荣誉，或者说必须保住董志良的位置，这样杨登科才能保住自己的前程，才能使自己多年的努力不至于毁在这两筒胶卷上面。这个道理是谁都明白的。那么怎样保住董志良呢？现在只有一种选择，将胶卷曝光，不让董志良的对手抓住董志良的把柄，从而大做文章。

杨登科脑袋里飞快地闪着这么一些意念时，那两位大汉已经猫腰向他靠了过来。杨登科别无选择，只有跟他们一拼了。好在杨登科在部队时学过一阵格斗，还有些功底，又到了没有退路的地步，也没工夫发怵了。于是慢悠悠道："你们不是要胶卷吗？我拿着也没用，你们想要就给你们。"说着将手伸进了衣服口袋。

握着匕首的汉子的黑脸上松弛了一下。但提着砖头的黄脸汉子警觉一些，以为杨登科要操什么家伙，往旁边闪了闪，厉声喝道：

"给我别动!"

杨登科这时手上已经有了一筒胶卷。他将胶卷举起来,对着如血的残阳晃了晃,说:"这可是进口名牌胶卷,洗出来的照片一定非常精彩。"黄脸汉子说:"扔过来,快扔过来!"杨登科说:"要是我不扔过来呢?"黄脸汉子说:"那我们就动手吧。"

杨登科瞥一眼步步紧逼的两位大汉,嘿嘿一笑,哗啦一声将胶卷撕开,往空中抛去。刚好挂到前面的铁栅栏上,那散开的长长的胶卷迎风抖动起来,仿佛舞台上飘逸的黑绸。

两位大汉想不到杨登科会来这一手,愣怔片刻,立即呼地一下扑了过来。黑脸汉先近身,手中的匕首已经顶住杨登科的后腰。接着黄脸汉的砖头也扬到了杨登科的头上。但黄脸汉没将砖头砸下来,说:"想不到你还会来这一手,你可是要付出代价的。"后面的黑脸汉则吼道:"把另外一筒交出来,如果再这样,那就结果了你。"

杨登科站着没动,说:"行行行。"低了头,做出要去身上拿胶卷的样子。他眼角的余光已经到了自己脚后黑脸汉的脚尖,于是突然发力,猛地一抖,在那只脚尖上重重地蹭了一下。黑脸汉痛得一声厉叫,身体不由自主地收缩了一下。杨登科趁机弹到一边,以极快的速度掏出身上另一筒胶卷,撕开,抛向空中。

杨登科长长地嘘了一口气,身上不觉松弛下来。

两位大汉气急败坏,抓过地上散开的胶卷瞧了瞧,见已曝光,成了废品,便狠狠扔到地上,然后再次扑向杨登科。

杨登科既然做了该自己做的事,又知道他们的目的无非是那两筒胶卷,不会把自己怎么着,也就不想硬拼,抱着头等着他们进攻。两人踢了杨登科几脚,在他肩膀上砍了两砖头,又趁他躲闪不及,对着他的鼻梁砸了两拳,才算出够了恶气。加上杨登科不怎么反抗,两人渐渐失去了攻击的激情,便抛下杨登科,骂骂咧咧地爬上凌志走了。

望着凌志出了街口,杨登科掏出餐巾纸擦了擦脸上的鼻血,这才拾起地上木匠师傅刨出来的刨花一样的胶卷,团好,塞进衣兜,跳上路过的出租摩托,回了九中。

打开家门,正在做晚饭的聂小菊见杨登科鼻斜脸歪的,猛吃一惊,心疼地捧起他的脸瞧着,问道:"你这是怎么了?"杨登科说:"没什么,路上摔了一跤。"聂小菊转身拿出家里备用的棉签碘酒,说:"别把我当小孩了,摔跤摔到脸上来了? 是谁干的?"杨登科说:"我也不知道那是谁。"简单说了说刚才的经过。

聂小菊在杨登科脸上做了简单的处理,又去掀他的衣服,想看看他背上的伤,竟痛得杨登科吸了一口冷气,原来被砖头砍裂的地方的血和衣服粘在了一起。聂小菊又在上面涂了一些碘酒,说:"伤得这么重,光涂点儿碘酒不管事,感染了就麻烦了。我陪你到学校医务室去打针消炎针。"杨登科说:"别大惊小怪的,出点血算什么?"

聂小菊不容杨登科分说,拽了他就往门外拖。

两人下了楼,天边还淌着最后一缕霞光。聂小菊说:"为了董局长,你舍生忘死,被打得遍体鳞伤,总该打个电话告诉他一声吧。"杨登科说:"我打算明天上班时再向他汇报。"聂小菊有些生气,说:"你都成了这个鬼样子了,还明天汇报。如果你被人家打死了呢,明天看你怎么汇报?"杨登科笑起来,说:"你别危言耸听嘛。"

笑过,杨登科便动起了心思,暗忖自己拼了老命才将两筒胶卷曝了光,不给对手留下董志良的把柄,其真实意图不就是要让董志良明白自己对他的一片忠心,最终被他提拔和重用么? 那么何不趁着自己血迹未干,伤痕犹在,叫董志良过来看看? 他如果还是一个有心有肺的情感动物,定然会有所触动,再也忘不了我杨登科的。

这么一想,杨登科就拿出手机,给董志良打了一个电话。不过他没有说自己受了伤,而是以淡淡的口气说:"老板对不起您了,我没有完成您托付的事情。"

董志良一时也没明白过来,说:"什么事情?"杨登科说:"就是下午冲洗胶卷的事。"董志良说:"街上不是到处都有照相馆么? 这又不是什么大事,也完成不了?"杨登科这才兜了底,说:"有人要抢走那两筒胶卷。"

董志良一下子警觉了,说:"你说什么? 谁要抢那两筒胶卷?"杨登科说:"电话里说不清楚,我一时也没法儿赶您你那里去,因为我正在冲洗伤口。"

董志良吃惊不小,急切道:"你受了伤? 是怎么受伤的?"杨登科带着哭腔道:"我如果不是死里逃生,差一点老板您再也听不到我的声音了。"董志良急了,说:"你现在在哪里? 我这就去看你?"杨登科歙歙鼻孔,说:"没事没事,你要跟柴老板谈工作,别过来了,反正暂时我还活着。"董志良说:"别啰唆,快告诉我,你在哪里? 我活要见人,死要见尸。"

这话让杨登科好生感动。他很感动地颤声告诉董志良,自己就在九中医务室里。

放下电话后,杨登科还感动了一阵,以至眉飞色舞了。聂小菊却见不得他这个鸟样,说:"董志良要来看你,你就激动得捡了大便宜似的,你以为他是来看你的?"

杨登科觉得聂小菊的话也太没道理了,说:"他不是来看我的,又是来干什么的?"聂小菊说:"你以为你是谁? 你是董志良身边的一条狗,一条狗值得他如此重视么? 董志良担心的还不是那两筒与他有关的胶卷?"

杨登科一琢磨,还真是这么回事。

已经望得见医务室了。学校因为有寄宿生上晚自习,校医也得值班到晚自习结束,此时医务室里已亮了灯光。杨登科的脚步放慢了,落在了聂小菊身后。他想自己身上这点小伤小痛,也许还不足以震动董志良。杨登科就恨那一阵两位大汉下手轻了一点,如果还在自己身上多来几拳,多留些痕迹就好了。当然最好是在明处,比如脸上脖子上,那才容易打动董志良。杨登科就后悔当时不该一双手死死护住头脸,多留出些空档给那两位大汉下手就好了。

杨登科觉得还要想想别的办法补救补救才行。

由于分心,加上脚下的路有些不太平坦,杨登科一脚踏空,一个趔趄往前栽去。腰上的钥匙串甩了甩,甩出一串金属碰撞的细碎声。杨登科下意识摸了摸腰上，钥匙还在。正要松手，手指触着了钥匙串上的弹簧小刀。杨登科心头动了一下，立住不动了。

聂小菊已走到医务室门口，并没察觉杨登科还没跟上来。

这时杨登科已取下弹簧小刀，啪一声弹开了。并没怎么犹豫，就咬咬牙，让刀尖抵住脸颊，用力往下划去。一阵惨痛直往心尖儿钻去。杨登科不明白，脸皮竟然也跟心是连着的。不过杨登科就是杨登科，他马上镇定住了自己。他用想象缓解着心头的惨痛，觉得这有点像是划拉树上的皮，好像还听得见那吱的一声钝响。这声钝响仿佛是从划开的皮肤下面慢慢淌出来的，余音缭绕。杨登科知道树皮下面是白色的树肉，自己脸皮下面也应该是白色的脂肪。所不同的是树肉不会流血，而脂肪是会有红色的血液要渗出来的。

这一刻聂小菊才意识到后面没了脚步声，回过头来找杨登科。却见杨登科正拿了把小刀在脸上比划着。聂小菊几分不解，又几分惊讶，走回来要探个究竟，这才发现杨登科脸上已是血糊糊的一片，手上的弹簧小刀也沾着血滴。

聂小菊大睁了眼，说："你这是怎么了？"伸了手去捧他的脸，要看个究竟。杨登科躲过她，嘿嘿一笑，说："没什么，好玩。"

就在聂小菊还没完全明白过来时，杨登科又在地上捡起半截砖头，像功夫高深的气功师一样，狠狠心，砰一声在自己额头上敲了一下。半截砖头便去了一个大角。这一砖比下午的黄脸汉敲得有水平，不仅分量很够，还敲在了理想的地方。杨登科顿时眼冒金星，忽觉天旋地转起来，仿佛这一砖不是敲在自己的额头上，而是不小心敲着了地球的要害之处，这颗四平八稳的地球竟然失去平衡，一下子乾坤颠倒了。

杨登科喝醉酒般在地上晃荡着。已被吓呆的聂小菊傻了片刻，上前扶住了他。杨登科手中还拿着那半块沾满血污的砖头，有些舍不得扔掉似的，是聂小菊一把夺过去，愤然摔到了地上。知夫莫若妻，望着杨登科脸上仍在下淌的血液和额上突起的肿包，聂小菊还是明白了他的用意，心疼得流下了泪水，说："再怎么的，登科你也用不着对自己如此残忍啊!"

　　残忍! 这两个字让杨登科猛然回过神来。他觉得聂小菊不愧是当老师的,对中国语言的理解还算透彻,只"残忍"二字就把什么都说穿了。

　　世道如此,你不对自己残忍,生活就会用加倍的残忍来对待你。

第十一章

走马上任

没两分钟，董志良就坐着袁芬芳的车赶到了九中。

这时杨登科已躺倒在医务室里的窄床上。校医也是胀屎挖茅厕，还在忙着找器械，煮针头和纱布，做些简单的准备工作。这里不像正规医院，谈不上什么规范管理，应急能力非常差，要什么没什么。

董志良虽然在电话里早知道杨登科受了伤，但走进医务室时，一见杨登科脸上肿包高耸，血肉模糊，还是惊骇不已，倒吸了一口凉气。

此前杨登科眼睛虽然望着天花板，两只耳朵却一直支楞着，捕捉着外面的动静，所以董志良和袁芬芳下了车，刚出现在医务室门边，杨登科就挺挺身子，要坐起来。这一下校医已做好准备，正待动手，便按住他，不让他起身。杨登科扒开校医的手，还要挣扎，董志良已来到床前，扶住他的肩膀，说："登科你受苦了！"

"老板……"杨登科一声呼唤，喉头突然梗住，泣不成声了："我以为这一辈子再也见不到您了！"董志良大受感动，低头瞧着杨登科那张惊心动魄的脸，同时在他肩膀上拍着，动情地说道："我们不是又见面了吗？"

在场的两位女人都受了感染，掉过头去，抹起眼泪来。

过了好一阵，董志良的目光还不愿离开杨登科额上肿得老高的血包和皮开肉绽的刀痕，好像那不是伤在杨登科身上，而是疼在他董志良的心里。安慰了杨登科几句，董志良又咬着牙骂道："这些伤天害理的家伙，真是下得了手。"还回头问校医："不会破相吧？"校医说："处理得及时，应该不会有什么影响。"

董志良认真地点点头，说："那就好，那就好。"握着杨登科的手用了用力，说："你也听到了吧？没事的，再坚持一下，好好配合医生。"杨登科听话地"嗯"了一声，董志良这才放心地退到一边，给校医让出工作的位置。

杨登科的样子虽然惨不忍睹，其实伤的都是皮毛，可谓无伤大雅。校医将几处伤口洗净，敷些消炎膏，又打了破伤风针，还给了两瓶药，就把杨登科给对付了。

出得医务室，杨登科从身上掏出两筒曝了光的胶卷，递到董志良手上，简单说了说下午跟两位歹徒搏斗的经过。董志良望一眼袁芬芳，回头对杨登科说道："登科你非常清楚，上午咱们几个人一直待在一起，这两筒胶卷里并没有什么见不得人的地方，只不过何场长给我和芬芳多拍了两张合影，竟让他们大打出手。"杨登科说："也不知那两位歹徒是受了什么人的指使。"一直不太吱声的袁芬芳说："还能是什么人？志良的对手呗。"

董志良觉得袁芬芳说的是实情，说："估计他们已暗中盯了我们好一阵了。"

董志良告诉杨登科，不久前省委作出决定，要将贵都市一名常委领导调往外地任职。为此好几位有些背景的县区委书记和市直单位实权局长立即活跃起来，都想进常委。不想省委组织部却通知市委，将派人到贵都来对董志良进行民意测验。这就意味着那几位活跃分子的愿望落了空，他们于是想把董志良弄下去，好取而代之。只是董志良也没有别的什么把柄握在他们手上，他们才瞄上了这两筒胶卷，无非是想将董志良和袁芬芳的照片公之于众，借题发挥，搞臭董志良，让他进不了常委。

下午两位歹徒要抢胶卷时，杨登科就隐约察觉到了他们的意图,却没想到还有这么一层内幕。杨登科不免感慨,人在官场,真是险象环生啊。

不觉就到了小车旁。董志良吩咐杨登科说:"登科你在家休息几天,有空我还会来看望你的。"杨登科说:"这点伤痛算不了什么,明天我就去上班,不然老板要出去办什么事,没车坐不方便。"董志良说:"这几天没什么事要出门,你放心在家养伤就是。"杨登科说:"我还没这么娇贵吧?"董志良说:"不娇贵也得在家里待着,你一张破破烂烂的脸,人家见了,问长问短的,你也难得答腔嘛。"

杨登科还要说什么,董志良止住他,说:"别啰唆了,这是政治任务。"

好一个政治任务!杨登科当即听出了董志良话里的真正意思。杨登科是他的专车司机,董志良是怕别人将杨登科的脸和他进行联系,那就有些说不清了。杨登科于是点点头说:"那我就坚决按照领导的指示办,完成这个政治任务。"董志良笑道:"人家是好了伤疤忘了痛,你还幽默得起,看来是伤疤没好就忘了痛了。"

说着上了车。又摇下车窗,对杨登科和聂小菊说:"两位回吧。"杨登科说:"领导先走。"董志良说:"好好,我们先走。"要袁芬芳开车。小车已经启动了,杨登科又奔过去,特意提醒董志良道:"老板,我不在您身边时,您千万要多加小心。"董志良说:"谢谢!不过你不必替我担心,他们的目的只是想把我搞臭,还犯不着要我这条小命。"

小车出得九中,袁芬芳对董志良说:"志良,你应该感到荣幸才是,有这么对你死心踏地的部下。"董志良说:"是呀,杨登科确实挺不错的,我跑了这么多单位了,还从没碰到过他这么忠心耿耿,自愿为你两肋插刀的。"袁芬芳说:"毛主席曾教导我们说,世上没有无缘无故的爱,也没有无缘无故的恨,他肯定是想得到你的提拔或重用,才这么卖命。"董志良说:"这也没什么可奇怪的,人家对你好,尤其是你在台上时,抱有个人的目的,再正常不过。但杨登科能做到这一步,实属不易啊。你不知道,刚才在医务室里,看到他那张破烂不堪的脸，我真是感动不已。"

袁芬芳望望董志良，说："我当时也看出来了。"又说："杨登科好像已是干部了吧？"董志良说："半年前给他转的。"袁芬芳说："下一步看来得给他安排个什么副主任副科长之类的了。"董志良说："原来我打算明年再考虑这事，刚才在医务室里我改变了主意，过两个星期就召开党组会，提他做办公室副主任。"袁芬芳说："他做了副主任，你到哪里去找这样的好司机？"董志良说："提他做副主任，可以让他分管一些办公室的工作，但主要还是跟我跑。"袁芬芳说："你这倒是个两全齐美的办法。"

董志良是个说到就要做到或想到就要做到的人，还不到两个星期，他就正式在研究人事的党组会上将杨登科的名字提了出来。董志良是党组书记，党组书记说要提拔谁，党组副书记党组成员还有什么屁可放的？于是杨登科做办公室副主任的提议被一致通过。

这天的党组会散得比较早，会后董志良还要出去办事，上了杨登科的车。杨登科只在家里待了一个多星期，脸上的疤痕一消失就上班了。

出了农业局，董志良用一种淡淡的语气告诉杨登科，党组已提议通过了关于提拔他做办公室副主任的决定。尽管这是杨登科预料之中的事，但他眼前还是晃悠了一下，激动得差点要风瘫了。不过杨登科还是坚持着不让自己风瘫，因为他得继续为董志良开蓝鸟。

陪董志良办完事，杨登科还是没法抑制住自己激动的心情，下班回到家里，让聂小菊炒了几碟家常菜，自斟自酌起来。登科进步的愿望终于实现了，这可是一个不小的台阶。杨登科想好好犒劳犒劳自己，享受一下成功的喜悦和自豪。

因为是在家里，不用推杯换盏，不用虚与委蛇，自然喝得随意放松，畅快淋漓。慢慢杨登科就有了一些醉意，眼前模糊起来，桌旁的老婆和杨聂成了重影。杨登科莫名地想起不久前听到的一则小笑话，有些按捺不住，就支开杨聂，说给了聂小菊听。

说是一位当干部的走进酒店喝酒，刚喝得起劲，有人进来说："高声，你的专车被小偷开走了。"他立即跑出去，到了门边才想起自己没有专车，转身进了酒店。喝了两口，又有人进来说："高声，你二奶跟人跑了！"他赶紧跑出去，朝一部正行驶着的小车追了一段，忽想起自己没有二奶，又回到酒店里继续喝酒。喝得正痛快，又有人跑进来说："高声，你已经提拔做领导了。"他慌忙跑出去，打的赶到组织部，才猛然想起，自己的名字不叫高声。

聂小菊没觉得这个笑话有什么可笑的，说："你们这些臭男人，成天就想着专车、二奶和当领导。是不是当领导就是为了拥有专车、二奶，有专车二奶的就是领导？"杨登科说："这当然不是绝对的。不过行走在这个世上，想出人头地，却是人之常情，没什么错。不想当元帅的士兵不是好士兵，不想当领导的干部也不是好干部嘛。"

也许是得意，杨登科话也多起来，继续发挥道："你想李清照一女流之辈，还'生当做人杰，死亦为鬼雄'，何况我等须眉男子？不过我知道自己这辈子是做不了人杰了，但作为一介小小司机，最重要的无非就是开好车子，傍紧主子，找准位子，赚足票子，挣够面子。这就叫做五子登科。五子是有因果关系的，前二子是前提，有了这样的前提，才可能谋得到自己的位子，有了位子，才可能赚得到票子，金钱社会，自然是有票子才做得起人，才够面子。树活一张皮，人活一张脸，人生在世，活得没有脸面，真是生不如死啊。"

说着话，杨登科并没忘了往嘴巴里灌酒。聂小菊知道男人的习性，得意了就跟马尿过不去。何况平时杨登科也难得放松一回，也不怎么阻拦他，任他喝个足意。

慢慢酒劲就上来了。

怪就怪，酒劲上来了，得意劲却下去了。杨登科竟然生出无限感慨，心想自己现在已经做上了办公室副主任，可说是如愿谋到位子，正式登科，步入官员行列，虽然是最基层最小的官。但再基层再小的官也是官，已经完成了从民到官的历史性转折和重大飞跃，不用将自己混同于普通老百姓了。换句话说，只要不是普通老百姓，就人模狗样，算有面子了。可这面子是用什么换来的？是用里子换来的啊！里子是什么？里子是人的尊严，里子是人的灵魂，里子是人那脆弱得不能再脆弱的内心。这么多年以来，谁知道我杨登科的里子受了多少压抑，挨了多少委屈？遭了多少伤害？

一时间，杨登科不禁百感交集，像打翻了五味瓶，甜酸苦辣咸一齐涌上心头。他一辈子也没法忘记曾经的那些屈辱：巴结领导，领导不屑；讨好群众，群众不理；求人办事，事没办成，还要受人耍弄，甚至拿着亮花花的票子都送不出去。还有更难忘怀的，就是两个多星期前的那个下午了，现在想来，两位歹徒的拳脚和砖头其实仅仅伤着一点皮毛，只有自己给自己的那一刀和那一砖头，才真正地伤及到了自己那深深的里子。

杨登科忽然莫明其妙地想起那次和钟鼎文在海天歌厅见识过的那个人妖来，当时觉得那是一种戕害人性的严重变态，如今思之，自己这又何尝不是一种变态呢？只不过人家的变态是肉体上的，而自己的变态则是深层的精神和灵魂上的。相对肉体的变态，精神和灵魂上的变态其实对人性的伤害要深重得多。这么说来，自己也是某种意义上的人妖了。

这么想着，杨登科忽觉鼻子一酸，通红的眼睛越发浑浊了。

聂小菊见杨登科神色不对，去卫生间拿了条湿毛巾，想让他抹把脸，清醒一下头脑。回到客厅，便见杨登科涕泗横流，眼睛不是眼睛，嘴脸不是嘴脸了。聂小菊知道不能再让杨登科这么喝下去，夺走他的杯子，把毛巾塞到了他手上。杨登科却扔掉毛巾，拿起酒壶往嘴里倒。聂小菊又伸手过来抢走了酒壶。杨登科勃然大怒了，猛地一脚踢翻桌子，桌上的碗筷杯碟哗啦啦砸到了地板上。

望着一片狼藉的屋子，杨登科怔了片刻，忽然蹲到地上，抱头痛哭起来。

其实那不是哭，要知道，男人是不会哭泣的，确切点说那是号。这天晚上，杨登科直号得昏天黑地，哭得风声鹤唳，好像已到了世界末日一样。

聂小菊并不生气，也不去理睬杨登科，任他号个够，只低了头拣拾地上的东西。等聂小菊收拾干净屋子，杨登科也停止了号叫，安静下来，最后孩子一样歪在沙发上沉沉睡去。聂小菊没法搬他到床上去，又怕他着了凉，就抱来一条被子盖到他身上。

这一顿酒醉，这一顿号哭，让杨登科将心头的块垒都释放了出去，第二天早上醒来，他就像没事人一样了。他好像将昨晚的事都忘了个一干二净，一边吃着聂小菊准备的早餐，一边聊起闲话来。放下碗筷，杨登科就精神饱满地出了门。

走进农业局，上班时间还差五分钟，院子里静悄悄的。原来杨登科觉得自己已是办公室副主任，身份不同以往，心情畅快，九中到局里的那段距离也缩短了。这就叫做春风得意马蹄急啊！杨登科终于体会到了这句老话的真正含义。

不一会儿董志良和蔡科长进了传达室。杨登科正要上前跟他们打招呼，董志良先向他招了招手。杨登科一路小跑到了董志良身边，说："老板有何吩咐？"董志良说："刚才我跟蔡科长说了个意思，今天就将你那副主任的文件给下了。"杨登科说："谢谢领导的栽培！"

董志良笑望着杨登科，说："你现在可是杨主任了，本来我也不好再让你当主任的给我开车，只是要找到满意的司机并不容易，所以还得委屈杨主任跟我跑一阵子，等物色到可以接替你的人选后，你再交出方向盘，多管些办公室的事。"杨登科忙说道："老板这是批评我了，我可没把自己当什么主任看待。你可千万不要物色司机，我不想也管不了办公室的事。我没别的能力，就开车还行，我要一心一意给您开蓝鸟，开一辈子。"

如果想给领导开一辈子的车，那又急着转干提拔做什么呢？杨登科这话也太假了点，董志良还能听不出来？但也是怪，这明明白白的假话听着就是顺耳，仿佛竹制的痒抓，挠得董志良浑身舒服，轻轻笑道："谁叫你给我开一辈子的车了？若是这样，那国家还费尽周折将你转干提拔干吗呢？"

董志良这话说得确有水平,好像压根就不是杨登科想转干提拔,而是国家缺少他这么一个难得的人才,非将他转干提拔不可似的。不过话又说回来,国家干部嘛,国家不让你转干提拔,你还真转不了,提不了。既然国家转了你,提了你,那你跟国家的关系就非同一般了,也就是常说的生是国家的人,死是国家的鬼了。

办公室副主任属于副科级,在局里也算是中层领导了,虽然还是并不入流的所谓领导。要在一年多以前,杨登科可是连想都不敢这么想的,不期然一转眼,自己就是国家干部,就是领导了。杨登科自然别提有多么舒畅了。由于是初做领导,缺少历练,涵养还不够,这舒畅就明明白白写在杨登科脸上,旁人都明显地感觉出来了,说:"杨科哪,看你面色红润,印堂发亮,如果晚上停电,只要你在场,那些应急灯什么的怕是不管用了。"杨登科说:"你们说得也太夸张了。"心里头却直乐呵,好像有什么东西总是按捺不住欲往外蹦似的。

按照董志良的指示,蔡科长当天就把局党组任命杨登科办公室副主任的文件打印了出来。还把杨登科叫到政工科,让他看了看文件,告诉他过几天局里要开大会,到时就会当众宣布的。当然蔡科长会将文件发放到各科室,让大家知道党组的正确决定。

听蔡科长如此说,又见散发着油墨香味的红头文件上十分醒目地印着"杨登科"三个字,杨登科如沐春风,一份从未有过的成就感随着奔腾的血液漫向全身。

杨登科于是热切盼望着局里的大会早些召开。

这天董志良要主持召开党组会研究工作,不用出车,杨登科闲着没事儿,就有些憋不住了,准备到各科室去走动走动。怎么说自己也是正儿八经的办公室副主任了嘛,杨登科要以这样的身份在局里人面前露露脸,看看他们有些什么反应。身份不同了,杨登科的底气因此也足多了。底气一足,肚皮也挺了,脖子也硬了。特别是看什么时,那如炬的目光也不再低视,一米六五以下的人和事不那么容易进入他的视线了。

原来杨登科一米七左右的个头，一双眼睛就长在一米六五处。

杨登科先来到综合科。党组的任命文件都已成了文，科里人不可能不知道杨登科提副主任的事。机关里都是明白人，杨登科一进门，他们就知道了他的来意。但他们却故意装糊涂，说："杨科你气色不错，在哪里捡到财喜了？"

杨登科暗想，我提了副主任，不是比什么财喜都还强么？可这话又不好自己说出口，只好说："党组……"仅仅两个字，没再往下说，其用意是要提醒大家，党组已经正式下了文，正式任命他杨登科为正式的办公室副主任了。

这些家伙却不管杨登科正不正式，偏不给他面子。先是科长接过他的话头说："党组今天正在开会吧，是董老板亲自主持的，据说需要研究的议题还不少呢。"真是你吹横笛他偏吹竖箫，杨登科无奈其何，只得说道："我又不是党组成员，关心不了他们的议题，我只关心党组……"到此又特意打住了。

这时一位副科长开了口，说："党组在研究芬芳山庄的事吧？据说再过两三个月就可开业了，以后局里干部职工就可大步奔小康了。"杨登科又启发道："奔小康那是自然的事。党组……"另一个副科长说："党组会也不知开到什么时候才散，我们科里有一个文件还放在董老板那里，他也该给个意见了。"

又连续"党组"了几回，见科里人始终不肯上路，杨登科也就失去了信心，出门去了农经科。寒暄了几句，正要说出"党组"二字，觉得这一招不管用，得改改方式了。刚好科里一位姓邓的年轻干部正拿眼睛看他，杨登科顿时来了灵感，说："小邓，据说你要进步了，不请客不太对得起同志们吧？"

小邓刚刚大学毕业，根本不可能这么快就进步，杨登科是想用这话引出自己进步为副主任的事。不想小邓他们也存心跟他过不去，说："感谢杨科你的关心，你是老板的心腹，在老板那里多替我美言几句，我进步起来就快了。"旁边的科长也说："是呀，杨科你可要多多关心年轻人的进步哟。"杨登科说："我有这样的能力吗？有这样的能力我自己……"

意思是要让他们说出"你自己不是已经进步做上副主任"之类的话。想不到这些家伙偏偏不愿上钩,把话题引到了别处,说:"你天天跟董老板在一起,同车进同车出,人家都说他是局里一把手,你是二把手。"

过去有人说他是局里二把手,杨登科心里很是得意,可今天他并不想做局里二把手,只想做办公室的二把手,虽然局里二把手比办公室二把手官大多了。却没有人肯开金口承认他,杨登科竟有些恨恨的了。

接着杨登科去了财务室。财务室属于办公室,虽然归办公室主任曾德平直管,但杨登科作为副主任也算是他们的领导了,他们总会把自己当做副主任看待了吧?谁知会计出纳也装聋卖傻,好像压根没这回事儿似的,气得杨登科只差骂娘了。

又走了几处,大家都只喊他杨科,没人喊他杨主任。不喊杨主任,按实直呼杨副主任也可以,他是不会斤斤计较的。杨登科暗自琢磨,肯定是大家看见他一个普通司机又转干又提拔的,心里暗生嫉妒,故意跟自己过不去。要不就是蔡科长口是心非,有意将他的任命文件压住,没及时下发到各科室。他要去政工科质问他几句,文件都印出来三天了,怎么局里的人还一无所知?这不是失职,不是侵犯干部职工的知情权么?

可是到了政工科门外,门却是关着的。杨登科就气不打一处出,扬起脚要去踢门。正好走廊另一头有了说话声,原来党组会结束了,领导们刚出会议室,说着话朝这边走了过来。董志良走在前面,身后跟着蔡科长。蔡科长作为政工科长,是要在党组会上作记录的。董志良这时看到了杨登科,对他说:"过一会儿我要到市政府去一下,登科你不要走远了。"

杨登科虽然心里恼恼的,但在董志良面前还得装出笑脸,点头道:"我不会走远的,就在办公楼里转转。"董志良说:"那好。"忽又想起什么,对旁边的蔡科长说:"登科提副主任的事不是成了文了么?

本来想这几天开个干部职工大会宣布一下,今天党组会上定的几件事急着处理,干部职工大会一时看来难开成了,你和曾德平先带登科到各科室去跟同志们见个面吧,毕竟是中层领导了嘛,也要让同志们明确知道这么回事。"

董志良在最后那句话里加了"明确"两个字,确实是挺有学问的,官场中人都听得出来。意思是说这事虽然同志们早知道了,但没正式宣布,还不能说是"明确",很有必要正式宣布一下。这话简直说到杨登科心坎儿上去了,不觉暗忖道,当局长的还是当局长的哟,水平就是高,考虑问题周到。不免又在心里对董志良悄悄佩服了一回。

董志良这么说了,蔡科长自然得坚决照办,当场对杨登科说:"杨主任明天上午你如果有空,我就和曾主任陪你到各科室去与同志们见个面。"杨登科乐道:"领导有空我就有空,我坚决服从领导安排。"

这天下班回到家里,杨登科跟聂小菊说起第二天将在政工科长和办公室主任的共同陪同下,以办公室副主任的身份到各科室去跟同志们见面的事,聂小菊也深受感染,颇觉安慰,心想十年媳妇熬成婆,自己的男人终于算是出息了。

出息了的男人看上去也顺眼得多了,聂小菊的目光久久地停留在杨登科脸上,觉得这张脸周周正正,有棱有角,还真有几分官相。聂小菊显然有些动情了,捧过丈夫的脸,在上面亲了一口。觉得还不过瘾,又温顺地把头枕在杨登科胸前,像是初恋情人一般。男人的胸膛也比从前宽阔厚实多了,只有这样的胸膛,才足以成为女人一生的依靠啊。

确确实实,在不少女人心目中,男人只有事业有成,只有有了一官半职,才能成为女人的坚实依靠。相反那些无职无权,一事无成的男人,其分量总是轻飘飘的,像一片随风飘零的秋后的落叶,总是没法带给女人安全感。这就是残酷的现实,是男人们怎么也绕不开的严重问题。有些男人终其一生,四处奔忙,拳打脚踢,上蹿下跳,无非就是想让女人能在自己身上得到这么一种既实在又莫名其妙的感觉。这大概也就是聂小菊为什么会在杨登科背后不停地甩着鞭子,而杨登科自己也自觉自愿奋蹄向前的唯一理由了。

缠绵够了,聂小菊才从杨登科怀里抽身出来,说:"登科你打算明天怎么跟同志们去见面?"杨登科一时没反应过来,说:"让蔡科长和曾主任陪着去呀?"聂小菊斜杨登科一眼,说:"我知道蔡科长和曾主任会陪你去。我是说,你第一次以办公室副主任的身份去跟同志们见面,总得有一个良好的姿态和饱满的精神面貌吧?你既然是堂堂正正的局里中层领导了,可不能让人看着还是一个普通干部甚至普通司机的老样子。"

杨登科细想,还的确是这么回事。只是不知怎样才能使自己让人看着不再像一个普通干部或普通司机,便向夫人讨教。聂小菊瞄着杨登科,说:"你的头发两个月没修了吧?胡子也该刮一刮了。身上这套西服太旧太一般化,领带的质地和花色也已过时,跟服装不怎么配套。脚上的鞋子是我花五十元在街边的鞋摊上买回来的,已穿得又硬又皱,毫无光泽。"

说得杨登科都有些惴惴不安了,直望着聂小菊傻笑。聂小菊脸上依然很严肃,用给学生讲课的不容置疑的口气说:"这样吧,今天学校发了一千元补课费,我还没来得及存进银行,今晚就上街,将你好好包装一下。"

主意一定,聂小菊就陪杨登科出了九中。如今街上各种类型的商场多,晚上也营业,生意甚至比白天还好,正是购物的绝好时机。转了好几个大型商场,在聂小菊的指导下,经过反复比较和试穿,终于选购到了满意的西装、领带。接着又来到贵都市最大的鞋城,购了一双五百元的高级皮鞋。最后还进了一家美容美发中心,做了头发,修了胡子。

待杨登科在聂小菊的陪同下,花了近两千元,焕然一新往回走时,已是夜里十一点多了。因为行人和车辆稀少,城市的街道比白天仿佛宽阔了许多。杨登科神气十足地站到路边,向远处开过来的的士扬了扬手。的士很快停在前面,司机从车窗里伸出脑袋来,说:"是登科呀,今晚你的派头挺足呀,我都差点儿认不出来了。"

杨登科低头一瞧,原来是那位受自己之托接送过董少云的战友。杨登科拉过聂小菊,做了介绍,然后两人上了的士。战友一踩油门,开玩笑道:"今天你打扮得这么洋气,我还以为你在外面找二奶呢,原来是跟嫂子在一起。"聂小菊说:"他敢!我抽了他脚筋。"战友笑道:"我量登科也不敢,这么优秀的嫂夫人,再年轻貌美的二奶也没法儿比呀。"

说笑着到了九中门口,杨登科要掏钱,战友说死不肯。杨登科说:"那怎么行?过去托你接送董少云的钱我都没给足呢。"战友说:"哪里话,足了足了。"

杨登科没法硬给,只得让聂小菊先下车回家,然后掏出香烟,陪他抽一支,说几句话,算是小偿战友不收车费的情。点了烟,战友吐一口烟雾,说:"董少云寄宿了,你也解放了。"杨登科说:"是呀,接送董少云的事被董局长知道后,他让董少云到学校去寄了宿,后来还狠狠批评我不该背着他来这一套。如今学校把寄宿生当摇钱树,收了钱,却天天让学生吃母猪肉,董局长这也是下了狠心了,其实他完全可以不这么做的。"

战友忍不住笑起来,说:"哪是董局长下狠心?是学校在教育局领导那里得到批示,以高中学生学业任务重为由,硬性规定学生寄宿的。"杨登科说:"还有这样的事?"战友说:"怎么没有?我的亲外甥也在一中读高中,他家里困难,没钱寄宿,学校就找到我姐姐说,不寄宿就转学到别的学校去,没法子,我姐姐才从我这里拿了两千元钱,交了半学期的伙食费。"

从的士上下来后,杨登科想起董志良批评自己的那些话,好像董志良是怕影响不好和麻烦杨登科,才让儿子到学校去寄宿的,当时杨登科还暗暗佩服董志良,原来董少云寄宿的原因并非如此。杨登科就想,也许董志良早就知道你在接送他的儿子了,却故意装聋作哑,如果学校不让董少云他们寄宿,自己恐怕至今还在履行这份义务呢。

回到家里,聂小菊还等着杨登科。她不让他脱下身上的衣服,连脚下的鞋子也要他继续穿着,而以往进屋后他如果不脱鞋不换下家里的便装,她肯定是要河东狮吼的。聂小菊叫杨登科在地上站定,她前后左右对他进行反复打量端详,不时还要走过去,提提衣肩,抻抻衣脚,扯扯裤腿,像摆弄洋娃娃一样。还把杨登科扔在沙发上的公文包塞到他腋下,让他在客厅里来回走了两趟,对他迈步摆臂的姿势一次又一次做了纠正,直到杨登科装模作样走得让她完全满意了,才放了手,说:"这多有领导风度,明天就按着这个步伐和样子走步得了,保证再也不会有人觉得你像个小干部小司机了。"

折腾了好一阵,准备上床睡觉时,麻烦又来了。原来杨登科刚刚做了头发,往床上一睡,这发型岂不要弄得一塌糊涂?但总不能在地上站一个晚上吧?两个人琢磨了一会儿,最后还是聂小菊有办法,找来一个浴帽,套到了杨登科头上,并反复嘱咐道:"要特别注意,头不能乱摆乱扭,保持好平正的姿势。"

按照聂小菊的指导,杨登科平躺到了床上,而且一动不动,像听话的幼儿园的孩子一样。然而不知是因为明天要以中层领导的身份在局里干部职工面前露面而过于兴奋,还是老担心头发弄乱,身子有些不自在,过去一挨枕头便能猪一样睡死过去的杨登科怎么也睡不着了。他僵尸一样挺了个把小时,只觉背心生疼,四肢发麻,极不好受。

又坚持了半个小时,杨登科实在受不了了,才翻身下了床,想活动活动筋骨。在地上徘徊了一阵,聂小菊也醒来了,发现杨登科在床前晃来晃去,就拉亮电灯,问道:"你觉也不睡,发什么神经?"杨登科枯着一张脸道:"你要我只得平躺,又不能动弹,搞得我全身疼痛,哪里还睡得着?"

聂小菊不免有些急了。晚上没睡好,明天站在人前没精打采死气沉沉的,打扮得再时髦再阔气又有什么用?聂小菊实在拿不出什么好办法，心想连萨达姆都害怕失眠精神不济，影响自己在公众中的光辉形象，不得不借助药物帮助睡眠，看来杨登科也得如此了。于是穿衣出门，跑到校医家门口，把人家从睡意蒙眬中敲醒过来，要了两片安眠药，回来让杨登科服下，杨登科这才沉沉睡去。

第二天早上见杨登科精神状态上佳，发型也保持完好，聂小菊便踏实了。早饭后杨登科正要出门，聂小菊又叫住他，给他递上一样东西。

那是一只黑色羊皮公文包。

杨登科瞧瞧手上的公文包，然后盯住聂小菊，说："我又没出差，拿个这么高级的包干什么？"聂小菊在杨登科的包上拍拍，捞过那垂在包下的一小块圆形羊皮，答非所问道："看见没有？这上面还写着真皮两个字呢，绝对的货真价实。"杨登科说："这是哪来的？我以前怎么没见过？"聂小菊说："这是那次董少云他们参加市里地理知识大奖赛获重奖时，我作为辅导老师获得的纪念品，价值三百多元哩。本来我早就想给你了，只是觉得你当时一个小工人，也不配拿这么高级的公文包，所以一直收着没拿出来。"

杨登科就懂了聂小菊的想法，说："我现在尽管不是工人了，但董局长做了交代，还得继续给他开车，拿个公文包，我看没有这个必要。"聂小菊说："你还得继续给董局长开车这没错，可你已是堂堂办公室副主任，这也没假呀。我跟你说吧，我虽然天天待在学校里，但你们机关里的大官小员，我还是多少见识过一些的，大凡做了科长副科长，哪个手上没拿着一个上档次的公文包？所以说这跟必要不必要没什么关系，这是一个标志，有了这个标志性的真羊皮包，你的身份就今非昔比了。"

聂小菊这套理论还不容易否定，杨登科只得说："过去我除非帮领导提过包，自己从没带过包，还真有些不习惯。"聂小菊说："怪不得有人说，贵族至少要三代以上才能培养得出来，你看你已经是科级干部了，还是找不到做领导的感觉。不过不习惯也得习惯，你又不像孙悟空会七十二变，再变回普通工人或普通干部，也不太可能。"

　　说得杨登科心潮翻涌，说："行行行，夫人的美意我领了。"将公文包往腋下一夹，挺了胸就要出门。又觉得不太对劲，这个包也太轻太瘪了，他曾经提过的领导的公文包可是很有分量的。于是转身，到书柜里胡乱抓了两本书，往包里一塞，才将包撑了起来。再将鼓鼓的包塞到腋下，那感觉顿时就真切了许多。

　　油头粉面，西装革履，腋下再夹个颇有分量的公文包，走在洒满阳光的上班的路上，杨登科一下子就找到了做领导的感觉。

　　很快到了局门口，见了门边的烟摊，杨登科像电大毕业那次一样，花五十多元买了两包芙蓉王，塞进公文包，这才昂首挺胸地进了大门。

　　陆陆续续有人上班来了，大家见杨登科焕然一新，气宇轩昂，问他是要上电视，还是要去参加什么重要仪式。杨登科笑而不语，去了办公室。办公室的人都围过来看稀奇，这个问他的西装是什么牌子的，那个问皮鞋产于何处，有的则说："杨科你这派头，如果跟董局长出去，人家还以为你是局长，他是司机呢。"

　　还有人注意到了杨登科腋下的公文包，说："杨科的包看上去挺高级的，不是假皮子的吧？"杨登科说："绝对真皮。"要将公文包递给同事们验证。恰好曾德平进了办公室，杨登科于是手一缩，把公文包重新塞回到了腋下，径直走到曾德平面前，亮着嗓门甜甜地喊了声曾主任。同时拿出包里的芙蓉王，抽一支出来，递到曾德平手上。曾德平看看杨登科，接烟于手，说："登科你好精神，像是换了个人似的。"

　　杨登科嘿嘿笑着，打燃打火机，给曾德平点了烟，说："谢谢主任大人鼓励。"

　　曾德平从鼻孔里喷着烟雾，明知故问道："准备出差？"杨登科心想，这个曾德平还要装蒜，今天他和蔡科长要陪自己跟同志们见面，还怎么出差？于是说道："曾主任不安排我出差，我敢出差么？"曾德平说："你是老板的人，我怎么安排得了你？"

闲话了几句，曾德平见杨登科还在前面站着不动，又故意问道："有事么？"

杨登科想，昨天董志良不是跟蔡科长说得好好的，今天他俩一起陪自己到科室去跟同志们见面么？莫非蔡科长把这事忘到了脑后？杨登科有些扫兴，只得提醒道："蔡科长跟你说了么？"曾德平说："跟我说什么了？"

杨登科心里生了毛毛火，八成是蔡科长还没给曾德平打招呼。身为政工科长，怎么能把领导当面交给的任务当做耳边风呢？于是转身出了门，要去政工科。曾德平望着杨登科的背影，窃窃而笑："这家伙也太迫切了。"

不想刚出门，就碰上了蔡科长。没等杨登科开口，蔡科长就说道："不是说好今天陪你跟同志们见面的么，我在政工科等你好一阵了，你却躲在了这里。"

原来蔡科长并没忘记领导交给他的光荣任务。杨登科心头的火气一下子就消掉了大半，说："不是还要叫上曾主任么？我来看看他在不在办公室。"蔡科长说："那曾主任在不？"杨登科说："在。"要转身去叫曾德平。忽又立定了，给蔡科长发了烟。蔡科长不再像杨登科电大毕业回来那天，生怕杨登科的烟给自己惹来麻烦，避犹不及，而是高高兴兴地接烟于手，放鼻子下嗅嗅，说："杨主任的烟挺高级的嘛。"杨登科乐滋滋道："离领导的要求还相差很远呢。"一敲打火机，给蔡科长点上，这才屁颠屁颠跑到办公室门口，对曾德平道："曾主任你快出来，政工领导等着你。"

曾德平也就出了办公室，跟蔡科长一道陪杨登科一个一个科室去和同志们见面。

听蔡科长介绍说杨登科做了办公室副主任，同志们再不好装聋卖傻了，认真瞧瞧杨登科那不凡的打扮和十足的派头，做恍然而悟状，说："怪不得啰。"自然都不叫他杨科了，口口声声呼着杨主任。以往局里人叫他为杨科时，都是逗他开心的，带有戏谑的味道，现在大家改称杨主任，却是正经的严肃的，而且隐含着说不清道不明的羡慕甚至嫉妒。究竟杨登科是从一介司机提上来的，起点虽然低了点，但从转干到提副主任却是坐的直升飞机，想想那些正规的大学毕业生在局里干了好多年，至今还是普通干部，哪有杨登科这样的速度？

杨登科自然觉得杨主任的称呼那么顺耳，那么中听，那么让人振奋。多少年了，跟了一个又一个领导，吃了那么多苦中苦，做了那么多人下人，才终于盼来了这声实实在在的杨主任。杨登科也就知足了，这个名正言顺、名下无虚、名副其实的称呼毕竟来之不易。

杨登科当然不只顾着知足，还不忘打开包，拿了烟敬同志们，顺便说些请多多关照的话。同志们说："是杨主任要多多关照我们，你和曾主任是办公室领导，是局长心腹和局里的当家人，你们不关照我们，我们只好喝西北风了。"同时要夸奖几句杨登科的领带、西服、皮鞋，还有腋下的真皮包，说："凭杨主任这样不凡的风度和气质，今后还会继续进步的，苟富贵，莫相忘，到时可不要撇下我们这些难兄难弟哟。"

这些话说得杨登科差点双脚离地，要飘起来了。他嘴上谦虚着，心里却十分受用，所以临出门，跟同志们握手道别时，手竟有些忍不住老往后缩。特别是跟那些普通职工和只有级别没有实职的科级副科级或一般科员握手，如果对方动作慢了半拍，杨登科便只能捏到人家的手尖了，好像大领导出席什么重要仪式，接见小领导或普通群众一样。

花了半个上午，才跟十多个科室的同志们见完面，然后三个人来到杨登科的发祥地司机班。小钱、刁大义和胡国干正在扯淡，见蔡科长和曾德平陪着风度翩翩的杨登科进来了，自然知道他们来做什么了。只听蔡科长说道："给三位带来一个好消息，经党组研究决定，杨登科同志已正式被提拔为办公室副主任了。"

三个人脸上沉了沉，旋即缓过劲来，做作地拍了拍手掌。

接着曾德平又告诉他们，司机班有可能会由杨登科来分管。

杨登科像在其他科室一样，上前给他们递起烟来，一边说些客套话。他们自然都接了杨登科的烟，只是比以往客气了许多，左一个杨主任右一个杨主任的。

杨登科这才意识到彼此之间，已经不可能再像过去一样平起平坐了。

杨登科便尽量做出平易近人的样子，跟几位兄弟捶捶胸，拍拍肩，你敲敲我的脑袋，我扯扯你的领带。打闹着，杨登科一不小心，腋下的包一滑，掉到了地上。还是小钱眼疾手快，立即将包捡起来，一边拍去上面的灰尘，一边说："杨主任这包好高级的，我看局里正科级以下的领导，还没谁有这样的好包。"

胡国干便来了兴致，将包拿过去，说："光看这个包，人家还以为杨主任至少是副处以上领导。"刁大义也不甘落后，夺走胡国干手上的包，说："国干你这话也太没水平了。杨主任虽然现在还是科级干部，可凭他不凡的天赋和超群的才华，我敢打保票，过不了三五年，别说副处，正处甚至副师什么的，也是不在话下的。"

蔡科长和曾德平一旁听着几位司机的调侃，觉得他们嘴巴上的功夫确实了得。也怪不得，机关里的司机天天跟领导在一起，领导都是能说会道的，笨嘴笨舌也别想做上领导，伴随领导左右的司机耳濡目染多了，自然而然要被领导同化，得些领导的真传。近朱者赤，近墨者黑，有人说司机和秘书是领导的影子，那确实是有些道理的。

最后杨登科的包又回到了小钱手里。他在上面敲敲，说："我观察过，官做得越大，公文包也就越大，因为大领导掌握的方针政策和国家机密多。杨主任的包鼓鼓囊囊的，装着什么方针政策和国家机密？"胡国干说："管他方针政策还是机密，先打开看看再说。"刁大义说："我同意国家干部的意见。"

小钱受到激励，也不征得杨登科同意，哗啦一下就将拉链拉开了，同时将手伸到了包里，杨登科想上前阻拦，也没来得及。

小钱立即从包里掏出两本书来，道："什么方针政策和国家机密，原来是两本破书。公文包不装文件，却装书，杨主任上进心好强的。"胡国干也说："听说市里准备公开招考副处领导，杨主任刚做上科级干部，就想考副处了？"

唠叨着，几个人的目光都落在了两本书的封面上。原来一本是《马屁经》，一本是《新厚黑学》。大家都笑了。连蔡科长和曾德平都来了劲，一个说："杨主任你真会读书，好多世界名著不读，专门读这样的书。你这个主任是读这两本书读出来的吧？"一个说："把这两本书借给我们学习学习，学通学精了，也好早日飞黄腾达。"

原来早上杨登科去书柜上拿书撑包时，心里正亢奋着，也没顾得上瞧一眼封面，顺手就塞进了包里。这是杨登科在地摊上一元一本买的，当时是感到好奇，可带回家后，往书柜里一夹，从此再没想起过，谁知阴错阳差成了包中之物，也真滑稽。

此后，杨登科是读了《马屁经》和《新厚黑学》才做上办公室副主任的传言便不胫而走，搞得农业局里尽人皆知，碰到杨登科，都嘻笑着朝他借这两本书，好学几招。杨登科啼笑皆非，将那两本破书扔进垃圾堆里，换上了局里的文件汇编和局办公室发的只有副科级以上干部才有的工作记录本。再有人拿过包找那两本书时，见是文件和记录本，就失望得很。

包里虽然没了《马屁经》和《新黑厚学》，但关于这两本书的闲言还常会被人提及，后来竟传到了董志良的耳朵里，有次出差回来，车上只有他们两个，董志良他还特意问起杨登科："局里人都说你包里常备了《马屁经》和《新厚黑学》，有空没空就拿出来学习学习，有这回事吧？"杨登科红了红脸，说："我在地摊上买过这两本书，当时仅仅是好奇，拿回家后便没了兴趣，一页都没看过，早已被我扔掉了。"董志良有些不相信，说："不会吧？这么好的书你也舍得扔掉？我还想借来读读呢。"

杨登科有口难辩了，说："真的扔掉了。不过老板想看，我再到地摊上找找，也许还找得到。"董志良说："随便问问，哪有时间看这些闲书？"不再追问。杨登科松下一口气，瞟一眼董志良，心里想，如今当领导的据说都喜欢看这种书，也许他早就看过了。

渐渐地,《马屁经》和《新厚黑学》便淡出了人们的记忆,大家见到杨登科时,也难得问及那两本书了。这倒让杨登科觉得少了什么似的。

有一天杨登科心血来潮,竟在包里塞进了党组任命自己为办公室副主任的那份文件,一个人闲来无事的时候,就打开包,取出任命文件偷偷看上一遍。多看了几回,文件里的每一句话,甚至每一个标点符号都烂熟于心了。

任命文件的边都翻毛了,但奇怪的是,杨登科每次捧着这个任命文件时,总是看得自己心跳不止,激动难耐。

杨登科做上办公室副主任之后,曾德平做了两件事。一是在副主任办公室给杨登科摆了一套桌椅,因为这是一个待遇问题。虽然司机班里杨登科的办公桌椅还没挪走,而且他还要跟董志良在外面跑,难得到副主任室坐上两回。二是根据董志良的意思,把过去自己分管的司机班和后勤工作分给杨登科来管,凡是与此有关的事务和开支皆由杨登科说了算。这可是实打实的权力,局里人便对杨登科刮目相看了。不刮目还不行,要用车,必得杨登科签具派车单,签报油费和司机出差补助。要解决吃喝拉撒睡和生老病死退的困难,必得杨登科点头同意,签字画押。因为杨登科同时还是董志良的司机,谁想密切联系领导,想给董志良捎句话什么的,自然找杨登科最为可靠。至于要找有关部门和单位疏通个什么关系,只要杨登科打着董志良和局里的牌子跟人家一说,再施以小恩小惠,对方还是挺买账的。

好在杨登科挺会做人,有人找来了,能办的难度不大的事尽量给人办到。比如到人事部门给某老干部解决个久未解决的工资待遇,上教育部门给某职工的子女弄个三好学生的指标,到税务工商部门给某干部以亲友名义开的店子减免两笔税费,甚至到派出所给某科长将年龄改小几岁,给某主任取回嫖赌时被拿走的部分罚没款,杨登科都有求必应,乐此不疲。慢慢杨登科的好名声就传了出去，局里的干部职工都乐意说他的好话，年终考核给他打优秀的人比领导还多。连老家的父老乡亲都上了门，要这经费那项目的，杨登科也通过关系，给人家解决了不少实际问题。

实权和实惠都姓实，是一对亲密无间的孪生兄弟，手握实权的人如果硬是对实惠怀有敌意，就是在门口设上五岗六哨，估计也是没法将实惠这位兄弟拒之门外的。有些实权部门为了加强廉政建设，每逢过年过节，就要在办公楼的制高点上装上高倍摄像机，监控前来送礼的车辆和人员，说是要把腐败拒之门外。这可是高科技手段，不可谓不高明了。至少有人送成桶成筐成麻袋的米面茶油西瓜桔子什么的，摄像机肯定能尽收镜底，记录在案。问题是这已经是什么年代了，还有谁会拱着肩背，扛了这些不值钱的农副产品上门。而人家的金卡龙卡或红包之类都塞在口袋或手提包里，也不知那摄像机是否有孙大圣火眼金睛的功能，能像识别妖魔鬼怪一样，一眼就把人家深藏不露的金卡龙卡和红包给瞧出来。

且说手握实权的杨登科这天晚上刚回到家里，一家小车维修中心的老板就来敲门了。当老板的都有一张金嘴，他不说是特意来找杨登科的，却说是从九中门口经过，想念杨主任了，顺便来看看。杨登科在九中住了也不止一天两天了，过去从没听说他从九中门口经过过，杨登科做副主任没几天他就要从九中门口经过了，这事也真是凑巧。不但经过，而且进了九中，而且敲开了杨登科的家门，杨登科心里自然明白他的来意是什么。不过杨登科不露声色，客气地递烟倒茶。那老板也不久待，坐了两分钟，闲话了几句，就起身走了。杨登科开门目送他下楼后，关门转身就看到沙发上放着一个大红包，抓到手上欲去追赶，人家早已没了踪影。杨登科没有法子，过了几天，便将局里暂时没安排人开的奥迪开进了那家维修中心。

那天晚上老板走后半个小时不到，一直还被挂着没有安排具体工作的吴卫东也来了。他是为自己的工作而来的。杨登科不可能忘了被吴卫东毫不留情退回来的那五千元钱，那其实不是简简单单的五千元现金，而是杨登科身上的灼痛；不可能忘了老郭出让的奥迪,自己没开几天就被吴卫东撬开卷闸门拖走了,那其实不是普普通通的奥迪,而是杨登科心头的耻辱;也不可能忘了那张自己一气之下撕毁的补胎时开的三十元面额的发票,那也不是平平常常的发票,而是杨登科做人的尊严。可现在杨登科已提不起再生吴卫东的气的兴趣。钟鼎文把吴卫东和刁大义弄进城西派出所的那天深夜,杨登科心头的气就已消掉了。何况如今的杨登科竟戏剧性地翻到了吴卫东上面,反过来做上了他的领导,也就是说杨登科已成为强者,至少在吴卫东面前。望着这个前主任欠着身子一脸谦卑地坐在沙发上,想起昔日他那趾高气扬不可一世的神气再也不可能在他身上重现,杨登科的自我感觉简直好得不能再好了。本来被人所求是一件最能满足自尊的事情,而且还是被过去不把自己放在眼里、总与自己过不去的冤家对头所求。杨登科想都没想,就答应在董志良面前说说他的事。杨登科没食言,跟董志良出车时还真说了说吴卫东的情况,后来又陪吴卫东上了一趟董志良的家。当然是趁董志良不在的时候,董夫人看杨登科的面子,才收下了吴卫东的红包。此后吴卫东很快上了班,还恢复了科级待遇,虽然没有实职,但对吴卫东,这已经是相当不错的结局了。为感谢杨登科,吴卫东说尽了感恩戴德的话,过年时还给了杨登科儿子杨聂一笔不薄的压岁钱。

除了掌握好国家和人民交给的权力外,前面说到,杨登科大部分时间还是跟着董志良跑。杨登科于是拥有了双重身份:办公室实权副主任和董局长的专车司机。这在局里人眼里,杨登科便举足轻重了,他既是给领导开车的副主任,又是掌着实权的领导司机。明眼人看得出,不是领导的心腹,一般角色是不可能同时拥有这么特殊的双重身份的。

这天杨登科又开着蓝鸟陪董志良出了一趟差。回到贵都市,董志良要下车了,忽然用一种似不经意的口吻对杨登科说道:"登科你不是外人,我就不瞒你了,过两天要召开市委全会,省委组织部将在会上就我的事进行民意测验。"杨登科高兴地说:"那祝贺老板了。"董志良说:"才开始进入程序,也不知结果会是如何。官场中的事太复杂了,你先不要对任何人说这事。"杨登科点头道:"老板放心好了。"

董志良还告诉杨登科,这次市委全会还要先封闭式学习一个星期,市委委员都要参加,他不用坐车,要杨登科趁机将办公室或私人的事情处理一下。杨登科忽想起一事,说:"我母亲正好是下周生日,好多年我都没回去过了。"董志良说:"那你正好回去给母亲做做寿。俗话说,娘肚里有儿,儿肚里没娘,做母亲的也不容易。也代我向老人家问声好。"

这话让杨登科好生感激,说:"我先代母亲谢谢老板了!"

星期天杨登科上银行取了两万元现金,又买了两捆红包,然后跟曾德平说声回老家办点事,就开着蓝鸟,带上刚刚放了假的聂小菊和杨聂,意气风发地出了贵都城。

穷奔口岸富奔乡。杨登科忽然记起这句老话,心想自己虽然并非大富大贵,但终于登了科,入了品,此番回乡,感觉确实不同以往。

过去杨登科很少专程回过家,只偶尔出差到了老家县城,抽空回去看看父母。这是司机职业使然,平时要上班,节假日不是领导有安排,就是上级部门的人要下来游山玩水,做司机的没法逃避,只能看着人家节日快乐,自己节日劳碌。所以这次能专程回家一趟,确实应该感谢市委全会封闭式学习一个星期和董局长的亲切关怀。

不知不觉就快到老家县城了,杨登科的手机突然响起来,一揿绿键,是县农业局办公室李主任打来的,问他到哪里了。杨登科有些惊讶,这次行动除董志良和曾德平外,也没跟其他人说过,李主任是怎么知道的呢? 便说:"李主任没打错电话吧?"李主任说:"杨主任你还是家乡人,说这话就是看不起下级了。我估计你也快到县里了,才给你打的电话。把车开到我局对面的金穗酒家来吧,郑局长和分管办公室的王副局长都在那里等着了。"人家那么客气,杨登科觉得很有面子,说:"那我是恭敬不如从命了。"

赶到金穗酒家,李主任已候在门口。郑局长和王副局长果然也在,听到车响,立即从大厅里奔出来,左一个杨主任右一个杨主任地上前跟杨登科亲切握手。杨登科顺便将聂小菊和杨聂介绍给他们，几个人客气着上了楼。

杨登科心里清楚，他们这是将自己当上级领导来接待了，这可是他做司机和一般干部时不可能享受到的特殊待遇。杨登科经常跟领导下县检查指导工作，知道市里的人下县，县里都要进行对等接待，也就是说市里来了什么级别的领导，县里得安排什么级别的领导进行接待，一点含糊不得。当然也有不完全对等的，比如省市来了地厅级领导，县里没有这个级别的，不可能到哪里去租一个地厅级领导来使使，书记县长是县里最高首长，他们出了面，也就算是最高规格的接待了，上级的地厅级领导是不会有意见的。至于处级科级那好办，县里这个级别的领导多如牛毛，站在屋顶往街上撒泡尿，保证就能淋着好几打，信手拈来便是。如果为了表示敬重，安排比上级领导高半级的领导接待也是常情。杨登科还是副科级，县农业局的王副局长是副科级，他出面是对等接待，郑局长也出了面，那就是高规格接待了，杨登科估计他是把自己和董局长之间的特殊关系考虑了进去。

怪不得机关里的人整日只恨进步太慢，原来一进步，种种风光和看得见或看不见的好处妙处不用你操心，就自动等在那里了。

进包厢后，李主任便忙着将杨登科请到上头，再安排郑局长和王副局长坐在两边，然后让聂小菊和杨聂依次坐下。服务员紧接着把酒和菜端了上来，几个人举杯开喝。平时上面来人，都会请几个大胆开放的小姐陪酒，喝了边三轮，再喝穿心莲，又喝三龙护鼎什么的，花样叠出，尽得风流。今天聂小菊和杨聂在场，也不好请小姐，这酒喝得不免有些沉闷，气氛一时上不来。后来还是王副局长打破局面，边劝杨登科的酒，边说道："杨主任不要因为纪检书记在场就缩手缩脚的，书记在与不在一个样嘛。"

机关里有许多行话，只有机关里的人才懂得其真正含义。比如这个纪检书记，有时不见得是指纪律检查委员会的书记，而是指领导的老婆，意思是专门监督管束领导的。王副局长这里说的纪检书记，自然是指杨登科的老婆聂小菊了。王副局长还回头问聂小菊："聂书记你可不能对杨主任管得太严哟。"聂小菊说："我们家里实行无为而治，我从没管过他。"

王副局长对聂小菊翘起大拇指，说："这是开明书记。"又问杨登科："听到没有？书记发了话，你可放开胆子喝了。"主人这么热情，杨登科也不好扫他们的兴，端起杯子，说："一天不抽领导烟，不知方向在哪边；一天不喝领导酒，不知路线怎么走；一天不吃领导饭，不知工作怎么干。我听王领导的，干了这一杯。"便一口干了。

桌上一下子活跃起来。郑局长兴致勃勃道："我先讲一个小段子，再敬杨主任全家。段子不长，说是儿子每晚都缠着要跟妈妈睡，妈妈说，儿呀，你这么离不开妈妈，长大娶了媳妇，看你还跟不跟妈妈睡。儿子说，当然还跟妈妈睡。妈妈说，那你媳妇怎么办？儿子说，让她跟爸爸睡。爸爸一旁听了，非常激动，感慨道，这儿子算我没白养，从小就这么懂事。"

这个段子并不新鲜了，但郑局长是领导，大家还是很卖力地笑了笑。郑局长有几分得意，摸摸杨聂的头，说："杨公子，你有这么懂事么？"别看杨聂还是初三学生，但现在的孩子都是吃着带激素的营养品和用激素催大的鱼肉瓜菜长大的，成熟得格外快，杨聂当然也就听得出段子里的意思，脸上立即红了。郑局长格外开心，对杨登科举起杯子："杨主任我敬你全家，不为你当了领导，只为你有这么懂事的儿子。"几位笑着喝了酒。

杨登科因为还要开车，喝到七成再不肯喝了，郑局长他们也就见好就收，一齐吃了些饭，离了席。一家人正要上车时，郑局长过来握着杨登科的手说："路上慢点儿开，明天我们几位再上你家里去。"杨登科不免又要犯疑了，说："去我家里干什么？过两天我们就要打转的。"郑局长说："你就不用管这么多了，这是我们自己的事。"

上车出了县城，杨登科心里还在纳闷，自己母亲生日，他只在董志良面前说了一句，跟曾德平打招呼时只说有事回家，未提"母亲"二字，郑局长他们是从哪里打听到的？总不可能是董志良透露给他们的吧？杨登科多年没陪母亲过生日了，这次回家主要是尽点孝道，减轻些心里的歉疚，不想竟惊动了郑局长他们。

老家早已通了公路，近年又铺了油，路面窄是窄了点，却还算平坦，所以杨登科尽管开得很慢，三十公里的路程半个多小时就到了。下了车，就见家里聚了不少人，正在杀鸡宰羊，一派忙碌景象。跟父母见了面，才知原来他们接到杨登科要回家的电话后，喜出望外，立即忙着做些简单的准备工作。这事不知怎么被老村长知道了，他跟县乡领导过往得多，有些见识，主动过来对杨父说："我们杨家村过去虽然出了些布衣秀才，但像登科这么正儿八经的官，几百年来却还是第一个，这可是我们整个杨家村的光荣。所以登科要回来给母亲祝寿，我们当然要举全村之力，大操大办一场，好好长一长我们杨家人的威风。"老村长说到做到，自己亲自做这次喜事的总管，把村里的精壮劳力都派到杨家，大张旗鼓地操办起来。

这其实是杨登科预料之中的。他生于斯长于斯，对家乡的世道人心再清楚不过。他非常感激老村长，说："老村长，您辛苦了。也不知怎么感谢您老人家。"老村长说："不用谢，明天你陪我多喝几杯就是。"杨登科说："那是应该的。"

晚上杨登科拿出两万元现金，让聂小菊和杨聂一起帮忙，装到两百个红包里。父亲不解，说："明天你妈生日，众人要给我家送礼，你们装红包干什么？"杨登科说："我们是按照城里人办喜事的做法，散席时每位客人都要打发一个红包。"母亲说："我听说城里给客人打发红包，也就十元八元一个，哪有一百元一个的？"

杨登科只好掏出了自己的真实想法，说："爸妈都在这里，我把话说白了吧。儿子离开乡下二十多年，终于混了个小官，可我是吃家乡的五谷杂粮长大的，平时也没能力和机会报答父老乡亲们，心中不安啊。这次母亲生日，大家要来祝贺，总得送上十元二十元的礼金吧？若在城里特别是在机关里，这点儿钱实在算不了什么，可我们这样的穷乡僻壤，十元二十元并不是一个小数，收了乡亲们的钱，叫我怎么过意得去？所以才特意做了准备，凡来贺喜的人，不论他送的礼是大是小，一律回一个百元钱的红包，以表诚意。"

母亲心疼这么一大笔钱，嘀咕道："乡下办酒想赚钱是没有可能的，但也不能倒贴那么多呀！"父亲却明白杨登科的意思，知道他是想在家乡父老面前挣个面子，特别赞赏他的做法，说："人活在世上，就是一张脸重要，登科这么做，我们做父母的就更有脸面了，我举双手赞成。何况登科刚升了官，升了官还缺这一万两万的？"

父亲这话露是露了点，却把什么都道破了。

第二天日上三竿，客人陆陆续续进了杨家。在老村长的指挥下，司仪员吹鼓手严阵以待，几处大灶炊烟正浓，二十多套桌凳已分别安置在左邻右舍上房下屋。用老村长的话说，这叫精神文明和物质文明一齐上。按照地方风俗，杨母已端坐于堂屋祖先牌位前，只等午时将至，鞭炮点燃，鼓乐声起，受过跪拜之礼后，就可大开筵席了。

此时与杨家对望的山前忽冒出一串小车，沿着蜿蜒公路呼啸着开过来，徐徐停在杨家屋前。乡下公路通了多年了，平时跑的多是大车和农用拖拉机，只偶尔有一部两部小车自此经过，这么十余部小车整整齐齐招摇而至，大家好像还是第一次见过，感到很是稀奇。客人们于是纷纷跑出屋子，上前来看热闹。连忙忙碌碌的勤杂人等也扔下手中的活计，奔到了路旁。

杨登科正在屋里帮身为总管的老村长登记客人送来的礼金，忽见大家都往外面跑，不知发生了什么事情，也出了屋。见屋前长蛇阵般停了十多部小车，杨登科就明白是郑局长他们了。但转而一想，县农业局也就三四台小车，一下子从哪里来了这么多小车？

纳闷着，杨登科几步迎到了路边，原来除了郑局长他们，曾德平也带着胡国干、刁大义、小钱还有已退下去的老郭几位兄弟，一人开着一部小车赶了来。农校马校长等市农业局下属几个单位的头儿也在。杨登科又惊又喜，上前跟各位一一握手，感谢大家老远跑来捧场。来到曾德平面前时，杨登科说："曾主任我就知道是你的主意。只是我并没跟你说过我母亲生日的事呀？"曾德平笑道："是董老板亲口告诉我的,我跟兄弟们一说,大家踊跃得很,争先恐后要来给伯母祝寿,我看又是星期天,只好满足他们的要求。"

杨登科禁不住心里一阵热乎。董志良真是关心下属,这一辈子能跟上这样的好领导,也算是你杨登科天大的造化了。

杨登科这里正在招呼客人,那边老村长已叫人燃响爆竹,还带着吹鼓手吹吹打打迎过来,分立两旁,将这批高贵的客人往中堂请。机关里人去宾馆参加喜宴,都是先给主人递上红包,然后各自找位置落座,哪来乡下这样热闹隆重的场面?大家感到新鲜,欢欢喜喜来到杨母面前,按照乡下的规矩,给老人家行跪拜大礼。

礼毕,曾德平和郑局长还有马校长他们便把身上的大红包掏出来,塞到杨登科怀里。杨登科谢过,让司仪人员安排各位入了席,再到后堂去跟老村长登记红包。曾德平他们的红包有两种,一公一私。公家三个,市农业局六千,农校等几个下属单位和县农业局各五千。私人方面,曾德平几位同事的钱装一个红包,人平一千;郑局长和马校长两拨人分别装在两个包里,人平八百。董志良单独送了一个红包,两千。几项加起来已是三万。

这些红包比乡下人送的十几二十几元一个的红包不是一个重量级的,登在一起不免别扭,杨登科特意登到了另一个本子上。

登记完红包,杨登科出了屋,要去打曾德平他们的招呼,只见马路上又开过来几辆小车。大家兴奋起来,说:"又来贵客了。"怂恿鼓乐手做好出迎的准备。杨登科再也想不起还会有谁要来,还以为是过路车呢。岂料那几部小车到得屋前,都停了下来。

杨登科便迎上去,同时注意了一下那几部小车的牌号,发现都是县里的号子。

此时县农业局的郑局长跟了过来,告诉杨登科,那是县委县政府和乡政府的车。杨登科也来不及细想,只得在郑局长的介绍下,跟从车上下来的客人握手见面。原来除了书记县长在市里参加市委全会之外,其他七位县委常委领导都到了场。乡里是几位书记和乡长,其中两位过去到市里找杨登科办过事,彼此认识。带队的是一位分管党群的县委副书记,属于常委里的第三把手。他告诉杨登科,他们是受两位老板之托,特意来给杨母祝寿的。县里的两位老板当然就是书记县长了。喊书记县长太生硬,喊老板显得既亲密又实在。

县里领导也这么捧场,杨登科自然也觉得风光无限。就有几分陶醉,自己一个副科级干部,何德何能,母亲生日竟然将县里和乡里的核心领导都惊动了。旋即杨登科就明白过来,他们一定是知道董志良就要进市委常委了,见你杨登科跟董志良关系非同一般,提前在你身上投资,今后想要投靠董志良了,也好有一条内线可以利用。这些人都是洞庭湖上的老麻雀了,见的世面大,深知平时不烧香,临时抱佛脚,那佛脚是抱不住的。

这么一想,杨登科接他们递上的红包时,就理直气壮多了。

父老乡亲们当然不可能知道杨登科心里这些想法,只知道杨登科出息大了,给他们也挣了面子。是呀,一个偏僻的乡村,一位老人做生日,村前公路上长龙般齐崭崭停了十七八辆小轿车,市县乡有关领导都到了场,这难道还不能说明问题么! 大家一边对这一溜照得见人影的小车指指点点着,一边打心眼儿里敬佩起杨登科来。还讨论起了杨登科的官位。他们对当今那三六九等的官级不甚了了,有人说看这阵势,杨登科的官儿跟县长县委书记应该是一个级别了。其他人不同意,县里领导都来了,没来成的县长和县委书记都托了话,杨登科的官儿也许在县长县委书记之上呢。年纪大的人还借题发挥,教育在场的晚辈,做人就要做杨登科这样的人,做了官儿连父母和地方上的人都跟着沾了大光。

县委常委和乡里领导给母亲行过礼,被安置好之后,杨登科又连忙跑到后堂去跟老村长一起登记他们递的红包。县里两个红包,一个是以县委政府名义送的,一万元整;一个是包括书记县长在内的九个常委领导的,共九千,也就是说人平一千。乡里公家和私人的加在一起也上了三千。将前面市县农业系统的三万加在一直,已过了五万。

望着这厚厚几叠钞票，杨登科眼里都要冒绿火了。他只是一个小小副科，给母亲办一回酒，光市县乡三拨人马的礼金就上了五万，那些位高权重的官员办一回酒，岂不要数十万上百万地进？怪不得手中有权的人最喜欢的就是办酒，乔迁要办，生日要办，娶儿媳嫁闺女要办，儿孙出生和周岁要办，死爹死妈更要办，没爹妈可死，专门认了干爹干妈，等着他们死的时候好办，原来办酒的奥妙就在这里。

对此有人说是腐败之风，有人说是人情世故，各有各的理由，政府也不好硬性规定不准办酒。有意思的是前不久市纪检委做出庄严而神圣的决定，定期给全市副科级以上干部发送反腐倡廉短讯，杨登科提拔副科以来，已荣幸地收到好几条了，其中一条说一个合格的领导干部要能做到四不：用权不用计，过节不失节，进步不进钱，生日不生财。杨登科当时就笑起来，心想如今的人都放聪明了，对上面的精神尤善于正话反用，这不恰好提醒了大家，用权用计，过节失节，进步进钱，生日生财已经成为普遍现象，不趁在台上好好用足自己手中的资源，加大力度加强"四项建设"，以后下了台，那就再没机会了。

这是闲话，不说也罢。还是说这天的老村长，他算是大开了眼界，这辈子他恐怕还从没见过这么多钱。对杨登科不免又敬佩又羡慕，说："看来还是要做官啊！登科你一做官，回来给母亲做回寿，一下子就收了这么多钱，我们当农民的，在田里土里刨上几辈子也别想刨这么多钱出来。自古说升官发财，不升官，哪来的财可发？"

杨登科无言以对。半天才笑笑，说："老村长，这些钱我可是不能往自己袋里一塞就完了的，我的官还太小，只有官做大了，肚大量大了，才吞得进，咽得下。"

老村长不懂了，说："你不吞进去，咽下去，难道给人家退回去不成？乡下是不兴退礼的哟。"杨登科说："当然不是硬邦邦退回去，我有我的办法。"随即叫过聂小菊，吩咐她拿二十个空红包出来，每个里面装上两千元，领导们上车前再给他们。

老村长望望杨登科，一脸的迷惑，说："你这不是没赚什么钱了?"杨登科说:"老村长,我这次回来给母亲做寿,本来就不是为了赚钱的。"

老村长似乎懂了杨登科的意思,觉得他不是一般角色,翘了大拇指夸奖道:"看得出来,登科你是个干大事的人才,以后一定会有更大的出息。"

午时即至,三声震天动地的铁炮响过,欢快的鼓乐声一齐奏响,正式开席了。杨登科在老村长的陪同下,代表母亲,带着老婆孩子,一桌一桌去敬酒。先敬市县乡来的客人,再敬父老乡亲。酒宴随之进入高潮,一派喜气洋洋。

就在杨登科在酒桌间来回穿梭的时候,外面又来了一位客人。这是一位中年妇女,她的到来没有引起任何人的注意,却很快进入了杨登科的视线。其时杨登科正举了杯准备敬一位亲戚的酒,那位中年妇女一出现在门口,杨登科的目光就僵住了。

虽然已二十多年没见,杨登科还是一眼就认了出来,这位客人就是邓桂花。

杨登科放下杯子,缓缓朝邓桂花走过去。不用说,如今的邓桂花已不是当年的邓桂花了,脸上刻着岁月的沧桑,微胖的身子稍稍佝偻着。杨登科心里像是被什么一蜇,隐隐有些作痛。他努力想象着当年的邓桂花,这才发现她那混浊的目光里依然闪动着杨登科永远也无法忘怀的真挚。杨登科仿佛有许多话纷纷跑到嘴边,要对她尽情倾诉似的,可最后却只这么淡淡的一句:"你怎么也来了?"

邓桂花望望杨登科,笑了笑。这一笑,让杨登科一下子找到了从前的邓桂花。要知道那个时候的邓桂花,笑起来也是这么个样子。邓桂花说:"我是今天上午接到前进的电话,才知道你回来给母亲做寿了,所以迟到一步,很对不起。"

说着递一个红包给杨登科。杨登科犹豫着接过红包,好像这才明白她是来祝寿的,要给她安排席位。邓桂花说:"别忙,我还没见过伯娘呢。"邓桂花找到杨登科的母亲,行过礼,才入了席。杨登科有话要说,可席上又不是说话的地方,只得说:"一路辛苦了,多喝几杯。"邓桂花说："我不会喝酒，这你是知道的。别管我，你招呼别的客人去吧。"

杨登科当然不好老守着邓桂花，只得走开了。

热闹了两个小时，酒宴接近尾声，老村长安排人将那一百元一个的红包分发给各位客人。这个规矩，上面来的客人见得多了，接了红包，就塞进了口袋。乡下的百姓还是头一回碰上这样的事，觉得有趣。平时拿一包主家事先准备好的糖果，已经非常客气了，现在见给的是红包，好奇心顿起，就在桌前将红包开了。

这一开，眼睛就都圆了。谁能想到，里面竟然是一张百元的大钞。

送的礼不过十几二十元，上了三十元的，已经是大礼了，岂料吃了喝了，还要拿走一个百元红包，世上哪来这样的好事？却以为是主人不小心弄错了，白捡了个财喜。于是左右瞟瞟，见没人注意，忙把百元钞票塞回红包里，再装作若无其事的样子收进了口袋。不想邻座从红包里抽出来的也是一张百元大钞，则更加不解了，这杨登科看来不是神经有毛病，就是家里的钱多得没地方搁了，才肯做这等亏本事。

就在众人不可思议之际，市县乡的客人离席准备告辞了。杨登科忙跑去送客人，又不忘说些感激的话。聂小菊也追来了，又给每位客人递了一个大红包。大家就有些稀奇，都说："聂老师你这是搞什么名堂，席上已经拿了红包了，还要给呀？"杨登科忙笑道："席上是席上的，这是各位远途劳顿，路上买矿泉水的。"

其中性子急的早已把厚厚的包打开了，粗粗一点，竟有二十张大钞，心头暗喜，嘴上则说道："杨主任也太客气了点，你是要我们买矿泉水，还是买金条？"杨登科笑道："惭愧惭愧！下次我发了财，我一定给各位领导买金条，怎么样？"

说话间，聂小菊又将县长县委书记的大小两种红包，给了领队的县委副书记，拜托他转给两位未到场的领导。至于董志良的红包，杨登科本来想让曾德平转交，临时又改变主意，扯住了聂小菊，打算自己回市里后当面交给他本人。

　　客气着各位上了小车。长长的车队蠕动起来，首尾相衔，缓缓往来时的方向驰去。杨登科的手不自觉地抬了起来，朝着车流扬着扬着，脸上溢满笑容。他心里念叨着董志良，这些不是看在他就要进市委常委的份儿上，怎么会把你杨登科放在眼里，一个个开着小车跑到乡下来给你母亲做寿，让你扎扎实实地风光这么一回？

　　车队即将消失在远处，杨登科的手这才放了下来，转身准备回屋。却见身后站着黑压压的人群，每人的手都不自觉地高高地挥着扬着，目送着那已然消失的车流。原来是席上的客人都离了席，下意识地随杨登科一起来送别市县乡里的领导。杨登科从那还高扬着不肯放下的众多的手臂上看到了一份无形的虔敬。那是在权力面前才可能产生的发自内心的虔敬，也许基因一样在我们的血液里潜藏了千百年了。

　　下了席的乡亲们不再入席，用手抹抹嘴巴，再捏捏兜里的百元红包，跟杨登科他们打声招呼，陆续散去。乡下人婚丧喜庆办酒，大家凑个小份子，只图热闹，无所谓赚钱亏本，反正今天你来，明日我往。像这天喝杨登科母亲的生日酒，送个小人情来，拿个大红包走，盘古开天地可还是第一回。乡下人容易满足，得了好处总放在心里，挂在嘴边，逢人就道杨登科的好，说他做了官发了财，心里还想着他们这些穷乡亲，这样的人以后肯定会有更大的出息。杨登科的好名声就在四里八乡传开了。

　　关于母亲生日的收支，剔除酒席上的开支不计在内，杨登科初步匡算了一下，所有收到的大小红包和自己带回来的钱加在一起，再减去每位客人一百和市县乡领导人平两千的回礼红包，正好持平，不赢不亏。这个结果恰在杨登科的预计之中，正好兑现了他在老村长面前说的话，此次回来给母亲办酒，动机并不是为了赚钱。这就是杨登科不同于别人的地方，他决不会为眼前的利益所动。有时候得与失是没法用看得见的金钱做简单衡量的。

　　就在杨登科权衡得失的时候，有人在他身后喊了一声登科。原来邓桂花还没走,特意向他告别来了。二十多年了,好不容易才见上这么一回,话没说上两句又分了手,杨登科还真有些不舍。只是众目睽睽之下,特别有聂小菊在场,杨登科也不好表露什么,只说了两句干巴巴的客气话,就眼睁睁看着她走了。

远远望着邓桂花的身影就要转过山嘴不见了,杨登科再也挺不住了,这才找个借口出了门,抄近道追上邓桂花。

听到后面的脚步声,邓桂花自然知道是谁了。不过她没有止步,虽然脚下明显地慢了许多。杨登科在后面喊了一声:"桂花!"邓桂花步子一泥,站住了。杨登科绕到她前面,说:"今天客人多,也没顾得上陪你喝杯酒,我是来向你道歉的。"

邓桂花无语,低着的头抬了起来。杨登科在她浑浊的目光中看到了莹莹的泪影,心下一慌,一时不知如何是好。

后来还是邓桂花打破沉默,说:"前进的事多亏你操心,我也知道城里的工作不好找。"杨登科说:"前进是你的儿子,可也是我的侄子。"邓桂花说:"过去我就欠了你的,前进又去麻烦你,你的情份,这辈子我怕是还不了了。"

他们身旁有一块干净的大石头,杨登科一屁股坐到了上面。又朝邓桂花招招手,说:"天色还早,坐会儿再走吧。"邓桂花迟疑片刻,还是听话地在石头上坐了,不过是坐在石头的另一头,跟杨登科隔着两三尺的距离。杨登科扯一根草茎放嘴里嚼着,眼望远处的山峦,接住刚才的话题说:"其实你已经还了。"

邓桂花几分迷惑,说:"我还了什么了?"杨登科说:"你不记得托前进转给我的那双鞋垫了?"邓桂花笑笑,说:"那算什么? 又不值几个钱。"杨登科说:"我活到四十岁了,见过的经历过的也不少了,其实有好多东西是不能用钱来计算的。"邓桂花说:"你现在是有钱人了,所以才说这样的话。"杨登科说:"比在乡下做农民自然强些,吃穿不愁吧。"邓桂花说:"岂只强些,那是一个天上一个地下啊,你以为如今的农民好做?"

杨登科深知邓桂花这话不假。他耳边响起做过乡镇党委书记的李昌平说过的农村真穷、农民真苦、农业真危险的话,心里有些酸楚。还想起读中学时空着肚皮、挑了谷子到粮站去送爱国粮和公粮的情形来。那是物资短缺的年代,农民生产出来的粮食和牲畜,自己勒紧腰带不吃,先要无偿或廉价交了公再说。可到了物资过剩的年代,便没人再过问你的粮食和牲畜了,你走你的市场去吧,卖得掉你可拿回部分成本,卖不掉该交的税费一分不能少。杨登科当然不是希望回到过去那种名为计划经济实为指令经济的时代,那种指令经济只能将老百姓指到绝路上去。可一个文明社会,容得少数人通过种种渠道把黑钱洗到国外去,也要容得多数人能够活命,不然这个文明社会是文明不到哪里去的。

又东一句西一句说了些闲话,不知不觉太阳就落到了后山。邓桂花站了起来,说:"登科你回去吧,我也该走了。"杨登科说:"我送你过了前面的山岔吧,见到你不容易。"邓桂花也不阻拦杨登科,抬步朝前挪去。杨登科跟在后面,无话找话道:"你家老杨怎么样?"邓桂花不想提及自己的男人,淡然道:"他还能怎么样?都快成废人了。"

对当年抢走自己心上人的屠户,杨登科自然一辈子都是无法释怀的,尽管时过境迁,杨登科终于混成人模狗样,提到他时不无优越感,可杨登科还是忍不住口带讥讽道:"当年你父母生死要把你嫁给他,我可是嫉妒得要休克了。"

邓桂花听得出杨登科话里的分量,说"你就别挖苦他了,其实你要感谢他才是,是他成全了你。"杨登科说:"你这话倒也新鲜,是他把你从我手上夺走的,我不跟他白刀子进红刀子出,已是便宜他了,还感谢他?"邓桂花笑起来,说:"当初你如果娶了我,你现在能有这样的好日子吗?"杨登科说:"你扯远了。"邓桂花说:"今天我来给你母亲祝寿,是个借口,我主要是想来看看你的老婆。我听前进说,你老婆人挺不错的,今天见了面,才知前进的话不假。你能讨聂老师做老婆,是你的福分啊。"

这个道理确实还说得过去。杨登科觉得这女人的心地真是善良。

两人不觉已来到山岔口。邓桂花说:"你回吧,不然聂老师要担心了。"转身要走。杨登科望着邓桂花微胖的背影,不知怎么的,鼻头一酸,又跟了上去,说:"我还送送你吧。"邓桂花站住,回头道:"别送了,再送就要到家里了。"杨登科说:"那就送你到家里。"

邓桂花摇摇头,把手伸给他,说:"按你们城里的习惯,握个手,你就打转,好不?"杨登科点点头,听话地把手伸给了她。

也是怪,都是四十岁的中年人了,杨登科触着邓桂花那粗糙的手掌时,还是情不自禁地颤了颤,似乎又回到了二十年前。邓桂花也受到了感染,身子禁不住软了软。杨登科于是顺势将她搂到胸前,一只手忙不迭地伸进了她怀里。

杨登科有几分惊讶,一个四十岁的女人,别的地方都变得松驰了,那对乳房却鼓胀柔韧,风情不减,跟当年好像并没有什么区别似的。

原来杨登科迟疑着不肯跟邓桂花分手,潜意识里是放不下这对让他念念不忘梦萦魂牵的乳房。杨登科满怀深情地抚摸着这对迷人的乳房,心里痴想,这个女人是不是因为我杨登科,才将这对乳房保护得如此完美?

因为有了这么一次跟这对美丽的乳房的短暂却忘情的会晤,杨登科便觉得今生不再有什么遗憾了,松开邓桂花,转身回到父母身边。

为母亲做了生日酒,在众乡亲前面赢得了好名声好面子,同时又跟二十年前的旧情人见了面,杨登科这次回乡也算是功德圆满了。

可第二天杨登科准备携妻儿回城时,又觉得还有什么事情没做,认真想了想,才想起应该到爷爷坟上去看看。跟父亲一说,父亲也非常赞同,说:"确实应该去看看,没有你爷爷的保佑,哪有你的今天?"

准备好酒肉香蜡纸钱和爆竹,在父亲的陪伴下,杨登科还有聂小菊和杨聂，一行四人出了门。沿村后小道走上两三里，爬上不高的山坡，没多久就到了爷爷坟前。坟场周围山势环抱，松竹掩映，而且前瞻开阔，远处青山如黛，绿水似带，对阴阳五行不甚了了的杨登科也觉得这是一个墓葬的好地方。

杨聂是第一回到这里来，有几分好奇，又有几分疑惑，指指坟包，问杨登科："爸爸，这里面的人是谁呀？"杨登科这才想起还没给小子交底，说："你的老爷爷。"杨聂说："我的老爷爷又是谁呀？"杨登科觉得这个问题倒有一些意思，说："你的老爷爷就是你爸爸的爷爷，也是你爷爷的爸爸。"

杨聂想想，略有所思道："我算是明白了，我的老爷爷是爸爸的爷爷，也是爷爷的爸爸，也就是说爷爷的爸爸也是爸爸的爷爷，也是我的老爷爷。有趣有趣，真是有趣。"

说得几位都笑起来。笑过，大家一齐动手，燃香点蜡，设酒摆肉，只等烧纸钱，放爆竹，给爷爷下跪了。杨聂又开口了，说："摆上酒肉，老爷爷会跑出来吃肉喝酒？"杨登科说："哪有你说的这么肤浅？这是后人对先辈的祭奠和怀念。树有根，水有源，人是不能忘了祖宗的，祖宗是人的根本。"杨聂说："是不是书上说的，没有历史就没有今天，没有过去就没有现在？"杨登科说："也可以这么理解，无古不成今嘛。"

杨聂还要刨根究底，杨登科难得跟他纠缠，说："快过来跪下，准备给老爷爷磕头。"杨聂便学大人样，虔诚地趴到了坟前。父亲那边已点上纸钱，接着又燃响了爆竹。便惊动了林间的鸟群，扑楞楞飞向另一个山头。

爆竹响过，惊炸一时的山间复归寂静。

聂小菊和杨聂磕完头，便站了起来，杨登科却依然一动不动地跪在坟前。他相信爷爷是有灵的，一定知道他的爱孙正虔诚地跪在他坟前。他还相信爷爷一定听得见他不出声的倾诉：爷爷，我终于有脸面来看您老人家了！您可知道，为了您给我取的这个名字，为了您的殷殷期望，您的孙子这大半辈子是怎么过来的吗？干脆跟您实说了吧，您又不是外人，若是外人我还怕被他学了去呢。孙子其实也没有别的能耐，只有一条，就是该缩头时且缩头，不该缩头也缩头。具体说是小心翼翼为人，谨谨慎慎处事。白天低着眉顺着眼，晚上睡着了也不敢把脸拉长，以防万一被人撞见。在领导面前只说行字，在群众面前不说不字。能忍的气忍住了，不能忍的气也坚决忍住。能吃的亏吃了，不能吃的亏也强吃下去。宁可人负我，切莫我负人。这还远远不够，主要是我还学会了特别的招式，就是从来没把自己当过人。我知道自己太把自己当人了，人家就不会把你当人，你就永远做不成人，只有自己先别忙着把自己当人，兴许人家高兴了，才有可能把你当人。这样效果很快就出来了，人家不仅把我当了人，还让我当了副主任，就是您老人家希望的登了科，或者说是入了品了。爷爷我真得感谢您，不是您给我取了这个芳名，不是您对我寄予厚望，不是您冥冥中瞪着一双老眼督促着我鞭策着我，这一辈子我也许就不思进取，得过且过，做一天和尚撞一天钟，至今一事无成了，哪有现在的人模狗样？爷爷啊，您真是我的好爷爷，我爱您！让我抱抱您，让我吻吻您，让我发自肺腑地高喊一声："爷爷万岁！万岁爷爷！"

这么无声地倾诉着的时候，杨登科的脑袋一直非常陶醉地埋在青青的草地上，看上去就像一只满怀激情的山鼠，发现了地里的美食，恨不得几下钻进去。过了老半天，山鼠一样的杨登科才终于抬起了头，对着站在旁边的老婆、儿子和父亲笑了笑。不想三个人都忍俊不禁了，杨聂指着他的鼻子，乐道："爸爸，你的脸……"

杨登科伸手在脸上一抹，竟抹下一大把泥土和草茎。这些泥土和草茎潮乎乎的，原来是杨登科的热泪外加鼻涕口水充当了黏合剂。

这天杨登科看来确是动了真情了。而他悲壮的情怀已化做滚滚热泪挥洒在爷爷坟前，他竟然毫无察觉。

祭完爷爷，祖孙三代人便离开坟场，开始往山下走。聂小菊告诉杨聂："你知道不，你爸爸的大名就是你这位老爷爷取的。"杨聂说:"那一定有什么用意吧?"聂小菊说:"你问你爸爸好了。"杨登科正要开口,父亲替他回答孙子道:"登科登科,就是要让你爸爸登科进仕,升官发财,封妻荫子,光宗耀祖。懂了吧,孙子?"杨聂说:"原来爸爸做上了主任,还是托了老爷爷的福。"说得一家人开心地笑起来。

下了山,父亲回头望望高耸的山势,对杨登科说:"登科你知道这座山叫什么山么?"杨登科站住,仰望着山头,说:"不是叫紫云坡么? 小时候我们都是这么叫的。"父亲说:"其实还有一个名字,不过只有你爷爷辈以上的人才知道,后来便没有人能叫得出来了。"杨登科说:"是个什么好名?"父亲朝山上指指,说:"你瞧瞧,这座山是个什么形状?"

杨登科眯眼瞄了半天,觉得山形也普通,并没什么特殊之处,一时看不出名堂,只得请教父亲。父亲说:"你看像不像一顶轿子?"

经这一提醒,杨登科也似乎看出来了,整个山形真像一顶活灵活现的轿子,圆形的轿顶,方形的轿身,还真是那么回事,越看越像。还有自山腰处往两边延伸而去的山岭,则是轿杆无疑了。杨登科心头怦然一动,说:"那该叫轿顶山了?"

父亲笑着点了点头,说:"你爷爷生前就跟我说过,只要把他葬到轿顶山上,你们这代人肯定有轿可坐。你现在不是已经做了官么? 也算是坐上了轿子了。"

杨登科一时默然了。他明白爷爷和爸爸他们心目中关于轿子的真正含义。众所周知,过去的人只有做了官才有轿子坐,没做官便只有抬轿子的份儿。所以一代代人千百年来都做着同一个梦,就是能做上官,坐上轿子。现在没有轿子了,改成小轿车了。不过除了近年有钱人购了私家车之外,也只有做了官的人才坐得上小轿车。尤其是将小车叫成小轿车,跟轿子一样都姓轿,这实在是挺有意味的,说明官员坐小轿车跟坐轿子是一回事。不是么? 过去的官员坐轿,有轿夫抬轿,坐轿出巡,有衙役前面鸣锣开道,后面护卫簇拥。现在的官员坐小车,有专职司机开车,坐车出去检查视察工作,

前有警车呜呜叫着开道,后有长长的车队大张声势拥护。更大的官员,还有交警把持路口,明哨暗哨望风,甚至有全副武装的军人架着枪炮严严控制着制高点,蚊子都别想近身,这比旧时官员坐轿招摇过市,岂止威风千倍万倍?

由此杨登科想起这世间之人,其实就是两种人,一种是坐轿的,一种是抬轿的。远的不说,就说杨登科待了二十多年的机关吧,除了坐轿的和抬轿的两种人,那是再也找不到第三种人了。说具体点儿,机关里就领导和群众两种人,领导是坐轿的,群众是抬轿的。机关里有不少科室,科室里也只有科室领导和科员两种人,科室领导是坐轿的,科员是抬轿的。不过坐轿的和抬轿的,又因不同时间不同场合和不同对象互为转换。比如科室领导,在科员那里无疑是坐轿的,到了局长那里便成了抬轿的。局长在科长主任那里是坐轿的,到了书记市长那里又成了抬轿的。而书记市长在局长那里是坐轿的,到了更高的领导那里自然也成了抬轿的了。由此说来,大小官员们要做的事情实在是再简单不过,天天不是抬轿就是坐轿。不过不论抬轿坐轿,心里都是打着主意的。现在给别人抬轿,为的是以后自己坐轿。坐了轿还要去抬轿,为的是扔掉屁股下低级的轿,换成更高级的轿。

实话实说,坐轿和抬轿都是得有功夫的。坐轿的人会在轿子前方悬一块香喷喷的饼,抬轿的人一时没法够得着那饼,却闻得到香味,望得见希望,抬起轿子来才有干劲。抬轿的人要想抬好轿子,光有一身蛮力是不行的,还得讲究点儿方法。先得蹲下身子,矮化自己,如果笔直地站着,岂不拦住了坐轿人的前景?这可是万万使不得的。矮化自己的另一个作用,是方便轿杠稳稳压在肩上,然后缓缓起身,让坐轿人不知不觉中得到高升,舒舒服服直奔前程。中国什么都缺,就是不缺人,换言之便是什么都缺,就是不缺抬轿的,所以并不是谁想抬轿子就能抬得到的,要抢到抬轿的差事并不容易。这完全取决于坐轿人,坐轿的人想让谁抬,谁就有轿抬,不让谁抬,谁就没有轿抬。这样抬轿子的人虽然累得腰酸背疼,两脚打歪,上气不接下气,却因是心甘情愿的,不但不会怨恨坐轿的人,相反还会对坐轿的人感恩戴德,觉得是坐轿的人抬举了自己,而不是自己抬举了坐轿人。

世上只有坐轿的人才有轿子,抬轿的人将轿子抬好了,抬到位了,坐轿的人自然就会给抬轿的人一顶轿子,最后抬轿人终会成为坐轿人。一个简单的道理,如果不抬轿子,那是一辈子也别想坐上轿子的。就是最终坐不上轿子,能抬一辈子的轿子也是你的福分。抬上了轿子,就归到了坐轿人的门下,就有了保护伞,至少一辈子衣食无忧了,不像孙志刚之流,因为进入不了抬轿子的行列,要为衣食四处奔波,才落得任人宰割小命难保的应有下场。不信可讨教那些有些阅历的人,他们肯定只见过争抢轿子抬的,还没见过谁好不容易谋到了抬轿子的美差,或怕抬轿子出力吃苦,或遭抬轿子的同行挤兑,或被坐轿子的人不时踢上一脚两脚,而负气扔了轿杆走人的。

杨登科自己抬了二十年的轿子了,对此自然深有同感。不过他是媳妇终于熬成婆,好不容易做上了副主任,也算是坐轿的了。但他非常清楚,坐了轿子还不能忘乎所以,还要更卖力地抬轿子,把该抬的轿子抬好了,以后自己才有可能坐上更好的轿子。

这么奇思怪想着,忽抬头,已到了村上。

杨登科也有些弄不明白,今天本来是给爷爷去上坟的,忽然间思维就变得如此活跃起来,生出这么些不着边际的念头。他想,若照这样胡思乱想下去,说不准哪天自己一不小心就会成为大思想家和大哲学的。

世上的思想家和哲学家也许都是这么胡思乱想出来的吧。

第十二章

事情败露

当天下午,杨登科就带着老婆孩子离开老家,回到了贵都市。

市委全会没几天就结束了。据说省委组织部就董志良同志的提拔问题,在市委委员中间搞的民意测验非常成功,对董志良的满意率几乎达到了100%。市委委员都是市里领导和市直单位和县区领导,让他们给董志良打勾勾,也叫做民意测验,这说法不仅巧妙,简直算得上是幽默了。谁说中国人没有幽默细胞,那是他不懂中国特色。

这民意测验一搞,董志良就等于一只脚已经迈进了市委常委。魅力飞扬的姜总再运作运作,省委陶副书记再在后面关心关心,董志良进市委常委已完全不在话下。

也是好事成双,在姜总的大力支持下,董志良倾全力策划的芬芳山庄各项工程全部如期完成,并经有关部门正式验收合格。

芬芳公司自然要请验收人员热闹一番,董志良也带着杨登科往宴请地点赶去。路上杨登科对董志良说:"感谢老板对部下的关照,母亲生日办得很成功,市、县、乡三级政府部门都去了领导。"顺便给了董志良一个红包。本来是两个红包的,杨登科临时改变了主意,那个一百元的红包留下了,在那个两千元的红包里又加进去六千,成了个八千元的更大的红包。也就是说减去董志良那天送的两千元的礼金,杨登科倒送了六千元给董志良。

董志良手上托着这个厚厚的红包,说:"我母亲又不过生,你给我红包做什么?"杨登科说:"老板送了大人情,连酒都没喝一杯,所以还个小礼。"董志良说:"这还是小礼?起码有七八千吧?"说着要还给杨登科。

杨登科一手扶稳方向盘,一手挡住董志良,说:"老板您这不是看不起我,是看不起我母亲了,这可是我母亲大人的意思,她说您这么关心她,她也得表达点儿小心意,才亲手打了个小红包,嘱我转达给您。母命难违啊!您不收下,我怎么向母亲交差?"说着,杨登科竟然被自己编造的美丽的谎言所打动,抑制不住泪眼模糊了。

董志良见杨登科动了情,也受到感染,将红包放入自己的公文包里,说:"好好好,老人家的心意我只能领了。以后你见了她老人家,代我感谢她,有机会时我再登门拜访了。"

杨登科"嗯"一声,又用力点了点头。还悄悄舒了口气,眼角眉梢都是喜色。他觉得自己完成了一件大事,很有成就感的样子。为了给人送钱,杨登科算是遭够了罪,受够了委屈,至今想来,还难免心有余悸。今天这个红包却很体面地出了手,杨登科于是一脸地光鲜,觉得自己成了世界上最幸福的人。如果不是在车上,他说不定会控制不住自己,咚一声跪到董志良面前,感谢他赏脸收下了自己的红包。事实是这个年代,如果你没活出个人样,有时哪怕你就是跪到人家前面,人家也不见得会接收你的红包。

杨登科得意着,不觉得就到了宴请地点。席上自然免不了觥筹交错,推杯换盏,一团和气,你好我好他也好。不过天下的宴请尤其是公家的宴请大同小异,此处就不细说了。只说宴请结束后,还是初夜时分,袁芬芳把何场长推到验收人员面前,说:"各位兄弟,大家也别急于回去守老婆,我给何场长说好了,由他和芬芳公司的职员安排你们去潇洒。"

这些验收人员都是各职能部门的实权派,吃喝玩乐纯属家常便饭,机关里的人说是工资基本不动,烟酒基本靠送,三陪基本不空,老婆基本不用。平时基本惯了,所以袁芬芳提出要安排他们潇洒,

自然正中下怀，也不怎么推辞，只嬉皮笑脸对袁芬芳说："我们不要何场长安排，要袁总亲自安排。"袁芬芳笑道："你们男人去寻欢作乐，我一个女流之辈跟着，岂不影响你们的情绪？"那伙人说："你在场我们才有情绪呢。"袁芬芳说："下次我亲自安排，这次还是何场长出面吧，他也跟着你们乐乐。"

何场长和芬芳公司的职员带着那伙人走后，袁芬芳这才转身来寻董志良。董志良和杨登科就在一旁，袁芬芳说："走，我带你们到别的地方去。"董志良说："也去潇洒？"袁芬芳说："你们这些臭男人，整天就想着潇洒，看回家老婆废了你们的武功。"

说着要去开车。杨登科说："还是坐我们的车吧。"董志良也对袁芬芳说："登科技术没比你差吧？"袁芬芳说："好好好，享享杨主任的福。"

上了蓝鸟，董志良接住前边的话题，说："我听说有些男人喜欢去外面潇洒，女人绞尽了脑汁也拿他没法，最后只得蛮干，每天晚上都逼着男人上阵，说是肥水不落别人田。男人开始还坚持得住，多几个晚上却不行了，不肯干了。女人说不干也得干，反正这是女人的权力，你不干我找外面的男人干去。男人都是这个德性，自己天天在外面打野食可以，自己的女人越雷池半步却是万万不能的，这叫做外面彩旗飘飘，家里红旗不倒。所以听女人说要去找别的男人，他哪里还敢偷懒？只得强打起精神继续上。男人都是最不中用的，夜里逞强，白天扶墙，出门时路都走不稳了，还用得着担心他再去外面拈花惹草么？"

说得袁芬芳咯咯笑起来。也不避杨登科的嫌，伸手去董志良脸上揪一把，说："局长夫人就是这样整你的吧？怪不得常常见你走路东倒西歪的。"董志良顺便在袁芬芳大腿上捏捏，说："你说怪话了，我哪天不是雄纠纠气昂昂的？"

袁芬芳剜董志良一眼，说："在我前面夸什么海口？"意思是董志良的能耐她是领教过的。只是杨登科在前面开车，不便说得太露，才收住了。

其实杨登科是个聪明人,只得装做什么也不知道,眼睛死死盯住前面的路,握紧方向盘认真开自己的车。杨登科想,领导如果不是信任你,看得起你,他还不会在你车上这么放得开呢。领导对你什么也不避讳了,就说明你是领导的人了。杨登科主动请袁芬芳来坐蓝鸟,本来就是为了讨好她,让她有空跟董志良坐在一起的。杨登科知道给领导开车就是要懂得想领导之所想,急领导之所急,见风使舵,见机而作,给领导创造良好的工作环境。同时该装聋卖傻的要装聋卖傻,对领导的某些事情要能做到视而不见,充耳不闻。

不过相对来说,视而不见容易,管住自己的眼睛,不朝不该看的地方看就是;充耳不闻就难了,只要耳朵不聋,或没塞上棉花,什么方向的声音都会往里钻。只听袁芬芳又跟董志良开玩笑道:"我太了解你们这些臭男人了,你们的乐事无非就是枕边勤换女人头。据统计,湖北的张二江就跟 107 个女人有染,平均一个月换一个。"

董志良反唇相讥道:"湖北不是还出了一个女张二江么?"袁芬芳说:"那个女张二江,我也在媒体上见过她的报道,叫什么尹冬桂,做过市长和区委书记,不过传媒也只说她与多个男人有一腿,长期霸占帅哥司机,如果与男张二江 107 个的记录相比,简直是小巫见大巫了。"董志良说:"你是不是嫌女张二江败在男张二江的手下,很没面子的?"袁芬芳说:"你别挖苦我们女人,这方面女人再坏也坏不过你们男人。"

董志良想起一个关于男人和女人的比喻,说:"这也是没法子的事情,一把茶壶,可以配无数只茶杯,可一只茶杯若配上几把茶壶,那就有些不成体统了。"袁芬芳想想,还不无道理,说:"这也是怪,一把茶壶,周围茶杯再多好像都不为过,茶杯与茶杯之间总能相安无事,和睦相处。如果好几把茶壶围着一只茶杯转,那茶壶们一定会张飞不服马超,大打出手,恨不得将其他茶壶的壶把都砸掉,让自个儿一把独秀。"

说得车上两个男人不禁粲然。董志良说:"想想当年的貂婵,旁边也就董卓和吕布两把茶壶,竟闹得你死我活,如果再有几把茶壶掺和进去,岂不要弄得乾坤颠倒?"袁芬芳说:"所以人们才说,男人征服世界,女人征服男人嘛。男人那茶壶看上去强大,最后还得任女人这茶杯来摆布。茶壶强也罢,弱也罢,好也罢,坏也罢,起决定因素的还是茶杯。"

由男女而茶壶茶杯,这说法实在独特,一旁的杨登科也觉得甚是有趣。只听董志良又借题发挥道:"不过话又说回来,事情的根子还在皇帝那里,一般的男人再坏也没法坏过后宫佳丽三千的鸟皇帝。"袁芬芳说:"你们这些男人是不是都想做鸟皇帝?"董志良说:"那还用说? 你知道如今那么多的皇帝戏怎么来的吗? 就是有些男人的皇帝情绪或茶壶情绪作怪,恨自己没赶上做皇帝的时代,恨自己不能像皇帝小儿那样成为世上拥有最多茶杯的大茶壶,只好乐此不疲地写皇帝戏,演皇帝戏,来满足自己的茶壶欲。"袁芬芳说:"这个我也看出来了。写皇帝戏的人躲在幕后,我不清楚,但那些演了几回皇帝的大腕的作派是略知一二的,他们都快把自己当成真皇帝了,不演戏的时候,那皇帝腔也改不回来了。特别是在女人面前,那份自鸣得意的样子,好像天底下的女人都是他的茶杯似的。"

说着说着,董志良就没法笑得起来了。他说:"要说皇帝小儿的坏,还不仅仅坏在占有了那么多的茶杯上,主要还是坏在他占着那么多茶杯还不甘心,还巴不得天底下的男人都死掉,死得一个不剩,就他一把茶壶横行于茶杯国里。为什么皇帝小儿格外喜欢太监,而且动不动就对有才能的男人施以宫刑? 原来就是皇帝小儿这份阴毒心理在作祟。"

本来是开玩笑逗乐的,被董志良往严肃的话题上一引,袁芬芳也不知该说什么了。好在已经到达袁芬芳要找的那条灯红酒绿的老街,袁芬芳就喊住杨登科,要他放慢车速。行至一处巷口,袁芬芳说声到了,杨登科将车靠边停稳,三人下了车。

往巷子深处走去,只见地上铺着溜光的石子路面,两边是斑剥的板装屋,让人不由得想起旧时的花街柳巷。走上两百多米,袁芬芳往前头一指,对两个男人说:"看到前面的金字招牌没有?"董志良和杨登科抬了头，果然巷底一座两层的砖木旧楼前立着一块招牌，上面写着"神秘文化研究院"几个字。杨登科感到新鲜，欲问袁芬芳这是个什么机构，又想起自己长着眼睛，进了门不就一目了然了？也就将话咽了回去。

来到金字招牌下，迎面一扇木门，虚掩着。袁芬芳上前一推，木门嘎然出声，格外刺耳。进了木门，里面一个不大的天井。穿过天井便是正厅，墙上供着财神，烛光摇曳。三个人一入厅，就有人出了厢房，向他们迎过来。杨登科猜想可能是木门的声音给主人报了信，不然怎么知道屋里来了客人？

主人六十开外，美髯飘然，有点仙风道骨的味道。袁芬芳抢先一步，将主人介绍给董志良二位，说这就是神秘文化研究院院的孟院长。孟院长握握两位的手，将客人带进厢房。不想房里却充满现代化气息，靠墙一张宽大的老板桌，桌上摆着电话、电脑和打印机。墙上挂着一幅字。那字于书法艺术而言还算不得上品，却也周正浑重，瞧着舒服，如果硬弄成横竖没法认的所谓的书法艺术，相反倒没了这个效果。字条上只有两行字，意思甚好，形象而富于哲理。杨登科读电大时接触过，记得是唐人诗句。诗曰：

繁华事散逐香尘
流水无情草自春

杨登科正对着字幅出神，孟院长已让工作人员端上茶水。品茗之际，袁芬芳说："孟院长有两个院长的头衔，一是贵都市歌剧院院长，二是神秘文化研究院院长。"孟院长说："歌剧院院长是政府下了红头文件任命的，文化研究院长却是自封的。政府任命的院长早就一文不值了，只好自封一个，混碗饭吃。"袁芬芳又说："孟院长可是我学徒习艺的师父，我就是他一手带出来的。早几年歌剧院红火，这贵都城里谁不知道我袁芬芳？不想三十年河东四十年河西，歌剧院说解体就解体了，我们一伙兄弟姐妹被扫地出门，作鸟兽散。我

事情败露

开了几年店,亏得血本无归,还是孟院长给我测了一回字,让我深受启发,做上地产和房产生意,才慢慢有了些起色,一步步走到今天。"

董志良起了好奇心,问测了个什么字,袁芬芳就将孟院长测"袁"字的事说了一遍。说得孟院长直乐,说:"别把功劳放在我头上,都是你自己的造化。"

又说了些闲话,袁芬芳才言归正传,说:"孟老院长,今天我们三个特意到研究院来,有两件事要您老指点迷津,一是我经营的芬芳山庄已经落成,正等着开业,请您给择个吉日良辰;二是董局长和杨主任都是政府机关领导,前程无量,也请您给算算。公事公办,该多少银子就多少,不会让您吃亏。"孟院长说:"你这话就生分了,我还怕你跑到云南四川去了不成? 至于择个日子,算个前程,本来就是我们研究院的工作,自当努力为之。院里有好几个研究人员,各有分工,如测吉日良辰,我可以代劳了,要算前程,对面办公室里有一位姓卢的先生是我的副院长,他比我强,等会儿我陪你们去见他。"

孟院长一边说着话,一边戴上眼镜,开了电脑。袁芬芳说:"还要用电脑的?"孟院长说:"不用电脑,还算什么研究院? 而且电脑数据库丰富,排算快速准确,误不了事。"

杨登科一旁暗笑,比尔·盖茨生产电脑时,肯定设想过这个怪物的种种用途,什么信息传递、生产科研、游戏娱乐、网上聊天,等等等等,但他想象力再丰富,也绝对想象不出这家伙到了咱中国,还会被派上这么一个排算阴阳、占卜吉凶、预测前程运势的特殊用场。

电脑进入预设程序后,孟院长向袁芬芳问了芬芳山庄的方位、朝向、始建时间和建设规模,以及山庄的主要用途,等等,然后一一键入电脑。电脑很快做出反应,根据综合指数给出了一个十分合理、可信的日子和时辰。孟院长又拿了张 32 开的白纸装到电脑架上的小型激光打印机里,再点了打印功能,芬芳山庄开业的吉日良辰便吱吱吱地从打印机里吐了出来。

袁芬芳忙拿过吉日良辰瞧了瞧,很是满意。又当场将附在里面的四句有韵有辙的贺辞念了一遍,逗得董志良和杨登科两位直乐。

孟院长也很高兴，拿回袁芬芳手上的纸张，折成方状，装入一个红色封套，复还给袁芬芳。

袁芬芳将封套收入悬在腕上的提包，提出去见孟院长说的卢副院长。孟院长点点头，陪三位出门，敲开了对面厢房的木门。

里面的摆设跟孟院长那边差不多，都实行了现代化。电脑旁坐着一个五十开外的男人，见孟院长带人走了进来，立即起身相迎。孟院长说这就是卢副院长，又把三位一一介绍给他。杨登科觉得这个卢副院长有些眼熟，只是一时想不起来在哪里见过。

主客坐定后，外边响起嘎然的开门声，杨登科估计又有人推开了天井外的木门。果然屁股还没挨凳的孟院长又竖起腰身，对袁芬芳几位和卢副院长说有客人来了，便出了厢房。这边卢副院长已开了电脑，问先算哪位。杨登科说："老板先来。"便缩到了后面。董志良也不客气，开始给卢副院长呈报自己的出生年月。杨登科知道董志良并不相信这一套，他之所以装做饶有兴致的样子，完全是为了迎合袁芬芳，促她的兴。

就在主客一问一答之际，杨登科忽然想了起来，这个卢副院长就是一年多前在路边给自己算过一回的算命先生。那时杨登科前途渺茫，心灰意冷，还是他一番神侃，让杨登科莫名其妙地重新振作起来。杨登科无法忘记的是他收了五十元钱，还给了十元回扣，撕了一张开餐发票。至今那张发票杨登科还塞在抽屉里没有扔掉。

杨登科正回想着当日的情形的时候，卢副院长已将董志良的基本情况键入电脑。很快打印机就吐出一张方纸来，上面是董志良的有关数据和美好前程。董志良拿过去瞧瞧，顿时一脸的灿烂。杨登科也伸长脖子瞟了一眼，见尽是好话，意思是说董志良吉星高照，官运亨通，三月内必定高升。杨登科暗忖，此话倒还不假，莫非电脑测算还真有这么灵？

董志良退下来后，袁芬芳要杨登科坐到卢副院长面前去。杨登科心里想，自己的前程不捏在董志良手上吗，何必劳驾这个姓卢的？正要推辞，身后的门开了，竟然是何场长。袁芬芳说："何场长你不

事情败露

陪客人潇洒,跑到这里来干嘛?"何场长说:"客人正在潇洒,我抽空来找杨主任办件事,再回去招呼他们。"

杨登科巴不得有个借口,听何场长如此说,也就站了起来。袁芬芳说:"那也好,我先算,杨主任跟何场长去办事。"便坐到了卢副院长面前。

跟着何场长出得神秘文化研究院,杨登科问他有何贵干,何场长说:"托你办件事,东西在我的车上。"两人于是向巷口走去。

到了蓝鸟旁边,何场长的桑塔纳果然停在后面。何场长说:"把蓝鸟打开吧,到你车上去。"杨登科一揿腰上遥控器,蓝鸟的门锁就落了下去。何场长却没上车,过去开了桑塔纳的车门,从里面拎出一个脏兮兮的小麻袋,回身钻进了蓝鸟的后座。

杨登科已经坐在车里,见何场长上了车,顺手开了顶灯。也不知那麻袋里装的什么,估计是刚出产的土产或山货。可笑何场长像是没见过世面的样子,如今的土产山货也不值几个钱,犯得着这么煞有介事么?

上车后何场长就关紧车门,又拉严黑色窗帘,还伸手关掉了杨登科刚开的顶灯。杨登科更加不可思议,何场长麻袋里该不是什么国家一类二类保护动物吧?否则便是小题大做了。何场长好像还不放心,掉头瞧瞧车后,确信车上就只他和杨登科两人,这才打开脏麻袋,掏出两个又厚又沉的纸包,一把塞到了杨登科怀里。

杨登科看着怀里沉沉的纸包,还是没明白这是什么东西,疑惑道:"何场长你不是要我学董存瑞去炸敌人的碉堡吧?"

何场长像完成了一件多么了不起的大事松下一口气,说:"什么年代了,人家都使上了远程导弹,还哪里有碉堡用得着你去炸?"

这时杨登科已经猜到是什么东西了,却故意说:"你别吓唬我好不好?你不给我说清楚,我只有还给你?"说着捧了纸包真要往何场长怀里扔。何场长伸手挡回到杨登科怀里,又用力按按,说:"你这就不够哥们儿了。"

杨登科不再出声,等着何场长给个说法。何场长这才放低声音说道："这是两个十五万元,你和董局长一人一包。"

　　尽管已在杨登科预料之中,但他还是愣住了,半晌没说出一句话来。他是第一次抱着这么两大包钞票,脑袋里形成不了概念,没法将两个大纸包跟两个十五万联系上。借着前边挡风玻璃外透射进来的弱光,杨登科瞧了瞧黑暗中的何场长,下意识将两个沉沉的纸包抱紧点儿。他一时没了主意,不知是留着,还是推给何场长。

　　何场长瞥一眼杨登科,似乎看出了什么,笑道："芬芳工程已经建成,这是董局长一手策划和跑项目跑资金跑来的,说他是总设计师总工程师一点不为过。你呢也鞍前马后的,没少出力气。可你们连误餐补助都没领过一分钱,我和袁总过意不去啊,所以给侯家村拨付那笔地皮款时多拨了些,让侯村长按事先约定返还了一部分,算是给你和董局长的劳务费吧。"

　　杨登科算是弄明白了这两个大包的来历了。但他心里还是没底,说："劳务费也不能拿这么多吧?"何场长笑道："你放心好了,我何某人办事,绝对不会留下什么尾巴,不可能害你和董局长的。从侯村长那里拿钱时,我就跟他说好了,是申请办理有关工程项目所需活动经费,根本没提到你和董局长的大名。我和袁总也匡算了一下,如果不是董局长亲自出面,减免了大部分税费,省去了不少中间环节,要想这么快办下如此繁琐的工程项目手续,简直是天方夜谭、痴心妄想,所以这点钱只是我们的一点小心意,按说完全是你们的劳务所得,属于合法收入,不会有任何风险的。"

　　何场长把底细都掏了出来,杨登科心里就踏实了。只是担心董志良不肯接收,说："董局长的还是你当面给他吧。"何场长打拱手道："你是领导的知心人,天天跟董局长在一起,说话方便,就请你给老兄帮了这个忙吧。"杨登科说："那你要我怎么跟他说呢?"

　　何场长嘻嘻而笑,说："我还不知道你杨主任有的是办法? 还用我多嘴么? 好啦,我下车了,你代我感谢董局长对工程的大力支持。"

　　说完何场长就下了车,爬上桑塔纳走了。杨登科在黑暗里发了一会儿呆,这才掂了掂怀里的两包大钱,先在方向盘下面的屉子里塞了一包,打了锁,再把另一包放进了董志良留在车上的公文包里。他想好了,董志良肯定已知详情,也用不着他多嘴,等会儿安全送他到家,就等于完成了任务。说不定董志良以前就单独得过芬芳公司不少好处,也是考虑他杨登科没少跟着跑腿,这次才顺便给了一份。

这么一想,杨登科就释然了。

没过多久,董志良和袁芬芳就出了巷子,上了车。杨登科已将马达打响,先将袁芬芳送回原处,再送董志良回市委。

这天晚上蓝鸟破例没在市委门外三百米处停留,杨登科坚持将董志良送进了大院。他担心董志良提着那么多钱不太安全。理由却是这么晚了,不会有谁在意他们的车子,就是在意,也看不清车牌号。何况院子里面出出进进的高级小车那么多。董志良自然懂得杨登科的用意,没有固执己见,依了他。

蓝鸟在董志良家宿舍楼下停稳后,杨登科不像以往那样先开车灯,却返身伸手替董志良开了车门。宿舍楼前光影依稀,杨登科稍微留意了一下,发现董志良去身边提那又鼓又沉的公文包时,依然不慌不忙地,跟平时没有任何异样。脸上也毫无表情,脚往车外一伸,人就下去了。杨登科心想,领导就是领导,比自己这样的小人物量大多了,包里提着十五万元现款,就像女人提了两斤降价猪肉一样,什么事也没有。

望着董志良从容地上了楼道,杨登科这才方向盘一打,倒好车,上了路。

回到九中,杨登科没有立即下车,头搁在靠背上,望着墙角那株摇曳的古槐,发了好一阵呆。如前所叙,杨登科当了副主任后,经常给私人和公家办事,不免要拿一些辛苦费和回扣费,但每次也就数百上千,或三五千、七八千的样子。那应该属于灰色收入,安全系数大得很,叫做不拿白不拿,拿了也白拿。机关里有点实权的人没有没尝过灰色收入的甜头的,却从来没人在这上面犯过错误。或许这根本就不是什么错误,而是令人眼馋的能耐。没有能耐想犯这样的错误,想灰色一下,还犯不上,灰不上呢。只是像今晚一下子就拿回十几万的大钱,杨登科还是花姑娘坐轿头一回,心里不免忐忑,分不清这到底是什么颜色的收入。

机关里关于收入的说法不少,主要分为三种:白色收入、灰色收入、黑色收入。过去说人无横财不富,马无夜草不肥,现在机关里的人总结了一套经验,叫做无白不饱,无灰不富,无黑不豪。看来是古今一理了。具体来说,白色收入该是工资表上的那点收入了,这是凡有工作的人就有的收入,受法律保护。灰色收入是利用工作和职务之便额外获取的不太显眼的收入,这在权力部门和有权人那里已是家常便饭,司空见惯,属于普遍现象,法律想追究都追究不过来。黑色收入也是与工作和职务有关的收入,只不过数量大,不是谁想黑就能黑得上的,法律也是实在看不过去了,偶尔会追究追究。灰色收入和黑色收入的性质其实是最不容易区分的,就是拿到法学专家那里去,恐怕也没法分出泾渭来。如果硬是要区分,只有一个最简单的标准,那就是没穿帮的非法收入是灰色收入,穿了帮的非法收入便是黑色收入,其实说白了,都属于横财或者夜草。如今社会分工细致,权权交易、权钱交易、钱钱交易的机会很多,其手段之高明,花样之奇特,局外人想象力再丰富也不见得想象得出来,而监督机制又不健全,据权威人士研究,穿帮的概率比飞机出事概率低得多,灰色收入、黑色收入往往游离于法眼之外,一时便变得黑灰不分或黑白不分了。

这么胡思乱想,杨登科更加糊涂了,芬芳公司给的这十五万元到底是灰色收入还是黑色收入? 他脑袋想烂了也没想出个所以然来。

想不出所以然就干脆不想了,杨登科打开屉子,将纸包拿了出来。摸着门把要下车了,忽儿又松了手。就这么把钱带回家,聂小菊见了,怎么跟她解释? 何况以后万一出了事,她知道了这钱的事情,岂不把她也要一起给扯进去? 杨登科于是又将钱放回屉子,打算还是第二天再想办法藏到别处。至于藏到何处,他还打不清主意。也想过存入银行里，可现在银行存款实行实名制，媒体上说是为了保证客户存款安全，真正意图是什么，大家心里都有数。韩国已有先例，实名制一搞，立即就倒了一大批贪官。当然我们国情不同，暂时还看不出这个效果，但不怕一万，就怕万一，这样的钱杨登科是铁了心不存银行的。

进了屋，聂小菊刚洗完澡从卫生间出来，准备休息了。杨登科努力装出没事人的样子，跟她搭讪了几句，便一头钻进了卫生间。在里面冲了大半天没出来，打算等聂小菊睡着后才上床，免得她问这问那，自己一不小心漏了口风。

想不到拖了这么久，走出卫生间推开卧室门时，聂小菊还开着床头灯在等他。杨登科自然不好将门扯上退出去，只得若无其事地进了门，说："怎么还不睡？"聂小菊没去瞧他，只嗔道："你自从做了副主任，天天早出晚归的，除了睡个觉，难得在家里多待一会儿，想跟你说句话的机会都没有，也不见你关心关心我。"

杨登科就听出聂小菊有什么事要跟自己说。他却不想在这个时候跟她唠叨，钻进被子就去扯她的裤衩，想用这个办法转移她的注意力。聂小菊不买他的账，扒开他的手，说："你除了对这事来劲，别的都没兴趣？"杨登科只好作罢，心想谁来劲了？我这是没法呀。嘴上敷衍道："我这不是工作紧张，想缓解缓解么？"

好在聂小菊还沉浸在自己的心情里，也不怎么跟杨登科计较，说："向校长跟我打过招呼了，学校已经到教育局给我报了教导主任。"

杨登科在九中住了那么多年，对学校里的事情多少了解些，知道这个所谓的教导主任是兼职的，也没有什么油水可捞，不过多做些杂事罢了，便冷冷道："那祝贺你了，这教导主任一做，你老人家好歹也是个堂堂校领导了。"

聂小菊听出了杨登科话里的嘲讽，却也无所谓，说道："我知道在你们这些权力部门的人眼里，教导主任实在算不了什么。我自己也明白这只是个做事的位置，没有什么特权，但我告诉你，不仅向校长,还有教育局里好几个头头可都是在学校里做过教导主任的。"杨登科说:"向校长和教育局里的头头做过教导主任,这我也不否认,可这并不意味着做过教导主任就一定能做校长甚至教育局局长呀。"

聂小菊意识到杨登科是在故意跟她抬扛。想起杨登科要转干进步,她那么热心帮他扶他,现在自己想做个教导主任,他却事不关己,阴阳怪气,不免就来了气,有些恨恨地,低声吼道:"你是怕我以后万一做了校长,甚至做了教育局局长,不配你是怎么的? 好好好,以后我的事再不会跟你说半句。"身子一翻,将个冷屁股对着杨登科。

杨登科满脑子是车上那包钱,确实没心情跟聂小菊说她做教导主任的事,巴不得她快点闭住嘴巴,好清静一下。

女人的心里不容易装事,不一会儿聂小菊就起了微弱的鼾声。杨登科却依然一点儿睡意也没有,望着窗外水一般的月色出起神来,脑袋里一会儿是何场长到车上给他递钱时的样子,一会儿是自己往驾驶室屉子里和董志良公文包里塞钱的情形,最后董志良提着装了那包钱的公文包从容下车上楼的身影又浮现在眼前。

杨登科想,不知道董志良是否也会像他这样,现在还躺在床上转辗反侧,无法入眠? 也许给董志良送钱的人太多了,十五万元对他这样实权在握而且即将成为市委常委的领导来说,不过小菜一碟,他才不会像他杨登科这样气窄量小,少见多怪,自己折磨自己呢。

过了两个小时,杨登科还处于清醒状态,脑袋里仍是车里那包钱。他忽然担心起来,万一有人把车偷走了,或是打烂车窗,撬开驾驶室里的抽屉,把那十五万元拿走了,那该怎么办? 如今盗车砸车的事多着呢,他开过的那辆破面包车就被人砸过两回。

杨登科越发睡不着了,趁聂小菊熟睡之机,轻手轻脚下了床,出门来到楼下。

所幸蓝鸟依然卧在明晃晃的月色里,静若处子,安然无恙。钻进车里，急忙打开抽屉，那包又厚又沉的钱还好端端地搁在里面。

犹豫再三，杨登科后来抱着钱下车进了自家煤屋。不敢开灯也不用开灯，月光自窗外洒进来，煤屋里的杂物一目了然。杨登科的目光停在了屋角，那里黑糊糊地堆着一堆东西，这才想起是向校长那几捆诗集。他在屋角蹲了下来，发现手中的钱包和向校长的诗集一样都是用牛皮纸包着的，好几块砖头般大小。

杨登科灵机一动，便有了一个绝妙主意。他觉得这是这包大钱目前最好的归宿，在还没有找到更理想更安全的所在以前。也就不再迟疑，几下扒开那堆诗集，将钱包塞到了最里层，再把扒开的诗集原样堆好。他知道如今的人什么都会偷，包括女人的短裤，就是不会偷不值钱的诗集和书本，把这包钱跟这些诗集混堆一起，比存进银行的金库还要保险。

杨登科都快有些自鸣得意了，轻轻拍了拍手上的灰尘，出了门。回到家里，心里已经安稳多了，躺下后没多久就恬然睡了过去。

第二天杨登科早早开着蓝鸟去了局里。开始的时候，他心里还有些不自在，总担心被人窥破心里的秘密。他现在管着局里的后勤和车辆，局里人有求于他，见了面主动跟他握握手，说几句闲话，他也疑心是套他的口气，想探听那包钱的事。隔得远够不着的，会跟他点个头，给个笑脸，他便觉得人家的脸色意味深长，不可捉摸似的。

这天董志良在局里有事，不用出车，杨登科打算到司机班里去看看。他已经几天没空去司机班了。刚到门口，有人在他背上拍了一掌。杨登科却足足吓了一跳，身上一颤，下意识地弹开了。一看原来是政工科蔡科长，是来找他签报购物发票的。杨登科心里发虚，又不好发作，只得讪讪道："蔡科长要签发票就签发票，拍我背干什么？"

杨登科成为董志良的司机，特别是转干提了副主任之后，蔡科长已将他视为同僚，才肯跟他勾肩搭背，拍拍打打。何况在一个机关共事多年，走到一起，你捶捶我的背，我拍拍你的肩，是关系亲密的表示，如果见了面像不认识似的，那就不正常了。这一下见杨登科有些异常，蔡科长不免称奇，望他一眼，说："只怪我拍马屁拍错地方，拍到了你背上。"

杨登科不再吱声，当即在发票上签了字，连是什么内容都没顾得上看一眼。要是在以往，他是不会随便就给人签字的，非得让人拿了单子上他的副主任室去不可，他觉得只有坐在副主任室自己的办公桌前，拿起笔，端了架子，从容不迫地给人签字，才像是那么回事。

蔡科长这一拍，拍没了杨登科进司机班的兴致，他转身走开了。想起自己为那包钱弄得杯弓蛇影神不守舍的，也不知董志良会是个什么情形，便上了楼，朝局长室走去。这天局长室的门是半开着的，里面有说话声，杨登科不便贸然闯进去，站在门口不动了。

却听出是自己的老婆聂小菊在里面，杨登科有几分惊讶，不知她到这里来干什么，杨登科可没听她说起过要找董志良。

正迟疑间，只听聂小菊甜甜地跟董志良道了再见，要告辞了。杨登科不想让聂小菊误以为自己是来跟踪她的，往后一缩，敢紧躲到了楼梯间的盥洗室里。聂小菊的脚步声渐渐近了，又橐橐橐往楼下小将下去，杨登科这才出了盥洗室。

重新来到局长室门外，正好董志良从里面走了出来。一见杨登科，董志良说道："登科你来了，我正要喊你跟我到政府去一趟。"

杨登科侧身让过董志良，再紧紧跟上，一边说道："我就是来问您要不要出去的。"杨登科同时特意留心了一下董志良，竟丝毫看不出他跟以往有什么异样。杨登科暗想，在董志良这里，那十五万元钱其实什么也不是，他自然也就不会像自己这种没见过世面的角色一样，这么沉不住气。自己看来是以小人之心度君子之腹了。

董志良这副不露声色的样子倒给杨登科壮了胆，他无声自责道：你在顾虑什么呢？为区区十五万元自寻烦恼，有这个必要吗？就是有事，还有董志良董局长他担当着呢，再怎么也轮不到你杨登科来操这份闲心呀？杨登科顿时底气足起来，头便昂高了。

等到上了车,杨登科已经把那包钱成功地搁到了脑后。蓝鸟驶出大门后,杨登科还把最近买的腾格尔的带子放了出来。那是腾格尔作词谱曲自唱的《天堂》,激昂奔放,苍茫悠远,嘶哑中带着震颤,让人感到温暖而又伤感。

董志良的心情看来也很好,跟着腾格尔哼了几句,主动提到了聂小菊。他说:"九中已经给聂老师报了教导主任,我也给教育局局长打了电话,他说这事没问题,下星期开党组会就可定下来。我的想法,等忙完芬芳山庄开业的事,我再跟教育局沟通沟通,下学期至少给聂老师弄个副校长什么的干干,凭她的能力,当个校长甚至教育局长也是不在话下的。"

杨登科这才想起昨晚聂小菊曾跟他说过这事,当时自己也没心事搭理她,她好像还有些生气,想不到今天竟找到董志良这里来了。杨登科谢过董志良,说:"我的事让老板操了那么多心,小菊的事又来麻烦您,真过意不去。"董志良说:"这算什么?如果不是聂老师,我家少云还不知成了什么样子呢。"

杨登科想,这倒也是的。

不久聂小菊就当了九中的教导主任,第二学期又在董志良的关照下提了副校长,以后还做上了教育局副局长。不过这已是后话,此处不必赘述。

且说孟院长给的吉日良辰一天天接近,芬芳山庄开业的筹备工作已做得差不多了,余下的是请诸方面的要员来参加庆典。袁芬芳就开了一个单子,到农业局来找董志良商量。董志良一看,都是贵都市党政要员和各职能部门的实权人物,说:"山庄奠基时就请过这些人,这次是开业,场面将更大、更隆重,贵公司恐怕得出点血哟。"袁芬芳说:"出血自然不在话下,这是行规,主要是怎么个请法。你是政府官员,跟他们熟悉,还得你动动步。"董志良说:"我对这些人还是比较了解的,山庄奠基时又见识过一回,他们最喜欢的就是参加此类活动,可你上门邀请时,却要虚与委蛇,找种种借口推辞,非得你三邀四请，好话说尽，才装出个很不情愿的样子答应下来。这还在其次，到了正式场合，你一不小心，哪里安排得不太周到，比如出场的先后，排位的主次，他们稍有不如意，脸色就看不得，而且还会因此留下后患，以后有机会碰在他们手上，够你受的了。"

被董志良如此一说，袁芬芳不觉出了一身冷汗，说："官方是最大的买方市场，请地方政要参加活动，本来是想借他们的面子为山庄贴金，今后还得他们多照顾咱们的生意，而这样的活动，总是难免要有疏漏的，如果因此得罪了人，岂不是弄巧成拙？"董志良说："那你把活动取消便是。"袁芬芳挖了董志良一眼，说："人家都急死了，跟你说正经的，你却还有心开玩笑。"董志良说："要我也跟着你急？你那是芬芳山庄，又不是志良山庄。"

袁芬芳是个灵性人，从董志良的玩笑中看出他已有了什么主意，就使出女人的伎俩，拿肩膀在他身上蹭蹭，嗲声嗲气道："有什么妙法贡献出来嘛，事成之后，老娘好好报答你就是。"董志良说："那得先说好怎么个报答法。"袁芬芳就过去关严办公室的门，回身在董志良脸上狠狠一吻，说："就这么个报答法。"

董志良伸手捂住袁芬芳吻过的地方，像是怕她的吻飞走了似的，说："这还差不多。"又说："山庄主楼那芬芳山庄的招牌还没做出来吧？"袁芬芳说："那四个字已经请省里一位著名书法家写好了，正准备找市里的装潢公司去做。"董志良说："书法家的字我看就不要做了。"袁芬芳说："你说得轻巧，那可是我又托人又花钱才弄回来的。"董志良说："既然花了钱，那就裱一下，挂到大厅里得了。"

袁芬芳已经领会到了董志良的意思，说："你是想另请高明？"董志良说："陶副书记的字可不比那些所谓的书法家差到哪里去哟。"袁芬芳一听眉毛就扬高了，爽声道："你是说先请陶副书记题写"芬芳山庄"四个字，再顺便把他请来参加我们的庆典？"董志良笑道："我想起一句旧话，非上上智，无了了心。袁总就是袁总，悟性不错嘛。"

袁芬芳顾不得跟董志良调侃，乐得眼睛直放电，说："这么一来，市里那些大官小员,根本就不要去理他们了,这要省去好多麻烦。想想也是的,官场里的人就认一个"官"字,哪个官大,哪个就是爷爷,陶副书记官那么大,他老人家到了贵都市,贵都市的儿孙们还不都一个个争先恐后跑过来,环绕在陶副书记周围? 这真是个好手段,我也是忙得头脑发晕,才没想起这么一招来。董大局长不愧为官场中人,比我懂官场里的套路。"

第二天袁芬芳就扯上董志良,到省城约好柴老板和姜总,让他们一起出面,专程找了一回陶副书记,请他题写"芬芳山庄"四个字。陶副书记是省委班子里的真秀才,不仅红学研究颇有成就,字也写得风骨清奇,跟省里的书法名家相比毫不逊色,能拿到陶副书记的字自是天大的荣幸。可一般情况下,陶副书记是不会给人题字的。他知道平常人爱怎么题都可以,不会有人说三道四,当领导的树大招风,题字题多了,难免招惹种种猜测和非议。这次是因为姜总出了面,陶副书记推卸不掉,稍稍客气了几句,还是破了例。不过袁芬芳他们也是懂行情的,不会白拿陶副书记的墨宝,只是考虑他的身份,绕了个弯子,事后留了个大红包在姜总那里,至于姜总怎么处理,那就是她的事了。

要跟陶副书记告别时候,袁芬芳又借姜总的金口,向陶副书记提出请他参加芬芳山庄开业庆典的事。陶副书记开始没有肯定答复,只是说:"到时再说吧。"姜总有些不满,说:"您可是省里的大领导,说话这么模棱两可,叫下面的人怎么操作?"

听姜总的口气,就知道这个美人在陶副书记那里的分量了。陶副书记果然马上改变口气,说:"行行行,我去就是。不过得提前一个星期告诉我,我可不是贵都市的书记哟。"袁芬芳乐道:"陶书记真幽默。"把孟院长给她测算出来的开业时间报告给了陶副书记。

回到贵都,袁芬芳当即请市里一家最大的广告装潢公司,将陶副书记所书"芬芳山庄"四个字放大烫金,镶于芬芳山庄主楼。

芬芳山庄正式开业前一个星期,袁芬芳又揣着大红请柬,和董志良专程去省城请了一次陶副书记。陶副书记没有爽约,山庄开业的头天晚上，便在姜总和柴老板的陪同下到了贵都市。陶副书记本来是当做一次私访，悄悄离开省委的，只带了一部车子和一个秘书，抵达贵都后也只让董志良和袁芬芳前来作陪，不准惊动贵都方面的领导。

有道是世上没有不透风的墙，何况是陶副书记这么大的领导，甩甩袖子也会抖落半天云雨，他到了下面，岂有不走漏风声的道理？市委张书记顿时慌了手脚，也来不及弄清陶副书记此行的目的何在，连正在主持召开的常委会议也马上停了下来，带着田市长还有几位副书记，匆匆忙忙赶往陶副书记下榻的地方。

见了陶副书记的面，张书记只差没抽自己的耳光了，连连做检讨，说："陶书记已到了贵都，我这个市委书记还一无所知，是我严重失职，该打板子。"陶副书记说："上周常委开了个会，今后省委中心组的学习，几位书记要结合我省实际，轮流讲课。我天天关在省委大院里，偶尔外出开开会，不是坐在小车上，就是住在宾馆里，几乎与世隔绝，要讲课拿什么讲？所以特意到下面来走一走，看一看，了解些民情民意，先教育好自己，再教育省委一班人。考虑下面工作千头万绪，不忍心惊动你们，不知怎么的，还是被你们知道了。"

张书记脸上的愧疚还是不敢收回去，说："陶书记这是批评我们了。我们天天直接和老百姓打交道，哪个不是一肚子的民情民意？其实您问问我们就得了。"陶副书记说："不可不可，我要掌握第一手资料，比如贵都市的民营经济，在全省就是很有特色的嘛，这我早已有所耳闻，可百闻不如一见，此次下来若能增强一点这方面的感性认识，也算有所收获了。"

张书记能把官做到市委书记这样的显位，肯定不是等闲之辈，能不谙熟陶副书记这一级高官的说话艺术？他一下子就从陶副书记话里听出他是冲着芬芳山庄来的，因为芬芳山庄就是民营企业。而且早闻山庄跟陶副书记有些转弯抹角的关系，山庄新做的金字招牌也是他的墨宝。为证实这一点，几天前张书记特意到山庄去瞧了瞧。下级官员都是熟悉上级领导的笔迹的，张书记不可能不认得陶副书记的字,主楼那"芬芳山庄"四字果然系陶副书记所书。

　　顺着陶副书记聊了几句民营经济,张书记就借口茶喝多了,装着要上卫生间的样子,起了身。到了卫生间门口,却没进去,而是回头看了董志良一眼。董志良知道张书记有话要说,知趣地跟了出去。两人走进服务员特意打开的一间小会议室,张书记就脸含愠色道:"陶副书记要来,怎么没听你先吭一声?"

　　陶副书记到达贵都的消息,其实就是董志良拐了弯透露给张书记的,这一点张书记心里肯定是有底的。但董志良没有点破,说:"我专门请求过陶副书记的,他执意不让惊动市里领导,我只好作罢。"张书记说:"是不是芬芳山庄明天开业剪彩?"董志良说:"是的。"张书记就瞪了董志良一眼,说:"志良同志啊,你说句良心话,我张某人对你如何?"

　　董志良听得出张书记话里面的话。那次省委组织部来搞自己的民意测验,多亏张书记做市委委员的工作,董志良的满意率才几乎达到了100%。不过董志良心里明白,张书记主要是看在陶副书记的面上才这么做的,同时也算他没忘记当年在郑副书记前面许下的宏愿。可话还不能明说,彼此心中有数就是,要不就是政治上不成熟的表现。董志良只得说:"张书记的大恩大德,我董志良真是没齿难忘啊。可芬芳山庄开业的事,我也提醒过袁芬芳,要她请示您张书记,她把这个意思跟姜总说了说,姜总又请示了陶副书记,陶副书记表态说,如果请他出面,最好不要惊动市里领导。好让芬芳山庄不为难。"

　　张书记了解陶副书记,知道董志良此话不假。脸色便缓和下来,说:"陶副书记对我市民营经济那么重视,特意从省里过来参加芬芳山庄的开业,市里没有人出面,这说得过去吗?"张书记这话,是想让董志良替自己在陶副书记那里请求请求,让市里领导参加芬芳山庄开业庆典。但董志良不想承揽这个差事,怕费力不讨好,说:"等会儿张书记您亲自问问陶副书记,我估计只要您开了口,他肯定会答应让市里领导作陪的。"

果然回到陶副书记套房里，张书记提出明天要陪陶副书记参加芬芳山庄的开业典礼，陶副书记沉吟半晌，最后还是答应了。只是有个小要求，只张书记、田市长和在座几位副书记陪同，其他领导都不要出面，各人该忙什么还忙什么去。

　　张书记脸上呈现出了喜色，当即对在场的田市长和几位副书记说："陶书记的话你们听清没有？领导看得起我们，才给了我们一起参加芬芳山庄庆典的机会。"

　　果然第二天芬芳山庄的开业典礼，市里只张书记、田市长和几位副书记参加。不过省委陶副书记到了场，又有市委政府两位一把手及几位副书记陪同，市直各部门和县区党委政府的头头哪里肯放过和省市主要领导接触的良机？何况陶副书记只说过除张书记等几位市委政府领导之外，市里几大家领导不要出面，没有说市直和县区领导不要参加，因此大家纷纷赶了过来。来了自然得送上丰厚的彩礼，这是不在话下的。至于市里各大媒体，更不敢稍有怠慢，也是不请自到，对开业过程进行了全方位地宣传报道。

　　开业典礼开始之际，陶副书记望见楼前自己书写的"芬芳山庄"四个烫金大字做得挺豪华气派，满意地点了点头，然后在礼仪小姐的引领下，从容走向前台。台下顿时响起雷鸣般的掌声，数百名小学生扬着小彩旗，大声喊着："首长好，首长辛苦了！"陶副书记面带微笑，一边向台下的小学生以及数千名群众招着手，一边喊道："同志好，同志们辛苦了！"

　　陶副书记走到前台正中后，市里张书记、田市长和几位副书记陆续出了场，按官位大小分列陶副书记左右。另外柴老板和姜总也上了台。接下来陶副书记对着话筒，大声宣读了芬芳山庄方面提供又经他亲自改定的简短贺辞，将芬芳山庄作为贵都乃至全省民营经济典范进行了充分肯定。最后拿起礼仪小姐递上的金剪，亲自剪了彩。在全场热烈的掌声中，八千八百八十八响礼炮炸响，八千八百八十八只彩球升空，八千八百八十八只吉祥鸽振翅飞向蓝天。

　　典礼一结束，陶副书记就在市里张书记、田市长以及姜总、柴老板一伙人的簇拥之下，进入装修豪华的芬芳山庄，参加丰盛的宴请。其余众多佳宾也纷纷走进芬芳山庄大堂，跟省市领导同喜同乐。整个山庄人气鼎盛，一派欣欣向荣的景象。

最忙的当属袁芬芳了，她跑前跑后，上蹿下跳，全力调度着整个庆典。但她还是没忘记董志良，特意偷闲找到他，感谢他为此次活动出了这么一个好主意。董志良说："你别想着谢我，忙你的去吧。"袁芬芳轻声道："那我忙去了，以后有空我再好好陪陪你，啊。"然后飞给董志良一个吻，乐滋滋地跑开了。

这次开业典礼规格高，规模大，影响深远，庆典结束后，芬芳山庄生意立即火起来，各路主顾食客络绎不绝。主要业务有三：一是代办各类会议，二是承接各单位各部门的公款宴请，三是招待有钱的老板经理。另外就是上级领导一到贵都市，市里领导不再安排他们住市委招待所，而是直接请到芬芳山庄，汇报工作，吃喝玩乐，都在这里进行。也怪不得，全市就数芬芳山庄设施最先进，装修最豪华，品味最高档，各类奢侈时髦消费齐备，加之区位优势明显，说是乡下，离城不远，说是城里，其实又在乡下，山清水秀，鸟语花香，到这里工作娱乐，搞什么活动，既方便又不显眼，甚合有权有钱人的心意。

俗话说栽下梧桐树，引来凤凰栖。芬芳山庄在上级领导那里留下了良好印象，他们到贵都市来得明显比过去勤了。上级领导来得勤，市里领导就有了密切联系上级领导的机遇，一来二去的，彼此关系融洽了，感情加深了。上级领导该给贵都的投资给了，不该给的投资也多起来，贵都市经济建设得到长足发展。市委领导的政绩大了，自然就经常会受到省委领导的表扬。政绩的攀升和官位的上涨有时是有些联系的，市委张书记据说已被内定为下届副省长人选，田市长也水涨船高，将接任市委书记之职。

另外芬芳山庄自正式营业以来，农业局里干部职工因为前期象征性地入了些股，已经分了两次红，董志良的威信因此空前高涨，比以往任何一届局长都要有人气，都要得人心。有道是得人心者得天下，董志良得到全局上下一致拥护，年终测评给他打优者几乎达到了100%。下面有这么好的群众基础，中间有当年郑副书记留下的社会网系，最重要的当然还是上面有省委陶副书记的亲切关怀，董志良很快被正式任命为市委常委。只是暂时还留在农业局里兼着局长，单等市委换届腾出空位，再打马赴任。据消息灵通人士分析，董志良至少会做上常务副市长，如果运气好的话，任市委副书记的可能性也不能完全排除。

这是下一步的事情，此处先不细叙。只说董志良做了市委常委后，因自己不久就要离开农业局，局里该重用的都做了重用，该提拔的都做了提拔。这也是官场的套路了，一任领导走之前总要做些好事，没必要把现成的人情留给继任者。这跟皇帝一登基就大赦天下的意思有些相同，我得了便宜，也不能忘了众人。另外董志良还将杨登科也扶了正，任命为综合科科长。却仍然让他给自己开车，董志良不想在农业局工作的最后几个月再换个司机，这叫穿惯的针，用惯的线，使唤起来方便顺手。当然也不排除今后将杨登科一齐带走的可能。

就在众人皆大欢喜的时候，出了一个与芬芳山庄有些瓜葛的小插曲，有人跑到市里上访来了。那天天上下着细雨，杨登科送董志良到市政府去向田市长汇报工作。董志良已是市委常委，倒过来成了原来分管农业的副市长的领导，他再向副市长们汇报工作有些说不过去，有事只好直接去找田市长。因为汇报内容并不多，要不了太多的时间，杨登科没将蓝鸟开走，停到政府大楼前的草坪地里，坐在里面一边听音乐一边等候董志良。听的还是腾格尔的带子。董志良越来越喜欢腾格尔的歌，杨登科也要向领导看齐，不敢不喜欢。

正听得来劲，忽有大声的呼喊声传过来，竟然盖过腾格尔悠扬的歌声。杨登科心想，这人如果被高人发现，送到音乐学院去训练一番，说不定也能像腾格尔一样成为一代当红歌星的。杨登科不免心生好奇，按下车窗，往外张望起来。原来是有人披了只破麻袋，上面写着一个偌大的"冤"字，跪伏在政府大楼前的台阶上大声喊冤。

如今国家正处于转型期,利益格局变化很大,社会矛盾集中,到政府来请愿上访,甚至寻衅闹事的不少,政府见怪不怪了,杨登科也不觉得有什么稀奇的,不再关心外面的上访人,按下车窗又听起腾格尔的歌曲来。听着听着,杨登科觉得倦意袭来,连打几个哈欠,头往沙发靠背上一搁,迷迷糊糊睡了过去。

也不知睡了多久,直到董志良回到车上,在杨登科肩膀上拍了几下,他才从梦中惊醒过来。开着车快出政府大门时,只见两位保安一左一右架着一个人往门外直拉,正是刚才的喊冤者,披在背上的破麻袋上的"冤"字格外显眼。蓝鸟已经开了过去,杨登科又忍不住往后视镜里瞧了瞧,当时就吃了一惊,喊冤人竟有点像是自己的战友猴子。杨登科当然不敢肯定那就是猴子,因为后视镜上沾了不少雨水,有些模糊。而且车上又坐着董志良,杨登科不便擅自停车,方向盘一打,过了传达室。

也许是喊冤人跟猴子有些相似吧,从此喊冤人背上的破麻袋就深深地嵌进了杨登科的大脑。尤其是麻袋上那个十分显眼的冤字,仿佛一只怪兽,常在杨登科眼前张牙舞爪的,欲挥之而不去。第二天杨登科抽空去了一趟市政府,想打听昨天的喊冤人,市政府的人也说不出个所以然来,因为来政府喊冤的人太多,一天要来好几起。

两天后的一个上午,董志良在局里主持局务会,杨登科趁机去了一趟侯家村。猴子家没人,堂前屋后蛛网密布,青苔暗生,一片破落迹象。找到邻居一问,说猴子家半年没住人了,猴子一直在外上访,老婆没有生活来源,带着孩子回了娘家。杨登科想,那天在市政府看到的披着破麻袋喊冤的人一定就是猴子了。

为了证实自己的猜测,杨登科去了侯村长家。侯村长也没在,说是乡政府的人把他喊走了。杨登科只好找其他人打听猴子的情况。原来猴子承包的药材基地被村里要回去划给了园艺场,可园艺场跟芬芳公司建设的芬芳山庄已经投入使用了,猴子交给村里的五万元承包款却依然没有拿到手。为此他在侯村长屁股后面追讨了一年多,开始侯村长说他的承包款村里已经用光了,要猴子等两三个月,有了钱就还给他。三个月后,猴子又去找侯村长,侯村长说猴子承包的药材基地要交国土占用税和农林特产税,乡国土管理所和地方税务所已在村里的提留返还款里抵扣了五万多元,早超过了猴子的承包款,村里已经不再欠猴子的钱了。猴子自然不服,他的药材基地才铺开摊子,一分钱都没赚到就被村里收回去卖给了园艺场,自己的损失没得到任何补偿,哪还有倒过来要自己出国土占用税和农林特产税的道理?猴子没有别的法子,只有在破麻袋上写上一个老大的"冤"字,披到背上,层层上访,先是乡里,接着是区里,都没有人理睬他,于是又到了市里。

　　杨登科不免要联想到何场长送给自己和董志良的那三十万元钱,何场长说是从芬芳公司多拨给村里的地皮款里返还的,当初村里怎么不从里面拿出五万元还了猴子那笔承包款呢?但杨登科立即意识到自己的想法太幼稚了。以芬芳公司为轴心,环绕周围的何场长董志良包括侯村长和他杨登科,可说是一个紧密的利益共同体,彼此之间的权钱交易也好,钱钱交易也好,目的只有一个,就是为了延续以后的合作,以继续获利。至于猴子,跟这个利益共同体没有关系,谁有义务操心一个乡下普通农民的承包款?

　　不过猴子毕竟是杨登科最要好的战友,杨登科心里怎么也放心不下他。何况他的遭遇跟这个芬芳山庄有关,如果芬芳山庄和何场长没通过侯村长买下猴子的药材基地,让猴子能经营下去,他也不会落到今天这个下场。而芬芳山庄的始作俑者便是董志良,杨登科不仅天天跟董志良在一起,还得了那十五万元的好处,自己能不愧对猴子么?

　　从侯家村回来后,杨登科又去了市政府。他已经想好了,如果碰得着猴子,无论如何要把他劝回去,就是从自己那十五万元里拿出五万元,以村上的名义偿还猴子的承包款,自己也乐意,反正那钱本来就不应该属于他杨登科的。杨登科有一个预感,猴子再这么一路上访下去,事情如果闹大了,迟早会把自己和董志良一起牵出来的。而且那十五万元现金老是跟向校长的诗集一起堆在煤屋里,也

事情败露

不是个办法。为此杨登科心里一直是悬着的,总想着转移到更妥当的地方,却一直没能兑现。

可政府里的人说,猴子自那天被保安赶出大门后,再也没到政府去过。杨登科只好去了市委,市委里的人对几天前披着破麻袋在办公大楼前跪了半天的喊冤人有些印象,说那天被信访办的人扯走后就再也没见他的影子。杨登科有些着急,政府市委都找不到猴子,他又不在侯家村,到底去了哪里呢?会不会有人把他做掉了?杨登科摇摇头,否认了这个猜测,不就是五万元钱么?还不会有人蠢到为这么点钱去谋一条命吧?

晚上回到家里,杨登科跟聂小菊提到猴子,聂小菊也是无限感慨,说好多人都在芬芳山庄那里得到了该自己得到和不该自己得到的东西,却让猴子这样的弱者吃了这么大的亏。还说猴子也是没有什么背景,不然五万元钱的事早就摆平了。

论及猴子的去向,聂小菊提醒杨登科,猴子是不是到省里上访去了。杨登科就觉得这种可能性很大,也不知猴子能否在省里上访出名堂。杨登科心里很矛盾,他希望猴子能上访出名堂来,这样他也许还能要回那五万元承包款子;又希望猴子上访无果,因为万一上面追查下来,还不知道会引出什么后果来呢。

杨登科和聂小菊的猜测没有错,猴子果然跑到省里上访去了。这是杨登科一位在市委信访办开车的熟人亲口告诉他的,说省委有关领导已经对贵都市提出了严厉批评,竟然让猴子这样倔强的上访者冲进了省委大院,同时责令市委立即去人把猴子接回来,然后将处理结果向省委领导和省信访部门作出专题汇报。

杨登科特意把这个信息反馈给董志良,他好像并不怎么在乎,杨登科也就不好多说什么了。过了三四天,杨登科又去了趟市委,听说猴子已被人从省里接了回来,并遣送回了侯家村。不过市里不再对猴子的事不管不问,已按照省里领导的指示精神,安排专人展开了全方位的调查。杨登科深感不安,总觉得猴子的事跟何场长送给他和董志良的钱有什么联系。

杨登科也许是做贼心虚,预感到这两天要出什么事,所以弄得坐卧不宁,下午又开着车出了九中。赶到侯家村,还是没见到猴子。村里人说,猴子是被小车送回去的,可小车开走没多久,又来了几个人把猴子悄悄带走了。

　　那么猴子被带到哪去了呢?村里人不得而知。杨登科在村里村外转了许久,又打听了不少人,还是没打听到猴子的去向。后来杨登科到猴子屋后去看了看,猴子承包过的那块药材基地早已被圈入芬芳山庄的高墙内,旧迹无觅。

　　垂头丧气回到城里,杨登科也没心思回家,走进一个小店子,喝了半宿闷酒。半醉半醒回到九中,已经是夜里十二点多。上了楼,正要拿钥匙开门,手机突然响起来。一看是何场长的司机小马的手机号,杨登科顿时感到不妙,酒一下子全醒了。揿下绿键,小马那急促的声音就传了过来:"你是杨科吧?"杨登科说:"我是,小马你有事吗?"

　　小马像是娘改了嫁似的,带着哭腔说道:"何场长和侯村长被人弄走了。"

　　杨登科心里咯噔一下,说:"你不是在开玩笑吧?"小马说:"什么时候了,我还有心思跟你开玩笑?"杨登科说:"被谁弄走的?"小马说:"被检察院弄走的,可能跟芬芳山庄拨给园艺场和侯家村的地皮款子有关。"杨登科说:"两个人一起弄走的?"小马说:"侯村长昨天就被人悄悄带走了,可能跟猴子的事有关。据说侯村长进去后经不起敲打,很快将何场长供了出来。看来是惹上大麻烦了。"

　　杨登科努力镇定着自己,说:"小马你别急,我跟董局长和袁总他们联系一下,也许他们有办法。"小马说:"我给他们打了好多电话,他们的手机都不在服务区,一直没联系上。"

　　杨登科想,该出的事终于还是出了。

　　放下电话后,杨登科感觉全身散了架似的,一点力气也没有了。他干脆坐到了地上,喘息了好一阵。心绪慢慢稳定了些,才掏出手机去拨董志良的号子,正如小马所说,不在服务区。再打他家里的电话，里面一个脆脆的女声说您要拨打的电话暂时不能接听。

又轮番打了几次董志良的手机和家里电话，结果依旧。

也不知过了多久，杨登科才缓缓爬起身，拿出钥匙，摸索着去开了门。家里人自然早已睡下，屋里静极。杨登科也不开灯，点了一支烟，斜躺在客厅的沙发上猛抽起来。他觉得脑袋里塞着一团乱麻，扯也扯不清。

只有那只燃烧着的烟头在黑暗里一闪一闪的，有一种梦幻般的神秘。

后来，杨登科脑袋里那团乱麻慢慢竟成了一只摇摆不定的大钟摆，在眼前晃荡起来，晃得他心烦意乱了。一晃一晃，这只钟摆又成了一个沉甸甸的包裹，杨登科兀地一惊，忽然从沙发上弹了起来，仿佛一只受了惊吓的青蛙一样。

杨登科猛然想起，何场长送给他的那包大钱还搁在煤屋里呢。

本来杨登科是一直想着将那包钱转移个地方的，只是天天跟着董志良在外面跑动，近段又被猴子上访的事揪着心，竟然将那包钱搁到了脑后。现在何场长和侯村长都出了事，那包钱弄不好就是一包炸药，不知什么时候会炸个惊天动地的。

杨登科也来不及细想，立即出门，噔噔噔下了楼。

杨登科进了自家煤屋，这才发现这个夜晚没有月光，世界仿佛已陷入一个深深的黑洞。他却不敢开灯，直到慢慢适应了屋里的黑暗后，才一步步向墙角靠了过去。

然而，当杨登科蹲下身来，双手抖抖擞擞探向堆着向校长的诗集和那包钱的墙角时，那里却空空如也，什么也不复存在。

杨登科一屁股跌坐在地上，身上已大汗淋漓了。他虚脱得不行，仿佛顿时成了一具没有知觉的干尸，散发着怪怪的腐味。夜色暗黑得像涂了墨水一般，一种天空即将塌下来的恐惧笼罩着整个世界。其实天真的能塌下来，那就好了，便什么都不复存在了。

拖着艰难的步履回到家里，把熟睡中的聂小菊摇醒来，问那堆诗集到哪里去了，聂小菊却还蒙在鼓里，不知这么个时候了，杨登科为什么会去关心那么一堆破诗集。

当然聂小菊还是把那些诗集的去向告诉了杨登科。这个时候聂小菊还不知道那堆诗集里有一包十五万元的大钱。

这是十几个小时以前发生的事情。当时聂小菊正在搞卫生，楼下来了个收破烂的。收破烂的天天走街窜巷，知道一到星期天，学校的老师学生就会打扫卫生，容易收到破铜烂铁和废报旧书，于是在门卫那里打通关节，进得校园，大呼小叫起来。

收破烂的在楼下吊嗓子的时候，聂小菊正好搞完家里的卫生，忽然想起煤屋墙角那堆搁置了近两年的诗集，恐怕都快长绿毛了，何不趁收破烂的在楼下，搬出去卖几个小钱？于是来到楼下，跟收破烂的说好价钱，让他过了秤，一肩挑走了。

不想收破烂的兴高采烈地来到传达室，刚塞给门卫三元好处费，准备开溜，向校长从外面回来了。学校是定了门卫制度的，外面闲杂人等不许随便进大门，今天收破烂的却在门卫的眼皮底下大摇大摆挑着破烂进进出出，向校长气不打一处出，就点着门卫的鼻子骂了两句粗话，要他把收破烂的拦住。门卫没法，只好把收破烂的喊进了传达室，装模作样训了几句。

不想向校长还不肯放手，要门卫好好检查检查收破烂的担子。门卫在破烂担上一翻，就翻出了旧报纸下的那一捆捆诗集。

诗是向校长一生的追求，他曾经把自己的诗歌创作看得跟自己的生命一样重要。何况这些诗集都是向校长本人亲手包装好，托杨登科寄给所谓的读者的，虽然快两年了，当它们重新出现时，向校长还是一眼就认了出来。向校长眼睛立即就睁大了。他两下把门卫扒开，趴到挑担前，捧了一捆诗集，左瞄瞄右瞧瞧，又撕开一角，从里面抽出一本，果然不出所料，正是自己的《残缺的寂寞》。

向校长捧着自己的诗集，足足愣了有两分钟之久。

向校长怎么也没到，这些诗集当初杨登科竟然一本也没寄出去。都说老婆人家的好，文章自己的好，被向校长视若宝贝的诗集在人家煤屋里睡了两年大觉，如今又被当做破烂卖掉了，作者本人会是什么滋味，这是可想而知的。只是向校长有些弄不懂，杨登科留下他的诗集没寄走，难道仅仅为了当破烂卖几个小钱？按说杨登科再缺钱，也不至于这么缺德吧？何况他并不缺这几个小钱。这里面看来有什么隐情。

向校长不甘愿这些诗集就这样被人当做破烂挑走，于是朝门卫要了一个纸箱，将它们装到里面，背了回去。到了家里，守着纸箱里的诗集又出了一会儿神，然后又背着去了校长办公室。向校长是个有心人，他感激那些喜欢他诗集的读者，当初特意准备了一个小本子，每收到一笔邮局汇来的购书款，就要郑重其事地把读者的地址邮编什么的写到小本子里，有空的时候拿出本子来温习温习，心头就会生出一份特殊的幸福感。只是向校长感到有些奇怪，他曾经按照自己留下的地址给读者写过几封信，要么石沉大海，要么被退了回来，信封上写着查无此人的字样。后来又通过114查到一些读者单位的电话，照号码打过去，接电话的人也说没有这么一个人。向校长疑虑重重，本想问问杨登科，可为两笔小汇款动这样大的心事，还不让人家小瞧了？所以最后还是犹豫着放弃了这个想法。

现在向校长打开了保险柜，从里面拿出了那个记着读者地址的小本子。小本子已经有些发黄，但读者的名字和地址依然很清晰。

向校长究竟是写诗的，最不缺乏的就是想象力，他忽然就明白过来了，这些所谓的读者一定是杨登科杜撰的，因此他收到的每一笔不大的汇款也就是杨登科冒名寄给自己的了。现在想来，杨登科这么做其实也并不奇怪，他通过这个手段，先让聂小菊当上了董少云班上的班主任，从而跟董志良搭上了红线，做了他的专车司机，最后如愿以偿转了干，进了步。

不过不管怎么样，躺在纸箱里的诗集究竟是自己一个字一个字抠出来的，它们已经在杨登科那里受到了委屈，现在既然物归原主，再不能亏待它们了。向校长就腾出一个文件柜，然后开始拆包，要把这些经历特殊的诗集放里面保存起来。

然而向校长万万没有想到，他竟拆出一大包亮花花的百元钞票。

向校长顿时就傻了，接着身上的血液沸腾起来。不是说向校长见钱眼开，任何人陡然碰上这么一笔意外大财，能不为之心动吗？中国有句古话，人为财死，鸟为食亡。今人说得也绝，什么都可以有，但不能有病；什么都可以没有，但不能没钱。从某种意义上来说，钱财和命其实是同等重要的，凡夫俗子也好，英雄豪杰也好，栽进钱眼儿里出不来的多着呢。

向校长当即返身，把办公室的门关上了，还打了倒锁，再回到原地，数起地上的钱来。开始一双手有些打颤，怎么用力也捏不开那粘在一起的钞票，半天没数几张。好不容易稳住自己，手指才慢慢变得听话起来，数得有些章法了。数到一百张，向校长便没了耐心，觉得这么厚的一堆钞票也不知得数到什么时候，就拿数好的那一百张跟没数的去量，加起来好像有十五个一百张的样子，也就是说是十五万元了。

不过等到把钱量完，向校长不再像刚才那样头脑发热了。他眼睛在钱上盯着，心里却暗忖，这么一大笔钱，当事人不存到银行里去，却跟几捆诗集堆在一起，此中一定有什么蹊跷吧？向校长已不是不谙世事的毛头小子了，隐约意识到留下这样的钱并不见得就是好事。

不过向校长一时还是下不了决心。他费了好大的劲儿，才把目光从那堆磁铁一样的大钱上挪开来。望着窗外灰蒙蒙的天空，向校长发了好一会儿呆，接着又在屋子中间徘徊起来。最后咬咬牙，重新将那叠厚厚的大钱包好，捆扎实，提着出了九中，同时在心里狠狠咒着：杨登科你这小子，我姓向的是那么好戏弄的么？

大获全胜

直到第二天早上，杨登科才打通董志良的手机，问他在什么地方。董志良说在外面有事，正准备回家里去。杨登科暗想，他是不是正在为何场长和侯村长的事斡旋？又不好多问，只提出要见他一面，董志良停顿片刻，答应了杨登科。

杨登科是打的赶往市委的。他知道属于自己的时间已经不多，不敢开着蓝鸟，招人耳目。杨登科是有思想准备的。他想起跟胡国干他们下相棋时常用的战术：舍卒保车，看来只好搬出相棋上这个常用的战术了。杨登科再也明白不过，如果舍不得卒子，让车也跟着陷入绝境，最后卒子终是保不住的，只有舍了卒，保住车，那也许还有收拾残局的余地。

到了市委门口，的士司机放慢速度，正要去拿市委保安处颁发的市委大院的士出入证，准备往大门里开，杨登科忽儿犯了嘀咕，叫住了司机。他暗自思忖，如果舍了卒子，最后车不认你卒子的账，你这卒子不是白白做出牺牲了？

杨登科也就多了一个心眼，让的士司机改变方向，将车开走了。

在一处大型综合商场门口，杨登科下了车。街上行人慢慢多起来，杨登科前后瞧瞧，估计没人注意自己，这才掀开商场的门帘，一脚迈了进去。这个商场离九中较远，平时杨登科来得少，对里面的商品布局不甚了解，问了几个值勤的保安，转了几道弯，才找到音响专柜。时间尚早,选购音响的顾客不多。但见柜台里的服务员一脸倦容,眼睛里还粘着白色的眼屎,哈欠接连不断,像是刚从梦中醒过来似的。杨登科上前正要讨问,服务员那永远也打不完的哈欠又来了。也许是意识到嘴巴张得太大,不那么雅观,那服务员忙抬了手捂住嘴巴,还轻轻拍了拍,似要把哈欠拍回嘴里去。杨登科就没了问她的欲望,心想我自己长着眼睛,便低头在柜台里找寻起来,很快便在最偏僻的柜段发现了自己所需要的东西。

那是一种宽和长不过两三寸的微型录音机。

录音机的名字倒还好听:勿忘我。只是杨登科心想,自己今天晚上就不属于这片自由的土地了,那么还有谁会记得我杨登科呢?

杨登科让服务员拿出录音机,要了电池和带子,几下装好,揿了录音键,低头连叫了两声"勿忘我"再倒了带子,揿下播放键,里面立即有响亮的"勿忘我"传出。服务员为了尽快销出产品,讨好地对杨登科说:"声音好清晰的,而且一点儿不走样,跟你的声音十分相似。"

服务员无意中道出了杨登科藏在心里头的意图,他要的就是这个不走样的效果。杨登科二话不说,将录音机塞进上衣内袋,然后掏出钱递到服务员手上,转身就走。连服务员要给他开发票,他也摇摇手,说:"免了免了。"心下想,拿张发票找谁报销去?

出了商场,杨登科就拦下一辆的士,转过几道路口,进了市委大院。将董志良接出市委,也不征求他的意见,让的士司机直接开往城外。出了城,路上人车稀少了,杨登科才叫停,买票下车,两人一前一后钻入路旁一处茂密的树丛。

拿着司机找补的零钱塞进上衣内袋里时,杨登科不露痕迹地按下了"勿忘我"的录音键。

这回肯定是在劫难逃了,但杨登科没有半点要害董志良的想法。前面已经说过,杨登科早就做好了舍掉自己这颗卒子,全力保住董志良这颗车的充分准备。他只是觉得有必要留一手。留一手就是给自己留一条后路。卒子现在保了车,那么以后车会不会回过头来保你卒子呢？毕竟世事难料，什么都说不死的啊。

已是仲秋时节，林子里的树木开始凋零，地上铺着橙黄的落叶，人踩在上面，发出悉悉簌簌的响声。初升的阳光从林外透进来，显得稀落而又遥远。杨登科将事情的前因后果一古脑儿都告诉给了董志良。从董志良那处乱不惊的样子看得出，他显然是有一些思想准备的，至少何场长和侯村长的事他早已心中有数，说不定昨晚他就和袁芬芳将何场长和侯村长做了妥善安排。杨登科是从来不怀疑董志良和袁芬芳的能量的。

但听了杨登科的叙述，董志良还是愣怔了半天，脸上显出一丝惶惑。他大概没想到杨登科那十五万元会弄出个这样的局面。

见董志良沉默着，杨登科鼻头一紧，泣不成声道："董局长啊，我一个普通司机，因为您的栽培，又转干又提拔，也算是人模狗样了，可我不但没能好好报答您，却给您闯下这么大的祸，我真是无地自容啊。我自己判刑坐牢是自讨的，连累了您，我怎么担当得起啊！"

林子外的天空一下子阴沉下来。董志良还是没吱声。杨登科侧首偷偷看了他一眼，见他脸色越拉越长，赶忙把目光挪开了，用手捶打着自己的脑门，大骂自己不是东西。骂够了，才试探着问了问董志良，现在还有没有挽回局面的可能。

董志良透过树丛，望着远处依稀的山影，沉思良久，才长叹一声，说："事情到了这个地步，我们已经没有什么退路了。"杨登科说："董局长，我反正是木匠戴枷，自己做的，没话可说，您一定要想个办法，保护好自己。"

董志良又不吭声了，再度陷入沉思。杨登科真想跪到他前面，央求他原谅自己，说："老板您说吧，您要我下油锅，我也不会眨一下眼睛的。"董志良有些不耐烦了，说："谁要你下油锅了？你下了油锅就能解决问题了？"

杨登科再不敢出气了。秋风起时，林地里的落叶上下翻飞起来。过了好一阵，董志良这才缓了缓语气，说道："你那十五万元暴露了，我那十五万元也得交出去。交出去事小，不就十五万元吗？

只是我们恐怕都得到里面去待上几年。"杨登科说:"如果我能替罪,我真愿意把您的几年都揽到我的头上。"

董志良看一眼杨登科,说:"如果要你替罪,你真愿意?"

从董志良的目光里,杨登科看出他肯定有了主意。"舍卒保车"四个字又浮现在杨登科脑袋里。他很认真地说道:"我这可是说的真心话,没掺一点儿假。"董志良说:"其实也不是要你替什么罪,只要你肯跟我配合,这对我们双方都是有利的。"

董志良的话让杨登科稍稍振作了一下,他说:"老板您就开句口吧,我一切都听您的。"董志良说:"我已经想好了,与其我们两个一起都进去,还不如只进去一个,留一个在外面打点照应,也许还能让里面的少吃亏,并提前几年出来,好重头开始一切。你说你是愿意进里面去,还是愿意留在外面打点照应?"

杨登科深深知道,可怕的不是进里面去,而是进去后外面没人照应。他就不止一次两次见过这样的事,有人判了十年八年,可送进去后,外面有硬关系,不是保外就医,监外执行,就是立功减刑,提前释放。只是自己一个小小科级干部,除了董志良再没有别的过硬的社会关系,如果让董志良进去,自己怎么在外面照应? 而董志良已是市委常委,以后不是市委副书记,至少也会是常务副市长,完全具备这样的实力。何况何场长给的三十万元是自己经手的,哪有让董志良代自己受过,进去遭罪的理? 杨登科当下表示说:"我非常愿意进去,别说还有您在外面照应,即使排除这层因素,我也心甘情愿啊。"

董志良似乎被杨登科的话打动了,眼眶里盈满了热泪。他抓住杨登科的手,哽咽着说道:"登科我的好兄弟,这一辈子结识了你,真是我的福分。"然后从身上拿出一张银行龙卡,塞到杨登科手上,说:"这里有四十五万元存款,你立即取十五万元出来,主动交到检察院去,就说何场长给的三十万元,你是分两个地方藏起来的。卡里另外三十万元,留给你的夫人和孩子,算是我对你们的酬谢,也好消除你的后顾之忧。"

看来董志良把什么都考虑到了。当领导的就是当领导的,不仅泰山崩于前而无惧色,还能走一步看三步,这叫杨登科不得不心悦诚服。手里拿着龙卡,杨登科忽想起上衣内袋里还塞着一个微型录音机,就问心有愧了,责怪自己目光过于短浅,只见树木,不见森林,不懂得从大处着眼,正确分析判断事态发展的方向。

此时董志良又开了口,说:"我设想了一下,三十万元的数额,你又主动交了十五万,我估计也就判个十来年的刑期,我会想法子让你只在里面待那么四五年就出来的。就是这四五年时间,你也会在里面过得舒舒服服。至于你出来之后,我一定给你找一个更挣钱的地方,比你做这个科级干部不会差到哪里去的。"

如果能有董志良设计的这个结果,那还有什么可说的?就是没有这个结果,家里还有董志良给的三十万元,以后的日子还是过得下去的。董志良这是处处都想着你杨登科啊,而你还要在袋子里揣上一个录音机,你这岂不是小人作派呢?领导如果知道了你竟然暗中留了这么一手,不是要感到寒心吗?杨登科真想当即把录音机拿出来扔掉。

可最后杨登科还是放弃了这个念头。他打算还是给聂小菊龙卡时,顺便把录音带子留给她。一盘小小的录音带子又不要喂饭给它吃,收着也不碍事。

跟董志良分手后,杨登科就去了一趟银行,将那十五万元取了出来。又打电话把聂小菊叫到一个偏僻地方,跟她见了一面。聂小菊自然是悲悲切切,仿佛世界末日就要到来了。杨登科相反倒冷静了,说:"我已和董局长商量好了,一切都由我顶着,虽然我要到里面去待上一阵,但有他在外面照应,我不会吃什么苦头的。"

聂小菊一把鼻涕一把眼泪,说:"你真是世上少有的奴才,连坐牢这样的事都愿意去顶替主子。"杨登科说:"你这才是妇人之见呢,我们两个都进去了,不是同归于尽么?留着他当领导的给我在后面撑着,还怕天塌了下来?"聂小菊说:"要是你进去后,他食言了,对你不管不问呢?"杨登科很有把握道:"这你放心好了,董局长我还是了解他的,他不是那样的人。何况他不管我,对他没有任何好处。"

杨登科还想说,我这里还留有一手呢,可话到嘴边还是强忍住了。他先从口袋里拿出龙卡来,递到聂小菊手上,说:"这是三十万元,是董局长特意留给我的,现在它已经属于你和杨聂了,你要把它藏到最安全的地方去。"

聂小菊的眼睛闪了闪。她也许觉得,有了这三十万元,杨登科进去待上几年那也非常合算,一点儿也不冤了,按常规在外面工作十年八年,全部工资算拢来也不过十万八万的。

杨登科原打算将龙卡交给聂小菊后,把那盘带子也递给她的。那只录音机刚才已被他扔进垃圾筒,只留着这盘不大的带子还揣在怀里。可看到聂小菊接过龙卡时眼睛里闪动的亮光,杨登科心里不觉沉了沉,生出一种说不清道不明的恐惧。这个女人太容易被金钱所打动了。杨登科没经历过也听人说起过,容易被金钱打动的人往往不太可靠,是托不得大事的,哪怕这个人是自己的至亲至信。

杨登科一时又下不了决心了。

两人拥立片刻,分了手,聂小菊已走出去几米了,杨登科又把手伸进口袋,悄悄捏住那盘带子,轻轻喊了一声聂小菊。

聂小菊当即回过头来。杨登科心里像被什么锥了一下,他看见聂小菊满眼是泪。聂小菊奔回来,投进杨登科怀里,泣不成声道:"登科你放心好了,我会照顾好这个家的,你不用担心我们母子,我们等着你早日回来。"

这句话让杨登科备感欣慰。他不再犹豫,一手搂着聂小菊,一手掏出了那盘带子。

也是鬼使神差,杨登科脑袋里忽然又想起为了当上学校教导主任,聂小菊自己跑到董志良那里去,求他去找教育局领导给自己说好话的事。这个女人不仅对金钱感兴趣,对权力也是情有独钟。凭经验和直觉,杨登科意识到迷恋权力和金钱的女人,有时比痴迷权力和金钱的男人更可怕、更靠不住啊,虽然这个女人是自己的老婆。

杨登科将那盘带子重新放回到口袋里。

杨登科绝望地咒着自己,是不是因为这次突然到来的变故,让自己对什么都疑神疑鬼了?这世上最无可救药的恐怕就是人了。贪婪、自私、焦虑、怯懦、患得患失,首鼠两端。得意时倨傲,失意时自卑。崇拜权势,欺压弱小。看重金钱,藐视贫穷。貌似强大,其实不堪一击。怀疑一切,甚至连自己都不敢相信。

杨登科无奈地跟聂小菊分了手。他在街旁徘徊了好一阵,一时不知如何处理这盘带子才妥当。他甚至后悔不送了,早上不该一念之差冒出这么个馊主意,害得自己煞费苦心,左右为难,多出这番周折来。

后来杨登科忽然想起了自己的老同学钟鼎文,觉得把带子托付给他应该是放心的。他于是上了一辆的士,去了城西派出所。

钟鼎文并不清楚最近杨登科身上发生的一切,却已经知道杨登科的主子董志良进了市委常委,而且风闻他有可能要做分管政法的市委副书记。因此一见杨登科,钟鼎文就拍着他的肩膀,说:"登科好久没见你的影子了,是不是董领导成了市里的核心领导,你也跟着身价看涨,烧香的人多起来,忙得抽不开身,顾不上老同学了?"

杨登科哪有心思跟他开玩笑,随便应付了两句,正要道出自己的来意,只听钟鼎文又说道:"机关里都说董领导以后会做副书记,分管我们政法这一线,该不会有假吧?登科你应该没有忘记,你的进步,老兄我也是出过力气的,以后可要在董领导那里替我多美言几句,让我这个老派出所所长也进步进步,到市局去补个有点儿油水的缺。"

钟鼎文本来是跟杨登科开惯了玩笑的,并不一定真要通过他去巴结董志良。可杨登科却莫名其妙地放弃了来派出所的初衷。他假设自己就是钟鼎文,而董志良已经做上了分管政法的市委副书记,恰好自己手头有一盘记录着顶头上司不可告人的隐私的带子,我是将它留着,等到朋友从里面出来后还给他,还是交给上司,为自己今后的晋升铺下一条黄金通道?理智地分析,杨登科觉得钟鼎文决不是那种人,可如今世风日下,人心叵测,有些人为了自己升官发财,什么事都干得出来啊。杨登科设想着,万一钟鼎文为了自己的前程,卖友求荣,把这盘带子交到了董志良手上,您这一辈子岂不是彻底完蛋了?

杨登科期期艾艾地告别钟鼎文,出了派出所。

杨登科想到了杨前进。也许只有他是靠得住的。杨前进虽然在城里打着一份工,事实上他与这个城市并无太深的瓜葛,用不着拿着这盘带子去换取别的什么,就是想换恐怕也换不来。何况他的工作是杨登科看在他妈妈的份上,费了九牛二虎之力,让钟鼎文出面,才给他搞到的,现在让他替自己做件小事,他肯定会用点心吧?

然而见了杨前进,杨登科又下不了决心了。他瞧瞧杨前进那张稚气未消的脸,觉得他虽然长得牛高马大,却还是嫩了一点。嘴巴没毛,做事不牢,一盘带子虽然小,可里面却藏着一个天大的秘密,如果杨前进心不在焉,将它泄漏了出去,或是弄丢了,岂不要坏了大事?

最后杨登科扔下杨前进,来到了街上。他漫无目的地朝前走去。想烂脑袋,杨登科也想不出一个处置兜里的带子的妥帖办法。像是放电影一样,杨登科几乎把全城自己认识的朋友都搁到脑袋里放映了一次,竟然没有一个可以放心托付这盘带子的最佳人选。杨登科有些灰心,甚至起了扔掉带子的念头。他怀疑自己这么做到底有没有必要。你既然都铁了心做董志良的替罪羊,又何必在后面搞这么个小动作呢?

就在杨登科这么垂头丧气的时候,猛然间瞥见了前方不远处的一块招牌,那上面有几个熟悉的字眼:红杏楼。也是怪,杨登科一下子记起在那楼里有过一面之交的那个叫做丁雨亭的女孩来,她还给自己留过手机号子的呢,只是杨登科后来天天跟着董志良东奔西跑,虽然偶尔也想起过她,却再没机会到红杏楼来,也没跟她联系过,连手机号都不知扔到了什么地方。这么长时间了,也不知那个丁雨亭还在不在里面。想起到检察院把钱一交,自己就没有任何自由了,就是按董志良预计的,至少也得有四五年挨不上女人,这可是非常残酷的。

也许这是最后的机会，如果自己运气还好的话，说不定真能碰上那个他还没忘掉的女孩。杨登科也就起了心，将带子的事搁到脑后，几步迈上红杏楼的台阶，抱着试试看的心情掀开了那挂落地门帘。

想不到刚进门，就碰上了自己要找的人。

当时吧台旁有三四个女孩正在嘻嘻哈哈说话，杨登科也没在意，只顾低头往里走。因为曾经来过，知道那种服务项目在里面。可没走上几步，吧台旁的几个小姐都围了过来，拦住了杨登科，一齐说道："先生，你需要什么服务？看中谁了？"

杨登科头一抬，立即就乐了，那个人不正在这里么？他指着其中一个女孩，说："你还认得我么？"女孩眼睛也大了，说："是你呀！"

这女孩就是丁雨亭。照理说，这个地方的女孩接触的男人那么多，杨登科还是一年多前来过一次，是不可能认出他来的。只是其他男人到这里来，说的话一个调子，做的事一个样子，都是一手交钱，一手交货，愿打的打了，愿挨的挨了，然后分手，再无瓜葛。唯独这个杨登科与众不同，出了钱却没取货，丁雨亭才那么难以释怀。想想也是的，那次杨登科留下的其实并不是简单意义上的百元钞票，而是留下了一份这种场合根本不可能有的尊严。能在这样的场合获得这样的尊严，于一个从事此种职业的女孩来说，简直神话般难以让人置信，而杨登科偏偏制造了一个这样的神话，丁雨亭能忘得掉么？

这天丁雨亭又把杨登科带进了上次的那个包厢。

丁雨亭开始还有些拘谨，和杨登科保持着一定的距离，她不想像上次那样逼着杨登科做他不愿意做的事。事实是这次杨登科就是想来做那样的事的。那次是来陪领导的，他不能因小失大，给领导不好的印象，如今都到了这个地步，还有什么可顾虑的呢？

好在丁雨亭是个灵性的女孩，又经历了那么多的男人，对男人的一颦一顾还不一眼就能识破？杨登科只跟她说了几句话，在她那半露的胸前多瞧了两眼,她就心领神会,试探着偎进他的怀抱,动用她的一切能耐来调动杨登科。只不过她没有将杨登科看成一般的嫖客,她是发自内心地要报答这个让她无法释怀的男人。作为一个风尘中的女子,这恐怕也是她唯一能拿得出来的报答方式了。

也许是已把什么都置于脑后,也许是面对特殊的女人和处于非同以往的境遇,杨登科这天表现得空前勇武,发挥得酣畅淋漓。丁雨亭更是竭尽全力,拿出十二倍的热情和所有本事迎合着杨登科,让他体会到了从未有过的做男人的自信和豪迈。

杨登科忽然想起在电大时读过的一篇文章,里面说过一句话,叫做什么妻不如妾,妾不如婢,婢不如妓,此话可是一点儿不假啊。怪不得好多男人总是吃着碗里的,盯着锅里的,就像丁雨亭那次说过的,一有机会就巴不得红杏出墙。

杨登科将自己挥洒完毕之后,又拥着丁雨亭温存了一阵,才万般难舍地慢慢穿好衣服,起身准备离去。除了那十五万元,裤兜里还有一千元现钞,杨登科也不想带到里面去孝敬那些牢头狱霸,于是拿出来,要交给丁雨亭。

丁雨亭本来是想做一回纯纯正正的女人,一分钱也不打算收杨登科的,现在见他竟掏出一把钞票来,哪里肯接? 正色道:"你这可是看轻我了。"杨登科说:"对不起! 其实我并没有这个意思。"丁雨亭说:"我在这里服务过不少的男人,每次我都只有一个目的,那就是钱。可今天你一进这个门我就想好了,我要做一回女人,做一回真正的女人,不是为了钱,而是为了我没法忘怀的人,为了我的尊严。"

想不到丁雨亭能说出这样的话来,杨登科对她肃然起敬了。别看她从事的是这样的职业,其实她的内心却是孤傲和高贵的,在如今这个钱就是一切的社会里,这实在是太难得了,难得得有些不太真实。杨登科莫名地感到一丝欣慰,觉得没白认识这个女孩。他说:"雨亭你误会我了,我根本不是这个意思,我手中的钱与我俩刚才的事情完全是两码事。"

然后杨登科简略地说了说自己的处境。有意思的是，说这些的时候，杨登科的口气显得十分轻松，仿佛说旁人的趣事，跟自己一点儿关系也没有似的。

丁雨亭静静听完杨登科的叙述后，终于懂了他的心事。她不再拒绝他，接过那一千元钞票，小心地放到墙上的包里，然后回过头来，捧住杨登科的脸，给了他一个长吻，一个饱含了真意和深情的吻。还说了一句这样的话："我已经下了决心，今天就离开这里，我不能再让任何人动我的身子。以后每年的今天，我都会到红杏楼来等你，直到把你等回来。"

这句话的分量太重了点，杨登科愣住了，一时没法承受似的。

丁雨亭这句挺有分量的话还让杨登科做出了一个重大决策。他毫不犹豫地把身上的带子拿出来，一把塞进了丁雨亭的手心，然后将带子里的秘密一点也不保留地告诉了这个女人，托她收藏好这盘带子和这个天大的秘密。

丁雨亭顿时感激涕零了。

她感激这个男人把如此重大的使命交给了她。这是对她的信任，对她的肯定，对她莫大的尊重。这是一种多么难得的知遇之恩啊，尤其是在这种充满着铜臭和腥臭的特殊场合。这让丁雨亭一下子找回了早已丢失的做人的尊严和价值。更为重要的是她觉得自己成了一所身负重任的航船，因为有了使命和人生的目标，不再像过去那样轻飘飘地在人生的海洋上毫无意义地随处晃荡了。

士为知己者死，这个时候别说杨登科让丁雨亭给他保留这盘带子，就是让她为他去赴汤蹈火，她肯定也会在所不辞的。

这盘带子终于有了一个落脚点，杨登科悬着的心便踏实了。因此走出红杏楼时，杨登科就像换了个人似的，垂着的头悄悄扬了起来。

刚好不远处高楼上的大钟非常响亮地响起报时声，杨登科留意了一下，此时是10月10日午后5时整。

杨登科就记住了这么个特殊的时日。

不过上路后，多虑的杨登科又起了疑心，担心把那么重要的东西托付给丁雨亭，是不是一个错误。说不定是自作多情，过于轻信这个丁雨亭了，也许她纯粹是逗他开心的，就像逗其他任何一个到她那里去快活的男人一样。这可是她的职业使然，恐怕谁都不是痴子，会一厢情愿把这种女人的话当真的。可不是么，人生本是一场戏，大家只不过逢场作戏而已，你又何必在乎一个烟花女子随口说出的戏言？

　　但杨登科否定了自己的猜忌，他是凭直觉做出的决定，而直觉往往是最准确的。

　　不觉就到了检察院门口，这时杨登科已非常坚决地将那盘带子逐出了自己的思维。他想，一切董志良都替他考虑到了，在里面待四五年算得了什么？杨登科变得心静如水，脑袋里没有任何异想杂念。他将腋下那用牛皮纸包裹着的十五万元现金夹紧点儿。又忽然想起社会上特别流行的关于五种最铁的哥们儿的说法，什么一起下过乡，一起扛过枪，一起同过窗，一起分过赃，一起嫖过娼，自己跟董志良分过三十万元，也算是铁哥们儿了。既然跟董志良有这么一层非同寻常的铁哥们儿关系，自己又替他顶了罪，他又要做市委副书记了，可能还会分管政法部门，自己此番到里面去，跟去住宾馆又有什么区别呢？

　　杨登科脸上不禁露出得意的微笑来，仿佛他不是到检察院去投案自守，而是去和心仪已久的情人约会。他还想，现在自己什么都可抛开了，唯一要考虑的，是如何在检察官面前把自己和董志良的故事编得天衣无缝，无懈可击。

　　编故事并不是作家的专利。

　　就在检察院对杨登科的事展开全面调查的时候，董志良却心想事成，如愿做上了市委副书记，果然分管了政法工作。他没有食言，给检察院和法院打了招呼，他们以杨登科主动投案自首为由，本来按受贿数额该判十年以上的，结果只判了八年。杨登科进去后也没吃什么苦头,住的是单人号子。又因杨登科是电大毕业生,监狱还让他做了供犯人阅读的内部报纸的编辑,算是犯人中的白领了。

杨登科自然知道这是董志良暗中照应的结果,也就安心服刑,狱里交给他的工作,他都积极主动完成,从而获得干警和犯人的一致好评。

后来聂小菊去探了一次监,她把外面的一些事情告诉了杨登科,当然这些事情都是跟杨登科有关的。其中还提到了侯村长和何场长,聂小菊说由于董志良的作用,他们在里面没待多久就先后被放了出去。

杨登科由此更相信董志良的能耐了。他知道法制发育还不够健全的时候,法律往往也得看权力的眼色行事。

聂小菊还说,她已经做了副校长,而且很有可能会调到教育局去,因为教育局还缺一个党外女性副局长,这样的位置基本上是破格选用的,而教育战线像她这样符合条件的并不多。杨登科真为聂小菊高兴,可又隐隐有些担心,自己身为犯人,做她的男人已经不配了,她的官如果做得更大,两人之间的距离不是越拉越远了么?

聂小菊也许看出了杨登科的心事,要他不必过虑,好好服刑,争取早日出去,她在家里等着他。临别聂小菊又悄悄向杨登科透露,他将获得一次减刑,这一次至少减两年。杨登科一点儿也不感到奇怪,因为这是董志良早就向他许过的愿。

果然,不久杨登科就减了两年。以后又减了两次,一次两年,一次一年,这样八年的刑期,这么减来减去的,最后只剩了三年。三年时间还是从他走进检察院投案自首的那一天算起的,所以他正式在里面待的时间并不足三年。

想不到一晃就三年啦。三年是个什么概念呢?三年时间说短,有一千来个日日夜夜;说长,一眨眼工夫就过去了。杨登科面色愀然,不免生出今夕是何夕之慨。

杨登科在里面待了这说短不短,说长不长的三年,这天终于又重新获得了自由。

已经如愿做上了教育局副局长的聂小菊对司法上的事不甚了解，并不知道杨登科的服刑起始时间是他走进检察院的那一天，所以杨登科出狱时，她没有赶来接他。

　　杨登科是一个人从容回到九中的。其实他乐意一个人不慌不忙地回家，这样他可以在他熟悉的土地上找回三年前的记忆，想想今后的日子怎么去过。这三年，对别人来说也许稀松平常，对他来说可是人生一个大坎，现在他终于迈了过去。过去了就好了，一切可以从头再来了。回农业局已经没有可能，服过刑的人哪还有资格去做公务员？但生存下去应该是没问题的。聂小菊有工作，不用自己操心。她收着那张 30 万元的龙卡，自己又不笨，拿去做点小本经营，总能养活自己和儿子。就是不动那 30 万元，存在银行里，即使利率再低，一年也有好几千元的利息。何况董志良许过愿的，他肯定会替自己谋一份挣钱的差事。他已是位高权重的市委副书记，在贵都市范围内，放个响屁也有人当做金科玉律，他要给人找个事，一个电话或一张条子完全就可以搞定。如今可是市场经济，早几年那些离开机关下海的人，不少都混出了名堂，好不让人眼馋。自己就当是下海吧，海阔凭鱼跃，说不定到了海里，扑腾得几趟，有朝一日，不成大款，成个小款也未可料矣。

　　这么想着，杨登科不由得沾沾自喜起来，好像此番不是去狱中服了三年刑，而是到哈佛或剑桥拿了个洋博士回来，日后将前途无量，终成大器。

　　当然，杨登科设想得最多的还是跟聂小菊见面后的惊喜。他要好好地看看自己的女人，毕竟又过去了三年，她独自撑着这个家，还要替身陷囹圄的丈夫忧心，也太不容易了。她可能又老了些。不过老有时也是成熟的标志，成熟女人更有风韵。杨登科甚至设想起两个人见面后的热拥和深吻，那一定是最令人销魂的。可能这些都来不及，他们会省去一切过程，直奔主题，彼此将储存了三年的激情和能量交与对方。

　　这么设想着，杨登科脸上竟烫烫的了。

很快到了九中门口。这是正午时分，传达室里的老头儿在打盹，杨登科没有惊动他，直接走了进去。师生们看来也在午休，校园里静悄悄的，树叶落地的声音都听得见。这是杨登科住了十多年的大本营，这里的一砖一瓦，一草一木，他是那样熟悉。他东张西望着，一步步来到自家楼前的草坪地里。

忽然间，杨登科的双眼倏地亮了。原来楼道口停着一辆小车，竟然就是跟随了他两年多，让他从普通司机转为干部，又提拔为副主任和科长的那部可爱的蓝鸟。还是跟它有缘啊，三年前跟它告别没几个小时就进了检察院，三年后刚从里面出来，它又在这里等着自己了。

然而杨登科心里立即又沉了下去，他预感到这并不是什么吉兆。

果然他上了楼，掏出在身上挂了三年却没用过一次的钥匙，慌慌打开家门，走进他和聂小菊的大卧室时，他看到了他最不愿意看到的场面。

董志良也就是杨登科心目中那尊高贵的神，此时正大模大样地骑在聂小菊上面，忘情地替他杨登科行使着夫道。

杨登科眼前一阵晕眩，觉得天昏地暗，乾坤颠倒。两腿跟着软了软，差点就栽倒在了卧室门口。杨登科无论如何也不敢相信这是事实，不敢相信董志良是这样的男人，聂小菊是这样的女人。可青天白日，一切历历在目，除非把自己的双眼剜掉。

杨登科极力稳住自己。他完全明白过来了，聂小菊先前的副校长和后来的教育局副局长的帽子，就是用这种见不得人的方式换来的。

按说这一切似乎早就在杨登科预料之中的。四年前杨登科发现聂小菊为了做上教导主任，跑到农业局去找董志良的时候，三年前杨登科将董志良那张龙卡交给聂小菊，打算把那盘带子也交给她的时候，杨登科仿佛就预感到今天的事情终究会发生的。只是那时候杨登科不愿往坏处想，也不愿往深里想。董志良和聂小菊都是他生活中最重要的人，他没法面对。

虽然早有这样的预感，但是杨登科在见到预感成为事实的最初的那几秒钟里，还是脑门充血，怒火中烧，恨不得冲上去，把那对狗男女的头都拧下来。

只是三年的狱中生涯，让杨登科学会了控制自己。这两个自己最为看重倚重的人竟然欺骗和背叛了自己，就是把他们撕成碎片，嚼烂咽到肚子里去，也解不了心头之恨哪。就在疯狂中的男女感觉出了门边的动静，却还没有完全反应过来时，杨登科嘘出胸中的浊气，隐忍着，转过身去，跟跄着下了楼。

绝望、绝望、绝望！这两个字像一股恶浪强烈地冲击着杨登科。

三年前杨登科投案自首走向监狱时，这两个字都没能占据他的大脑。那个时候他虽然已是一无所有，却胸怀了情和义两样最珍贵的东西，显得悲壮激昂，没有丝毫的绝望感。可今天不同了，他心目中的情和义两座高塔已经轰然倒下。杨登科曾把聂小菊当成自己生命中最重要的组成部分，觉得拥有这样的女人是自己一生的福分，只要还能在世界上觅到这个女人的芳踪，听到这个女人的声音，也就是说只要那份真情还在，他杨登科就有活下去的理由和勇气。至于董志良，杨登科一直把他当做自己的主子，愿意一生一世做他的随从和走卒。事实上杨登科也是这么做的，几年来亦步亦趋紧跟着董志良，简直就是他的跟屁虫和影子。甚至比跟屁虫还跟屁虫，比影子还影子。跟屁虫跟得再紧，也有跟不上趟的时候，杨登科却时时刻刻紧贴着董志良。影子有时还会因为光源的不同，或左或右，或前或后，游移不定，杨登科则始终不偏不倚躲在董志良身后，仿佛他的复制品和附体的魂灵。当然杨登科这么做，最初是因为要董志良给自己转干提拔，还带有一定的功利性，渐渐地就成了杨登科的自觉行动，成了他灵魂深处的一种迫切需要，而再无半点勉强自己的意味。究竟义重于山啊！杨登科钦佩和敬重董志良，视他为自己的再生父母，甚至把他看成是一尊圣明的神，甘愿匍匐在他脚边，为他祷告；甘愿为他赴汤蹈火，献出自己卑贱的生命。这也是杨登科在董志良大难临头之际,自觉挺身而出,愿意替他牺牲自己的一切的真实原因了。

哪曾想到,就是杨登科视为情和义的象征的这么两个人,竟然都背叛了自己,而且是用这种最让人无法容忍的卑劣和丑恶的方式。杨登科突然明白了,原来自己所理解的情和义,其实是两把利刃,在他毫无自卫能力的时候,从前后两个方向同时捅进了自己的心脏。杨登科觉得自己的心在滴血,而染红那两把罪恶的刀子的,正是自己的鲜血。

杨登科在街头徘徊了一个下午。他意识到,这个结局也许是很必然的,是人为,也是天意啊。谁叫你为了往上爬,不惜做人家的奴仆呢?是奴仆就必然要遭受奴仆的命运,主子需要你时,任意将你呼来唤去,你还以为自己得了宠,很长精神;不需要你了,自然会把你一脚踢开,你还不成了惶惶不可终日的丧家之犬?

原来都是自己身上的奴性在作祟。这是杨登科真正的悲哀。他总算醒悟过来了,没再怨天尤人。身上奴性过甚,自然就把主子的利益看得高于一切,时刻绕着主子转,处处以主子为中心:主子上天,你不入地;主子往东,你不向西;主子屙尿,你不拉屎;主子说白,你不说黑;主子说圆,你不说方;主子说肥,你不说瘦;主子要你长你长,主子要你短你短;主子要你硬你硬,主子要你软你软。一旦主子春心荡漾了,要你的老婆做他的老婆,也是天经地义的事,为主子献身都在所不惜,再献老婆又何妨?何况这是主子看得起你,是你天大的福分,你完全有理由不以为耻,反以为荣。

更可怕的是奴性注定了对主子精神上的绝对依附,个人的独立人格从此彻底丧失,仿佛那失去筋骨的藤蔓,再也站立不起来,只有攀附和寄生在主子身上才能苟延残喘。人活在这个世上,丢失了做人的立场,放弃了自我和独立的人格,特别是精神上完全依附于人,甘做奴才,迟早有一天会成为失去常态的精神人妖,遭人唾弃,自己种下的恶果只能自己往肚里吞咽。古往今来,还没有哪位奴才和变态的精神人妖逃脱过这样的命运。

这么忏悔着,杨登科变得神情恍惚,脸上浮起混沌的傻笑,好像流落街头的痴子。

后来杨登科晃晃悠悠上了贵水大桥。慢慢就到了大桥中间。这里刚发生过一起车祸,护栏被车子冲歪,还没来得及修复。杨登科就站在缺口处不动了。他低头望着桥下湍急的流水,心上滋生起一个念头。开始他还有些犹豫,渐渐这个念头强烈起来,他就有些无法自抑了。是呀,如今这个世界跟自己再没有任何关系了,那还有什么可以犹豫的呢?人生几十年,谁都会走这条路的,虽然先后有序,最后的归属都是一样啊。

永别了!

对着这个生活了四十余年的世界,杨登科无声地说出这么三个字,再次瞥了迷蒙的城市一眼,起身就要往下跳去。

可就在此时,城市上空突然当的一下,响起宏亮的钟声。杨登科下意识地抬了一下头,原来钟声来自不远处高楼上的大钟,大钟的时针正指向5时。杨登科想,急什么呢?等钟声响毕再往下跳也不为迟呀。他于是立住了,一边目不转睛盯着大钟,一边等待那悦耳的钟声继续当当当一下一下敲响着,震撼着这个灰色的城市。

钟声很快敲完,杨登科的目光却还留大钟的时针上。他想起来了,三年前的这一天,也是这个时候,他把那个天大的秘密托付给了一个叫做丁雨亭的女孩。丁雨亭还向他许过美愿,每年的这一天,她就会在红杏楼里等待自己。杨登科激灵了一下。是呀,不是还有那个秘密么?为什么不把它拿回来,让它发挥其应有的作用呢?如果自己放弃了那个秘密,就这么不声不响地死了,岂不是放纵了董志良,让他继续在这个世上为非作歹?要知道,放纵也是一种罪恶啊!

那么丁雨亭真的会信守诺言么?杨登科记得当时将那个秘密交给丁雨亭时,自己是毫不怀疑她的真诚的。可过后杨登科还是有些担心,疑心她是逢场作戏,也许漫长的三年过去了,她早把自己的话忘到了脑后。

大获全胜

杨登科感到有些泄气，心想谁叫自己处在这么一个毫无真诚可言的年代呢？

可转而又想，万一丁雨亭是当真的呢？自己却违背诺言，见都不去跟她见上一面就这么走了，岂不是终生遗憾么？

这么想着，杨登科暂时放弃了从桥上跳下去的念头，坚定地离开大桥，去了红杏楼。

看上去，红杏楼跟三年前没有什么两样，连小姐们搔首弄姿的样子，夸张的浪荡的笑声，都好像一个模子里倒出来的。

然而那个叫做丁雨亭的女孩却不在。

杨登科去问老板娘和坐台小姐，没有一个人知道有这么一个女孩。原来老板娘和小姐都已经换过好几茬了，他们说如今女孩嫁一个男人都难得超过三年，做她们这个职业的小姐怎么会在一个地方待上三年？杨登科万般无奈，看来那个丁雨亭果真是说说而已，逗自己高兴的，你也真是拿着鸡毛当令箭，太过自作多情了。

低了头正准备出门，老板娘在后面殷勤挽留杨登科，说先生既然来了，何必急着走呢，旧人不在，还有新人哪。杨登科脚下就泥住了。想想也是，自己三年没有挨过女人了，本想回家后在聂小菊身上好好发挥一下，她却躺在了别人下面，来这里赴丁雨亭的约，她又没有踪影，如果自己就这么从贵水大桥上跳下去，确实有些不值。忽想起身上还有聂小菊探监时留下没用完的三百元钱，正好可以消受一回了。

杨登科转身跟老板娘上了楼。

也是巧了，老板娘给他安排的地方又是三年前的那间小包厢。这让他又思念起丁雨亭来，如果她还在这里，那该多好啊。

杨登科这么感叹着，老板娘安排的小姐掀开帘子进来了。杨登科心存侥幸，巴望着她就是丁雨亭呢。可小姐老低着头，加上屋子里太暗，杨登科一时没法看清她的面目。其实也用不着看面目，就知道她不可能是丁雨亭，因为眼前这个女孩身材单瘦，个头儿也高，没有丁雨亭那种成熟女孩的韵味。杨登科有些失望，合着眼睛躺到了大床上。

因为脑壳里有丁雨亭的影子在作怪,杨登科对身边这个女孩少了激情,任凭她在自己身上搓揉着,没有太多响应。好在女孩的手艺还算娴熟,渐渐让杨登科舒坦起来。他身上的感觉开始复苏,努力不去想那个背信弃义的丁雨亭,要把注意力集中在眼前这个女孩的身上。眼前分明有一块热饼触手可及,又何必在脑袋里一遍遍画饼充饥呢?

有了这个想法,杨登科心头就蠢蠢欲动起来,悄悄捉住女孩的手,说:"你也累了,让我来给你做吧。"女孩还是不出声,只笑笑,偎进他的怀抱。

现在杨登科开始动真格的了,他步步为营,试探着向女孩身上摸去。女孩嘴上轻轻说了两个"不"字,故意扭动着腰肢,拿住杨登科的手,要把它搬开。却不怎么用力,软了身子迎向杨登科。就在女孩半推半就间,杨登科一层层解开了她的衣服,将她掰倒在大床上。然后把自己也脱光了,单腿跪到女孩面前。杨登科虽然三年没沾女人了,却并不急于求成。好事不在忙中取,这样的事弄毛了,是达不到最佳效果的。杨登科先轻轻在女孩光滑如脂的皮肤上抚摸着、搓揉着,像那年跟董志良的主子郑副书记练太极拳一样。他要慢慢消受这个女孩,尽量把她调动起来,更好地配合自己。杨登科要尽量把事情做得更加完美。

现在杨登科的大手已在女孩身上游走了一遍,最后回到她的脸上,把那一张姣好的年轻的脸捧在了手上。虽然她已为自己服务了一轮,可他却还没完全将她看清楚,他想在尽情享受她之前,得好好瞧瞧她,这也是一种激发自己的好手段。

这一瞧,杨登科却奇怪起来,总觉得好像在什么地方见过这个女孩似的。只是究竟在什么地方见过,又一时想不起来了。当然不可能是丁雨亭,如果是她,杨登科还不早就认出来了?杨登科敢肯定的是,这是另一个他曾经见过几次的女孩。

也许是光线太暗,没法看得真切吧,杨登科才把托在手掌里的女孩的脸放回到枕边,稍稍退后,再反复端详了一遍,还是不得而知。

杨登科就站起来,要去拉灯。不想女孩突然身子一躬,咚一声跪到杨登科面前,低声央求道:"先生您别开灯,我求您了!"

杨登科那只伸向开关拉线的手便停住了,人整个傻在了那里。

不必再开灯细瞧,他已经知道她是谁了。几年前的一件旧事突现在杨登科脑袋里,也是这样的跪姿,也是这样低低的说话声。只不过当时她穿着衣服,没这样裸着。

这可是杨登科怎么也没法预想到的。

杨登科伤感之极,一时不知如何才好,只得将随便扔在床边的衣服披到女孩身上,自己也匆匆穿好衣服,说:"竹青,到底是怎么回事,你给我说说吧。"

这个女孩原来竟是猴子的女儿侯竹青。

侯竹青已经穿好衣服,但她始终低着头,不敢正视杨登科。杨登科没有逼她,耐心等待着。半晌,侯竹青才开了口,说杨登科一进红杏楼,她就认出了他,是她主动跟老板娘要求,才得到给他服务的机会的。她是想用这种方式报答他,因为她再不可能有别的更好的方式了,而这是那年收下他的五千元钱时就在心里默默许下的愿望。只是她不愿让他认出来,所以一直躲躲闪闪的,不想还是露出了破绽。

说到这里,侯竹青停下了,起身出去拿来两杯水,先递给杨登科一杯,然后咕噜一下喝干自己那杯,接着叙述。她告诉杨登科,她只在医专读了两年书,第三年就没法再读下去了。都是猴子的药材基地被村里收回,再转卖给芬芳山庄那件事引起的。原来猴子因开发药材基地已经欠了一屁股债务,村里又拖着那五万元承包款不肯返还,猴子没别的办法,只得举债上访,弄得家贫如洗,日子早就没法过下去了。这还不算,侯村长怕猴子把事闹大,和乡里串通好,指使黑社会的人将猴子的脚打断,让他再也上访不成。侯村长做得也太绝了,有人实在看不过,悄悄把侯村长侵占出卖村里地皮款的事写成材料,通过过硬关系递到了省人大和省检察院等部门的重要领导那里,省里领导立即批示下来,市检察院这才暗地里传走了侯村长,又顺藤摸瓜牵出了何场长。

侯村长是进去了,可侯竹青已是家不成家,这医专还怎么上?只得卷了被褥走人。但她毕竟已经读了两年医专,虽然还没完全学成,简单的医理医术还是学过一些,于是回家在村里开了家诊所,对付乡下伤风头疼一类的小病还是能行的。

谁知开张还没几个月,侯村长和何场长就从里面出来了。据说是有人在后面给他们疏通,他们才获得自由的。侯村长因此更加嚣张,到处扬言,他有硬后台,谁还想告他只管继续告去,村里负责发放误工费。而且借口侯竹青没在他那里登记,让人封了她的诊所。侯竹青只得上门求情。这简直是自投罗网,有恃无恐的侯村长趁机强奸了侯竹青,对她说这就算是登记了,以后她可以放心去开自己的诊所。侯竹青觉得这日子反正没法过下去了,一怒之下放火将诊所和村长的家点着,深夜离开侯家村,进了城。在城里游荡了几天,没吃没喝,最后饿晕在街头,是红杏楼的老板娘发现了,把她接了进去。她在老板娘那里吃了一顿饱饭后,老板娘还没开口,她就主动提出来跟着她干。她早就想开了,自己已经被村长破了身子,用不着把自己看成金枝玉叶,能混一天算一天。

侯竹青在说着这些的时候,杨登科一直一言未发。他越听越觉得自己不是人,是他害了眼前的女孩。本来猴子的药材基地经营得好好的,不修那个芬芳山庄,猴子不至于人财两空,侯竹青也不会落到今天这个地步。那个芬芳山庄可是他杨登科开着蓝鸟陪董志良跑上跑下跑来的,自己还从中得到了好处,难道不感到无地自容吗?

杨登科后悔不迭,大骂自己是畜牲。他终于彻底觉醒了。他改变了主意,自己不能就这么死掉,从而放过董志良、袁芬芳、何场长、侯村长那个利益集团,否则自己白坐了几年牢,猴子白断了一条腿,侯竹青也白毁掉了。同时也是给自己赎罪,自己造的孽还得自己来了结。杨登科跟侯竹青说了说自己的想法。他知道在贵都市是没法掰倒董志良他们的,讨饭也要讨到省城去,坚决把他们告倒,不然这些蛀虫还会继续祸国殃民。

让杨登科感到遗憾的,是不该将那盘带子托付给了丁雨亭,如果手中还留着那盘带子,一切就好办得多了。

两人当即出了红杏楼。

不想正要向台下迈步时,有人在后面喊了杨登科一声。杨登科回首,一个风姿绰约的女人就站在台阶上。

杨登科一阵惊喜,她便是丁雨亭。

而且丁雨亭手中还拿着一样东西,杨登科一眼就看了出来,正是他急于得到的那盘小小的录音带子。